A LIBRARY OF DOCTORAL DISSERTATIONS IN SOCIAL SCIENCES IN CHINA

中国社会科学博士论文文库

中国文学传统与北美新移民华文小说

The Chinese Literature Tradition and the Chinese Novels Written by New Immigrants to North America

朱 旭 著

导师 吴义勤

中国社会科学出版社

图书在版编目（CIP）数据

中国文学传统与北美新移民华文小说/朱旭著.—北京：中国社会科学出版社，2022.4

（中国社会科学博士论文文库）

ISBN 978-7-5227-0142-4

Ⅰ.①中… Ⅱ.①朱… Ⅲ.①中国文学—文学研究②华文文学—小说研究—北美洲 Ⅳ.①I206②I106.4

中国版本图书馆 CIP 数据核字（2022）第 068145 号

出 版 人	赵剑英
责任编辑	王丽媛
责任校对	党旺旺
责任印制	李寡寡

出　　版	中国社会科学出版社
社　　址	北京鼓楼西大街甲 158 号
邮　　编	100720
网　　址	http://www.csspw.cn
发 行 部	010-84083685
门 市 部	010-84029450
经　　销	新华书店及其他书店

印　　刷	北京明恒达印务有限公司
装　　订	廊坊市广阳区广增装订厂
版　　次	2022 年 4 月第 1 版
印　　次	2022 年 4 月第 1 次印刷

开　　本	710×1000　1/16
印　　张	17.75
字　　数	296 千字
定　　价	98.00 元

凡购买中国社会科学出版社图书，如有质量问题请与本社营销中心联系调换
电话：010-84083683
版权所有　侵权必究

《中国社会科学博士论文文库》
编辑委员会

主　　任：李铁映
副 主 任：汝　信　江蓝生　陈佳贵
委　　员：（按姓氏笔画为序）
　　　　　　王洛林　王家福　王缉思
　　　　　　冯广裕　任继愈　江蓝生
　　　　　　汝　信　刘庆柱　刘树成
　　　　　　李茂生　李铁映　杨　义
　　　　　　何秉孟　邹东涛　余永定
　　　　　　沈家煊　张树相　陈佳贵
　　　　　　陈祖武　武　寅　郝时远
　　　　　　信春鹰　黄宝生　黄浩涛
总 编 辑：赵剑英
学术秘书：冯广裕

总　序

　　在胡绳同志倡导和主持下，中国社会科学院组成编委会，从全国每年毕业并通过答辩的社会科学博士论文中遴选优秀者纳入《中国社会科学博士论文文库》，由中国社会科学出版社正式出版，这项工作已持续了12年。这12年所出版的论文，代表了这一时期中国社会科学各学科博士学位论文水平，较好地实现了本文库编辑出版的初衷。

　　编辑出版博士文库，既是培养社会科学各学科学术带头人的有效举措，又是一种重要的文化积累，很有意义。在到中国社会科学院之前，我就曾饶有兴趣地看过文库中的部分论文，到社科院以后，也一直关注和支持文库的出版。新旧世纪之交，原编委会主任胡绳同志仙逝，社科院希望我主持文库编委会的工作，我同意了。社会科学博士都是青年社会科学研究人员，青年是国家的未来，青年社科学者是我们社会科学的未来，我们有责任支持他们更快地成长。

　　每一个时代总有属于它们自己的问题，"问题就是时代的声音"（马克思语）。坚持理论联系实际，注意研究带全局性的战略问题，是我们党的优良传统。我希望包括博士在内的青年社会科学工作者继承和发扬这一优良传统，密切关注、深入研究21世纪初中国面临的重大时代问题。离开了时代性，脱离了社会潮流，社会科学研究的价值就要受到影响。我是鼓励青年人成名成家的，这是党的需要，国家的需要，人民的需要。但问题在于，什么是名呢？名，就是他的价值得到了社会的承认。如果没有得到社会、人民的承认，他的价值又表现在哪里呢？所以说，价值就在于对社会重大问题的回答和解决。一旦回答了时代性的重大问题，就必然会对社会产生巨大而深刻的影响，你也因此而实现了你的价值。在这方面年轻的博士有很大的优势：精力旺盛，思想敏捷，勤于学习，勇于创新。但青年学者要多向老一辈学者学习，博士尤其要很好地向导师学习，在导师的指导下，发挥自己的优势，研究重大问题，就有可能出好的成果，实现自己的价值。过去12年入选文库的论文，也说明了这一点。

什么是当前时代的重大问题呢？纵观当今世界，无外乎两种社会制度，一种是资本主义制度，一种是社会主义制度。所有的世界观问题、政治问题、理论问题都离不开对这两大制度的基本看法。对于社会主义，马克思主义者和资本主义世界的学者都有很多的研究和论述；对于资本主义，马克思主义者和资本主义世界的学者也有过很多研究和论述。面对这些众说纷纭的思潮和学说，我们应该如何认识？从基本倾向看，资本主义国家的学者、政治家论证的是资本主义的合理性和长期存在的"必然性"；中国的马克思主义者，中国的社会科学工作者，当然要向世界、向社会讲清楚，中国坚持走自己的路一定能实现现代化，中华民族一定能通过社会主义来实现全面的振兴。中国的问题只能由中国人用自己的理论来解决，让外国人来解决中国的问题，是行不通的。也许有的同志会说，马克思主义也是外来的。但是，要知道，马克思主义只是在中国化了以后才解决中国的问题的。如果没有马克思主义的普遍原理与中国革命和建设的实际相结合而形成的毛泽东思想、邓小平理论，马克思主义同样不能解决中国的问题。教条主义是不行的，东教条不行，西教条也不行，什么教条都不行。把学问、理论当教条，本身就是反科学的。

在21世纪，人类所面对的最重大的问题仍然是两大制度问题：这两大制度的前途、命运如何？资本主义会如何变化？社会主义怎么发展？中国特色的社会主义怎么发展？中国学者无论是研究资本主义，还是研究社会主义，最终总是要落脚到解决中国的现实与未来问题。我看中国的未来就是如何保持长期的稳定和发展。只要能长期稳定，就能长期发展；只要能长期发展，中国的社会主义现代化就能实现。

什么是21世纪的重大理论问题？我看还是马克思主义的发展问

题。我们的理论是为中国的发展服务的，绝不是相反。解决中国问题的关键，取决于我们能否更好地坚持和发展马克思主义，特别是发展马克思主义。不能发展马克思主义也就不能坚持马克思主义。一切不发展的、僵化的东西都是坚持不住的，也不可能坚持住。坚持马克思主义，就是要随着实践，随着社会、经济各方面的发展，不断地发展马克思主义。马克思主义没有穷尽真理，也没有包揽一切答案。它所提供给我们的，更多的是认识世界、改造世界的世界观、方法论、价值观，是立场，是方法。我们必须学会运用科学的世界观来认识社会的发展，在实践中不断地丰富和发展马克思主义，只有发展马克思主义才能真正坚持马克思主义。我们年轻的社会科学博士们要以坚持和发展马克思主义为己任，在这方面多出精品力作。我们将优先出版这种成果。

2001 年 8 月 8 日于北戴河

摘 要

批判国民性是"五四"时期以鲁迅为代表的知识分子们，为实现文化转型所做的切实努力。同样处于社会转型期的北美新移民华文作家们，接续未完成的"五四"，以跨域、跨文化的视角，站在全人类的高度由批判国民性转化为凝视民族性。在此基础上探究北美新移民华文文学在西方思想、文学外发作用下，对内生的中国文学传统进行的革新与创造性转化。进一步，以文学的民族性为切入点，探究现有的中国当代文学史的空间维度存在需要更新的部分，从而观照北美新移民华文文学与中国当代文学史建构的问题。目前学者多关注中国现当代文学史的时间维度——对现代文学的起点多有争鸣，但对其空间维度的探讨还不够深入。新时期以来，随着中国的改革开放，北美新移民华人作家身份问题的复杂化、特殊化日益凸显，其作品也愈加呈现出对中国文学传统继承和转化的特质，无论是民族话语言说主体的建构，还是民族话语言说的话题、民族话语言说方式的呈现，北美新移民华文文学都有进入中国当代文学史的合理性。而现存的中国当代文学史机制将其排除在外，二者的兼容性问题存在可商榷、言说的空间。

民族话语言说的主体建构关涉着创作主体的文化身份问题。北美新移民华文作家基本都是成年后移居北美的移民一代，他们在中国完成了完整、系统的教育，更与同时代的国人一起共享了计划经济经验、市场化经验和全球化经验。在文学创作活动中，相较于国籍，他们的文化身份更应成为关注的重点。同时，北美新移民华文作家的创作心理预期指向的是与其分享共同文化经验的"想象的共同体"，其作品基本讲述的是"中国故事"，当然也有异域文化的观照、跨种族、宗教的书写，但落脚点也在于民族文化与异域文化的碰撞。这都使得北美新移民华文文学创作愈加呈现出一种人类命运共同体的态势。与此同时，中国的文学排行榜和评奖、文学批评研究等活动，长期以来都将北美新移民华文文学纳入中国当代文学体系进行观照，成为了已然存在的文学史事实。

民族话语言说的话题体现着民族话语言说的主要内容，是文学民族性的重要表征。北美新移民华文文学在"中国人"形象、中国式"家族叙事"、"民族伤痕"三个方面都有丰富、深刻的言说。接续"五四"对国民性的批判，北美新移民华文作家凝视民族性，在新的世界形势下呈现了全球华人多样的形象，他们既有弱点，更继承着勤劳、坚韧、顽强的品质，也更新着民族性的内涵。他们不仅积极投入全球化的建设中，也不断追求精神上的建构，更将民族精神寓言化表达，照亮了恪守传统又勇于创新、进取的民族魂。相较于西方文化而言，"家族"在中国传统文化中的地位尤为特殊，中国式"家族叙事"具有伦理亲缘关系为叙事重点、"家国同构性"、时空交错的网状叙事模式三大特征。北美新移民华文作家们的家族叙事，在充分吸收中国古典文学素养与"五四"现代文学精神的基础上，熔铸进西方现代文学精髓，试图跨域建立起现代民族国家想象，融会进中国文化、文学的现代化进程。这也是海外新移民作家们在全球化时代，通过家族叙事进行文学艺术探索，通过对原生民族与民族文化的重新审视，强化民族认同感的重要尝试。从19世纪中叶到20世纪中期，中华民族饱受创伤，民族伤痕已化为集体记忆深植于每一代华人的基因之中，并不会随着时间的流逝和空间的迁移而消逝。北美新移民华文作家对民族伤痕的书写投入了极大的热情，着重呈现面对抗战之殇、变革之"阵痛"时国人不屈的态度和精神，关注个体的生命状态，坚守人文关怀与历史理性的统一。

民族话语的言说方式主要呈现在文学语言的表达层面，以深掘北美新移民华文文学的民族文化语言特质。语言不仅仅是交流工具，更蕴含着一个民族特有的文化内涵和思维方式，因此"五四"时期的知识分子才会大力提倡语言的变革，以期更新民族文化、改造国民性。地域文化语言特质随着北美新移民华文作家们漂洋过海，京味、海派语言风貌在北美开花结果；北美新移民华文文学也继承了中国古典小说的语言诗学，从文言与白话中汲取丰厚的民族文学营养；更在承接由张爱玲、沈从文、钱锺书等所深耕的日常性语言系统的基础上，在铸造具有书卷气和典雅性又不失深刻性的现代汉语方面，做出了重要的实践，建立在此基础上的中国文学，才更具有世界性的品质。

无论是从话语言说的主体建构，还是话语言说的主题、话语言说的方式层面，北美新移民华文作家及其文学作品都有进入中国当代文学史的合理性。北美新移民华文文学的思想内涵、价值观念及审美表达进入当代中国人的精神观照视野，作者们由异质文化中浸染而来的新质，尤其是带有普适性的人文价值观念和思想内蕴，也作为重要构成部分参与民族文化、民族精神的建构和民族人格的改造中来，与中国当代文学承载了相同的社会文化功能么，其思想意识与艺术新质，也在一定程度上对中国当代文学的创新与发展起到了促进作用。

关键词：主体建构；民族话语话题；言说方式；民族性；北美新移民华文文学；文学史；国民性

Abstract

Criticizing the national character is an important task for the intellectuals represented by Lu Xun to realize the cultural transformation during the "May 4th" movement. The Chinese writer of new immigrants to North America are also in the social transition situation, in place of the "May 4th" unfinished, with cross-domain, cross-cultural perspective, standing in the height of mankind by national character criticism into gaze nationality. Thus, they are to explores the innovation and creative transformation of the endogenous Chinese literary tradition under the external influence of western thought and literature. Taking nationality as the entry point, this book discusses the problems of new immigrant novels in North America and the history of Chinese contemporary literature. And then explore the existing Chinese contemporary literature history of space dimension is unreasonable or need to update the part. Scholars pay more attention to the time dimension of modern and contemporary literature history-the starting point of modern literature is controversial, but the discussion of its space dimension is not deep enough. Since the new era, with China's reform and opening up, the identity of Chinese writers in North America has been complicated and specialized. Their literary works also show the characteristics of inheritance and transformation of Chinese literary tradition. Whether it is the construction of the subject of national discourse, or the topic of national discourse, or the presentation of the way of national discourse, the works the Chinese writer of new immigrants to North America have their rationality and legitimacy to access to the history of Chinese contemporary literature. However, the existing mechanism of contemporary Chinese literature history excludes them, the compatibility of the two can be discussed.

The subject construction of national discourse, which concerns the cultural identity of the creative subject. Most Chinese writes of new immigrants to North America have emigrated to North America as adults. They have received the complete education in China, moreover, they shared the experience of planned economy, marketization and globalization with the contemporaries. In literary creation, their cultural identity is more important than their nationality. The psychological expectations of the Chinese writers of the new immigrants to North America point to an "imagined community" with which they share common cultural experiences. They basically tell the "China story", at the same time, there are also images of foreign cultures, interracial and religious writings, but the foothold also lies in the collision between national culture and foreign culture, as a result, the novel creation of the new immigrants in North America increasingly presents a trend of a community with a shared future for mankind. For a long time, the Chinese literature of the new immigrants to North America has been brought into the contemporary Chinese literature system for observation, which has become the existing literary history fact.

The topic of national discourse embodies the main content of the national discourse and is an important representation of the national character of literature. The Chinese literature of the new immigrants in North America is rich and profound in "Chinese image", "Chinese family narrative" and "national scars". Following the May 4th movement's criticism of the national character, the Chinese writers of the new immigrants in North America stared at the national character and presented the diverse images of the global Chinese under the new world situation. They not only stick to the national character inheriting the qualities of diligence, tenacity and tenacity, but also renew the connotation of the national character. Actively engaged in the construction of globalization, the constant pursuit of spiritual construction, but also the allegorical expression of the national spirit, lit up the national spirit abide by the tradition and the courage to innovate and forge ahead. Compared with western culture, The position of "family" in Chinese traditional culture is particularly special. Chinese "family narrative" has three characteristics: the focus of the narrative is the ethical kinship, the isomorphism of the family and the country, and the interlaced network narrative mode of time and space. The family narratives of the new immigrant writers in North America, on the basis of fully absorbing the Chinese classical literature literacy and the "May 4th" modern literature spirit, melt into the essence of western modern literature. It tries to build up the imagination of modern nation state across the domain and integrate it into the modernization process of Chinese culture and literature. It is also the new immigrant writers abroad in the era of globalization, through the family narrative to explore literature and art, through the re-examination of the original nation and national culture, strengthen the national identity. From the middle of the 19th century to the middle of the 20th century, The Chinese nation has been traumatized. National scars have become collective memories embedded in the genes of each generation of Chinese and will not disappear with the passage of time and migration of space. The Chinese writers of the new north American immigrants have devoted great enthusiasm to the writing of national scars. It focuses on the unyielding attitude and spirit of the Chinese people in the face of the war of resistance and the "pains" of reform.

The speech mode of national discourse is mainly presented in the expression level of literary language. Dig deeply into the national cultural and linguistic characteristics of the Chinese literature of the new immigrants in North America. Language is not only a tool of communication, but also contains a nation's unique culture and the way of thinking. Therefore, intellectuals in the May 4th movement advocated the reform of language in order to renew national culture and transform national character. The characteristics of Chinese regional culture and language sailed across the seas with the Chinese writer of new immigrants in North America, Beijing dialect and Shanghai dialect are blossoming in North America. The Chinese literature of north American immigrants also inherits the linguistic poetics of Chinese classical novels and absorbs rich national literature nutrition from classical Chinese and vernacular Chinese. In addition, it undertakes the daily language system deeply cultivated by Zhang ailing, Shen congwen, Qian zhongshu, etc. They have made important practices in casting modern Chinese which is both classical and profound. Only on this basis can Chinese literature have a more cosmopolitan quality. From the perspective of the subject construction, theme and mode of discourse, The Chinese writers of the new immigrants in North America and their literary works have the rationality and legitimacy to enter the history of Chinese contemporary literature. The ideological connotation and aesthetic value of the Chinese literature of the new immigrants in North America entered the spiritual vision of the Chinese people, in which the author is infected from foreign countries with universal humanistic values, participating in the construction of national spirit and culture and the transformation of personality. They bear the same social and cultural functions as the contemporary literature created by Chinese writers. It has the thought and the art new quality, to the contemporary literature innovation and the development has also played the promotion function.

Key Words: Construction of creative subject; Topic of national discourse; Speech mode; nationality; Chinese literature by new migrants in North America; History of literature; national character

目 录

绪 论 ……………………………………………………………… (1)
 第一节 国内外研究现状 ………………………………………… (1)
 第二节 问题的缘起与相关概念的辨析 ………………………… (10)
 第三节 研究的总体思路和基本内容 …………………………… (17)

第一章 暧昧的身份 ………………………………………………… (23)
 第一节 特殊身份及其入史的可能性 …………………………… (24)
 第二节 "想象的共同体"与人类命运共同体 ………………… (29)
 第三节 已然的文学史存在 ……………………………………… (34)
 小 结 ………………………………………………………………… (41)

第二章 多维时空"中国人"形象话语的寓言化表达 ………… (43)
 第一节 "乡土"中国人 ………………………………………… (44)
 第二节 异域奋斗者 ……………………………………………… (66)
 第三节 全球漂泊者 ……………………………………………… (80)
 小 结 ………………………………………………………………… (98)

第三章 中国式"家族叙事"话语与跨域小说美学的融合 ……… (103)
 第一节 伦理亲缘关系作为叙事重点 …………………………… (105)
 第二节 "家国同构"性 ………………………………………… (121)
 第三节 时空交错的网状叙事模式 ……………………………… (136)
 小 结 ………………………………………………………………… (162)

第四章 民族"伤痕"话语与类民族志书写 ……………………（165）
  第一节 抗战之殇 …………………………………………（166）
  第二节 "变革"之"阵痛" ………………………………（179）
  小　结 ……………………………………………………（190）

第五章 民族文化语言之状态 ……………………………（193）
  第一节 漂洋过海的地域文化语言 ………………………（195）
  第二节 中国古典小说语言诗学的承接 …………………（211）
  第三节 民族文化心理语言 ………………………………（226）
  小　结 ……………………………………………………（235）

结语　民族性与全球语境下多元共生之理想 ……………（238）

参考文献 ……………………………………………………（241）

索　引 ………………………………………………………（260）

后　记 ………………………………………………………（263）

Contents

Introduction ·· (1)
   Section 1 Current Research State ·· (1)
   Section 2 The Origin of the Problem and the Discrimination of
                Related Concepts ·· (10)
   Section 3 The General Idea and Basic Content ························· (17)

Chapter Ⅰ Ambiguous Identity ·· (23)
   Section 1 Special Identity and the Legitimacy of Entering Historical
                Narrative ··· (24)
   Section 2 "Imagined Community" and a Community with a Shared
                Future for Mankind ··· (29)
   Section 3 Literary History Narratives that has Already Existed ······ (34)
   Summary ·· (41)

**Chapter Ⅱ Allegorical Expression of "Chinese" Image Discourse in
                Multidimensional Space-Time** ································· (43)
   Section 1 The Chinese People from the Rural Areas ················· (44)
   Section 2 Overseas Strivers ·· (66)
   Section 3 Global Drifters ··· (80)
   Summary ·· (98)

**Chapter Ⅲ The Integration of Chinese "Family Narrative"
                Discourse and Cross-Domain Novel Aesthetics** ········· (103)
   Section 1 Ethical Kinship is the Focus of the Narrative ············ (105)

Section 2	Isomorphism of Family and Country	(121)
Section 3	Spatio-Temporal Crisscross Network of Narrative Mode	(136)
Summary		(162)

Chapter IV National "Scar" Discourse and Ethnographic Writing .... (165)

Section 1	Wounds of the War of Resistance	(166)
Section 2	The "Throes" of "Change"	(179)
Summary		(190)

Chapter V The State of National Culture and Language .... (193)

Section 1	Regional Cultures and Languages across the Ocean	(195)
Section 2	The Continuation of Language Poetics of Chinese Classical Novels	(211)
Section 3	National Culture Psychological Language	(226)
Summary		(235)

Conclusion Nationality and the Ideal of Pluralistic Symbiosis in the Global Context .... (238)

Bibliography .... (241)

Index .... (260)

Postscript .... (263)

绪　　论

第一节　国内外研究现状

　　关于北美新移民华文文学的文学史定位问题，学界一直存在争议。海外华文文学本身确是一个跨多个区域、多种文化的杂糅体，各地区的华文文学都有自己独特的风姿，实际发展情况和创作队伍也不平衡，如果一概而论其文学史定位恐有不严谨之嫌。北美新移民华文文学作为海外华文文学极其重要的组成部分，一直是学界研究的重点。将北美新移民华文文学从海外华文文学中离析出来，探讨其文学史定位问题，不仅对于北美新移民华文文学本身意义非凡，对于整个海外华文文学来说也具有重要的参照意义。综观已有研究，从已发表和出版的大量学术论文及著作来看，目前学界共有四类观照模式。

　　第一类，将北美新移民华文文学视为海外华文文学的一部分，着眼的是北美新移民华文文学的跨域性，受西方文明和价值观的影响，受移居国文化浸润的状态。这是目前关于北美新移民华文文学最为通行的一种文学史定位方式。在《"海外新移民文学"探源》（《江汉论坛》2013年第8期）一文中，陈瑞琳认为海外华文文学有两个重要源头：东南亚和北美。而这两个海外华文文学的发源地完全不同质。因为东南亚华文文学是亚洲内部的融合，而北美华文文学是东西方文化之间的跨越。比诸上一代（20世纪五六十年代辗转从中国台湾去到北美留学、定居的华文作家），"他们浓缩了两种文化的隔膜期与对抗期，在东方文明的坚守中潇洒地融入了西方文明的健康因子，……从他们的作品中，我们能闻到东西融合的气息,也能观览到'地球人'的视野与感觉"①。陈瑞琳认为北美新移民华文文学是海外新移民华文文学的主要代表,并总结出海外新移民华文作家文学创作的两大特点:一是"正面书写异域生活的文化冲突",并指出正面表现异域世界的文化冲突,就是其主要的精神特征。二是"海外角度的'中国书写'",认为处于异国文化边缘的身份,以及离开了中国文化的土壤的状态,使得北美新移民华文作家与国内作家不尽相同,使得海外作家获得了崭新又奇妙的表达空间。

刘俊在其论文《海外华文小说:当代小说的补充、丰富和启发》中,明确表示"当代文学评论界日渐重视的主要由北美'新移民'作家和他们的作品所组成的'海外华文文学/小说',其实只是完整意义上的'海外华文文学/小说'中的一个部分"②。但是,从某种意义上讲,在目前的当代文学评论界,北美"新移民"小说基本就成了"海外华文小说"的代名词,这样的现状源自研究视野历史发展的内在逻辑性。并就以北美"新移民"文学为例指出其介入为"当代小说"带来了新鲜的东西,给中国文坛注入了独特的气质。这股新鲜而独特的气质,正是北美"新移民"文学中所蕴含的异质文化或者说文学因子。在另外一篇论文《跨区域跨文化的新移民文学》(《人民日报海外版》2016年3月24日)中,刘俊更是斩钉截铁地表示"新移民文学"并不是中国当代文学的一部分,因为"新移民文学"的创作者们已经移居到了海外,他们的作品只能是海外华文文学的一部分。在这里刘俊一再重点强调,尽管"新移民文学"脱胎于中国当代文学,但是它有自己新生出来的特点,是跨区域、跨文化的文学,兼具中国与海外两种文化内涵。在情感表达、文学观念、文学诉求、艺术理念、创作自由度等方面,"新移民文学"都有自己的独特性,是不同于中国本土文化和海外文化两种中任何一种的新文化,着重强调其异质性、独特性、跨区域性、跨文化性。

公仲先生在《新时代海外华文文学的发展》(《文艺报》2018年7月20日)一文中,以地域为划分依据,对海外华文文学的发展做了概括性的总结和论述,认为华文文学在近几年发展十分突出,形成了遍地开花的态势。他认为北美的华人作家队伍不断壮大;南美华文文学起步较晚,但

---

① 陈瑞琳:《"海外新移民文学"探源》,《江汉论坛》2013年第8期。
② 刘俊:《海外华文小说:当代小说的补充、丰富和启发》,《南方文坛》2010年第2期。

形成了新景观；东南亚华文文学依然鼎盛，尤其越南华文文学，老一代和较年轻一代的作家都笔耕不辍；日本和韩国的华文文学也有令人瞩目的新发展；近年来，澳大利亚和新西兰的华文文学更是飞速发展。显然，按地域进行分类，北美华文文学是海外华文文学的一个重要组成部分。

与之相类似，古远清先生的一篇自由谈《台湾文学是"海外华文文学"吗?》(《文艺报》2017年6月12日)，是以《扬子江评论》在"海外华文文学研究"专栏刊发了关于台湾文学的文章为契机，对海外华文文学、世界华文文学等概念进行辨析和阐释。他认为世界华文文学是由中国文学和海外华文文学构成，这是众所周知的事实。而中国文学又包含海峡两岸暨香港、澳门文学，海外华文文学首先包括东南亚华文文学，其次还指欧洲、北美洲、南美洲各国和澳大利亚、新西兰等多家的华文文学。更进一步，古远清先生认为，问题就出现在后者，因为它们"经常表现出与中国文学不同的创作立场、价值取向、人生思考和艺术经验。……他们对所在国意识形态与生存方式主动或被动的认同、接受，对移居国文化的吸收与思考，特别是对中国传统文化时有背离的情况，都成为对固有的华文文学研究观念的挑战"[①]。

第二类，从"文化场"的角度而言，将北美新移民华文文学定位为世界华文文学的重要组成部分。世界华文文学的概念，是将中国当代文学、北美新移民华文文学、世界其他国家和地区的华文文学都囊括在内。这样的文学史定位模式，突出了整个中华文化作为一个整体性的"文化场"，以"文化"为切入点，认为应该建构"文化中国"。加拿大裔学者梁燕城就认为多族裔多文化的结合本就是中国历史和现实的实际情况，而"千万计的海外华人，须要一个更为宽广的文化理念，可以用'文化中国'，以别于政治和经济上的中国……当代文化共同体的文化理念，就是'文化中国'，从精神上统一多民族的中国，带来文化上的多元和谐，建造中国人的骨气和灵魂。"[②] 梁燕城将"文化中国"的概念看作是象征中华文明的文化符号，这样的阐释基础是超越了地缘政治、经济的精神世界，是由不同色彩的价值观念所搭建而成的华语交流平台。将海外华文文

---

① 古远清：《台湾文学是"海外华文文学"吗?》，《文艺报》2017年6月12日。
② 梁燕城：《假设文化的共同体——参加政协会议后的反省》，《文化中国·卷首语》(加拿大) 2012年第1期。

学、中国当代文学等都纳入这一文化体系中，超越国家、区域的限制。正如杜维明认为"文化中国""就是为了突出价值理念，强调人文反思，使得中国也成为超越特定的族群、地域和语言含意的想象社群"[①]。

类似的观点还有马德生的论文《从异质文化冲突到融合的中国想象探源——以新移民女作家严歌苓、张翎、虹影为例》(《当代文坛》2018年第5期)从全球化的背景展开，认为"文化中国"之概念的意义不仅在于文化心理纽带的作用，不仅在于有利于增强全世界范围内华人的凝聚力，"更重要的是有助于吸纳不同地区、不同族群、不同历史文化传统，在传统与现代、中国与西方、全球化与本土化的对话融合中，使'文化中国'成为超越地域、政治、阶层、宗教限定的全球华人的精神家园"[②]。因为全球化的不断发展，跨域的移居现象会成为常态，在这种全世界范围内的人口流动中，文化的冲突与碰撞会随之走向融合，这是大势所趋。马德生从异质文化带着各自的特质又越来越走向融合的视角，打破了政治和经济壁垒。

彭志恒的著作《海外中国：华文文学和新儒学》(花城出版社2005年)从"人"的根本性问题出发，认为"文化的华文文学"是关于"人"的文学，表现的是不同于中国本土的价值观念和精神模式，继承的是"内省"的文学传统。他将"'新儒学'的思维模式作为一个语境，试图说明，按照'新儒学'的逻辑将'华文文学'纳入到中国文学的概念之下，实际上是大中华情节的自作多情"[③]。彭志恒和另外两位学者赵顺宏、刘俊峰合力撰写的《文化的华文文学的观念及其方法论意义》一文，则直接介入"文化的华文文学"的探讨，认为"语种的华文文学"这种观念一直没有获得任何形式的理论表述，并且"不恰当地规定了华文文学作为文学现象的根本属性"。鉴于此，又因为华文文学研究的肇始与发展，都应和着转型期中国文化的内在要求，所以"文化的华文文学"跨越了"语种的华文文学"的理论迷障，形成了超越，更重要的是，这"也是对未来华文文学研究的建设性期许"。因为"文化的华文文学

[①] 郭齐勇、郑文龙编：《杜维明文集》第5卷，武汉出版社2002年版，第439页。
[②] 马德生：《从异质文化冲突到融合的中国想象探源——以新移民女作家严歌苓、张翎、虹影为例》，《当代文坛》2018年第5期。
[③] 参见李贵苍《序》，载彭志恒《海外中国：华文文学和新儒学》，花城出版社2005年版，第2页。

观念的根本点在于从生命本身出发看待、批评华文文学"。三位学者不仅从整体上阐释了"文化的华文文学"的内涵与超越性，也着重梳理了认同理论及其相应的批评模式在文化的华文文学观念之下具有的方法论意义。

黄万华提出的"第三元"，借用程抱一关于"第三元"的理论，将其引入关于海外华人文学经典化问题的讨论中，提醒不能用"中国现当代经典化的尺度对待海外华文文学"，因为不仅海外华文作家的创作产生于跨文化语境中，中国研究者对其解读也处于跨文化语境中。根据程抱一先生的观点，"一元的文化是死的，是没有沟通，比如大一统、专制；二元是动态的，但是对立的，西方文化是二元的；三元是动态的，超越二元，又使得二元臣服，三元是'中'，中生于二，又超于二，两个主体交流可以创造出真与美"①。"第三元"揭示了"只有对话关系才能滋生出最高境界"②。

朱双一先生的《世界华文文学：全世界以汉字书写的具有跨境流动性的文学》一文认为"'世界华文文学'堪称本学科最为妥适的名称"。不过他认为中国文学与世界华文文学之间有如两个互有重叠的交叉圆，世界华文文学不必囊括中国文学。世界华文文学只是包括了一部分的中国文学，包括的就是中国文学中"具有跨域、跨境的流动性和能见度，进入了境外读者视野、为他们所阅读的部分"③。这部分既属于中国文学，也属于世界华文文学。而如果将世界华文文学全部涵盖进中国文学的范畴的话，又不能凸显世界华文文学的特殊价值和意义。朱双一先生也是从文化的角度将海外华文文学、海峡两岸暨香港、澳门文学等与世界华文文学的概念进行对比性梳理，但他充分认识到世界华文文学与中国文学的同一性与差异性，认为不能简单地以涵盖的方式处理学科内涵和边界的问题。世界各国、各地区华文文学与中国文学的关系，"有如一个个圆环，每个圆环自成一格，而将它们串在一起的那条线，就是共同的语言文字及其所含

---

① 晨枫：《中西合璧：创造性的融合——访程抱一先生》，山东友谊出版社2004年版，第288页。
② 张宁：《程抱一先生与他的获奖小说〈天一言〉：与张宁对话》，法国图书信息网，http//www.francebooks.info。
③ 朱双一：《世界华文文学：全世界以汉字书写的具有跨境流动性的文学》，《华文文学》2019年第1期。

蕴的共同的文化——中华民族的文化"①。

第三类，以语言为切入点，打破地域限制，将北美新移民华文文学作为海外华文文学的一部分，与中国文学共享同源的华语文学。21 世纪初，王德威、张错等海外学者先后提出了多个关键词，以期能全面阐释各地区的华人文学创作，不过各位学者的具体理念有所差异。

2001 年张错将"以话语作为母语各区域的华文文学"命名为"华文文学区域"，到了 2004 年，他进一步提出了"华语圈"的概念，以期将"不同华语地区视作一个多元性的相互影响的整体，思考华语发展如何融入全球化的概念中"②。

王德威对"华语语系文学"的建构设想，通过勾勒海外华人的文学化地理学，提出了移民、夷民、遗民论，在去政治化的前提下，建构以语言为基点的文学史脉络。王德威以海外华文学者的视角和立场阐述正统性、中国性的问题，提出了"三民"的观念以论述华语文学，"他从文化的承续、在地的认同、华夷的边界等方面着眼，讨论海外华人的自我定位和华语文学的话语策略，并试图建立华语文学研究的范式"③。2006 年春，来自世界各地的多位华文作家应王德威之邀，参与主题为"文学行旅与世界想象"的讨论，这是由哈佛大学东亚系开设的工作坊。王德威称这是他们"一起参与讨论华语语系文学的可能"。王德威关于"华语语系文学"的阐发，实际是将其作为统摄世界范围内华人用汉语进行的文学创作及相关研究，是在中国与世界的对话中展开，有助于更加全面地涵盖中国叙事的多种可能性。王德威认为可将华语语系文学视为一个辩证的起点，而不仅仅是一个整合中国大陆文学与海外其他地区华文文学的名词。并且辩证的落脚点，应该是文学本身创作和阅读的过程。"无论如何，原来以国家文学为重点的文学史研究，应该因此产生重新思考的必要。"④

刘登翰、刘小新认为中国文学和世界其他地区的华文文学，都应当成为作为语种的华文文学的研究主体。这两位学者认为既然以"语种"为

---

① 朱双一：《世界华文文学：全世界以汉字书写的具有跨境流动性的文学》，《华文文学》2019 年第 1 期。
② 霍艳：《另一种"傲慢与偏见"——对"华语语系文学"的观察与反思》，《文艺报》2017 年 5 月 31 日。
③ 张重岗：《"华语语系文学"的文化逻辑》，《中国社会科学评价》2018 年第 4 期。
④ [美] 王德威：《华语语系文学：边界想像与越界建构》，《中山大学学报》2006 年第 5 期。

观照切入口，那么应该将世界范围内的华人华文创作都囊括进来进行观照。关于"语种"的讨论可谓各家争鸣，但有一点是十分确定的："语种"问题的提出至少给我们的中国当代文学史的写作提供了一种新的启示。

第四类，把北美新移民华文文学从海外华文文学或者世界华文文学中离析出来，将其与中国当代文学做联系性考察。洪治纲先生在其论文《中国当代文学视域中的新移民文学》（《中国社会科学》2012 年第 11 期）中，从论题开始就直接阐明其支持新移民文学入中国当代文学史的观点，并进一步从创作主体的建构、新移民文学审美内蕴、表现形式等方面详细论证了将新移民文学置放于中国当代文学视域进行观照的可行性、合法性。将新移民华文文学置放于中国当代文学之中，一方面"很好弥合了中国本土文学与海外华文文学的审美疆域，并使之逐渐形成一种紧密互动的'华语文学'"，另一方面，这不仅是单纯扩充中国当代文学"审美版图"的问题，也是"中国文化在全球辐射力的提升"[①]。在另外一篇论文《"人"的变迁——新时期文学四十年观察》（《文艺争鸣》2018 年第 12 期）中，洪治纲先生认为因为新移民作家的崛起，使得新时期文学"人"的表达空间大大拓宽，也在某种程度上"为中国当代文学的发展提供了一种新的审美动向"。由此可见，其立足点确实是将新移民文学置于中国当代文学史中进行观照。

刘红林在《中国属性与跨国精神——新移民文学浅谈》（《南方文坛》2007 年第 6 期）中坦言新移民文学具有一定的异质性，并不完全等同于中国境内的当代文学，也曾被认为是 20 世纪 80 年代中国文学的一个有力补充，但"时至今日，它们已经成为中国当代文学的一个重要组成部分"。之所以如此断言，是因为从本质上来看，新移民文学是中国文学的一个重要组成部分，"不光因为它们基本上是用中文写的，是写给中国人看的，读者在中国大陆、台湾、香港等地。它们更是针对中国读者而写的，最为直接地传达出中国人眼中的西方形象，表达的是中国人在其他国家的生活状况和心理状态"[②]。

刘艳的《海外华文文学与中国当代文学叙述的兼容性问题——以严

[①] 洪治纲：《中国当代文学视域中的新移民文学》，《中国社会科学》2012 年第 11 期。
[②] 刘红林：《中国属性与跨国精神——新移民文学浅谈》，《南方文坛》2007 年第 6 期。

歌苓、张翎、陈河研究为例》一文，指出二者的兼容性问题并不会抵牾海外华文文学学科的独立性与合法性，这既是深化研究海外华文文学的需要，也是"海外华文文学学科建设及研究视域扩容的必然要求"，更是其自身发展嬗变的必然结果。而刘艳在此文中举例进行详述的严歌苓、张翎、陈河三位作家，正是北美新移民华文文学的代表作家。陈福民在《向无名者敞开的历史书写——关于张翎的〈金山〉及海外华文文学写作》(《南方文坛》2010 年第 2 期)的一开篇，就直言毫无疑问，海外华文文学是中国现当代文学的一部分。也承认海外华文文学与中国本土文学虽然紧密相联，但也呈现出相当不同的面貌。更重点阐释了新移民作家的创作视野和文化抱负渐次拓宽，他们成了海外华文文学写作的主干，"从根本上改变了海外华文文学写作的状况"。毕光明更是单独就新移民文学的入史问题作文，直接论述新移民小说应该入史，且做出了具体的论证。在《中国经验与期待视野：新移民小说的入史依据》(《南方文坛》2014 年第 6 期)一文中，毕光明从"新移民作家的特殊身份与入史的合法性""'中国经验'与文学写作的心理预期""新移民文学写作与传播已经是一种文学史存在"三个方面阐释了新移民小说进入中国当代文学史的合法性。

从以上梳理中可以发现，关于北美新移民华文文学的文学史定位问题，不同的划分方式实际体现着学者们持有不同的文学史观。"外在客观事物能否被人认识，关键不在于客观与主观自身的属性如何，而在于人所建构的认识框架如何。"① 将北美新移民华文文学定位为海外华文文学的一部分，重点考察其呈现出的异质文化特质，这样的观照模式忽视了北美新移民华文文学与文化、文学母土的血肉联系。而以"文化"为切入点，世界华文文学的定位模式看似统摄了华文文学与中国当代文学，实有浑水摸鱼之嫌，避开了二者边界的纷争，并且没有具体的可操作性展示，缺乏相应的方法论支撑。以语言为定位依据，打破地域的限制，着实具有突破性意义，但这一观照模式本身就众声喧哗，"华语语系文学"概念提出者内部本身就有分歧，"语种的华文文学"、汉语新文学等概念层出不穷，但是没有落到具体实处的畅所欲言并没有实质性、建设性的意义。可操作性不强。

---

① 张荣翼：《关于文学史研究的哲学思考》，《中州学刊》1995 年第 1 期。

此外，宏观的文学史观是必要的，但海外华文文学内部本身情况就比较复杂，不同时代、不同地区因为历史和现实的种种原因，呈现出纷繁复杂的多重面貌，大而化之的论述不利于理清其本来面貌。第四类把北美新移民文学从海外华文文学或者世界华文文学中离析出来，将其与中国当代文学做联系性考察。这样的文学史定位既考虑到了北美新移民华文文学的新质，更注意到了其与大陆母体文学、文化之间的血肉渊源，而其新质也正是它对于中国当代文学的重要意义。中国当代文学也并不是拒绝新质生成的僵化体，历史与现实都证明着，中国文学正是在坚守传统又吸收异质的开放性态势中发展壮大的。华文文学在时间上历经多个代际，在空间上几乎遍布全球，无论是历时性的发展，还是共时性的延展都呈现出不同的特质。但有一点是相通的，那就是从原生母国带来的"民族性"①。不过，我们也应据实考虑到不同空间区域、不同历史阶段的海外华文文学具有不同的特质，无论是从创作主体，还是作品本身的特质，抑或作品的传播、读者的接受等方面，都不尽相同，而对于这一点的已有研究，或是做高屋建瓴式的统一性阐释，或是从单一的作家、作品入手，没能进行系统、全面的辨析。

将北美新移民华文文学从海外华文文学，或者说世界华文文学的定位中离析出来，论述其与中国当代文学的可兼容性问题，正是本着严谨、负责任的态度，从海外华文文学自身内部的审美特质入手，对其进入中国当代文学史的合理性问题进行探究。北美新移民华文小说中的"民族性"或者说"中国风骨"正是其闪光点，是对中国文学传统，尤其是对同处转型期的"五四"文学和中国20世纪80年代文学特质的接续与发展，在融合了世界文学特质之后的创新转化。更进一步，这并非忽视北美新移民华文文学的异质文化特征，相反，北美新移民华文文学的新质正是其进入中国当代文学史建构体系的重要意义。也正是在此基础上，结合创作主体的精神建构，凸显出北美新移民华文文学与中国当代文学相融的可能性。北美新移民华文小说大多数都是中西文化、文学交流的产物，其对中国文学传统的继承并非全盘接受，也融合了世界文学的特质，是对中国文学传统在继承基础上的创新、转化。这也是中国现代小说走到今天，需要思考和面对的迫切现实。从北美新移民华文文学与中国当代文学的同源性

---

① 关于这一概念的内涵和外延，在此不做赘述，下一节将专门进行阐释。

和相互生发的角度来看，二者的发展具有同构、并行的关系。不能机械、僵化、绝对地以国籍为甄别标准，因为在这样的尺度框架下，无法客观、完整地描述文学的运行状况。从北美新移民华文文学与中国当代文学具体的文学实践的角度进行观照，即具体地考虑到在文本生产、文本接受、文学品评、传播范围、影响场域等方面，北美新移民华文文学是否能够融入中国文学之中，才是更为科学、合理，更符合文学本身发展实际的行之有效的方式。

因此，吴俊先生关于"世界华文文学"的呼号，便显得尤为珍贵。他对这一概念的设想或许给北美新移民文学乃至整个海外华文文学与中国当代文学史兼容性问题的讨论，提供了重要的提示性意义。"一个没有国家中心的'世界华文文学'概念，一个不受对立政治牵扯的'世界华文文学'概念，一个超越了现实利益冲突的'世界华文文学'概念，一个没有等级意识和身份歧视的'世界华文文学'概念，一个无所谓'世界华文文学'还是'华语语系文学'之类名实之辨的全球一体的'华文文学'概念，就成为华文文学的一种理想。"[①] 这不仅对海外华文文学史的建构提出了要求，对中国当代文学史现有的建构模式也有建设性的意义。

第二节　问题的缘起与相关概念的辨析

"新移民（华文）文学"[②] 主要是指20世纪70年代末开始，即中国改革开放以后走出国门留学、求职、经商或婚嫁，并长期居住于海外的华人作家，以汉语作为表达工具进行创作的文学作品。"北美新移民（华文）文学"又在海外新移民华文文学的基础上，在更为具体的华人移居的区域空间上做了明确的限定。现有的中国当代文学史写作，一方面损害

---

① 吴俊：《关于民族主义和世界华文文学的若干思考》，《文艺研究》2015年第2期。
② 关于"北美新移民（华文）文学"的定义，可参见陈贤茂的《海外华文文学史》（鹭江出版社1999年版），吴奕锜的《寻找身份——论"新移民文学"》（《文学评论》2000年第6期）、旅美评论家陈瑞琳的《"迷失"与"突围"——论海外新移民作家的文化"移植"》（《华文文学》2006年第5期），刘红林的《中国属性与跨国精神——新移民文学浅谈》（《南方文坛》2007年第6期），倪立秋的《新移民小说研究——以严歌苓、高行健、虹影为例》（复旦大学博士论文，2008年），陈辽的《"新移民文学"中的长篇杰作——读评林湄的〈天望〉》（《华文文学》2008年第1期），洪治纲的《中国当代文学视域中的新移民文学》（《中国社会科学》2012年第11期）等著作、论文。

了海外华文文学的整体利益,削弱了海外华文文学的发展态势,也忽略了北美新移民华文文学与中国本土文学的血肉联结;另一方面还束缚了中国本土文学的世界性拓展,不利于中国本土文学的兼容并蓄。北美新移民华文文学作为海外华文文学的重镇,既跨域又回望的姿态及思想内涵、审美价值有必要进入中国人的精神视野,尤为重要的一点是,其中创作主体携带的从异域浸润而来的普适性的人文价值观念,参与民族精神文化的建构和国民人格的改造,不正与"五四"知识分子们隔着时空的距离相互应和么,这也在某种程度上说明,北美新移民华文作家们的文学创作承载了与中国作家创作的当代文学相同的社会文化功能。它与中国本土20世纪80年代文学的"求新生于异域"、兼容并包有异曲同工之妙的同时,所具有的思想、艺术新质,又坚定对母土民族话语的言说,对中国当代文学的创新与发展,尤其是与世界文学的良性互动起到了不可替代的促进作用。

将文学的创作主体由"国之民"迁移为"族之民",将中国当代文学的观照视野从"国民性"延伸至"民族性",不仅是文学研究视阈的变化,也是文学史自身发展规律的需要,更是顺应全球化趋势的重要尝试,这不是被动地迎合世界,而是在保持"民族性"基础上的主动参与。当然,这对当前的中国当代文学史的模型提出了一定的挑战,但同时这样的挑战并非简单企图扩充中国当代文学史的空间容量,中国当代文学的面貌,或许会因北美新移民华文小说的介入呈现出崭新的特质,也不是无事生非,而是带着强烈的问题意识,在历史、现实的基础上,做出的有利用未来中国文学发展的有益尝试。

北美新移民华文作家对民族话语的言说,并非意味着其创作只继承了中华文化传统,当然有异质文化的介入,中华文化传统本身也不是一成不变的僵硬铁板,而"不同文化之间的互动与杂交成为当今世界文化的基本'特色'"[①]。作家们进行创作的指导思想和具体操作时的方式,无论成熟与否,都是华文文学背靠传统面向世界的重要尝试性实践。在思维方式、价值观念、语言表达等方面都提供了新的视角。这种更新并不意味着要彻底抛弃自己的话语系统,完全套用西方的话语系统,而是在从"国民性"到"民族性"的跨越中,试图超越身份限定的视域局限,以期成就文学史的理想观照状态。

[①] 陶东风:《全球化、后殖民批判与文化认同》,《东方丛刊》1999年第1期。

于是，想要厘清上述话题的探讨基石与内容立足点，就必须对相关重要的概念做开宗明义的辨析。何谓"文学话语"？何谓"民族性"？何谓"文学的民族性"？是进行深入阐释的重要基石。

所谓文学话语，是指："文学把握世界方式的外部表现形态，在文本意义上就是作品化的表达，既是语言方式亦是语体方式，既是叙述方式亦是艺术思维方式，是思性和悟性的呈露和展现，当然也还包括创作和理论两个方面。"①

"民族性"在没有文学做前缀进行限定的时候，按照英国学者安德森的论述，是"一种特殊种类的文化制造物"，即是一种"想象的社群"②。即"民族性"包含了人们的情感、想象和幻想等，来自人们对于特定民族的独特生活方式的"想象"。因此，安德森把"民族"（nation）定义为"一种想象的政治社群，并且被想象为既是内在有限的又是至高无上的政治社群"③。

据此，王一川认为，"文学民族性"是指"文学所显示的特定共同体的生活方式的特性。文学的生产与消费、传播媒介、语言、形象及意蕴等方面，都可能体现出这种特定的民族性内涵"④。安德森关于民族性的定义可见文化的重要分量，在未与文学发生连接的时候，民族性本身就是文化的产物。王一川对文学民族性的界定包含了文学活动发生的几乎全部环节，但到底具有何种特定民族性内涵才能称北美新移民文学与中国当代文学兼容呢？对这一问题的回答就需要对文学民族性的呈现做出方法论意义上的阐释。据此，其他学者的看法或许可提供一定的借鉴意义，比如张江认为，"文学意义上的民族性，……主要还是由行为方式、生活习性所体现的一定民族所特有的精神气质与思想意识。这种内在的东西，才应该是民族性的魂魄"⑤。从这一定义我们至少可以归纳出关于文学民族性两方面的内容，首先在文学的形式层面，是文学语言文字或者叙述方式呈现的民族特色；其次是在文学的思想内蕴层面，是一种特有的思想意识、精神

---

① 王列生：《世界文学背景下的民族文学道路》，安徽教育出版社 2000 年版，第 246 页。
② Benedict Anderson, *Imagined Communities: Reflections on the Origin and Spread of Nationalism*, London, NewYork: Verso, 1991, p. 4.
③ Benedict Anderson, *Imagined Communities: Reflections on the Origin and Spread of Nationalism*, London, NewYork: Verso, 1991, p. 4.
④ 王一川：《当前文学的全球民族性问题》，《求索》2002 年第 4 期。
⑤ 张江：《重建文学的民族性》，《人民日报》2014 年 4 月 29 日。

气质。而后者是更为核心、本质的所指。结合起来整体观之，文学的民族性一般指文学作品中所体现出的独特民族意识、民族精神。具体到文学创作的实践中，是作品凸显出的民族历史建构、思想意识、修辞策略、语言表达、审美指向、思维方式等方面。联系到北美新移民作家的华文文学创作，更在于作家在认同民族文化的基础上，在其文学创作的中表现出的文学话语言说的民族性特征，主要表现在创作主体的身份建构、精神建构，主题意蕴的传递，叙事语言的组织，表现手法的运用，叙事策略的选取，叙事情感的表达，等等。

关于民族性，鲁迅曾在评价陶元庆的绘画创作时直接谈到过，他说："他以新的形式，尤其是新的色来写出他自己的世界，而其中仍然有中国向来的魂灵——要字面免得流于玄虚，则就是：民族性。"进一步，鲁迅认为陶元庆绘画的可贵之处就在于"和世界的时代思潮合流，而又未桔亡中国的民族性。"[①] 鲁迅不仅关注到了文学民族性的多个具体层面，更重要的是，他指出了民族性的更新与对话性。关于更新，鲁迅曾说过，讲民族性，并不是要重复古人的语言，他举做文章的例子进行说明，认为现代人与苏轼、韩愈并未处于同一时代，我们要是用他们当时的话写文章，且不论能不能做到，就算能够写得像那也不是现代的声音，而是唐宋时代的声音。而"我们要说现代的，自己的话；用活着的白话，将自己的思想、感情直白地说出来"[②]。在这个意义上，鲁迅看到的是文学民族性与现代性之间的沟通，民族性并非一块铁板，而是在保持民族独特精神气质的前提下不断更新，呈现具有时代精神的面貌。不仅如此，对于文学民族性的探究，鲁迅更深入到另外一个意义层面，他认为"采用外国的良规，加以发挥，使我们的作品更加丰满是一条路；择取中国的遗产，融合新机，使将来的作品别开生面也是一条路"[③]。"中国的遗产"和"外国的良规"相结合，呈现的是民族性与世界性的对话。

鲁迅关于文学的民族性概念的概述，凸显出无论是文化的民族性还是

[①] 鲁迅：《当陶元庆君的绘画展览时》，载《鲁迅全集》第3卷，人民文学出版社2005年版，第573、574页。
[②] 鲁迅：《无声的中国》，载《鲁迅全集》第4卷，人民文学出版社2005年版，第15页。
[③] 鲁迅：《〈木刻纪程〉小引》，载《鲁迅全集》第6卷，人民文学出版社2005年版，第50页。

文学的民族性，都具有一种开放的属性。融合世界性的新机而不拘于自我传统，吸收现代品格而不困于古典陈规，在双向互动、更新与对话中，使民族的文学传统发生创造性的转化。正如黑格尔认为，"传统并不是一尊不动的石像，而是生命洋溢的，有如一道洪流，离开它的源流愈远，它就膨胀得愈大"。① 也正是在这个意义上，胡风在20世纪40年代对"民族形式"的定义可谓对鲁迅文学民族性的重要承接，他认为"民族形式是由于活的民族斗争内容所决定的。能通过具体的活的形象，即中国作风与中国气派成功地反映了特定阶段的民族现实，就自然是民族的形式"②。前一个"活"凸显了民族的现实处境，后一个则强调了文学民族性的开放性、流动性特征。

既然文学的民族性并不是恪守僵化的传统沉疴，而是随着传统的更新而流动、发展，那么随着与世界对话交流程度，文学民族性必然也成了一种基于全球化语境的民族文化创造。这不仅是北美新移民华文文学相较于中国本土文学呈现出新质的原因，更是若将二者纳入共同的文学史关照体系，北美新移民华文文学作为与世界文学交融前哨的重要意义之所在。也正是在这个意义上来说，北美新移民华文文学的融入，激发了文学民族性与全球化相互悖逆又相互共生的态势。文学民族性显示其据以存在的充足理由，是在与全球化相辉映的时候。"没有全球化语境，何来民族性问题的提出及其重要性的凸显？简言之，没有全球化，何来民族性？"③ 所以，或许我们可以这样理解，所谓文学的世界性其实就生存于具体的民族性中，民族性既是文学走向世界、融入世界的独特价值，多样文学民族性的呈现，反过来又确立了世界文学在现代社会的存在形态。

在明晰了一般民族性、文学民族性的概念，文学民族性开放性的属性，和文学民族性与世界性的相互关联之后，在这样的背景中探讨北美新移民文学与中国当代文学史的兼容性问题，便有了更深厚、广阔的学术讨论基石。当我们将观照的视角重新拉回到北美新移民华文文学自身的时候，文学民族性在其中的呈现便也显现出多样的特性。当然，那些来自母体文化中的文化民族性，或者说民族精神气质深植于海外华文作家的内心

---

① ［德］黑格尔：《哲学史讲演录》第1卷，商务印书馆1997年版，第8页。
② 胡风：《论民族形式问题》，载《胡风全集》第2卷，人民文学出版社1981年版，第787页。
③ 王一川：《当前文学的全球民族性问题》，《求索》2002年第4期。

幽密,"数千年来勇敢、勤劳、俭朴、孝敬祖先、忠诚国家,乃至古代既有'大公无私','老吾老以及人之老,幼吾幼以及人之幼'大同理想和'先天下之忧而忧,后天下之乐而乐'的克己奉献精神,还有'国家兴亡,匹夫有责'的爱国主义思想"[①],等等,这些民族精神气质与文学碰撞时幻化成具体的文字流泻于字里行间的时候,便成为其文学作品具象的民族性呈现,而蕴藏其中的民族审美意识指向则成为抽象的民族性呈现。一个民族的文化,并非一成不变,而是在长期的历史积淀中,通过不断融合、不断创新而形成的超稳定的心理结构,时间的变迁和空间的位移并不容易将其改变,因为民族文化外化于人们的行为规范、生活习惯、言谈举止等,内化于人们的思想情感、价值观念、伦理道德等方面。与此同时,北美新移民华文作家的文学作品也随着与世界的融合,与迁入国文化的交汇,表现出异变的特质。"首先,民族性是海外华文文学创作中的精髓;其次,在恪守民族文化传统的同时,突破母体文化,将移民群体色彩涂抹到其创作文本中;再次,冲出东西方文化夹缝,寻求独特的文化归宿。"[②]民族传统是流动的,真正承续传统,是在尊重传统基础上的突破和超越。

北美新移民华文文学对民族话语的言说,是接过"五四"的担子,从批判"国民性"到如今因为社会历史的变迁和具体现实的变化而凝视"民族性"。其核心指向一是以北美新移民华文文学为突破口,探讨整个海外华文文学与中国当代文学之间的关系,与民族文学传统之间的关系,另一方面也是以北美新移民华文文学为阵地,商榷中国当代文学史目前的通行模式。北美新移民华文文学之所以独具特色,一方面在于它承续了海外华文文学的基本特质,即含有"异质性"和"流散性","是一个非常特殊的文学空间,是和本土文学不同的新的汉语文学形态,作为全球化语境下'流散'及其写作研究的一个领域,有其先行性和前沿性"[③];另一方面,也"在于它挣脱了以前的华文文学(包括移民文学)中相对单一的恋乡情结,减弱了创作主体对漂泊、孤独与感伤的迷恋性书写,极大地丰富了移民文学内在的流散文化内涵,也超越了其在居住国和祖国所处双

---

① 张炯:《世界华文文学概要》,人民文学出版社2000年版。
② 彭燕彬:《依归与超越——海外华人华文文学民族性及其异变之再思索》,《河南社会科学》2002年第6期。
③ 饶芃子:《全球语境下的海外华文文学研究》,《南方文坛》2009年第1期。

重边缘位置之局限"①。陈瑞琳就认为，相较于前辈移民作家（大部分20世纪五六十年代经由中国台湾去到欧美留学后定居），北美新移民华文作家不仅在民族文化回望中又呈现出明确的反叛和超越色彩，也迥然不同于其他华裔英文作家的"殖民心态"，因此北美新移民作家们的创作呈现出一些崭新、复杂而又丰富的品格："'新'在文化移植的发现开拓，'新'在精神迷失后的独立寻找，'新'在对母文化的审视和超越，'新'在对历史时空的重新再现。"②

于是，在与母土文学传统和世界文学的对话中，北美新移民华文文学的文学史意义便清晰凸显出来：东方与西方、传统与现代、"民族性"与"人类性"都被一一联结了起来。这多重的联系与观照，是北美新移民华文文学与"五四"文学某些精神实质隔着时空的遥远距离重逢，这不是简单的偶然邂逅，而是在现代思想、当代意识照耀下的再发现和重铸民族灵魂。相对"五四"，它或许更进一步。也就是说，至少在北美新移民华文作家这里，从批判"国民性"到凝视"民族性"，既重新找回了现代知识分子的责任与担当，也深切回望、继承着民族文学传统，并做出了创造性转化的重要尝试性实践。北美新移民华文文学所传递出来的深刻、诚挚的民族话语言说，"真诚的，深入的，大胆的看取人生并且写出他的血和肉来"③，找回了批判社会弊端、针砭现实、热忱地干预现代生活的战斗态度。而这样的"战斗态度"秉持的是开放、包容的世界性眼光，更依凭的是深厚、扎实的民族文化、文学传统。

尽管已有少数相关学者考虑到北美新移民华文文学与中国本土文学的血肉相连，及现实状况和学科发展的需要，将北美新移民华文文学，甚至整个海外华文文学纳入中国当代文学的视域中来观照，但对中国当代文学史的空间拓展问题、内涵界定和言说方式并未提出具体异议，即基本在认可中国当代文学史的写作范式的基础上展开。据此，笔者认为有必要对北美新移民华文文学呈现的民族话语言说做详细梳理和阐释，充分论证其进入中国当代文学史的科学性、合理性和必要性，并在一定程度上兼及对文

---

① 洪治纲：《中国当代文学视域中的新移民文学》，《中国社会科学》2012年第11期。
② 陈瑞琳：《"迷失"与"突围"——论海外新移民作家的文化"移植"》，《华文文学》2006年第5期。
③ 鲁迅：《论睁了眼看》，载《鲁迅全集》第1卷，人民文学出版社2005年版，第254—255页。

学史写作范式的讨论。

第三节 研究的总体思路和基本内容

北美新移民华文文学接续"五四"文学传统，吸收新时期文学的反叛精神，又熔铸域外经验，"凝视"民族性，是对批判国民性的创造性转化。其文学创作在中与西、传统与现代的双重四维坐标系中展开，以言说民族话语，这是中国文学史无法回避和忽视的现象，也是北美新移民华文文学入史的重要立足点。

"'中国当代文学'应该是全体'中国人'的当代文学，这个'中国人'应该超越政治、意识形态和地域的限制，而具有整体的包容性。但我们的'当代文学史'实际上却仅仅局限为'大陆当代文学'，港澳台及海外华文文学基本上被排除在外。"[①] 这是中国当代文学史空间结构上的缺陷，从这个意义上来说，现有的中国当代文学史呈现出较强的排他性，这在一定程度上遮蔽了中国当代文学真实、实际的面貌。针对现行的中国当代文学史，几十年间众多学者不停尝试其他文学史写作模型，以期完善当前文学史写作。

20世纪80年代，"重写文学史"的浪潮勃兴，学术界开始反思既往文学史所存流弊。随着海外华文文学的蓬勃发展，解决它与中国当代文学史之间的兼容性问题变得尤为迫切，而现行的中国当代文学史大都将此问题悬置，或采取回避态度。被公认极具学术含量的洪子诚先生的《中国当代文学史》，将中国当代文学做了特别的限定，将时间维度划定为1949年以来，将空间维度圈定在"中国大陆"这一区域中。至于世界其他区域的华文文学，洪子诚先生认为需要提出另外的文学史模型来解决。至于这"另外的模型"到底是什么，洪子诚先生并未做详细论述。可见，洪子诚先生认为现行的中国当代文学史的写作范式很难将"中国"以外的华文文学进行"整合"。鉴于此，学者们不遗余力加深研究，以期能够建构一个相对完善和科学的"整合"式模型。

"华语语系文学"是王德威等海外华人学者的有效尝试。针对"华语

[①] 吴义勤：《文学史的"正途"——读〈中国当代文学史稿〉兼谈文学史写作的相关问题》，《南方文坛》2006年第6期。

语系文学",王德威提出了"世界中的中国文学"和"中国文学的现代视角",突出呈现在由其主编的《新编中国现代文学史》。所谓"新编","世界中"的理念就是"新"视角之一,以此为文学史的切入角度,试图整合中国现当代文学与海外华文文学。

黄万华也从"语言"的角度进行思考,提出了"20世纪汉语文学"的设想,明确指出这一概念的思考对象是20世纪包括海峡两岸暨香港、澳门地区、海外华人社会在内的中文写作。"留摄下民族新文学的完整历史面影"①,以期沟通存在于这几个空间的华人汉语文学的血脉联系。带着百年后的人们对这段历史的"接受",关注的是"五四"之后民族新文学的整体面貌,而不再纠缠于创作主体的居住地身份的愿景,从揭示生命整体意识的角度进行阐发,是黄万华先生将海峡两岸暨香港、澳门地区、海外华人社会的汉语写作进行整合的文学史立足点。他认为即使没有全球化语境的冲击,20世纪汉语文学史观也是必要的,因为治文学史者,不能仅从自己的偏好与情趣出发,尽管这在具体的实践过程中无法完全避免,但不能因此就排斥任何一种文学。更进一步,脚下的这片土地当然是治文学史者文学生命的出发点,但不能围限于脚下,应将视野拓展至更广大的空间。至于具体的操作方法,黄万华取"天、地、人"的文学史思路,呈现"本土精神""文化传统"和"外来影响"三个侧面,又分别对应文学的"时间性""地域性"和"审美主体"。更是认为"边缘"恰恰是文学史活力之所在。②

曹万生主编的《中国现代汉语文学史》也从"语言"的角度进行建构,提出了"中国现代汉语文学"的概念。将中国现代汉语文学的特性概括为:人文性、审美性、文学性三者,又根据中国现代汉语文学的综合演化,以上述三者特性统一为标准,将中国现代汉语文学史划分为六个历史时期。其中,在第六阶段"中国现代汉语文学多元期(1989—2006)",就专门用一章的内容对"旅外华人"的汉语文学创作情况进行论述。曹万生的"中国现代汉语文学史"是回到文学的语言艺术本体,认为现代汉语既是中国现代文学区别于古代文学的根本标志,以此为划分依据也可

---

① 黄万华:《生命整体意识和"天、地、人"观念》,载《中国和海外:20世纪汉语文学史论》,百花文艺出版社2006年版。
② 相关具体论述见黄万华《中国和海外:20世纪汉语文学史论·绪论2》,百花文艺出版社2006年版,第8—20页。

解决文学时代分歧的争议,更在全球视野中体现出现代汉语文学的世界意义。

朱寿桐先生又提出"汉语新文学"的设想,他认为上述"中国现代汉语文学""20世纪汉语文学"概念,看似将"汉语文学"的原有张力凸显了出来,但在文学史的空间建构上仍然人为设定了限制。他认为,学界目前提出的"中国现当代文学""台港澳文学""海外华文文学""20世纪中国文学""中国新文学""世界华文文学"等概念外延含混、内涵龃龉,呈现出零散、嘈杂、纷乱的学术现象。而无论是"中国的现代、当代文学",还是"台港澳文学",或者"海外华文文学",都以汉语进行写作,可先暂且不纠缠于所属时代是当代还是现代,也可暂且不强调所属空间是中国本土还是海外,都可以而且也应该都被整合为"汉语新文学"。这一命名也可直接呈现出其与汉语旧文学传统的联系与区别。他认为无论是本土还是海外的汉语写作,都是不可分割的一个整体,而"中国现当代文学""海外华文文学"等概念合谋将其拆卸成不同的板块。朱寿桐先生更是直言,早就已有一些研究者注意到"中国现当代文学"这一所谓"合法"命名存在不合理之处,因而学者们纷纷针对这一现状进行探索,以图能够寻求到概念的突破。

上述学者各自从不同角度呈现了他们对文学史建构模型的设想,对现存的"中国当代文学"学科命名、内涵、边界、外延等问题提出了自己的看法,也提出了不同的概念,以期能完整、全面、科学、合理地整合各个华文文学创作的板块。当然学界的努力不仅仅只有上述几位学者,比如还有朱德发先生关于"现代中国文学史",王富仁先生关于"新国学""汉语新文学""文化的华文文学"的比较阐释,等等。前辈学者为创建现代文学这门学科殚精竭虑,在文学自身发展规律和历史、现实的基础上做出考量,建构起了目前这样的学科格局,但这并非意味着这一既定模式就已尽善尽美。"今后年轻一代的学者的历史任务,可能是消解现有的格局,把现代文学研究纳入更大的学科之内,或者重新建构新的学科。"[①]

从学者们对文学创作板块进行"整合"的努力,至少可以得出这样

---

① 樊骏:《中国现代文学论集》(上),人民文学出版社2006年版,第521—522页。

一个事实,那就是海外华文文学与中国当代文学[①]之间确实存在血肉联系,他们之间存在可兼容的合理性。由于海外华文文学内部本就呈现出纷繁的状态,因不同区域和时代,不同历史与现实的原因,存在显著差异。北美新移民华文文学发展较为成熟,因而从治学严谨的态度出发,也受个人能力所限,便将探究的核心置放于北美新移民华文文学与中国当代文学的兼容性问题上。这是从整体性宏观的角度进行的判断,具体到文学创作本身,便是北美新移民华文文学对民族话语的言说。尤其是其承接"五四"文学传统,吸收新时期的"反叛"精神,又融合域外文学创作观念精髓的丰赡内蕴,使其不仅能与中国当代文学相兼容,更成为中国文学与世界文学对话的前哨。这并不是刻意要把"出走"的海外华文作家们又硬生生地拉扯回来,而是在文学世界性、人类性日益凸显的大背景下观照中国现代小说创作的发展和创新,以及挖掘出作品所表现出来的在整个文学史意义上的闪光点甚至独特性,在深度和广度上力所能及地拓展开来。这对于丰富海外华文作家的小说创作视域和厘清北美新移民华文小说的创作脉络具有重要意义;对于中国现代小说走到今天,并且继续前行也具有重要的参照意义;对于研究中国文学传统在海外、在当代的接续、创新和继承,更是具有不可替代的多重意义。母土文化的强大凝聚力将北美新移民华文文学的创作主题坚实定格于中华民族传统文化的"本元",使其在走向世界、融入异域的时候不溢出民族文学的"围城","民族性"便将北美新移民文学与中国当代文学沟通到一起,形成了一个共同的文学空间。

根据以上民族话语的核心,除开绪论部分,笔者将本书划分为五个章节,从不同角度来观照北美新移民华文文学对于民族话语的言说。

第一章,从身份角度进行探究。北美新移民华文作家于20世纪70年代末80年代初开始陆续走出国门,他们与华人劳工不同,多是高级知识分子,在国内完成了高等教育,陆续出国留学、经商。相较于国籍,北美新移民华文作家们的文化身份是在文学创作活动中,更应该也更值得被考察的重点。他们大都在不用担心经济状况的境况下开始文学创作,基本是

---

① 尽管学界众声喧哗,提出多种文学史模型的设想,但就研究现状来看,虽然"中国现当代文学"学科的命名受到不同程度的冲击,但至少目前"中国现代文学""中国当代文学"还是通行的具有至高合法地位的学科命名。"海外华文文学"也还是除开中国本土之外,对世界范围内华文文学创作的通用度最高的命名。

出于内心真实的情感表达,其创作更是充满"中国经验"。创作的心理预期也指向与其有着共同生活经验的读者即文化共同体内的成员,共同来分享他们审美经验的表达。他们的创作可以说是在中国当代文学的基础上谋求的创新和发展,以获得中国文坛的认可,以实现由边缘向中心的回归。中国的各种文学奖项、排行榜,对待北美新移民华文小说也一视同仁。中国出版的多种文学史以及学者们的文学评论,也陆续以多种形式将其纳入观照范围。

第二章,从"中国人"形象话语着手,探索北美新移民华文作家们在全球视野中,对故土中个人多层面形象的书写和观照。分别从"乡土中国人""异域奋斗者""全球漂泊者"三个方面呈现北美新移民华文文学对中国人形象话语的呈现,在继承"五四"批判国民性的基础上,结合历史与现实创造性转化为凝视民族性,对域内域外、历史与现实中的"中国人"做出饱满刻画,是对故土、故人做出的寓言化表达。

第三章,从家族叙事话语的角度进行探究,以挖掘北美新移民华文文学在继承文学民族性的基础上,与跨域小说美学的融合。"家族小说"并非中国所独有,但结合特有的民族文化传统和文学言说方式,中国式"家族叙事"呈现出不同于西方"家族小说"的重要特征,即以伦理亲缘关系为叙事重点;充分体现家国同构性;采用时空交错的网状叙事模式。北美新移民华文作家在承接中国式家族小说的叙事内涵的同时,又熔铸进跨域的小说美学,传统与现代、民族与世界形成良性互动。

第四章,从整个民族的"伤痕"话语切入。北美新移民华文作家的创作呈现出强烈的济世情怀与载道意识,接续"五四"启蒙现实主义文学传统,重启、更新"人"的文学。北美新移民华文作家们大都对抗战的书写具有深厚情结,又处于中国改革开放及与世界接轨的前沿。对这两层"伤痕话题"的言说更是站在世界性的、全人类的角度探讨,融合东西不同的观照视角,超越对具体历史进行评判的局限,进入到精神、人性层面进行反思。

第五章,以民族话语的言说方式为重心,阐释文学语言中所蕴含的独特的民族特质。研究北美新移民华文小说中的语言,是从语言的民族文化性去考察小说的一个元素,而不是从文化性去看小说,从文化去研究小说容易归于内容与思想性的讨论,从语言去讨论小说的词汇、句子看的是形式因素,是语言中的文化表达,它是与民族文化心理密切相关的民族话语言说方式，与语调、调式、风格密切相关。无论是地域文化语言的漂洋过海，或者对中国古典小说语言诗学的承接，还是民族文化心理语言的表达，实乃民族精神发扬提升之所系。

整体观之，第一章从"身份"角度阐释北美新移民华文小说入史的合理性；第二至第四章分别从"个人""家族""民族"三个层面逐一探究民族话语的言说，从民族话语话题的方面论证北美新移民华文小说与中国当代文学兼容的可能性；第五章则从民族话语言说的语言方面进行观照，从言说方式的角度商榷北美新移民华文小说与中国当代文学史建构。

本书试图从历史描述模式和单薄的个案研究方法，转向以问题为中心的研究模式，深掘北美新移民华文文学中的民族性特质。贯彻传统与现代流变、中外对话的原则和方法，力图做到梳理出明晰的历史线索，又呈现出厚重的观念辨析。将北美新移民华文文学，尤其小说从海外华文文学中离析出来，讨论它与中国当代文学的血亲关系，着眼的是文学批判历史和剖析人性的社会文化功能及审美作用，及如何调试、确认中国文学与世界文学的关系。这样处理并非一味夸大北美新移民华文文学的成就，也不是将进入文学史作为判断文学价值的最高准则，而是北美新移民华文文学作为跨文化场景中视界融合的产物，是中国文学与世界交流的前哨，北美新移民华文文学进入中国当代文学史对于拓展中国当代文学的审美经验意义重大。给渐趋成熟的北美新移民华文文学做清晰的文学史定位，将其置于中国当代文学史的观照视野，会使之呈现出新的色谱，效果是改变中国当代文学的面貌，给中国作家以艺术启示，也挑战和修正中国作家的期待视野，更是展望中国文学与世界文学更深层次的良性互动与交流。

第一章

暧昧的身份

　　身份，是中国主流文学史叙述排斥北美新移民华文文学进入观照体系的重要原因。但是，有三方面的问题需要引起重视，首先，作为国籍意义上的身份是法律属性的问题，而作为民族的、文化的身份才是关涉文学更为重要、关键的层面。美国当代政治学家亨廷顿就认为，"冷战"结束后，世界范围内人与人之间最重要的区别不是意识形态、政治、经济领域的差异，而是文明、文化的区别。正如他在《文明的冲突与世界秩序的重建》中所言："在当代世界，'他们'越来越可能是不同文明的人。"①人们不是用国籍，而是用宗教、祖先、习俗、价值、历史、语言等来界定自己，在宗教社群、种族集团、民族身份，以及在最广泛的文化层次上认同文明。基于此，在他看来，到了20世纪90年代，人们更多地体现为对族性认同或群体身份问题的关注。

　　其次，海外华文文学是一个很笼统的概念，不仅包括除了中国之外世界各地华文文学创作的存在区域，还包含着相关的文学现象、作家群体等。而它们又都处于特质各异的动态历史生成过程中，历时性发展、空间性特征基本都不同形。因此，所谓"海外华文文学不能进入中国当代文学史"，并非意味着海外华文文学之中某一类或某一历史时段的文学不能进入中国当代文学史的研究视野。因为，如果中国当代文学史不能不加区分地包含海外华文文学，那么同理，也不能不加区分地做一刀切式处理，将整个海外华文文学都排除在中国当代文学史之外。

---

① ［美］塞缪尔·亨廷顿：《文明的冲突与世界秩序的重建》，新华出版社1998年版，第133页。

再者，北美新移民华文作家们的特殊身份，并非决定了研究他们的目的仅仅是"发现移居海外的中国人处理中西文化冲突时的独特经验"①。

北美新移民华文文学作为海外华文文学独具魅力、发展较成熟的一支，具有进入中国当代文学史研究的合理性。作为中国新时期文学在海外的延伸，又因为创作主体暧昧的身份，北美新移民文学与中国当代文学的粘连性远高于其作为海外写作的独立性，因此，将其纳入中国当代文学史的视域进行观照，不仅不会有损其学科独立性，反而更有利于发掘它的文化与艺术价值，也有利于发挥它继承"五四"、共时新时期文学的社会与审美作用，更有利于中国文学与世界文学对话、交流，带着民族性走向世界。

第一节 特殊身份及其入史的可能性

北美新移民华文作家是指20世纪70年代末80年代初开始，即中国改革开放以后走出国门奔赴北美留学、求职、经商或婚嫁，并长期居住于海外，以汉语作为表达工具进行文学创作的作家。代表作家有张翎、严歌苓、袁劲梅、薛忆沩、陈谦、李彦、王瑞芸、曾晓文、陈河、苏炜、查建英、陈九、少君、郁秀、吕红、黄宗之、朱雪梅伉俪、卢新华、沈宁、施雨、施玮等。这些作家都是中国改革开放后的第一代移民，基本都在中国接受了完整的高等教育后才走出国门，留学是他们主要的移居方式，因而也有论者将他们的文学创作划分到"留学生文学"中。比如张翎1983年毕业于复旦大学外文系，后于1986年赴加拿大留学；薛忆沩1985年毕业于北京航空航天大学，获工学学士学位，1996年毕业于广州外国语学院，获文学博士学位，曾任职深圳大学文学院，2002年移居加拿大；李彦1987年毕业于中国社会科学院研究生院新闻系，旋即赴加拿大留学；曾晓文，获得南开大学文学硕士学位，后赴美留学，获得锡拉丘兹大学电信与网络管理硕士学位，2003年移居加拿大；施雨，1988年毕业于福建医科大学，后赴美，通过了美国西医执照考试；查建英，20世纪80年代毕业于北京大学，后赴美留学；沈宁，1977年进入中国西北大学中文系，

---

① 陈国恩：《海外华文文学不能进入中国当代文学史》，《中国现代文学研究丛刊》2010年第1期。

1983年赴美留学；少君，20世纪70年代末进入北京大学学习声学物理，80年代赴美国德州大学攻读经济学博士学位，等等。可见，北美新移民华文作家基本都在中国国内接受了完整的大学本科教育，有的甚至还获得了硕士、博士学位之后才赴北美，是在文化人格、价值观念定型后才走出国门留学、工作、定居，进而加入迁居国国籍。尽管北美新移民华文作家们的国籍改变，"但是对于文学创作来说，真正起作用的主要不是政治身份，而是文化身份"[①]。其文化人格并不会随着移民而被完全"更新"，其文学作品传递出来的文化身份才是更重要的关于身份的确认。

此外，北美新移民华文作家，大都不是全职写作，他们绝大多数都拥有能够保障其良好物质生活的一技之长，在度过了移民初期的艰辛之后，都摆脱了生存之忧。比如张翎，不仅在加拿大的卡加利大学获得了英国文学硕士的学位，更在美国的辛辛那提大学获得了听力康复学硕士学位，并曾在加拿大长期从事听力康复师的工作。还有陈谦、施雨、黄宗之、朱雪梅伉俪等，他们都不是学文学出身。陈谦获爱达荷大学电机工程硕士学位，长期供职于美国硅谷的芯片设计行业；施雨学医出身，考取了美国的西医执照，并在美国的德州大学西南医学中心和纽约下城医院等工作过十几年；黄宗之、朱雪梅伉俪均是医学硕士，在国内时任职于湖南某大学医学院，到美国后又长期从事生物学研究。苏炜、袁劲梅、李彦都在北美著名大学中担任教职，苏炜为耶鲁大学东亚系中文部负责人，袁劲梅是美国克瑞顿大学的哲学教授，李彦担任加拿大滑铁卢大学孔子学院院长。他们主要出于内心情感表达的需要和个人爱好的目的进行文学创作，这种非功利性的写作使得他们在一定程度上可以摆脱非文学因素的干扰，服膺于内心纯粹的审美需求，从而确保了文学创作主体的独立性和自主性。这样的主体精神建构如果能进入已有的中国当代文学的观照视野的话，无疑具有突破性的意义。

既然在文学创作活动中，文化身份是比国籍更重要的参照系的话，那么所谓中国文学中的"中国"二字，其含义更值得做深入探讨。现代主权国家的国家观念和国家的构成形态，并不适用于古代中国，直到清朝末年，"中国"才真正作为世界主权国家的简称。荷兰政府在1907年出台

[①] 毕光明：《中国经验与期待视野：新移民小说的入史依据》，《南方文坛》2014年第6期。

所谓的《荷兰新订爪哇殖民籍新律》,以强迫当时生活在南洋的爪哇华侨改为荷兰国籍。当时的大清帝国在驳斥荷兰这一政策的时候,曾在公文中出现了"中国"的简称:"执照公理及中国国籍新律,照驳和使,略谓各国通例,除人民自愿入籍外,断无以法制强迫入籍之事,华侨在荷属相安已久,和亦久已认为中国。"[①] 在中国,文学的民族文化身份与国家身份是不同的,"中国文学"中的"中国"更多是一种民族文化身份的表述。"中国"一词在《诗经》中最早出现,在《礼记》《左传》《春秋》等文献中有相对明确的表述。但其中"中国"一词大都与当时处于边缘的戎、狄、蛮、夷等作为相对的概念出现。比如《礼记·王制》:"中国夷戎,五方之民,皆有性也……中国、蛮、夷、戎、狄,皆有安。"《左传·庄公三十一年》云:"凡诸侯有四夷之功,则献于王,王以警于夷。中国则否。"《公羊传·僖公四年》载:"南夷与北狄交,中国不绝若线。桓公救中国而攘夷狄,卒荆,以此为王者之事也。"可见,此时"中国"并非国家的简称,而是带有鲜明的民族身份特征。直至随着后世民族大融合的发展,华夏族形成,"中国"便成为华夏族的别称。在《公羊传·成公十五年》中就有记载"诸夏"与所谓蛮夷、戎狄的相互对应,其中记载道:"《春秋》内其国而外诸夏,内诸夏而外夷狄。王者欲一呼天下,易为以外内之词言之言自近者始也。"这里的"诸夏"与后世形成的华夏族、"中国"等概念异曲同工。由此可见,"中国"一词一开始被赋予的就是关于民族身份的色彩。梁启超在1902年时就指出时人"知天下而不知有国家",而夏、商、周、秦、汉、魏、晋、宋、齐、梁、陈、隋、唐、宋、元、明、清,"此皆朝名也,而非国名也"[②]。

"中国"在古代并不是作为国家或者朝代名称出现,既然不同的朝代具有不同的名称,为什么还能在现代来看称之为一个一以贯之的"国家"呢?原因就在于,这些朝代共享的是一套文明系统,一以贯之的文化结构。所以时至今日,世界范围内的"中国人"被称为"华人",中国的语言被称为"华语"。在全球化的今天,"中国"这一原本就肇始自民族身份的概念,又因与世界的交往、融合,成为整个中华民族的文

[①] 沈云龙主编:《外部致陆徵祥和颁新律华侨勒限入籍已照驳电》,载《近代中国史料丛刊三编(第2辑)清季外交史料》,文海出版社1993年版,第3871页。
[②] 梁启超:《论国家思想》,载《饮冰室文集全编》,广益书局1948年版,第15—19页。

化身份。也是在这一层面上,中国文学才能涵盖不同质的中国古代文学和中国现当代文学。也是在这一学术基点上进行讨论,中国当代文学中的"中国"也是文学的民族身份,北美新移民华文作家的文化身份而非国家身份与之对应,北美新移民华文文学进入中国当代文学史便具有充分的合法性。

身份的文化属性使得北美新移民华文作家即使有两段式的生活状态,但其文学创作的具体呈现依旧是"中国性"的,亦即关涉的是民族话语的言说。当然这并不是一味强调北美新移民文学的"异质性",与迁入国文化的交流,与世界文学的对话,这些恰恰又是北美新移民文学相较于中国本土文学的闪光点,乃至重要意义所在。当然,这样的文化"混血"属性,也在一定程度上会给北美新移民华文作家带来关于文化身份认同的焦虑乃至困扰,也会浸染西方的文化思维方式和价值观念,相反,这也为他们在审视母土历史、文化、观念,在观照母土现实处境的时候提供了崭新的视角。"在成年后从祖国迁移美国的这部分华裔作家身上基本上不存有文化身份认定的困惑。他们也常以本土中国为故事的背景。对于他们来说,中国形象是具体的、清晰的。但他们对中国的描述又是别致的,因为他们是站在大洋彼岸,在一种地理上与本土中国疏离的位置上来反思历史。"[1] 中国文学也并非一个封闭空间,而是一如既往积极展开着与世界文学的交流与对话,北美新移民文学恰好就是排头兵。"海外华文文学一下子就把中国当代文学的视野拓宽到世界的范围,它意味着,中国当代文学不仅融入世界文学之中,而且还能动地参与和推动世界文学的演变。"[2] 全球化的日益加深,并非要彻底消除"民族性",而是使不同文化身份的人共同构成这个色彩斑斓又充满趣味的世界,因而生存空间乃至国籍已不能作为牵绊,阻滞文学、文化、文明带着"民族性"与世界交融的步伐。

北美新移民华文作家们的文学创作也会呈现出特殊身份造成的丰富性,而内心的"民族文化之根"是其安身立命的根本,是其文学作品深厚的扎根土壤。所以,陈九才会借小说道出:"中国人嘛,虽说住在纽约,那不也是美籍华人。华人跟别人不同就在这儿,别人到哪儿可以完全

---

[1] 胡勇:《文化的乡愁——美国华裔文学对中国文化传统的认同》,《四川外语学院学报》2003年第4期。

[2] 贺绍俊、陈河:《文学的世界革命》,《南方文坛》2018年第3期。

算哪儿的人，俄罗斯人到美国是美国人，土耳其人到美国也是美国人。中国人不同，叫美籍华人。美籍是定语，华人是主语。"①

吕红更是直言不讳："我觉得，移民在迁徙异乡的漫长过程中，虽然可以跨越地域疆界，获得一个新地方的居留权或身份位置，却无法从精神上获得归属感。也就是说，移民获得'永久居民'或'绿卡'，并不等于建立了真正的文化归属。有时甚至感觉身份更尴尬和更模糊。即产生所谓的身份困惑：既疏离于故乡，又疏离于异乡。那么文学的特性就是在这多元而复杂，原民族性与当地本土性的交错、冲突与融合中凸显。新移民作家试图通过作品超越地域或其它精神藩篱，去重建新的文化身份。"②

也正是在这样的背景下，我们还可以看到另外的相关现象，中国当代文学本身既有作家身份也在发生变化。这种变化并非新时期以来中国文学新生的现象，"五四"时期在与世界进行交流之时就曾出现。鲁迅和周作人两兄弟就提出过"住在中国的人类"③的概念，他们尽管住在中国，但心灵向着世界开放，也有另外的中国作家不管获得怎样的外在身份，无论生活在世界上的哪个国家，始终都保持着"中国的迷思"。中国当代作家身份认同的复杂化并非这个世纪中国文学独有的现象，林语堂、张爱玲不仅被纳入了中国现代文学史，还成为文学史书上重点研究的现象级作家。

这种全世界范围内的移居现象及伴随其而生的文化交融状态，正好赋予了移民者从外部观察本民族文化的契机，跳出"围城"的审视或许有局内人无法看到的东西，"只缘身在此山中"的困惑也随之有了迎刃而解的可能性。北美新移民作家在成熟后自动选择移居他国，既有着明显的全球意识、世界公民意识，但同时又时刻不离自己的母体民族文化背景，"我们若考察近20多年来的诺贝尔文学奖获得者，便同样可以发现一个有趣、然而却不无其内在规律的现象：上世纪80年代以来的获奖者大多数是后现代主义作家，90年代前几年则当推有着双重民族

---

① 陈九：《丢妻》，载《纽约有个田翠莲》，中国华侨出版社2010年版，第1页。
② 江少川：《寻索在游离与跨域之间——吕红访谈录》，《世界华文文学论坛》2012年第1期。
③ 这个说法并非鲁迅的首创，而是他在《〈一个青年的梦〉后记》中援引周作人在与日本作家武者小路实笃通信时的提法。

文化身份的后殖民作家，到了 90 年代后半叶，大部分则是流散作家"①。当然这并不是为了夸大跨文化属性对于作家创作的重要性，也不是唯文学奖是论，但至少可以看到，异质文化的介入对于作家的文学创作视野、视角等方面，在关于文学的"人类性""世界性"开掘等方面具有重要意义。

作为文学的游牧民族，北美新移民作家们是中国改革开放后的第一代移民，是成熟后移居他国的知识分子，实际上还是移居国的文化寄居者，中国的文学、文化土壤是他们文学创作逐水草而居的理想栖息地。"研究中国当代作家的不同文化身份，尤其在这些不同文化身份之间维持建设性的对话关系，较之无视或夸大他们的不同文化身份之间的差异与对立，显然更为重要。"② 更何况，已有学者做出了突破性的尝试，丁帆主编的《中国新文学史》（高等教育出版社 2013 年版），在现代部分分为了三大板块："大陆文学""台港文学""离散写作"，最后离散写作的部分就有了将海外华文文学纳入文文学史叙述的实践。

"由华文文学的作家身份认同、情感结构、语系转换，及其多元文化渗透等构成的自身特质，推动了中国当代文学研究的观念更新。当我们关注地域文化主客体融合构成新意义的同时，地域疆界的打破，重构了文学与历史共生共存，构成了一种丰富而复杂的多重文化关系的互动形态。"③ 对于中国当代文学史的书写而言，如何在这种复杂的文学创作主体身份变迁之中，在全球化和信息化的现实境遇中，重新思考"中国当代文学"的内涵与外延，是当前"中国当代文学"研究无法回避的基本问题。

第二节 "想象的共同体"与人类命运共同体

北美新移民华文作家主体的精神建构，及其作为具体内容呈现于小说的题材、审美表现类型等方面决定，一方面，北美新移民华文作家的创作

---

① 王宁：《流散文学与文化身份认同》，《社会科学》2006 年第 11 期。
② 郜元宝：《身份转换与概念变迁——1990 年代以来中国文学漫议》，《南方文坛》2018 年第 2 期。
③ 杨洪承：《华文文学的边界与中国当代文学研究的问题》，《世界华文文学论坛》2017 年第 3 期。

心理预期主要是与其有共同生活史的读者,即向文化共同体内的成员来分享他们的审美表达和生命经验。另一方面,北美新移民华文作家的作品基本讲述的是"中国故事",当然也有异域文化的观照、跨种族、宗教的书写,但落脚点也在于民族文化与异域文化的碰撞,使得北美新移民华文小说创作愈加呈现出一种人类命运共同体的态势。

美国学者本·安德森在《想象的共同体——民族主义的起源与散布》一书中指出小说通过设定一个广大的读者群体并吸引这个群体相互认同,有助于创造一个"想象的共同体",而这个"想象的共同体"代指的就是现代民族国家。在北美新移民华文文学,甚至整个海外华文文学中,这个现代民族国家的"中国",如饶芃子所言,是"乡土中国""美学中国""文化中国"[①]。中国作为一种文化符码、精神象征是以想象的方式存在,处于异质文化冲突语境中的北美新移民华文作家通过言说民族话语的方式呈现了一个"想象的共同体"——中国。而这个"共同体"并非无边无界,它所敞开的面向是针对一切能读懂它的人,所以共同的语言、共同的心理结构、共同的文化背景在这个"共同体"的建构中占有至关重要的地位。所以,也是在这个意义上来说,"共同体"内部的成员即使素不相识,但因之搭建成功的基石与诉求,使得休戚与共的通感得以实现,通过文学这一形式得到形塑与确认。

正如安德森所说:"小说无声地、不断地渗透到真实之中,默默地创造着一种非凡的共同体信念。"[②] 也正如饶芃子先生所言:"事实上,在众多海外华文作家那里,中华文化的'墙',不是地界,而在他们心里。他们心中的'墙',不是封闭的堡垒,而是有沟通'墙'内外的'门'和'路',因而能够和他种文化交流、互动,又能自觉地承传和发扬本民族文化特色,以民族文化的'生命活态',参与到整个人类文化发展的大潮之中。在这个过程中,开放、积极地感受差异是很重要的。"[③]

[①] 参见饶芃子《海外华文文学的中国意识》,《暨南学报》(哲学社会科学)1997年第1期。
[②] 参见[美]本尼迪克特·安德森《想象的共同体——民族主义的起源与散布》,吴叡人译,上海人民出版社2011年版。
[③] 饶芃子:《全球语境下的海外华文文学研究》,《暨南学报》(哲学社会科学)2008年第4期。

所以，即便是迁居国外，加入了异国的国籍，北美新移民华文作家们还是无法从根本上切断自己与母土社会历史、文化的联系，时刻关注着祖国的发展。而多年来的母国生活经验更是成为他们进行文学想象的不竭源泉。正如莫言的创作依赖他故乡的记忆，苏童的创作依赖他童年的记忆一样，北美新移民华文作家们的创作对于"中国"——这一地理意义或民族文化意义上的"故乡"和"童年"——也具有相当强烈的依赖性。所以早年生活、成长于中国时，曾经是军队文工团成员的严歌苓，才会描绘出如此丰饶、多情的军旅生活；所以祖籍广西的陈谦，才会在其小说中不厌其烦地"返回"南宁，返回故土的人情与山水；所以从温州走向世界的张翎，才会一次次梦回藻溪；……他们对于个人、家族、民族在中国 20 世纪以来所经历的命运倾注了极大的热情，这种济世情怀、"感时忧国"的精神与中国本土作家相比毫不逊色，甚至因为时空的距离和异质文化的冲击而表现得更为浓烈。尤其是 20 世纪中国社会因为战争、自然灾害等造成的民族创伤和社会动荡，成为他们笔下反复书写的对象。

海外华文作家从甦更是直接在其 1978 年创作的小说《中国人》中，以小说人物的视角表达了他对于"母土中国"的体认：

> 家和中国就在每一个中国人的心里！中国，中国人！这多么荣耀，又多么沉重的名词呀！中国，这闪烁着过去荣耀和未来许诺的名词。中国不应该只是一个地理名词，中国不只是一个政治体系，中国是历史，是传统，中国是黄帝子孙，孔孟李杜，中国是一种精神，一种默契，中国就在你我的心里，有中国人的地方就是中国，有说中国话的地方就是中国，中国是亿万中国人对自由民主、人性理性的希望和向往。[①]

由这样饱含拳拳之情、情绪化色彩浓厚的表达，足见作者在主体意识上对"中国"的深情。对于海外华文作家来说，甚至海外移民、游子来说，"文化中国""美学中国"是其身份认同的重要归属。他们内心的依

[①] 转引自饶芃子《海外华文文学的中国意识》，《暨南学报》（哲学社会科学）1997 年第 1 期。

归并不会因为生存空间的迁移而有根本性的质变。

北美新移民华文作家的翘楚严歌苓,在一次接受采访时也说过:"我希望通过各种女性写一系列长篇,用完全不同的个人经历来建构几十年的历史。"[①] 她的创作实践确实也在践行和贯彻着这一设想,严歌苓小说以作为个体存在的女性与民族、历史相互纠缠,呈现着"红色中国"、母土的现实处境等的"文化记忆",既引起读者对中国传统文化、历史、社会的反思,更体现着作家主体意识中对与其共享着相同文化、历史的"共同体"成员的重视。

2006年,沈宁在出国后第二次回到自己的故乡嘉兴,他说回国前父亲告诫他,这次哪里都可以不去,但一定要到嘉兴看看。当时沈宁剖白道:"在海外那么多年,我从来没有觉得自己像浮萍一样,相反,我始终觉得自己有根,根就在这里。"移居异域,难免会有文化失落,会有身份认同的危机,而沈宁如此斩钉截铁地表达他并没有深陷此种困扰,因为他知道自己的根在何处。这种明显带有"寻根"意识的剖白,不仅仅是作者自己生活经验的表达,更呈现在他的文学创作中。他解释自己进行文学创作的原因,就是要用文字去找寻关于"我是谁,我源自何种家族文化"的答案。所以,他的作品,尤其是分量极重的长篇,几乎都是对自己家族历史的追寻,试图用母语擦去历史的"泪血烟尘",彰显书香世家的跌宕命运与文化变迁。这样的文学作品的审美接受对象,当然不可能是美国民众,而是与沈宁及其家族享有共同历史和生活经验的中国读者。

在北美新移民华文作家们的创作意识里,书写中国经验,用写作的方式想象母土中国,叙述中国历史变迁与个人的悲欢离合、命运跌宕,家族的命运沉浮、聚聚散散,民族的创伤与疗愈,占有极其重要的分量。他们对这些"中国经验"的书写,考虑更多的是中国读者的期待视野。从北美新移民华文作家创作的心理预期,与其创作所依赖的"中国经验"的角度观照,亦即创作主体建构的层面考虑,北美新移民华文作家确有进入中国当代文学史的合理性。但这并非仅仅强调北美新移民华文作家小说创作的"中国性"、民族性,而是在此基础上也更凸显出,因为移民的特质杂糅进的异质文化因子,在与世界上其他民族的文化、文学对话、交融的

---

① 陈富瑞、邹建军:《论新移民小说中的文化记忆》,《华文文学》2009年第3期。

过程中，更显现出"人类命运共同体"的特质，这样的特质对于中国本土文学的发展无疑具有重要的参照价值。

2017年12月1日，习近平主席在"中国共产党与世界政党高层对话会"上发表主旨讲话，其中，对"人类命运共同体"做出了完整阐述："人类命运共同体，顾名思义，就是每个民族、每个国家的前途命运都紧紧联系在一起，应该风雨同舟，荣辱与共，努力把我们生于斯、长于斯的这个星球建成一个和睦的大家庭，把世界各国人民对美好生活的向往变成现实。"① 在此视域中研究北美新移民华文文学，乃至整个中国文学，需要面对或者说践行的核心在于秉持人类的视角，站在世界的高度，在"人类命运共同体"的理念中观照中国人的生命经验和与之相关的思考，表达的是对整个人类命运的关注，通过小说呈现出思辨性的眼光和立场。"中国文学，以自己特殊的内容、形式和风格构成了自己的特色，与世界上其它民族文学异轨同奔。"②

与"五四"时期的中国留学生作家们相比，北美新移民华文作家没有那么沉重的民族救亡包袱；与20世纪五六十年代中国台湾留学生作家相比，他们又没有那么深沉的"幻灭感"；与几乎与之同步发展的中国新时期文学作家相比，北美新移民华文作家又具有更切身、更丰富的多重文化体验。以上并不意味着北美新移民华文作家思想的乏力，相反，作为20世纪五六十年代出生、成长于中国，并在70年代末80年代初进入中国的大学学习的一批知识分子，他们至少共享了三种基本的经验：计划经济经验、市场化经验、全球化经验。这三种经验与丰富的人生体验相互鼎立，又不断发生冲突，最终走向融合。这样独特、丰富甚至奇妙的生命历程，赋予了他们多元而宽广的审美视野，开阔而深邃的活跃思维，于是他们的小说扎根"中国经验""中国意识"，又面向全人类、全世界，体现出强烈的"人类命运共同体"意识，这也正是北美新移民华文文学入史的重要依据和意义，其对于中国本土文学与世界的交流无疑具有不可替代的重要性。

也正是在这个意义上，北美新移民华文作家们的作品才会不仅在国

---

① 习近平：《携手建设更加美好的世界——在中国共产党与世界政党高层对话会上的主旨讲话》（2017年12月1日），人民出版社2017年版，第4页。
② 周扬、刘再复：《中国文学》，载《中国大百科全书（中国文学卷）》，中国大百科全书出版社1986年版，第1页。

内，更在世界范围内备受关注和认可。也正是由于对"人类命运共同体"的体认和书写，北美新移民华文作家才会在西方世界不断获得分量厚重的文学奖项。1996年，李彦的《红浮萍》获得了加拿大年度全国小说新书提名奖，获得西方主流读者群的认可。这部小说通过一家三代女性的命运，呈现了中国20世纪的风云变幻，李彦自己坦诚希望借这本书，能够在社会历史和文化层面向西方读者介绍中国人，显然，西方读者接收到了她发出的信号。严歌苓的《扶桑》（英译本）登上了美国《洛杉矶时报》年度十大畅销书排行。尽管这部小说并非完全意义上的中国小说，但小说主人公扶桑身上所体现出的独特的东方女性的人格魅力，及其身上所承载的中国文化，显然是最核心的内容。通过这一"中国"化身，严歌苓表达的是人类共同的情感和思想。

"想象的共同体"与"人类命运共同体"两种"共同体"意识，呈现的是北美新移民作家扎根中国经验，创作的心理预期指向中国读者的期待视野，又面向世界文学具有全人类意识的广阔又深邃的视野。正如陈思和所认为的，"海外华文文学归根结底仍是中国当代文学的一部分"，"与在异域写作相比，更重要的是语言和文化的同质"。这一代新移民文学的贡献首先在于改变了中国人的形象，"不再是哭哭啼啼了，我就是敢发财，敢超越，敢争取名利，这是一股精神，也是一种转折"；"其次是充实、强化了当代文学对现实的批判，他们保持了对文学的童真，坚持文学是对现实的批判，写了很多国内当代文学未曾触碰的题材，也增加了大量新题材和新经验"。[①] 他们深情回望母土，并展现了丰富多元的创作主体精神建构。

第三节 已然的文学史存在

文学史的写作并非先验的，总是发生在文学活动发生与存在之后。尽管有不少学者反对北美新移民华文文学进入中国当代文学史，或有些学者避开文学史的边界不谈，但现实境况是北美新移民华文文学在事实层面，

---

① 陈思和在"2016年海外华文文学上海论坛"上的发言，见施晨露《海外华文作家"回娘家"，他们的作品为当代文学增加了什么》，https：//web.shobserver.com/news/detail？id=36345，2016年11月14日。

已经进入了中国当代文学史的观照视野。这突出表现在三个方面：文学排行榜、文学作品评奖和评论性研究。

为了更直观地呈现北美新移民华文文学，尤其是其中成就最高、影响最大的华文小说，被纳入中国的文学奖项评选和各类排行榜、年选的情况，特列如下不完全统计表格：

表1-1　北美新移民华文小说入选中国文学奖项评选、排行榜等情况

作者	篇目	奖项/入围/入选
苏炜	《迷谷》	入选2004年中国最佳小说排行榜
	《白蛇》	获2001年《北京文学》下半年中国当代文学作品排行榜中篇小说第一名 获中国小说学会2000年度中国小说排行榜中篇小说第四名 获2001年第七届《十月》中篇小说文学奖
	《人寰》	获1998年第二届中国时报百万小说奖 获2000年上海文学奖
	《拉斯维加斯的谜语》	获1999年上海文学奖
	《一个女兵的悄悄话》	获1998年解放军报最佳军版图书奖
	《绿血》	获1987年全国优秀军事长篇小说奖
严歌苓	《小姨多鹤》	获中国小说学会2008年度中国小说排行榜长篇小说组第一名 获2008年度《当代》长篇小说年度奖暨《当代》长篇小说五年最佳 2009年收录于新中国60年中国最具影响力的600本书
	《第九个寡妇》	获《中华读书报》2006年度优秀长篇小说奖 获新浪读书网2006年度最受网友欢迎长篇小说
	《陆犯焉识》	居中国小说协会评选的2011年度长篇小说排行榜榜首
	《金陵十三钗》	获《小说月报》第十二届百花奖原创小说奖 获2006年《中篇小说选刊》优秀小说奖
	《拖鞋大队》	居2004年《北京文学》年度中篇小说榜榜首
	《拉斯维加斯的谜语》	获1999年上海文学奖

续表

作者	篇目	奖项/入围/入选
严歌苓	《芳华》	获第16届华语文学传媒盛典2017年度小说家奖
	《谁家有女初长成》	获《北京文学》2000年下半年中国当代文学作品排行榜中篇小说第一名 中国小说学会2000年度中国小说排行榜中篇小说第四名
	《妈阁是座城》	获2014年人民文学奖优秀长篇小说奖
	《补玉山居》	获第十五届百花文学奖长篇小说奖
张翎	《空巢》	获2006年度人民文学奖中篇小说奖
	《羊》	进入中国小说家学会2003年度十佳排行榜
	《雁过藻溪》	进入中国小说家学会2005年度十佳排行榜
	《余震》	进入中国小说家学会2007年度十佳排行榜
	《金山》	获第八届华语文学传媒大奖2009年度小说家奖
	《生命中最黑暗的夜晚》	被中国小说学会评为2011年度中篇小说排行榜榜首
陈谦	《望断南飞雁》	获2010年度"茅台杯"人民文学奖 入选2010年中国中篇小说精选
	《下楼》	入选《2011中国短篇小说年选》
	《我是欧文太太》	入选《2015中国短篇小说年选》
	《繁枝》	获2012年度"茅台杯"人民文学奖 获2012年度人民文学奖,入选中国小说学会2012年度中国小说排行榜 获第五届北京文学中篇小说月报奖和《中篇小说选刊》2012—2013年度优秀中篇小说奖
	《特蕾莎的流氓犯》	获首届郁达夫小说奖 入选2008年度中国小说学会中国小说排行榜
	《莲露》	入选2013年度中国小说学会中国小说排行榜
陈河	《黑白电影里的城市》	入选2009年中国年度中篇小说(下) 获2009年郁达夫小说奖
	《义乌之囚》	入选《中国中篇小说年度佳作2016》
	《水边的舞鞋》	入选《2011中国短篇小说年选》

续表

作者	篇目	奖项/入围/入选
袁劲梅	《罗坎村》	获2009年人民文学奖优秀中篇小说奖
	《疯狂的榛子》	入选中国小说学会2015年度中国小说排行榜
王瑞芸	《姑父》	入围第四届鲁迅文学奖·中篇小说奖
薛忆沩	《首战告捷》	凭借该小说集,薛忆沩获得2014年华语文学传媒大奖"年度小说家"提名
	《通往天堂的最后那一段路程》	收录进红花山出版社推出的"中篇小说金库"
黄宗之、朱雪梅	《阳光西海岸》	2001年获天津市优秀作品奖,并被送去参选国家"五个一工程奖"
曾晓文	《苏格兰短裙和三叶草》	进入中国小说学会2009年中国小说排行榜
陈九	《老史与海》	获第十四届文学百花奖
	《挫指柔》	获第四届《长江文艺》完美文学奖
李彦	《何处不青山》(非虚构)	获"弄潮杯"2018年度人民文学奖

可见,中国的文学排行榜、文学奖评选活动,并没有将北美新移民华文作家的作品排除在外,而是以默认的方式将其纳入了观照体系。比如王瑞芸的《姑父》入围了第四届"鲁迅文学奖·中篇小说奖",而鲁迅文学奖是中国文学界具有最高荣誉的文学奖之一,《姑父》的入围就显示了中国国家级奖项对作者身份的认可。陈河的《黑白电影里的城市》和陈谦的《特蕾莎的流氓犯》都获得了第一届郁达夫小说奖。而严歌苓、陈谦、张翎三位北美新移民华文作家的小说都获得了人民文学奖,陈谦更是凭借《特蕾莎的流氓犯》和《繁枝》两度夺魁。李彦也以非虚构作品《何处不青山》摘得了2018年度的人民文学奖。

除了文学奖项的不排除,各种文学排行榜也是一视同仁,比如"中国短篇小说年选"、中国小说学会"中国小说排行榜",等等。中国小说排行榜是一种动态的文学经典化的初始现象,是文学批评的重要构成方式之一,北美新移民华文作家的作品进入这样的文学批评观照序列,是其进入静态的文学史写作的重要基础。列举北美新移民华文作家、作品获得中国文学界奖项，或者入围各种中国小说排行榜的事例，并非为了拔高这些作家作品的成就，而是为了陈述清楚这样一个事实，那就是北美新移民华文作家及其文学作品进入中国当代文学史成为已然存在的、不可无视的现象。

这些国籍已不是中国的华人作家们，其作品依旧被母土文学界所认可，还在于作品所传递出的精神内蕴与中国本土的审美价值和思想精神血脉相连又相通，更通过在中国的出版和文学评奖活动被更广泛的中国民众所熟知、接受，尤其是其作品中所蕴藏的普适性的价值观念和全人类共通的人文关怀，一齐参与到了中国人的精神和中国文化的建构之中。这样的文学品格与中国本土作家及作品，承担了相同的社会责任和文化担当。从这个意义层面探讨的话，北美新移民小说成为中国当代文学的有机组成部分，也理所应当、名副其实。

除了中国文学评奖机制的一视同仁与认可，北美新移民华文小说也受到了中国文学评论界的高度关注和研究。为了更直观呈现其具体研究状况，笔者利用中国知网[①]的数据统计了新时期以来的相关研究状况，用可视化量表的形式呈现如下：

图1-1呈现的是从新时期以来，以相关研究论文发表情况为内容，绘制的总体趋势分析表。从这个表中可以发现，中国学者关于海外华文文学的研究成果呈曲线式的逐年上升趋势，这其中还不包括相关研究专著。

图1-2是以主题为搜索内容，海外华文文学的研究成果可谓卷帙浩繁。

上述研究成果的呈现，还不包括对具体的海外华文作家或者北美新移民华文作家及其作品的研究，若将这一项研究成果、现状考虑进观照视野，那将会产生更为庞大的数字。比如，将"严歌苓"作为主题进行检索，结果如图1-3。

若以"张翎"为主题进行检索，可得355条结果；以"薛忆沩"为

---

① 文献总数：1725篇；检索条件：主题=海外华文文学或者题名=海外华文文学或者v_subject=中英文扩展（海外华文文学，中英文对照）或者主题=北美新移民文学或者题名=北美新移民文学或者v_subject=中英文扩展（北美新移民文学，中英文对照）或者主题=世界华文文学或者题名=世界华文文学或者v_subject=中英文扩展（世界华文文学，中英文对照）或者主题=新移民文学或者题名=新移民文学或者v_subject=中英文扩展（新移民文学，中英文对照）。

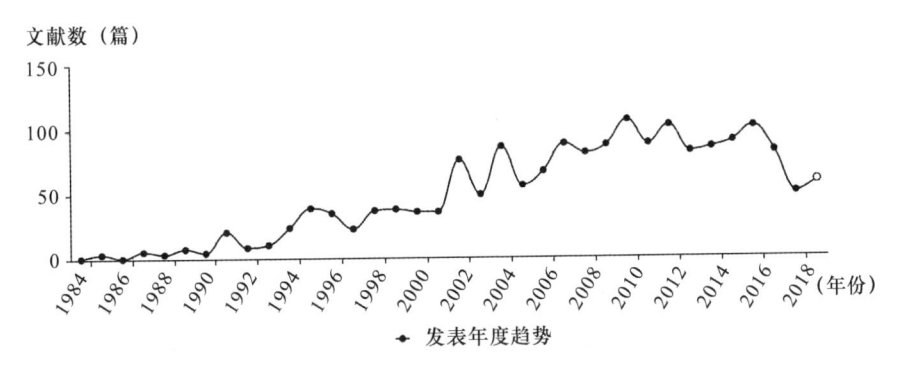

图 1-1　新时期以来中国的海外华文文学研究成果数量变化趋势

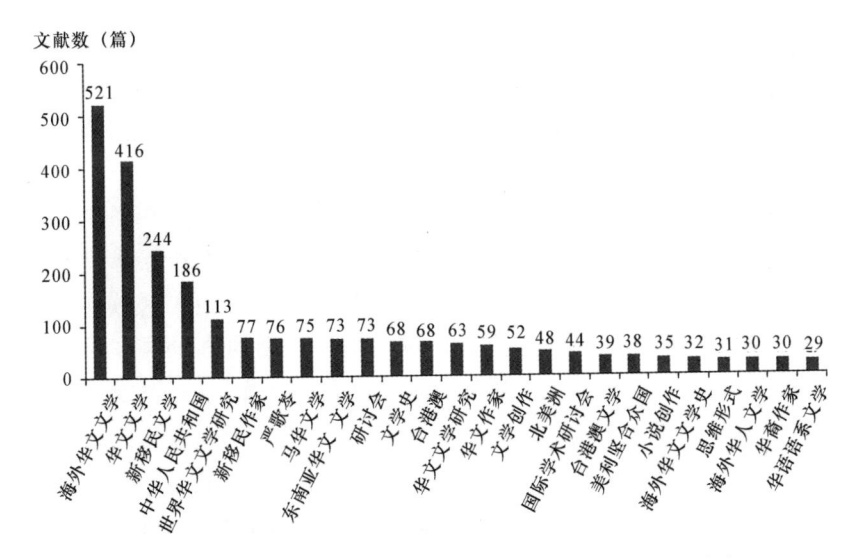

图 1-2　新时期以来中国的海外华文文学研究成果主题分布

主题进行检索,得到了 102 条结果;以"陈河"为检索主题,可得 87 条结果,等等。严歌苓和卢新华更是中国作家协会的成员,并没有因为二人加入了外国的国籍就被除名。以上说明对于海外华文文学的研究,对于北美新移民华文文学的研究文章数量庞大,可见中国学者对这一领域的研究热情和重视程度。无论是中国文学奖项对北美新移民华文文学的一视同仁,还是中国学者对北美新移民华文文学研究投入的心血和热情,都说明北美新移民华文小说的出版和评论研究依然构成不可否认的文学史事实。

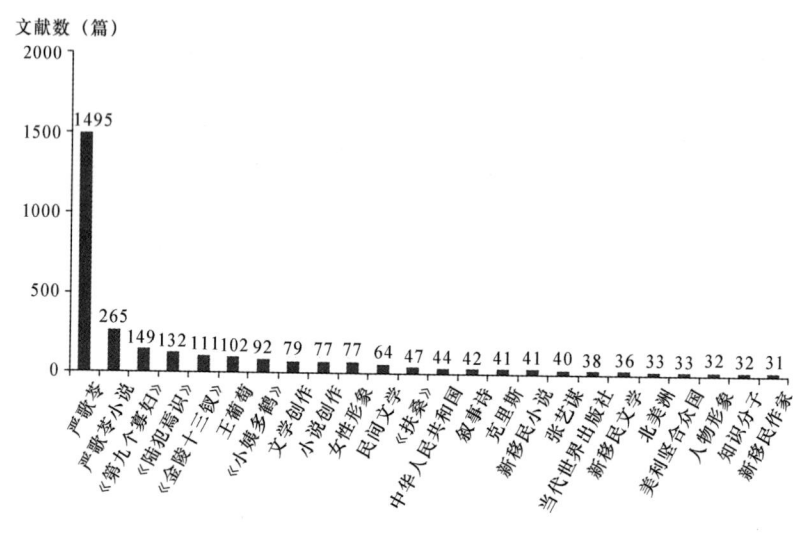

图 1-3 新时期以来中国学者对严歌苓及其作品的研究成果主题分布

王德威认为:"小说家是讲述中国最重要的代言人。"① 在当今世界文化呈现愈发多元共生态势的情况下,在这种多元价值观和意识观念的碰撞、对话、交融中,既能与世界进行良好的互动,又能保持民族文化的独立、民族精神的自信,从而在世界范围内塑造全新的"中国"形象,小说无疑是最生动、最出彩、传播范围最广的重要担当之一。北美新移民华文作家们置身于异质文化的碰撞冲突之中,又坚守着民族文化之根,以新的国际视野和跨域、跨文化的想象方式,透过小说这一传播、接受面都十分广泛的流行文体,超越时空的桎梏,满怀深情地讲述"中国故事",书写中国、中国人与世界的故事,展现的是从异质文化冲突到相互调试,直至融合的中国想象,表达的是不同民族文化之间相互理解,人类文化相融通的愿望。从深层根源上来说,这既是北美新移民华文作家们"落地生根"后对自身民族文化身份认同的内在诉求,也是他们对母土传统知识分子家国情怀的传承和坚守,更是当代中国经济起飞、文化繁荣、和平崛起对海外移民作家们的激励、召唤。不仅体现了全球化大背景下"想象中国"内容与方式的一种转型与深化,而且昭示了北美新移民华文小说

---

① 徐鹏远、王德威:《小说家是讲述中国最重要的代言人》,https://culture.ifeng.com/a/20150606/43920875_0.shtml,2015 年 6 月 6 日。

深厚的民族性，独特的文化价值与世界意义。

小　结

身份问题是北美新移民华文作家及其作品一直被排斥在中国当代文学史之外的重要原因，在这一意义上进行的是否能入史的划分，关注的是国籍意义上的身份，但文化的、文明的身份才是关涉文学更为本质的属性。正如全盘接受海外华文文学入中国当代文学史考虑欠妥，不加区分地全面排斥海外华文文学入史也有不严谨之嫌。北美新移民华文文学是海外华文文学中发展较为成熟、颇具魅力的一支，北美新移民华文作家们独特的文化身份属性就决定了他们具有进入中国当代文学史的合理性。

北美新移民华文作家大都是第一代移民，这就意味着他们完全在中国生长、成熟，基本都是在成年后迁居北美。在中国本土接受了完整的教育，价值观和思维方式定型后走出国门，其文化人格并不会随着生存空间的迁移而被完全"格式化"。身份的文化属性使得北美新移民华文作家即使有两段式的生活状态，但其文学创作的具体呈现依旧是"中国性"的，亦即关涉的是民族话语的言说。另一方面，他们大都是在挣得良好物质条件后才开始从事文学创作活动，在没有生存压力的状态下进行的文学创作，服膺于内心真实的感受，传递出纯粹的审美表达。这样的写作状态，保证了写作主题的独立性，这样的主体精神建构进入已有的中国当代文学的观照视野的话，也无疑具有突破性意义。值得关注的是，中国当代文学史视野下既有的中国作家们，其身份也在发生变化，这种变化与"五四"时期周氏兄弟提出的"住在中国的人类"的概念异曲同工。移居海外的林语堂、张爱玲都是中国现代文学史体系中，重点观照的特征性显著的作家，在这个层面来说，北美新移民华文作家入史也具有合理性。

在北美新移民华文作家笔下，中国经验的书写无论从广度还是深度上来说，无疑都占有相当大的比重，甚至有压倒性的优势。从民族话语言说主体的精神建构层面而言，北美新移民华文作家进行文学创作的心理预期指向的是与其有共同生活史的读者，所谓的共同生活史是指文化共同体内部的成员，他们具有分享其审美表达的生命经验和文化优势。但这并不意味着北美新移民华文作家们的创作仅仅为中国读者而写，其小说恰恰越发呈现一种人类命运共同体的态势——从中国经验入手，做世界性表达。

"想象的共同体"和"人类命运共同体"相伴而生，共同熔铸进北美新移民华文作家的主体建构中。

尽管既有的中国当代文学史样本，基本都未将北美新移民华文作家及其作品纳入，但文学史并非先验的，现实境况是北美新移民华文文学已在事实层面进入了中国当代文学史的观照视野，这突出表现在两方面。一是在中国的文学排行榜和文学评奖活动领域，北美新移民华文小说大量入围、入选以及获奖。二是在专业性的文学评论体系中，北美新移民华文小说也受到了中国文学评论界的高度关注和深入研究。

质言之，尽管北美新移民华文作家们的身份有些许的暧昧，但从关涉文学更为密切和本质的文化身份角度而言，其进入中国当代文学史的观照体系有相当的合理性。

第二章

多维时空"中国人"形象话语的寓言化表达

"'形象'就是能显现事物深层意义的想象的具体可感物。在这个意义上,'形象'实际上也就是广义上的'象征'——即以想象的具体可感物去替代性地比拟事物本身的深层意义。……作为一个美学概念,'艺术形象'或'形象',主要是指艺术中那种由符号表意系统创造的能显现事物深层意义的想象的具体可感物。它可以是具体而细小的单一形象,也可以是包含若干单一形象在内的弥漫于全篇的总体形象,有时,还可能是贯穿多部作品的系列形象,等等。"[①] 北美新移民华文作家笔下的中国人形象就是中国形象的具体象征,这些生活在不同时代语境、不同空间地域、不同社会阶层的中国人,他们的生活方式及其对待生活的态度,从历史的相互联系来看,凸显的是民族精神、民族风格、民族文化底蕴等,质言之,即民族性。百年前,鲁迅和其他"五四"先贤们在其文学作品中创作出了众多性格、气质各异的中国人形象:阿Q、祥林嫂、闰土、鲁四、老爷、骆驼祥子、韩月容等,他们成为批判国民性以引起疗救的注意,从而启蒙、复兴的重要表意符号,更是民族谱系中重要的民族精神、文化注解。百年后,远渡重洋的北美新移民华文作家们依旧对故国、故土、故人饱含深情,肩负民族责任感,对国民性进行更丰赡的挖掘和解剖,更进一步对民族性进行观照。接续"五四"作家们尤其是鲁迅对国民性的批判,北美新移民华文作家们又因之历史与时代的机遇,加之作家个人的努力,对此于不同程度做出多层面、多维度的创新,从而凝视民族性,借用塑造

[①] 参见王一川《中国形象诗学》,上海三联书店1998年版。

的艺术形象的寓言化表达照亮民族魂。

北美新移民华文作家们笔下的中国人形象,无论生活的时间是历史的某一阶段还是当下,生活的空间是本土还是异域,都践行着鲁迅认为民族化的最关键之处:"画出现代中国人的魂灵来。""因为只有这样,才能真正抓住民族的特点,当然也包括用什么方法去画——即民族的文学语言和民族的艺术手段的问题。画魂灵又需从两个方面落笔:一是长期以来逐渐形成的这个民族的生活方式,例如风土人情,习惯势力与社会伦理等;二是人们对待生活的具有历史内涵的精神状态,例如性格气质、个人禀赋与道德观念。两者又往往是胶结着的。不描写这些,也就画不出中国人的魂灵,更无所谓民族的风格和特点了。"① 人物形象与民族魂就如斯般缠绕在一起,北美新移民作家借用塑造出的艺术形象,从批判国民性到凝视民族性,不仅是对传统的继承与转化,也是考察中国人形象与传统伦理、民间思维的关系,更是在全球化时代对民族性的坚守,与世界性的良性交流。

第一节 "乡土"中国人

"从基层看,中国社会是乡土性的。"② 从中国古代到现代,"乡土"一直是文学孜孜不倦的书写对象。在古代,乡村几乎象征着知识分子们的"精神原乡",他们的退而归隐乡村,大都是在人生或者仕途遇到险阻后的避难,或是沉潜下来静心揣摩接下来的道路,或是蛰伏以待伯乐之召唤。如此观之,中国古代的知识分子们对乡村大致上是系有情分的,或如学者赵园探究认为,这情义之中还藏有一种"微妙的亏负感",这"可能要一直追溯到耕、学分离,士以'学'、以求仕为事的时期。或许在当时,'不耕而食'、居住城镇以至高踞庙堂,在潜意识中就仿佛遗弃。事实上,士在其自身漫长的历史上,一直在寻求补赎:由发愿解民倒悬、救民水火,到诉诸文学的悯农、伤农"③。在中国古代发达的诗歌体系中,

---

① 唐弢:《在民族化的道路上——〈中国现代文学作品选〉序》,《中国社会科学》1983年第6期。
② 费孝通:《乡土中国 生育制度 乡土重建》,商务印书馆2011年版,第6页。
③ 赵园:《地之子——乡村小说与农民文化》,北京十月文艺出版社1993年版,"自序"第17页。

无论是"乡土抒情诗"还是"乡土叙事诗"都篇幅众多且情意绵绵,《诗经》中就收录了农事、思乡、久役不归田园荒芜等围绕乡土主题展开叙写的诗歌,叙事与抒情熔于一炉。到后继之的汉、唐、宋、元、明、清,中国的诗歌创作一次次攀上高峰,而形式各异的多种诗、词、曲、小令中都产生了书写乡土的经典作品。

从古典走向现代的时候,中国的文人们似乎在刻意远离这种所谓的"微妙的亏负感","五四"现代知识分子们对乡村表现出强烈的"哀其不幸,怒其不争"的情感指向,尤其是对在乡土生活的乡民们,其态度有着意蕴深远的微妙转变,这一变化也催生了乡土文学新内涵的诞生。此一阶段因为众所周知的中国社会现实,乡民们不再纯粹是乡土之民,而成为新民、启蒙的对象,成为"国民",无论是梁启超对"小说与群治"的倡导,还是鲁迅的"立人"言说,都是在疗救国民、强国的目的下展开的文学工具化的设定。于是,乡民被赋予了强烈的社会历史属性,成为愚弱的被启蒙者,乡土也成为启蒙者揭露蒙昧和历史窠臼的主阵地。启蒙知识分子们因而在乡土小说中表露出一种复杂的情感,对乡土既有无法割舍的亲缘,却又秉持着心怀不满的批判姿态,这样的情感体验表现在小说中便形成了一种显在的改造意志,既是改造国民性,更是更新文化土壤。到了当代,在全球化发展愈加深入的态势下,人口跨域迁移的现象已成常态,"国之民"在这样的语境中,在与世界的对话中,更大程度上成为"族之民"。北美新移民华文作家在其小说创作中,对于乡土中国人形象的塑造,也是中国新时期文学的重要一环。

一 "故乡"与"故人"寓言的延续

鲁迅的乡土小说大都设置一个"游子"归乡的叙事模式,"我"作为现代知识分子接受了新思想之后,归乡所见乡情、乡貌,尤其故乡之故人,凡此种种大都与现代之精神相悖,更是借此看穿了封建礼教"吃人"的本质,和乡土之民愚弱的现实。鲁迅对"国民性"的批判,是知识分子在不得不接受西方现代文明之后的自我反省。在具体的叙事上就表现出上述知识分子的归乡审视蒙昧的国民,戳穿封建传统的虚伪外衣,提醒现代知识分子要毫不留情地进行自我反省,反省自我的、民族的劣根性,从而以求启蒙,以求改造,以求革新。沈从文则不然,他的乡土小说最精彩的当然也是书写自己故乡的《边城》,他没有如鲁迅明显地设置一个归乡的游子视角,那是因为鲁迅是站在城市现代文明的立场,所以归乡的游子成为审视乡土的"他者",而沈从文是站在乡土的立场对现代文明、城市文化质疑,所以沈从文的乡土小说中对故乡湘西及湘西之人的描写不是以"他者"的立场,而是以在场的故乡之子的身份书写"故乡"与"故人"。沈从文企图从传统乡土再造中国民族文化,张扬的是救世情怀,宣扬的是一种救世的价值观,这与启蒙文学的目标具有一致性,区别在于资源取用路径不同罢了。

北美新移民华文作家们的乡土文学创作,在充分吸收"五四"优秀作家创作经验,尤其是鲁迅开创的中国现代乡土文学传统的基础之上,又并不割裂传统与现代,更不设城乡之二元对立,而是在中西、新旧之多元一体中发掘乡土中国的独特魅力,这也是北美新移民华文作家创作的乡土小说不同于中国主流乡土叙事的重要特点。他们既吸收着中国现代乡土文学的优良传统,又回望着中国古典文学的精髓,还滋养着世界文学的养分,从而形成了独特的文学景观。具体首先表现在进行乡土小说书写的时候,尤其重视对中国人形象的塑造,并将"人"置于"事"之前,换言之,接续了中国古典文学中的指向特征的叙述传统。"故事的讲述存在两个基本的分别:或指向叙述事件(to narrate event);或指向叙述特征(to narrate characteristic)。所谓特征既可以是某一场景的,也可以是人物的。指向事件和指向特征的叙述同是运用语言的讲述行为,但是由于不同的指向,它们的美学原则和趣味存在很大的分别。叙述指向事件,讲述者的美学旨趣当然是追求情节的完整性,一如亚里士多德所论述的那样。而叙述指向特征,撰述者的美学旨趣就非追求情节的完整性,情节的有无也往往在所不论,如有跌宕的情节,起伏的关目,它也是从属于呈现场景或人物的特征的;因为它追求的是事物或人物特征的鲜明而生动的呈现。如果追求情节完整性的审美更多是西方的话,那追求特征的鲜明而生动呈现的审美就更多是中土的。"[1] 据此分类,北美新移民华文作家们的乡土小说创作,注重人物,着重刻画中国人形象的特征,相较言之更接近中国古典文学的叙述传统,即更贴近指向特征性叙述方式。

北美新移民作家们的华文乡土小说创作,对上述书写特征呈现得最为显著的一点即把人物性格置放于故事情节之前,这显然与西方的叙述方式

---

[1] 林岗:《口述与案头》,北京大学出版社2011年版,第216—217页。

有明显差别。亚里士多德认为"作为一个整体，悲剧必须包括如下六个决定其性质的成分，即情节、性格、言语、思想、戏景和唱段"，"事件的组合是成分中最重要的，因为悲剧摹仿的不是人，而是行动和生活（人的幸福与不幸均体现在行动之中；生活的目的是某种行动，而不是品质；人的性格决定他们的品质，但他们的幸福与否却取决于自己的行动）。所以，人物不是为了表现性格才行动，而是为了行动才需要性格的配合。由此可见，事件，即情节是悲剧的目的，而目的是一切事物中最重要的。此外，没有行动即没有悲剧，但没有性格，悲剧却可能依然成立。"① 亚里士多德认为情节是最重要的成分，但"在深受明清评点学趣味影响的中文读者看来，性格当然是叙事类文学中第一位的，栩栩如生乃是作家得到的最高嘉许"②。中国式的叙述方式是指向特征性，在北美新移民小说家这里，这特征更是偏向于人物性格的刻画，突出人物性格以塑造独具魅力的中国人形象，是其重要的写作策略。人物性格决定着他们的"品质"，这品质在乡土中国指涉的是传统伦理、世俗道德，以及由此衍生出的人与人之间的关系、人的命运遭际。

袁劲梅笔下的"故乡"与"故人"模式诠释了她对于乡土中国、乡土中国人的理解。《罗坎村》采用的也是"故乡"与"故人"模式，袁劲梅在这篇小说中设置了一个旅美华人的形象，从这位在美国大学就职的哲学系女教授的视角，审视她的故乡和故乡的故人。与鲁迅将故乡与现代文明作为对立的一面进行批判类似，袁劲梅在《罗坎村》中将这个对立构建成罗坎村的过去、现在以及以美国为代表的西方现代文明。

小说的一开始就引用了约翰·罗尔斯《正义论》中的一句话："正义是社会制度的最高美德，就好像真理是思想体系的最高美德。正义是灵魂的需要和要求。"作者通过塑造各色人物，通过人物独具的个性、气质等对这一问题做跨越国家、民族的思考。一开场牵引出小说内容的事件，是"我"被挑选为陪审团的一员，参与到一桩华裔单身父亲"虐待"儿子的案件中。老邵因儿子贪玩电子游戏而打了儿子一耳光，结果被儿子以虐待罪告上了美国的法庭，"我"作为被老邵选中的陪审团成员之一，结识了老邵。老邵来自中国一个叫邵坷庄的地方，"他提出要我们考虑他的文化

---

① [古希腊]亚里士多德：《诗学》，陈中梅译注，商务印书馆1996年版，第64页。
② 林岗：《口述与案头》，北京大学出版社2011年版，第211页。

传统,我们也许应该考虑他不过是在按另一套道德体系行事。虽是违反了美国法律,但说他要故意虐待儿子,是否可能冤枉。人家是单身父亲,对儿子还不知有多少期望呢"①。中国有千千万万个这样的村子,叫邵坷庄或者罗坎村或者别的什么名字,质言之,都是中国社会的一个缩影。这次事件使"我"对美国的陪审团制度深入了解,更联想及老家罗坎村过去处理社会矛盾纠纷的七个牌坊。陪审团制度和罗坎村的七个牌坊都是维护社会正义的体系,不同的社会土壤孕育出的价值判断标准也不相同。以七个牌坊为标志的情胜于法,家族制度、等级秩序等代表的是中国传统以农业文明为基石的儒家文化,是罗坎村的过去,也是中国社会的过去。老邵作为核心人物,是过去时态下中国传统文明的代言人,他对儿子的管教,他对管教自己的儿子反倒被告上法庭的不解,都串联起了中国的农业文明和西方的现代文明。

  如果小说仅停留在这个层面的话,依旧陷入的是以罗坎村、老邵为象征的中国传统如何阻碍了现代化发展的这一窠臼。但"石壕吏"这一人物的出现,将触角又深入到了中国式现代化危机的呈现层面。"我"两次返乡的经历,使"我"意识到"石壕吏"代表着罗坎村的现在,是在现代化深入中国乡土之后诞生的一批具有现代经济意识的中国人,正如"石壕吏"所言,"现在市场经济了,又不要那么多平均分配,公平问题都可以用经济杠杆来解决"。罗坎村的七个牌坊,"石壕吏"的价值观念,美国的陪审团制度,代表着中国的过去、现代以及西方社会追求公平、正义的制度,不管是中国还是美国都要受到正义的度量,其重大突破就在于,此前的同类题材小说大都将美国作为度量正义的那把尺子,中国是被度量的对象,但在《罗坎村》中,美国和中国都被同样放置于被度量的位置。

  小说借老邵、"石壕吏"等人物形象的塑造,尤其是塑造这些人物形象背后更深层的社会价值观念、文化土壤,探究中国式现代化是否阻碍了向蕴含正义的社会理想的靠近。不仅如此,其实在某种程度上来说,美国式现代化也一样成为被思考的对象。于是关于社会公平、正义的实现是现代社会面临的普遍问题,甚至是一个人类社会任何时代都不得不面对的核

---

① 袁劲梅:《罗坎村》,载张颐武主编《全球华语小说大系25·海外华人卷》,新世纪出版社2012年版,第203页。

心问题。无论是七个牌坊还是陪审团制度，还是经济杠杆，都是人类在面临这一问题时做出的各种尝试，因为想要解决这一问题的关键就在于能否建立起一种全社会都能接受的维护社会公平、正义的法则。这一具有崭新意义的视角为小说打开了一个新鲜的视野，不过略显遗憾的是，小说依旧暗含着这样的判断：究其根源，中国面临的现代危机仍源自中国传统的桎梏。

《罗坎村》中的老邵、"石壕吏"等游子式人物，虽然串联起了小说的故事情节，但"情节并不占据第一重要的地位，情节是为呈现事物的特征而服务。当撰述者认为笔下叙述的事物的特征已经获得足够的呈现，叙述即可告完成"①。人物形象的塑造，尤其是人物个性特征的突出被置放于叙事的首位，由"人"带动"事"的推演，对人物的塑造又主要不是通过情节，而是通过刻画人物性格以传神。通过游子对故乡及故人的观照呈现出独具特质的乡土中国人形象，更通过形形色色的乡土中国人映照乡土中国的映像。

二 "蒲苇纫如丝"与现代性思索

通过塑造各色的乡土中国人形象，鲁迅希冀达成的是他以为的第一要务："国民性"改造。"他对'国民性'这一西方话语的接受与理解，以及将'国民性'等同没落的传统中国文化，实际上源于他那一代知识分子共同的'现代士大夫情结'。他们在西方现代性入侵后的民族生存性比较中，在不断受伤却又不得不隐忍的状态下，形成了与现代性密不可分的'怨恨'心理结构。鲁迅的'国民性'书写是在知识个体不得不接受西方现代性之后，形成的与现代性的视域融合，在具体的叙事中不断以归乡知识分子的在场，反衬中国'国民性'的现代转变之难，以及提醒现代的知识分子读者做自我反省——反省自我的劣根性，反省知识分子与草根民众之间的思想疏离。"② 这也形成了中国现当代文学一个重要的、经典的书写范式。

上一小节探讨北美新移民乡土小说中的"故乡"与"故人"模式的

---

① 林岗：《口述与案头》，北京大学出版社2011年版，第214页。
② 朱骅：《美国东方主义的"中国话语"——赛珍珠中美跨国书写研究》，复旦大学出版社2012年版，第117页。

延续，可谓在某种程度上是对这一书写范式的继承与延续，与此同时，北美新移民华文作家笔下对乡土中国人的书写又呈现出异质的一面，具有丰富的内蕴。这些作品将乡土中国妇女置放于特殊的时代背景或命运场域，写出了她们的淳朴、善良，更着重强调她们在冷酷压迫下，或者跌宕命运遭际中爆发出的强大的生命力、顽强的精神力量，生动诠释着"蒲苇纫如丝"且闪闪发光的韧劲。这种韧劲从对待生活的态度而言也是我们民族大多数人的共同秉性，是自觉生命意识的重要体现。

不仅如此，在鲁迅看来，乡土中国人的愚昧而顽劣，是中国现代性转换的重要阻力，一些北美新移民华文作家作品针对这一主题，开掘出另一言说空间，有意反其道而行之，赞扬乡土文明及其对传统文化的持守：苦难中迸发出强大的生命力。并以此为阵地和视角，反过来思考现代性，引起对城市文明和工具理性的思索。"面对随现代化进程而伴生的一系列负面因素的影响，如价值迷失、道德失范、资源枯竭、生态环境遭到破坏等，作家们开始对现代化本身进行深入反思，开始重新认识传统的乡村文明和乡村伦理于现代社会的价值和意义，开始对西方的现代性规划和工具理性追求进行质疑和批判，出现了试图以回归古老的传统文化资源去重建人与自然、人与人以及人与社会之间和谐关系的思想倾向。"[1]值得关注的是，北美新移民华文作家在对上述主题进行开掘的时候，叙事的重点并不放在时代或者具体的历史事件，而将人推至台前，时代的洪流淡化为背景，赞扬乡土中国人尤其是女性坚韧、顽强的生命力，活着才是最重要的人生法则。那么如何能真正做到淡化时代，突出个人形象呢？北美新移民华文作家们选择了抒情式的笔法，将情感的呈现作为重中之重，情感成为价值判断与人生选择的重要准则，很多看似不合理的选择是因为她们选择了合乎情感，从而将重点聚焦于女性精神力量的迸发以及人与人之间情感的纠葛、绵延，甚至有时刻意淡化了不适应现代性转化的部分而强调女性的生命意识。

严歌苓对乡土中女性生命力的呈现不仅数量多且质量不俗，塑造了王葡萄（《第九个寡妇》）、竹内多鹤、朱小环（《小姨多鹤》）、扶桑（《扶桑》）等性格特征鲜明、极具生命力的顽强个体。正如严歌苓自己所言，

---

[1] 张旭东：《从呼唤"现代化"到反思"现代性"——论文化保守主义语境下的"乡土中国"书写》，《西安电子科技大学学报》（社会科学版）2011年第4期。

"中国文化底蕴里有一种强壮，不管你发生什么，我还是要活下去，我都能活下去"，而且越是"想让我活不好，我非活好"[①]。而这种生存哲学在农村女性身上体现得尤为明显，她们"柔顺、阴柔、宽容和不控诉，她们会遭遇各种疼痛，包括精神上的和肉体上的，但是她们就以自己的存在为最大的胜利"[②]。

在《第九个寡妇》的一个"认夫"情节，就集中体现了王葡萄的生存法则。抗战期间，史屯被日本军队包围，屯子里潜伏着十几个八路军，当地百姓称呼他们为"老八"。为了抓捕这些"老八"，日本兵让屯里的年轻媳妇儿来认领自己家的男人，从而认为没人认领的男性即为"老八"。在王葡萄之前，有八位媳妇都选择了认领"老八"而牺牲自己的丈夫，王葡萄则不然，她将自己的丈夫铁脑认回了家。从表面上看，前八位年轻媳妇牺牲了小家的幸福，成全了民族的大义，王葡萄则是自私的代名词。其实不然，这一情节的出现并不是作者要讨论"大我"与"小我"，也不是要探究"个人"与"集体"，而是要呈现女性在面对现实选择时的生存策略。因为在面对"认夫"这一选择的时候，在这短暂的思考时间中，她们回想到的是在夫家遭受到的不公，是多年来受到丈夫压迫的待遇。所以对她们而言，这样的选择更多的是妇女在封建压迫中如何对待现实境遇的问题，是反抗命运还是继续隐忍，是救自己还是救别人，所以选择认领"老八"还是认领自己的丈夫其实对她们而言并非对立的抉择，而是生存策略的选择。王葡萄做出了与其他几位年轻媳妇不同的选择，究其原因就在于王葡萄与命运的抗争并不是从这次认领选择才开始，她在以往的人生中一直都在与旧社会对女性的各种不公对抗，她用自己的智慧一次次获得了尊严，所以她的现实处境决定了在这一时刻她选择认领自己的丈夫也是为了生存，是为了更好地生存。

除了"认夫"之外，小说中王葡萄将公爹二大藏身于家里的地窖长达几十年之久，使他免于被迫害，而村里的人也被她所感动，一起帮她守护着这个危险的、不合理却合乎情谊的秘密，也是生存法则的重要呈现，"活着"成为最简单却也最难的生存哲学。为了守护住二大，王葡萄不得

---

① 严歌苓：《歌唱中国农村女性的命运史诗》，载河北卫视《读书》栏目组编《读书——29位文化名家的书心文事》，新世界出版社2010年版，第192页。
② 李亚萍：《与严歌苓对谈》，载《故国回望——20世纪中后期美国华文文学主题研究》，中国社会科学出版社2006年版，"附录三"第209页。

不一直守寡,竭尽自己一切所能,甚至不惜用身体换取二大和自己的生存。"在这漫长岁月中他与葡萄构成同谋来做一场游戏,共同与历史的残酷性进行较量——究竟是谁的生命更长久。"① 王葡萄面临的是男性话语和旧秩序的双重夹击,"她从来不拿什么主意,动作、脚步里全是主意",因为她拿主意的依凭很简单,就是为了生存,为了生存便爆发出强大的生命力,是超越了性别与时代的对个人情感、生命的生动诠释,是没有丝毫犹豫的本能反应。

不仅王葡萄,《小姨多鹤》中的竹内多鹤除了对抗旧秩序,还面临着深刻的民族仇恨。她是抗战胜利后遗留在中国东北的普通日本国民,在异常复杂的生存环境中,在异常纠缠不清的情感、伦理处境中顽强地生存。尽管她有过自杀的念头,但在朱小环的劝慰与感化下,渐渐放弃了这一念头而倔强地生存着。朱小环是东北地区普通的农妇,面对国仇与家恨,她不得不选择隐忍,忍受着丈夫与多鹤生下孩子们,忍受着多鹤以孩子小姨的身份长久和家人生活在一起,等等。最后人性的力量战胜了时代与人生际遇的荒诞,情感战胜了伦理秩序的错位。《扶桑》中的扶桑对苦难更是从来都"没有抵触,只有迎合",她如大地圣母般接受了一切,无论是男性还是旧秩序或者时代加诸她的所有,她用自己的身体接纳了所有,即便遭受接二连三的蹂躏,"也是跪着,再次宽容了世界"。"可以说女性意识问题已经不再是严歌苓所关注的唯一焦点,透过描写女性让我们注意到容易被忽视的边缘人,他们对自我意识的释放让我们了解到对生命的珍视与尊重应该是人与生俱来的,同时也是作者人文关怀和社会责任感的表现。"② 严歌苓塑造了王葡萄、竹内多鹤、朱小环、扶桑等乡土女性形象,书写了他们面对形态各异的压迫性秩序时的选择与反叛,没有将女性的生存问题与生命意识局限于性别论的藩篱,没有将时代与秩序的桎梏作为刽子手进行鞭挞,而是上升到个人生存自觉、生命价值的高度。

张翎对于乡土中国女性形象的塑造,在某种程度上来说,实现了历史阐释与个体书写的完美融合,"在举重若轻之间将民族苦难与时代更迭的'大'同个体悲欢与家庭离合的'小'进行了有效的碰撞和交融,不仅释

---

① 陈思和:《跋语》,载严歌苓《第九个寡妇》,作家出版社2006年版,第309页。
② 张政、张文东:《论严歌苓〈第九个寡妇〉中的生命意识》,《文艺争鸣》2018年第11期。

放出动人心魄的感染力,而且展示了令人耳目一新的历史观"①。不仅如此,张翎在诠释乡土女性于时代阵痛之中迸发出的强大生命力的时候,男性往往处于不在场的状态,女性不仅不是依附男性的存在,更多境况下反而承担起了生活、生命的重担,十分生动、动情地呈现出了"蒲苇纫如丝"的切肤之质感。

2009 年发表的长篇小说《金山》,可谓是张翎创作转型的集大成之作,她将目光深入历史的纵深,更跨越时空、民族、国家的界限,谱写了一曲华人劳工的壮歌。小说的重心是方得法家族漂洋过海在异域奋斗的经历,讲述这家族几代人历经磨难与挫折终于在异域站稳脚跟的故事,更将华人劳工对于加拿大发展付出的血泪推至台前,他们为加拿大社会的发展做出了无与伦比的牺牲和贡献。更令人动容的是,那些隐身于华人劳工背后,留守在中国故土之上的家人们,他们的妻子,他们的母亲。方得法的妻子六指,六指的儿媳猫眼、区燕云,这些女性在男性离家远行后,不仅要肩负起守护家族之根的重担,更要忍受精神的煎熬和乡间礼法的规约。尽管六指与方得法的结合算是婚恋自由的结果,方得法也承诺要带六指去金山团聚,但在他们婚姻维持的六十年中,两人仅见过三次面,每次见面两人还未来得及将陌生暖化就又不得不将温热化作冰凉,留给六指的只是虚空的承诺和无尽的等待,她的一生几乎都消耗在碉楼里,这碉楼更像是囚禁她身心的场所。六指在这六十年间也不是完全没有机会与丈夫团聚,但都因为自己不仅是女人,更是妻子、儿媳、母亲,而选择了继续留守。

在当时的沿海乡间,如六指般默默坚守一个家庭的女性不在少数,在男性话语占主导地位的状态下,在男性的牺牲与奉献被看见,她们被忽视的现实境况中,她们的隐忍、牺牲、奉献被视作理所应当,而她们身上这些被视为传统美德的品质何尝又不是囚禁她们的枷锁呢?!张翎不仅写出了苦难,更写出了这些女人在面对苦难时的态度,这一点六指当然是张翎刻画的角心人物,六指一次次用行动书写着女性的坚韧与顽强。为了与方得法修得正果,她毫不犹豫用切猪刀砍掉了自己的第六根手指;在自己和儿子锦河被土匪劫走又被赎回后,本就对六指不甚满意的婆婆更是满腹怨念,认为六指已失身于土匪,六指竟然又亲手剐下自己腿上的肉,用来炖

---

① 于京一、郑江涛:《在历史与个体间的诗性飞扬——论张翎长篇小说〈阵痛〉的诗学突破》,《中国现代文学研究丛刊》2018 年第 1 期。

汤给患病的婆婆服用。丈夫远走他乡，六指肩负起照顾家庭的重任，要应对百般刁难的婆婆，要抚育嗷嗷待哺的幼儿，要抵御随时可能来袭的强盗，甚至还要背负乡间的家长里短、飞短流长……她用决绝的方式一次又一次挺过难关。"六指的性格虽然特别坚韧、强悍，但她却也终归是生活于一个具有强大男权传统的现实世界中。在某种意义上，从她与墨斗的此种情感交流状态，我们也完全可以看得出，其实六指也是一个处于情感枯寂状态的被禁锢在某种无形的男权传统中的'阁楼上的疯女人'。我们之所以强调这一人物形象的悲剧性，其根本原因也正在于此。在六指这一人物身上，我们可以感受到作家张翎犀利的人性解剖刀已经深深地探入了人物的人性纵深处。"[1] 男性的不在场，加深了女性生活的苦难，也使得女性迸发出更强大、更震动人心的生命力。

如果说《金山》其实是将重要的笔触对准华人男性劳工们的艰苦创业，在男性不在场的境况下，女性坚韧、顽强形象的塑造更牵动人心、人情算是意外之惊喜的话，那么在《阵痛》中，一个家族几代女性生育乃至生活男性都缺席的书写，该是张翎的有的放矢和精巧设计了。《阵痛》共由四篇连缀：

逃产篇：上官吟春（1942—1943）
危产篇：孙小桃（1951—1967）
路产篇：宋武生（1991—2001）
论产篇：杜路得（2008）

每一篇详述一位女性的生育阵痛和生命阵痛，从时间截面可以看出作者叙述历史的野心，逃产、危产、路产分别对应的是"抗战""十七年""改革"三个重要的时段。上官吟春在抗战期间被日寇侵犯，她腹中的孩子被丈夫大先生认为是日军的"贼种"，吟春不得已逃到山洞中生下了女儿孙小桃，在女儿出生后吟春确认是大先生的骨血，于是赶回家中想告诉大先生真相，却发现婆婆已经撒手人寰，丈夫大先生也在国仇家恨的双重打击中吐血而亡。孤儿寡母的艰难处境下，上官吟春改名勤奋嫂，独自抚

---

[1] 王春林：《人性的透视表现与现代国家民族想象——评张翎长篇小说〈金山〉》，《理论与创作》2010年第2期。

养着女儿，在城市中小心翼翼地生活着。从上官吟春到勤奋嫂，更改的不仅仅是姓名，更透露出一位母亲的决心，从此她不再是女人吟春，更是要凭一己之力在这困难中养活自己和女儿的母亲勤奋嫂。在当时的境况下，孤儿寡母的生活之困窘可想而知，但勤奋嫂凭着自己的坚韧、勤奋顽强生活着，养大了女儿。

"文化大革命"期间，孙小桃与越南留学生黄文灿相恋，但由于现实原因，深爱孙小桃的黄文灿不得已回国。孙小桃回到了母亲身边，独自生下了女儿宋武生。上官吟春在因受辱逃离丈夫期间生下了女儿孙小桃，大先生至死都不知道孩子是他的亲生骨肉；孙小桃在"文化大革命"期间又独自生下了女儿宋武生，孩子的生父甚至都不知道她的存在。孙小桃于是又如母亲勤奋嫂一般，默默地独自一人抚育着女儿。

宋武生成长于改革开放时期，长大后她来到生父黄文灿身边留学，后与台湾来的留学生杜克结婚。此时的中国在经历了一连串的创痛后慢慢结痂，杜克闯入这个命途多舛的家族，带来的是民族的又一道创伤。由于外婆和母亲经历的生育之苦，宋武生对于生育十分恐惧，与杜克的婚姻生活也并不顺遂，在一次与杜克发生矛盾后，宋武生来到了巴黎，却也在此时意外发现自己怀孕。不幸的是，这个家族似乎是受到了某种"诅咒"，宋武生的丈夫杜克在那场举世震惊的"9·11"恐怖袭击中丧生，而此时的宋武生在计程车上生下了她和杜克的女儿。

这个家族三代女性，尽管生活在不同的时代背景下，尽管身份、命运遭际迥异，但却宿命般经历了相同的独自"阵痛"，无论是生育还是生活，男性都因为各种原因而缺席，而她们在历史的风云变幻中，人世的波云诡谲中，凭着坚韧、顽强、无所畏惧的母性战胜了接踵而至的苦难和困窘。在小说的结尾处，作者就借这个家族最新女性成员，一个年仅几岁的小女孩之口，道出了一个残酷的真相：

老师注意到坐在后排的一个高瘦的亚裔女孩，从进课堂起就一直很沉默。老师微笑着鼓励她发言，说杜路得，你呢？你想挑选什么职业，等你长大了？

女孩沉吟半天，才说医生。

老师心想终于有一个靠谱的了，就问你想当哪个专业的医生呢？

女孩这回没有迟疑，开口就说接生。

老师吃了一惊：很少有七岁的孩子会说出接生这个词。就问你是不是昨天看了企鹅爸爸陪企鹅妈妈生孩子的动画片，才有这个想法的？

女孩深深地看了老师一眼，眸子里的忧郁刺得老师退后了一步。

"那部电影在撒谎。"女孩严肃地说，"我外婆和我妈妈都说，女人生孩子不需要丈夫。"

天哪，这是什么样的一个孩子啊！老师暗叹。①

正如作者张翎在《金山》的创作手记中写道："这些女人生活在各样的乱世里，乱世的天很矮，把她们的生存空间压得很低很窄，她们只能用一种姿势来维持她们赖以存活的呼吸，那就是匍匐，而她们唯一熟稔的一种反抗形式是隐忍。在乱世中死了很容易，活着却很艰难。乱世里的男人是铁，女人却是水。男人绕不过乱世的沟沟坎坎，女人却能把身子挤成一丝细流，穿过最狭窄的缝隙。所以男人都死了，活下来的是女人。"② 正如这篇创作手记的题目"隐忍和匍匐的力量"一样，这些女性正是靠着这样的力量在历史的缝隙中艰难生活，不仅作为女人，更作为妻子和母亲无私地照顾和哺育着丈夫和孩子。

不仅北美新移民华文女作家的笔下惯常塑造此类"大地圣母"般的乡土女性形象，男作家笔下的此类形象更闪耀着溢满生命力的光辉。沈宁的长篇小说《泪血尘烟》讲述的是20世纪20年代至50年代，知识分子方岳一家如何在动荡的社会中艰难求生的故事。尤其是对方岳的妻子姚凤屏这一人物形象的刻画，具有力透纸背的力量。小说前半部分详述姚凤屏如何在婆婆和小姑子们的刁难下恪守儿媳本分，隐忍生活的故事。姚凤屏本是家中长女，家中祖上也是一方贤达，她待字家中时母亲就不断锻炼她的生活能力，因为"乡下话说：养女不要贴娘骂。女孩子出嫁以后，没有生活能力，要让人笑骂娘家。所以凤屏出嫁时，娘不住地嘱咐她到婆家要手脚勤快"③。这是小说一开始作者就给姚凤屏定下了人物特质的基调。在出嫁前母亲更是叮嘱她："'进了人家的门，你就是人家的人了。'凤屏

---

① 张翎：《阵痛》，作家出版社2014年版，第333页。
② 张翎：《创作手记：隐忍和匍匐的力量》，载《阵痛》，作家出版社2014年版，第336页。
③ 沈宁：《泪血尘烟》，成都时代出版社2006年版，第1—2页。

的娘还在唠叨,'可是你又不是人家的人。娘晓得你是个刚性子人。娘就担心你这脾气。记住,忍着。听婆婆的吩咐,忍下小姑子们的欺侮。什么都忍着。要是娘这一辈子能教给你一个字,那就是'忍'。不要抱怨,不要还嘴。忍着,听见没有?'凤屏无声地站在那里,望着已经到了眼前的红色。然后默默转身,对着娘,跪到地上,重重磕了三个头。站起身,转过去,走进那片红色之中,还是没有一点声音。"[①]

无论是作为女儿待字闺中的时候,还是出嫁后做了人家的媳妇,姚凤屏从母亲那里学习的最重要的法则就是勤劳、隐忍,这两个堪称传统伦理加诸中国女性身上的最高褒奖从一开始就成为姚凤屏的性格标签。也正因为如此,姚凤屏作为新娘参加了一场没有新郎到场的婚礼;也正因为此,姚凤屏对于小姑子们的无理取闹甚至故意折磨都默默接受;也正因为此,姚凤屏面对婆婆的百般刁难,甚至当婆婆成为女儿被虐待致死的始作俑者的时候,姚凤屏都没有试图反抗……她似乎不是这家人的儿媳妇,而是佣人,是连佣人都可以欺负她的最下等的佣人。姚凤屏在婆家的生活十分生动地诠释了"忍"的性格特征。

当然,如果仅仅在乡村家庭的家长里短、鸡毛蒜皮中展开婆媳关系的书写,人物形象的性格特征尽管鲜明,但还显得过于单薄。在封建家庭中姚凤屏的勤劳、隐忍或多或少有愚昧的成分掺杂其中,甚至会令人有怒其不争的悲愤感,但在小家庭独立出来并遭遇时代洪流之后,姚凤屏一次次表现出不同于普通村妇的胆识,更是将这一人物塑造得充满血肉。面对动荡的时局,在风雨中飘摇的小家庭不得不多次逃难,每每遇到危急情况,姚凤屏总是让丈夫方岳先行安全离开,自己则独自带着儿女穿梭、躲避敌人的枪口。经历过这样多次的举家大规模逃亡,可想而知其中的凶险和惊惧,姚凤屏虽不像丈夫方岳那样懂得那么多的学问和道理,但来自苦难的经验和坚韧的母性足够姚凤屏获取关于生活和人生的深刻哲理,并且她对中国社会和中国人往往能够做出自己的解释,更是经常让丈夫方岳信服、无话可讲。

前半部分毫不吝惜笔墨地将姚凤屏刻画成一个农村"受气小媳妇"形象,着重突出了在封建家庭的婆媳关系中,婆婆的威权地位,作为儿媳的姚凤屏和孩子们在封建家庭生活中受到近乎非人的压抑和戕害。后

[①] 沈宁:《泪血尘烟》,成都时代出版社2006年版,第2页。

半部分又将"小媳妇"在大时代的大智慧和大胆识呈现得惊心动魄,逃离了封建家庭的小家,遭遇到更宏大的时代激流,她却凭借惊人的意志和胆识一次次赢得了小家的团聚。姚凤屏这一农村妇女既深刻诠释着"忍"的品质,也生动呈现出女性独特的坚韧和生命力的顽强。

三 进城的"乡下人"

乡下人进城作为一种文学叙述模式,在中国现代文学中就多有涉及,由于当时中国社会战乱、经济动荡等,大批农民无法继续延续数千年的生存模式——依附土地生存,而被迫涌入城市谋生。当时的作家们以敏锐的触角捕捉到这一现实表征,创作出一批反映这一进城潮流的文学作品,比如《山雨》(王统照)、《丈夫》(沈从文)、《乡心》(潘训)、《骆驼祥子》(老舍)等,这些作品多集中于揭示农民进城后的命运遭际。到了新时期,尤其是市场经济迅速发展的21世纪,国家政策松动,城市和乡村经济实力的差距日益拉大,城市文明对乡土之民的吸引力与日俱增,农民对城市的向往之情日益浓烈。于是,越来越多的农民选择离开乡土,进城寻求新的生活。在中国当代文学史中,对乡下人进城的书写也具有典范意义,无论是高晓声的《陈奂生上城》,抑或贾平凹的《高兴》《浮躁》、张炜的《古船》,还是路遥的《人生》等作品,都在特定的时代与社会场域中,在农民与城市的较量中凸显出乡土中国人的典型特征。

雷蒙·威廉斯曾这样评价城市和乡村对于人类的意义:"在变化多样的人类居住历史中,人们获得了对乡村与城市的强烈感受。乡村代表了自然的生活方式:意味着宁静安详、天真无邪、纯朴和美德;城市则是更发达的所在地:意味着学习的机会、便利的交通和声光化电。"与此同时,"相反的意义也被赋予它们。城市代表着喧嚣、俗气和野心;乡村则代表着落后、无知和狭隘"[①]。城市与乡村之间的对比,城乡关系的审视,城市文明的弊端与乡土文明的现代转型等问题,无论近现代还是当代中国文学,大都围绕这些问题进行了广泛而深入的挖掘与探讨,由城入乡,也成为新时期以来一种普遍的文学经验,成为重审中国社会大变革的一

---

① [英]雷蒙·威廉斯:《乡村与城市》,韩子满、刘戈、徐珊珊译,商务印书馆2013年版,第4页。

个有效视角。

新时期以来，大规模的移民潮也是中国社会大变革的一个重要表征，这些海外华人在亲身融入这场大浪潮中的同时，也因切身的体会而不断写下乡下人进城的篇章，从双重的视角、跨文化的场域对这一浪潮中的中国人形象进行深度开掘。其实，从某种程度来说，北美新移民们当年从经济相对落后于西方的母国出走的时候，又何尝不是另一重意义上的"乡下人进城"呢？"纵然城市与乡村的异质对立贯穿全部文明的历史并一直延续到今天，文学批评和研究却必须以现代性为中心而不是以对立为中心。"[①] 不割裂传统与现代、不设立城乡对立，而将重点放在这种社会变革中书写人的变化，从中挖掘人性的深层隐秘以及乡土中国的现代性，这是北美新移民华文作家们的乡土书写不同于中国主流乡土叙事的重要特点，或者说也是为拓展中国当代乡土叙事路径做出的有益尝试。当然，这并非北美新移民华文作家们的首创，甚至都不是横空出世的新鲜事物，中国本土作家们在这一模式中也不乏书写人性隐秘的佳作，但很多作家表面上写的是乡土中国人，其实更确切来说，写的是城乡关系下乡土中国人的身份，以及人与人之间的关系，人与伦理之间的关系。北美新移民华文作家们由于独特的生命和生活体验，将写作重点调整为聚焦自我之人，将"人"置放于"价值观念""身份""伦理"等之前，还原人本身的真相，从而凝视乡土中国人。

乡下人进城的原因、进城后的遭际等问题，其实很大程度上反映的是乡土中国人观念的变迁。时代和社会的变化，影响的不仅仅是人生存的外部环境，更激烈震动着人的精神观念。从人之观念变迁的视角进入，从而探索人性的复杂，是袁劲梅这位华裔美国高校哲学教授惯常也擅长运用的手法。《道之动》这部中篇小说就详述了桑果儿这个农村小子，如何一步步从乡村走向城市，直至走出国门的人生轨迹，他的思想观念也在此过程中不断变迁。小说共分为六个部分：

  文明梦——自我分裂
  英雄梦——个体和类的冲突
  男人梦——个体情感与类情感的悖反

[①] 丁帆：《中国乡土小说史》，北京大学出版社2007年版，第370页。

梦的自由——自我的迷失
美国梦——人的异化
田园梦——人性回归

  这是一篇典型的成长小说，桑果儿的六个梦正是他不断经历个人观念的变化，一步步蜕变成长的过程。"文明梦"是向往城市文明的桑果儿与眷恋自由乡土的野性桑果儿之间的角力。"桑果儿常常不知道他到底应该是哪个桑果儿。不过，事实上，每次冲突的结果都是那个想当后一个桑果儿的欲望胜了。无论如何，他想，当一个文明人总是比当一个乡下人强。"[①] 乡下野小子桑果儿的思想观念经历激烈斗争后，最终他决定暂时压下野性，当一个文明人。于是从他进城上学开始，遵循个人价值的桑果儿与信奉社会价值的桑果儿一刻不停地斗争着。

  高中毕业后，桑果儿回到了家乡，他的进城之路只是中断，并没有彻底断裂。参军入伍的乡下人桑果儿又一次成功地迈入了城市，只不过这一次他面对的是个人欲望与集体观念之间的冲突。"'军人桑果儿'感兴趣于政治，而'双野溪的桑果儿'却感兴趣于女人。""他越决意要做完美而高尚的'军人桑果儿'，真实而纯朴的'双野溪的桑果儿'就越不听话地跳出来。桑果儿得了一个对男人的新认识：男人首先得是男人，然后才能谈男人的意志。男人意志再坚强，还是要想女人，否则，就不是男人了。"[②] 于是，决心要做男人的桑果儿决定冲破世俗的偏见，大胆追求在军校教他的女老师虹，虹的才情乃至不幸的身世都深深吸引着桑果儿，尽管虹的丈夫性情乖戾，甚至家暴她，但她毕竟是有夫之妇。个体的情感观念与社会道德之间在那个时代有着一条难以逾越的鸿沟，"个体情感与类情感的悖反"无时无刻不煎熬着桑果儿和虹。最后，虹不辞而别，桑果儿也在心灰意冷中开始重新思索。最终他决定要当一个有头有脸的上层人物，于是他把眼光从地方提高到了全国，接着他与军队首长的女儿篁结了婚。婚后的桑果儿似乎完成了自己的目标与野心，事业和家庭都是别人眼中艳羡的对象，但桑果儿还是觉得不幸福。小说中叙述者借桑果儿之口对此做出了诠释：

[①] 袁劲梅：《道之动》，载《月过女墙》，中国工人出版社2004年版，第154页。
[②] 袁劲梅：《道之动》，载《月过女墙》，中国工人出版社2004年版，第169页。

第二章 多维时空"中国人"形象话语的寓言化表达

桑果儿有时坐在将军楼的阳台上想他的童年,想他的初恋,心里就总是痛苦。他十来岁离开家,想成为一个城里人,他成了;他二十来岁到了部队,他想成为一个高尚的军人,他成了;后来失恋了,才发现他成的都是别人,不是他自己。于是,他离开了部队,建立了自己的家,可是,在自己的家里,他还是没有他自己,他只能是仪态、学历、官衔和挣钱的工具。他得不断向上发展,篁的虚荣心需要这个,他自己的虚荣心也使他愿意跻身于上层社会,他的欲望一个一个达到了,可他还是一个人格分裂的桑果儿,这是怎么回事?!一个社会、一个阶层衡量一个男人的价值标准是什么?桑果儿想,大概只能是这个社会和这个阶层的利益。一个男人衡量他自己的价值标准又是什么?桑果儿想,好像只能是他的生命本身。这两个标准太难完全一致了。所以,他桑果儿大概注定是得人格分裂一辈子的。这是痛苦的。有一天,他突然问自己:难道我所有的追求都错了吗?

他怀念起双野溪。那个日日夜夜流淌着人情味儿的双野溪,那个世世代代孕育着自然人性的双野溪。①

不断经历着观念斗争的桑果儿此时又做出了另一重的"乡下人""进城"的选择,"美国的吸引力对他们来说,就像过去城市对'双野溪的桑果儿'的吸引力一样"。来到美国之后的桑果儿与妻子之间观念的分歧愈加深重,两人渐行渐远,最终以离婚收场。美国姑娘柯利丝婷娜却渐渐走进了桑果儿的心,因为她"不奢谈主义和信仰,也不谈钱。她倒像是中国的老庄,就这么顺着人的本性走。她找到的美,是自然之美"。这样的人生态度和思想观念,唤醒了野性的双野溪的桑果儿。最终桑果儿克服了内心的顾虑,追随美国姑娘柯利丝婷娜而去,他也终于明白,"从双野溪走到美国,找来找去,不知目的地是什么。到了中年,才发现,真正属于我桑果儿的太平地,竟是那日夜流着的双野溪。我们轻易地离开了它,再想回去太不容易了。一个只需要'小心火烛'的平淡日子比什么都好啊。谁能懂呢?"②

桑果儿从少年成长为青年直至人到中年,一直在不停地寻觅,不断权

---

① 袁劲梅:《道之动》,载《月过女墙》,中国工人出版社2004年版,第205—206页。
② 袁劲梅:《道之动》,载《月过女墙》,中国工人出版社2004年版,第224页。

衡着不同的思想观念与价值体系,观念随着进城、参军、出国不停变化,作者借桑果儿的寻来寻去和跌跌撞撞,找到了价值的皈依:双野溪世代孕育着的自然人性。这是西方哲学教授袁劲梅的体悟,更是浸染着民族文化血液的华人袁劲梅的抵达之途,所以小说的最后才会借虹之口说出:

  那恍兮惚兮的道理,总是应了中国的一句老话:"反者,道之动。"
  生活呀,生活……①

  桑果儿的故事从退掉乡下丫头到与虹不成功的爱恋,与篁并不纯粹的复杂婚姻,再到与美国姑娘柯利丝婷娜的爱恋,他对于情感的观念变化,也反映出他这个乡下小子进城后关于人生、个人价值、伦理关系、社会秩序等观念的一步步变迁。个人观念的变化映照着中国转型期的社会心理,乃至世界全球化的背景。无论是乡村还是城市,无论是中国还是西方世界,尽管生活环境、生命体验、价值观念、社会形态等不尽相同,但更重要的是,都是人,都有人情,都通人性,无论是中国乡村双野溪的桑果儿还是美国姑娘柯利丝婷娜,无论是当下的各色男女还是古时的老子,人是相通的,是最简单也最本真的皈依。

  乡下人进城并不单纯是离土去乡的个人行为,更是身份的转变,是人与人之间、人与社会之间关系的转换。"所有人物的行为的秘径都只是一条了解此人物的秘径,而条条秘径都该通向一个个深不可测的人格的秘密。谁都弄不清自己的人格中容纳了多少未知的素质——秘密的素质,不到特定环境它不会苏醒,一跃而现于人的行为表层。正因为人在非常环境中会有层出不穷的意外行为,而所有行为都折射出人格最深处不可看透的秘密,我们才需要小说。人的多变,反复无常是小说的魅力所在。"② 苏炜的《荷里活第8号汽车旅馆》,严歌苓的《少女小渔》《谁家有女初长成》《白麻雀》等作品,就是描写由乡下进城的人,被抛入特定环境后,在身份与现实的冲突中,凸显抛开"身份"而纯粹的"人"。

  《荷里活第8号汽车旅馆》是苏炜文集《远行人》中的一篇小说,从

---

① 袁劲梅:《道之动》,载《月过女墙》,中国工人出版社2004年版,第228页。
② 严歌苓:《主流与边缘(代序)》,载《扶桑》,上海文艺出版社2002年版,第1页。

集子的名称就可窥见作者的心意。其实苏炜的这篇《荷里活第8号汽车旅馆》与严歌苓的《少女小渔》有异曲同工之妙。它们分别描写了两个乡下姑娘春儿、小渔为追求美好的生活来到美国，一个为了"报恩"嫁给了同来美国的无赖老乡，一个为了换取合法身份与美国老头假结婚；春儿的另一半柳胖欺骗她、背叛她，小渔的另一半利用她；春儿尽管历经了瞎眼、失掉孩子等厄运，还是一心挂念坏事做尽的丈夫，认为他是她的恩人；小渔尽管屡受委屈，依旧默默付出，无论是对恋人还是假结婚的对象，她都一直秉持着善良之心，包容之心。从乡下来到的不仅是城市，还是走出国门来到了国际大都市，从乡下丫头摇身一变成"美国人"，成为"人妻"，身份的转变却没改变乡下丫头的纯朴与善良。

《谁家有女初长成》与《白麻雀》中的身份问题更是被放大，作者将小说中的主人公置于更为特殊甚至极端的环境中，尽管身份多重又变化多端，但被"身份"掩盖下的"人"才一直是作者想要呈现的真相。《谁家有女初长成》是个题目与内容形成极度反差的作品，从题目看容易联想到的是少女初长成的亭亭玉立与欣喜，内容却是沉重乃至黑色的。乡下女子进城打工，从新时期开始成为中国社会的一股浪潮，因为"土地向人索取的劳动，是太过单一太过狭隘，又太过苛求体力，女人无法取得优势，无法改变必须依附于男人生存的命运。而到了城市这一崭新的再造自然里，那才真正是'海阔凭鱼跃，天高任鸟飞'"[①]。《谁家有女初长成》中的主人公就是其中一员。

小说分为上下两篇，上篇写乡下女子巧巧老想着进城打工成为深圳流水线上的一名女工，但是却被老乡欺骗，在去往深圳的途中被人贩子"陈国栋"诱奸后又拐卖给矿工郭大宏为妻，不堪忍受的巧巧最终错手杀死郭大宏两兄弟而出逃。下篇写一个叫小潘儿的女孩儿流落到了高原上的一个兵站，在男兵扎堆儿的军营里小潘儿的到来激起千层浪，男兵们对这个小女子几乎都颇有好感，甚至为她争风吃醋，但最终一纸通缉令使其暴露身份，作为杀人后逃窜的嫌疑犯被抓走。其实小潘儿就是巧巧。巧巧的身份在她离开家乡黄桷坪后一再变化：被拐妇女、矿工的妻子、杀人逃犯等，尽管这些身份加诸的色彩一个比一个沉重，但严歌苓想要表现的却是

[①] 王安忆：《男人和女人，女人和城市》，载《王安忆自选集之四——漂泊的语言》，作家出版社1996年版，第408页。

身份背后纯粹的个人。在极端环境中，纯粹的个人依旧值得被尊重。被拐卖后的巧巧不是没有存下好好和矿工郭大宏过日子的心思，她甚至写信回家"炫耀"郭大宏的能干，她甚至想过生下一男半女，因为尽管是被拐卖的，但作为女性的巧巧渐渐被郭大宏感动，她想要安定的生活。不过，现实残酷到巧巧无法面对，在戳破兄弟俩"共妻"的龌龊心思之后，巧巧几乎崩溃，错手杀了人而逃走。辗转流落到小兵站的巧巧隐瞒了过去，化名小潘儿，在兵站小潘儿的表现似乎迥异于巧巧，她甚至时不时故作小女儿姿态，她明白怎样撩拨男兵们的心思又极有分寸。这样的描述在于作者将其当成了符合她年龄阶段的女性来进行描写，她在兵站的一系列行为都是有几分姿色的小女儿们正常的对异性的表现。这样的呈现方式是抛开了被拐女子、杀人逃犯等身份的束缚，还原少女原本的心性与模样。当然，结局的残酷使得少女的轨迹戛然而止。

《白麻雀》主要叙写的是一位藏族女孩斑玛措因歌唱得好被征召进部队文工团，从而从大草原来到城市的故事。进了文工团的斑玛措身份变成了战士，但她的行为举止却不完全符合对一名战士的要求，身份与她的本性，草原与城市形成了强烈的反差。来到城市的草原女孩斑玛措因为身份的转变经历着对峙与妥协的煎熬，进入以城市为代表的文明世界的斑玛措，流淌在她血液里的自由与野性被压抑，在不停地痛苦挣扎。草原的斑玛措重感情爱自由，城市里的斑玛措必须服从纪律按规矩唱歌，在草原上唱歌有广阔的天地任她徜徉，在舞台唱歌只有逼仄的规矩一步步设限，矛盾对立一直撕扯着她。好在斑玛措这个生长于荒野之中的美丽歌者终于抛开身份返回了广博的草原，回归自己的天性和本源。

乡下人进城后身份变化，身份的附带物往往掩盖住了本真的人，而身份背后的人、人情、人性才是北美新移民华文作家们笔下想要呈现的重点，从而拨开身份的迷雾抵达人的本真。乡下人进城的书写，关注人之观念的变化，探究身份之下的本心都是北美新移民华文作家们塑造乡土中国人形象的重要切入点，除此之外，人的心理状态也是不少北美新移民华文作家颇为关切的点。心理状态是中国人原本不太深入了解的领域，改革开放初期人们忙于物质财富的累积，没有过多的精力关注，或者说没有重视到人心理状态的变化。但随着经济发展的深化，越来越多的社会心理、人的心理问题渐次暴露，这一话题也成为文学介入生活、表现生活的重要领域。

张翎就是其中的佼佼者,她那篇被著名导演改编成电影的小说《余震》,就是她关注人心理状态而掷地有声的呼号。对乡下人进城的书写,更是张翎在小说创作中注重呈现人之心理状态的重要方式。《一个夏天的故事》中,张翎从一个小女孩的视角观照世界,重点凸显出进城前后小女孩心理状态的变化,从而反观城乡关系、时代谜语。小女孩五一的父母因为都要工作,大女儿国庆体弱多病,生下五一后没有时间和精力照顾她,只得将她放在乡下外婆家。直到要上小学时,五一才被父母接回了城里。小说通过五一这个小女孩的视角,讲述她在上学前的那个暑假里的经历,通过描写那个特殊年代,一个院子居住的四户人家的百态人生与邻里之间的情谊,勾勒出小女孩在短短一个暑假里的成长,尤其是心理状态的快速成长。一个短暂的暑假,小女孩经历了姐姐的死亡;窥探到了成人世界两性的秘密;在南屋老太太的诱导下说出了蝴蝶生活作风的秘密,从而体会到了背叛与忏悔的沉重,等等。小说的末尾章节为"秋",意味着夏天的过去,一个夏天的故事使得不谙世事、胆大包天的乡下小女孩成长为一个开始装有心事的城市女孩。开学那天,因为背叛事件而不愿跟五一再来往的蝴蝶突然出现,还送了她一个铅笔盒,原本欣赏蝴蝶却又背叛过蝴蝶的五一,原本乐呵呵又多话的五一,此刻不仅一句话说不出来,还"抽抽搭搭地哭了起来"。这泪或许就是成长的代价吧,这样的成长更多必然是小女孩心理的成长。

孩子在面对生活环境变化的时候,当然会猝不及防,成人又何尝不是呢。惯常从历史中抽丝剥茧的张翎近年来越发表现出介入当下的野心,《心想事成》和《都市猫语》是张翎的两个短篇,作者将笔触伸向当下都市里的漂泊者,呈现从乡下进城的这些年轻人在都市打拼的心理状态。其实可以将这两个短篇相对应着观照,《心想事成》以北漂女白领为叙述重点,《都市猫语》的主人公则是进城务工的乡下男青年。两篇小说都没有什么惊奇的情节,也没有人生命运的跌宕,就是截取了人物生活中的一些片段,描绘生活中琐屑的细枝末节,这恰恰也是大多数普通人的日常。再普通不过的生活横断面透露出的却是生活的无奈和内心的空虚、孤独、寂寞乃至无法被理解。前者过着看似光鲜的白领生活,却被生活和工作的重压夹在中间无法动弹,现实的生活与亲人的期盼有着不小的差距,事业上被上司压榨,生活中与男友谈不上相互完全信任,踽踽独行于繁华的北京,内心一片荒凉。后者是千万进城务工男青年的缩影,住在城市的边缘，做着体力活儿赚取微薄的工资，养着一只夜猫聊以慰藉。一个女性合租者突然闯入他的生活，将他羞羞答答藏起来的关于青春孟浪的荷尔蒙掀开了一角。他对女性合租者不时带回的陌生男人们，还有女人的内衣都充满了好奇。

无论是都市白领还是底层务工者，他们的生活没有大起大落的惊险刺激，也没有大开大合的跌宕起伏，但物质与精神的双重重压以绵软的方式渗透进生活的每时每刻，于普通生活而言，这是令人窒息却又无法逃离的日常。他们的心理状态，他们内心的孤独具有更普遍的象征意义。张翎许是听到了他们内心轻微的试探性的呼喊，抓住了他们犹豫着伸过来的手，替他们发声，写出他们与宏大的历史相比微弱得毫不起眼，但于他们自己个体而言沉重得仿佛是整个世界的内心。这样的书写也为塑造经济快速发展态势下真实的中国人形象丰满了血肉。正如有学者所言："更重要的是，文学写作如何表现进城的乡下人也拥有分享健康的都市化的过程，写出他们的挣扎、奋斗中的精神世界与血肉共成的生命，是对小说叙述也是对批评提出的挑战。"[①]

第二节　异域奋斗者

百年来困扰中国知识精英的一个顽固症结在于对现代性的渴望和焦虑，西方的经济和文化成果具有强大的吸引力，20世纪80年代中国的改革开放又一次点燃了这种集体情绪。改革的激情和理想主义的热血激荡着精英知识分子们的心潮，赴北美留学便成为一代浪潮。激动人心地出走后，冷静下来面对真实人生和生活的时候，东西方社会在政治、经济、文化等各方面的巨大差异，生活方式、价值观念等方面的显著不同都冲击着中国精英们的内心。曾经的踌躇满志和一腔热血变成了精神迷失。从东到西，不仅是生活场域的转变，更是生命的移植，其中面临的挑战和所要经历蜕变的艰辛可想而知。在连根拔起又重新扎根异域的过程中，业已成型的价值观、信念、意识都得做出调整，以适应西方的文化和规则。这其中，处理人与生活之间的紧张关系是他们面临着的最现实的生活经验，也是最为深刻的生命体验。

---

① 徐德明：《"乡下人进城"的文学叙述》，《文学评论》2005年第1期。

正如移居加拿大的华人作家曾晓文所言："我作为一个生活在非中文环境中的写作者，或许也是被内心的渴望所驱使，努力在中西文化之间、不同族裔的人物之间展开平等对话。在早期的文学创作中，我的写作多以'经验'即亲身经历和释放内心的情感为主。随着阅历的积累、个人心智的成长成熟，视野变得宽广，心态变得淡定，我转向了'体验'，即感悟生命。在表现人物深层愿望的同时，我试图融入许多思考，关于荣耀与耻辱。原宥与伤害，漂移与守候，爱慕与憎恨，陪伴与孤独……力图客观地表现生活和人性，从而完成从'倾诉'到'讲述'的转变过程。我讲述华人移民以及其他族裔刻骨铭心的故事，不停地培育中国语言的种子，期待跨域之花一次又一次地绽放，使原本羸弱的文学花朵变得多姿丰盈。"[①]这些生活在异域的华人奋斗者们，无论遭遇怎样的现实境遇都热烈、热情地拥抱生活，将深深镌刻在华人血脉中的民族性彰显得熠熠生辉。

一 中餐馆叙事与华人众生相

"在中国传统的各种文化习俗中，海外华人最看重的似乎是保持民族的饮食习惯；而在外国人心目中，中国人最有特色的文化习俗，也恐怕莫过于烹饪'艺术'了。因此，餐馆成了世界各国'唐人街'经济最主要的支柱之一，成了众多华人谋生的主要栖所。以美国为例，如今旅居的200余万华人中，有一半以上曾经从事餐饮业，是支名副其实的百万大军。遍布于美国50个州的二万八千家中餐馆，成为将中华饮食文化弘扬推广到美国各城市的宏大阵地群。中餐和意大利餐、墨西哥餐已成为美国最受欢迎的三大民族餐式。而在这百年光阴流转中，唐人街的餐馆，也容纳进了万千华人的悲欢哀乐，折射出华人社区的生生不息。一些长期栖身餐馆的作家深入开掘着这一领域，使'餐馆文学'成为一种独特的文化视角的载体。"[②] 诚如上述，那一口带有家乡味的吃食成为散落异域的华人回望故土的一个窗口，中餐馆更是华人们出走原乡、融入异域的一个缓冲地带。不仅如此，中餐馆更似一个浓缩的华人社会，一个远离中国的具有象征意义的文化中国。于是围绕着中餐馆发生的这许多故事，这许多故事中的主角或配角，甚至跑龙套的客串角色们，便构成了异域华人的众生

---

① 曾晓文：《因为渴望，所以绽放》，载《重瓣女人花》，太白出版社2017年版，第178页。
② 黄万华：《"餐馆文学"的文化视角》，《华文文学》2000年第1期。

相。他们的故事连缀起的是华人在异域的奋斗史,无论成功还是失败,都是华人在异域奋斗的真实写照,凸显出的是各层华人、各样华人吃苦耐劳的重要民族品质,当然也会有民族劣根性的呈现,丰满、复杂的人性毕竟超越了国家和民族,直抵人类、人性的深幽之处。

中餐馆似乎是华人留学生们异域生活的必到场所,除去吃一口淡淡的家乡味,更重要的是,有多少囊中羞涩的留学生们或者打工仔们凭借在中餐馆的打杂而生存。出国前后生活境遇和理想的落差,在中餐馆落到实处。对这样现实境况的描绘自是不可回避,更值得深究的是,在面对这样巨大落差之时,在身处物质与精神双重绞杀的困顿时,人所做的选择,这选择背后隐藏的便是一种叫生命力的东西。

少君的《大厨》从题目就开始泄露作者的意图,全篇几乎就是这个中餐馆大厨小吴的自白,讲述他从国内傲人的科大毕业生,科学院研究所的工作人员,如何一步步走出国门,遭遇经济困境不得不退学,后因机缘当了休斯敦一家中餐馆大厨的经历。"当然也有一种失落感,科大生到美国做大厨,这本身就是一种社会的悲剧。你也许从来没有听说过美国的博士到大陆去开餐馆吧?但美国的中餐馆中,有多少老板是 Ph. d. 毕业呢?数以千计。"[①] 中餐馆大厨的工作使他摆脱了经济上的困窘,但小吴说他现在唯一的愿望就是攒够一笔钱后继续未完成的学业,尽管老板笑他痴心,但"今天这个世界,谁会知道明天是什么样子呢?"小说到这里戛然而止,到底小吴的明天会是什么样子,作者没有给出具体的答案。小吴的经历不是个案,从留学生到中餐馆大厨的落差并没有彻底将他击垮,尽管暂时因为现实生存的压力不得不放弃学业,但奋斗的种子并没有失去生命力。或许少君的另外一个短篇《大陆人》就是对小吴最后慨叹的一种可能性回答。《大陆人》也是收录在少君小说集《人生自白》中的一篇,不知作者或者编者是否有意为之,《大厨》是这本集子的第一篇,而《大陆人》紧随其后,编为这本小说集的第二篇。或许有某种对照性的考量,也或许只是巧合,但有一点是确定的,那就是这个也曾在中餐馆打工的"大陆人"如今在美国过上住别墅的生活,这样的生活方式是小吴们通过奋斗很有可能抵达的。被妻子抛弃过,生活也曾跌入过谷底的"大陆人",在小说中的一段剖白或许能很好说明这个问题:

---

① 少君:《大厨》,载《人生自白》,江苏文艺出版社 2003 年版,第 9 页。

中国旅美学人有七八万之众，如果能振作起来，重视自己和重视这个社会给每个人的平等权利，我就不相信会比犹太人差。今天我能住得起每天五百美金的房间，能花个四五千度一次圣诞假期，是因为我奋斗的结果——付出和所得是等值的，动量守恒定律是永恒的。我不怕你心中骂我站着说话不腰疼，因为我利用了这个社会的平等机会，得到了我想要的东西，而你没有，我还要骂你太懒太散，为什么不去奋斗呢！[1]

"大陆人"的体面生活，是小吴们通过奋斗可能抵达的，当然这并非是金钱至上主义，其核心在于奋斗，已然能与生活妥协，又有什么理由不去奋斗呢？其实作者少君自己就有过类似经历，在序言中他称："我最不该走的一步，就是误入歧途地来到美国，一下子从行走中南海的学者变成中餐馆端盘子的小侍者，从指点江山的青年理论家变成美国二流大学的留学生，其中失落的情感真是罄竹难书。于是，无论居学府执教，还是处商海操楫，堵在心头的那种失根之虚无，始终难以开释。后经高人指点，便开始了以文润心、修身养性的散淡生活，并最终选择了凤凰城这块风水宝地，结庐南山，隐居下来……"[2] 后经哪位高人指点不得而知，但可以确定的是，作者最终能在凤凰城结庐而居，必定是经过一番奋斗而来。或许这也是他在小说中以叙述者的身份劝诫说"为什么不去奋斗呢！"

张翎的长篇小说《望月》中，卷帘本也是出国留学，后经不住压力，也觉得自己实在不是读书的那块料，便嫁给了开中餐馆的华人黄胖子，从此安安心心洗手做羹汤，和丈夫黄胖子夫妻两人好好经营餐馆。她的选择也无可厚非，未能继续学习而是经营家庭事业当然也是奋斗的另一种形式。而在他们的中餐馆也有一位打工的博士，名叫刘晰，也和《大厨》中的小吴一样，经历着学业与生存的双重挤压，但他咬牙坚持了下来，一边在中餐馆打工一边继续学业，尽管过程艰辛，但最终拿到了博士学位。最后尽管他没有留在异域而是选择了回国，荣归故里也是另外一种样态的成功，在国内有房子有教授的职位等着他，毕竟苦尽甘来。除了"大陆人"和刘晰们的成功，查建英《沈记快餐店》中的沈氏夫妇也是成功者。

---

[1] 少君：《大陆人》，载《人生自白》，江苏文艺出版社2003年版，第15页。
[2] 少君：《人生自白·序》，江苏文艺出版社2003年版，第3页。

夫妇俩从中国台湾来美十五年，一个工程力学博士，一个园艺硕士，起初在公司里上班，但年底算下来并没有多少盈余。两人盘算着辞了职，一个在中餐馆端盘子，一个在后厨看炒锅，后来干脆自己盘了店面做起中餐馆的生意来，即便是礼拜日也舍不得歇业。凭借多年来的辛劳付出，夫妇俩的生意和生活也都越过越红火。

不仅仅这些留学生，中餐馆中还聚集了大量的底层小人物，他们与这些边打工边读学位的留学生不同，他们只是为了生存默默奋斗的普通小人物。生活对于他们的"绞杀"更为彻底，这些底层小人物挣扎着求生存，他们的奋斗同样值得尊重。曾晓文《旋转的硬币》中就刻画了一个在中餐馆送外卖的华人形象，他与三位女性的纠葛恰是人性的不同面向。他出国打工是为了妻子和孩子能在国内过上幸福的生活，在中国的妻子从来就是找他要钱，他寄回家的钱使得家人在城区买了大房子，做了室内豪华装修。但妻子并不能体谅他在外受的苦楚，他想要回国，但妻子却说许多人都开上了私家车，他们家还没买车呢。他搭上按摩女郎是为了满足身体的欲望，在异国他乡，相互取暖罢了。他暗恋也在餐馆打工的一个中国留学生的太太，那是对温情的渴望。来美国的八年，他像是陀螺一样不停地旋转，在美国又没了合法身份，犹豫着离去还是留下。小说也没有给出结果，最后定格在得克萨斯一个残阳如血的黄昏中，一枚决定他去留的硬币不停旋转，没有停下。这枚硬币或许正是奋斗的华人们最真实的象征吧。

严歌苓的《海那边》更是塑造了在中餐馆工作的小人物群像：杰瑞中餐馆的王老板，称自己原是耶鲁大学的学生，上学还有家仆跟着料理生活，后来家道中落才不得不辍学开了餐馆，这一经历无从考证；餐馆员工泡（Paul），跟了王老板三十年，因为有些痴傻年近五十还是单身，曾经跟餐馆打工的女学生有过不愉快的经历，王老板为了泡从此不再雇女学生；身份成谜的"男学生"李迈克，在填写表格时社保号多出一位，王老板不动声色，因为李迈克做事任劳任怨、踏实可靠又不提加薪水。在中餐馆中，这样的老板和雇员比比皆是，丝毫没有什么特别之处，但严歌苓是讲故事的高手，她以泡对讨老婆的强烈渴望入手，切开了底层小人物扭曲、苦闷的内心世界。

王老板是诚心以待泡，薪水从来不会短他的，怕他被人骗取钱财，毕竟之前有过这样的事例，所以才对泡说他命中不会有女人。李迈克也是真心替泡着想，才会用捡来的相片骗泡说是在中国给他找的女朋友，等李迈克回去的时候，就接她过来。王先生知道后认为李迈克在泡和那个所谓的"女朋友"之间两头瞒，两头得好处，逼着李迈克向泡说出真相。"李迈克心想，我回不去大陆的，或许永远回不去。因此泡可以永生永世地等，永生永世地有份巴望。但他什么也没对王先生说，让王先生顺畅地把脾气发完。他知道王先生真心为泡好，真心地护着泡直到泡好好地老、死。"[①]李迈克欺骗泡是为了让他有所盼望，心里有所寄托，因为他自己明白没有希望的那种苦楚。李迈克曾告诉泡他的妻子在中国，中国就在海那边。泡很吃力地想明白了，李迈克的老婆也不过就是钱包里的一张照片，所以泡拿着李迈克给的那张"女朋友"的照片揣进了怀里，从此有了份巴望。在把那张照片给泡之前，李迈克捡来它之后，就将它也塞进了钱包，"他偶尔也拿出它来看，对着它发生一些联想，这些联想在老婆身上是绝对发生不来的"[②]。一张李迈克捡来的照片，就映射出泡和李迈克两人内心的情感渴望。

李迈克拒绝王老板的提议，不愿告诉泡真相，于是第二天移民局来人带走了李迈克，也带走了泡的"等"和他的全部希望。所以就在李迈克被带走餐馆关门后，王老板在冻库找到了伤心的泡，而泡用那碗他两天前为李迈克藏的已经冻得石头一样的虾砸向了王老板，"泡跨过王老板倒下的躯体，步出冷库，顺手将半尺厚的门上锁。第二天，一个新来找工作的学生走进杰瑞餐馆，见人们正在合力搬弄一具雕像般挺拔的人体，头脸红艳艳的。学生听人们叫这具雕像'王先生'"[③]。这样"红艳艳"的结局让人始料未及，一向对王先生言听计从、唯唯诺诺的泡，竟能对王先生做出如此残忍的事情。当然个中缘由读者早已了然，底层小人物背井离乡奋斗在中餐馆，以挣得生存的物质希望，但他们内心的希望却鲜有人问津。感同身受的李迈克明白那一仄希望的重量与力量，尽管是虚假的，他还是在泡的心里种下了那份希望。王老板却硬生生摧毁了泡的那片巴望。

曾晓文的长篇小说《白日飘行》更是刻画了一个愈挫愈勇的女留学生嘉雯的形象，在奋斗的路上，她一次次遭遇失败，又一次次站了起来。更难能可贵的是，作者在小说中还毫不遮掩地描绘了一些具有人性弱点的

---

① 严歌苓：《海那边》，时代文艺出版社1995年版，第189页。
② 严歌苓：《海那边》，时代文艺出版社1995年版，第189页。
③ 严歌苓：《海那边》，时代文艺出版社1995年版，第193页。

华人形象,围绕着中餐馆陆续出场形形色色的人物,更加丰富了异域华人的众生相。起初嘉雯和阿瑞在唐人街开了一家名叫"华美"的小卖部,但"王洪英抓住了'华美'最大的弱点,那就是阿瑞和嘉文之间令人非议的爱情。王洪英抓住一切可能的机会抨击嘉文当年的婚外情……她说:'这个嘉文不是个好东西,在"金阳"打工时就和夏晨瑞偷情。我们中国人是讲诚信的,像她这样对自己老公都不忠诚的人,在做生意的时候也一定不讲信用。'""她还说:'夏晨瑞只是一个打工仔,也不掂量一下自己的分量,有什么资格和我们竞争?我们是大学教授,美国公民!'"[1] 竞争者王洪英用卑鄙的手段散播谣言,诋毁嘉雯和阿瑞,导致"华美"小卖店最终生意惨淡而被迫歇业。这次的失败并没有击垮嘉雯,后来在"皇家"餐馆打工一段时间后,嘉雯决定和阿瑞东山再起,他们赌上全部积蓄创立了"华美"自助中餐厅,由于规模大、菜色足,还没开业就在当地产生了影响力,媒体更是连番报道,但这就与已在当地经营了许久的"港珠"餐馆形成了竞争关系,从而遭到餐馆老板庄东平兄弟的嫉恨。

雪上加霜的是,原本出于好意,嘉雯收留了"皇家"餐馆老板阿坚的表弟胜强,但不务正业的胜强竟意欲盗取保险箱,被嘉雯发现进而开除。胜强怀恨在心,在离开"华美"后立即加入了庄东平兄弟的餐馆,并扬言要置"华美"于死地。后来胜强与庄东平兄弟联手设了圈套,又向移民局举报"华美"雇用非法移民,使得嘉雯和阿瑞刚刚起步的事业夭折,还不得不面临牢狱之灾,身心都遭遇重创。"她端详着自己小巧秀气的双手,这双曾经写过情诗、抚过恋人的嘴唇、设计过网络人工智能人,也曾洗过中餐馆的厕所,打扫过垃圾,搬运过沉重货物的手,在今夜,被冰冷的手铐锁过,又被监狱里的油墨玷污过了。"[2] 尽管面临餐馆倒闭甚至是牢狱之灾,内心经受着巨大的煎熬,她都没有被击垮,她一次次站了起来,继续奋斗着。不仅王洪英和庄东平兄弟,嘉雯初到美国时打工的"金麒麟"餐馆的老板娘宋凤美,也是一个蛮横无理又狡猾的奸商,她不仅不给工作了整整十二小时的嘉雯一分工钱,还不时盘剥工人。

作者毫不掩饰地将这些具有负面形象的华人暴露出来,嫉妒、使坏、泼冷水的性格或许是很多中国人骨血里根深蒂固的劣根性,但也是人性弱

---

[1] 曾晓文:《白日飘行》,法律出版社 2010 年版,第 186 页。
[2] 曾晓文:《白日飘行》,法律出版社 2010 年版,第 16 页。

点的重要呈现，不仅是中国人更是人类中的败坏分子。作者以双重文化视野对国民劣根性进行审视，批判国人的弱点，也反证着对自己故土的国民性有相当程度的自信感，接受并批判之。围绕着中餐馆进行叙事，对那种明知不可为而为之，不能靠自己积极奋斗以改善生活的人给予了有力的批判，这样的指向不仅仅针对华人，更具有普遍性意义。无论是具有中华民族优良传统努力奋斗的华人留学生，还是具有深刻的人性劣根性的唐人街不法商人，或者是处于两者之间碌碌无为却也不损害他人利益的海外华人小人物，他们不都是华人新移民的典型代表吗？中餐馆就像是人性尽情表演的舞台，不仅有人性美好的一面呈现，也有自私、狭隘的上演。北美新移民华文作家们的中餐馆书写，以中餐馆这一空间为圆点，辐射了多样的人生，容纳了复杂的人性。生活方式各有不同，价值观念各异，刘晰荣归故里是成功，沈氏夫妇放下学位经营中餐馆也是成功，而小人物们的挣扎生存同样值得尊重。作者就事论事，将这各色的人物客观地呈现出来，每个人对生活的态度和选择的生活方式都不尽相同，既刻画了海外华人众生相，也展现了海外华人同胞群体的丰富多样性。异域的奋斗者们，或许是概括那些离乡背井来到异域寻求别样人生的华人们，最好的代名词了。

二 超越乡愁

"如果说，古典乡愁是'远离母体'时勾起记忆的乡愁，那么现代式乡愁往往是'文化失落'时等待归家的乡愁。两者都构成了'乡愁'母题的中介，时空经纬每每织就了作家的梦里锦绣，距离阻隔也平添了浪迹无根的'愁思'。……我们有理由确认，海外华文文学对世界文学的一个独特贡献，就在于对'乡愁'母题的表达。这种'乡愁'往往超越了具体的一乡、一地、一时，它和人生无常、命运多舛的慨叹联系起来，就变成华文文学中的一种魂魄，一种心灵的律动，一种无所不在的空气，一种天地化育的笔墨，苍凉而又美丽。"[1] "'乡愁'的音响一直在中国文学传统的城堡上空缭绕"，也一直在"中国文学的游牧民族"[2] 的心灵深处回荡，是海外华文文学中重要的创作母题，也一度成为海外华文书写的重要动因。

---

[1] 杨匡汉：《中华文化母题与海外华文文学》，长江文艺出版社2008年版，第69—70页。
[2] 舒晋瑜：《严歌苓：中国文学游牧民族一员》，《人民日报》（海外版）2006年4月21日。

20世纪五六十年代的留学生文学就表现出强烈的怀乡惆怅,北美新移民华文作家们在记录着于异域的所见所闻和所思所想时,也不时回望着故国。"独在异乡为异客"的漂泊感与来自现实的生存压力,使得记忆中的故乡成为安全感的来源,"乡愁书写"便成为北美新移民华文作家们自然而然的选择。乡愁书写不仅在于如何于异域回望故国,也在于如何展现异域生活,对于移居国社会做何种呈现,体现出的是作家秉持何种文化立场,这立场既指向移居国,当然也关涉故土,透露了作家对故国文化的情感态度。但是随着新移民们通过自己的努力渐渐积极融入移居国,直面东西文化差异,正视身上背负着的"中国文化背囊",并开始思索关于人的普适性问题后,他们的作品便开始超越乡愁,走向更广博的空间,表现出更包容的文化态度和更深入的关于生命本真的思考。"新移民女作家的创作中出现了这样一种趋势,她们的思维方式超越了民族对立等狭隘的观念,不再把人物放到中西对立的格局中处理,而是尝试打破文化的隔,开始走向人性的通,因而创造了颇富文化学启示意义的文学景观。"①

"五四"发现了"人",自此开启了中国现当代文学关于个人价值话语的叙述。新时期承接"五四"的发现,人道主义思潮席卷文坛。与新时期同步肇始的新移民华文文学不仅在场,更因为华人新移民们移居到的是奉个人价值为圭臬的西方国家,而使得关于个人价值的追问与探寻成为其文学创作重要的思想资源乃至归宿。在"愁""乡"的同时,东、西于此不同的阐释方式和内容指涉更进一步催化思考的深入,或许进一步说,这种思考也是"乡愁"的演化,只不过此时的"乡愁"已不再是单纯意义上的情感体验,而是理性的自我解剖、文化自省,乃至超越东西的拘囿,直至终极追问。于是关于个人价值的探寻便成为北美新移民华文作家们超越乡愁又不困于东、西的重要创作指向。

"仓廪实而知礼节,衣食足而知荣辱"(《管子·牧民》),似乎只有当人们解决了温饱问题后,才能够有自觉思考关于个人价值问题的可能性,进而去寻求人生的信仰、意义这样的终极哲学命题。但是在北美新移民华文作家笔下,物质条件的充足并不是个人思考乃至付出实际行动追寻人生意义的必要条件。王瑞芸的《华四塔》《画家与狗》,陈九的《老史与海》,李彦的《海底》等作品,都描述了处于社会底层或者在物质世界

---

① 彭志恒:《海外中国:华文文学和新儒学》,花城出版社2005年版,第118—119页。

中挣扎着的小人物们，如何艰难又坚定地探寻人生意义。

王瑞芸的《华四塔》讲述了一个小人物干了一件无人理解的大事情，力图通过反拨一地鸡毛的庸常生活，重建理想信仰、人生价值的诉求。华四16岁时拖着脑后那条辫子，从中国广东出发航行，抵达了美国旧金山的渔人码头。他是那群留个辫子的中国男人中最瘦小的一个，只能干扫地、小跑堂、小佣人等杂活儿，混个吃住，他是生活在美国的底层中的底层。就是这样一个身高不足一米五又卑贱丑陋的小人物华四，竟然做出了令人匪夷所思的事情。42岁那年华四凭借一己之力，在没有任何基金赞助的情况下，赤手空拳建成了一个光怪陆离的大家伙。"由钢筋和水泥做成，从头到脚贴满五光十色的碎玻璃和花瓷片，在加州终年明朗的阳光下闪烁着奇异的光芒，当地人把它称为'华四塔'。"[①] 在42岁时，华四先后离开两任妻子和孩子，然后将自己余生所有的精力和家当都投入了这项不被人理解的事情中，他仅凭自己的双手，燕子衔泥般把钢筋、水泥和无数从垃圾中捡来的瓷片玻璃掺和在一起，平地而起了这样一个庞然大物，34年间华四从未停歇过，但到了76岁终于完成时，他竟拍了拍手上的泥灰，然后敲开了邻居的门说："我把后院的塔连房子一起送给你。"随之消失在人们的视线中，不知所终。

后来，华四的故事和他的这个大家伙被《洛杉矶时报》报道了，华四看到了相关报道也知晓人们都在寻找他，但他不放在心上。他是个死过一回的人，是沙滩上玩沙子的那个豁嘴小孩儿拯救了他的灵魂，重新活过来的华四想要做个东西，"也说不出要做什么，他心里影影绰绰地有一个高大、华美的意象，他要做一个直直往上升的大东西，让方圆十里外的人一眼就看得见，他还要把这个大东西做得花花绿绿，满头珠翠。……他叫这个念头抓住了。现在女人也好，酒也好，都抓不住他了。"[②] 华四从一个原本干着底层伙计但却勤劳的人，变成了吃喝嫖赌样样都沾、在华人街里坏了名声的人，再到一个倾尽半生之力建出华四塔受人尊敬的神秘者，是他寻找人生意义的过程。五光十色又华美的华四塔，与华四粗鄙的外在形象，与华四生活的低矮、脏乱的街区形成反差极大的对比，这种强烈的视觉冲突带来的更是心灵的震撼，因为对于人生意义的追寻，无关这些外

---

① 王瑞芸：《华四塔》，载《戈登医生》，广西人民出版社2004年版，第131页。
② 王瑞芸：《华四塔》，载《戈登医生》，广西人民出版社2004年版，第148页。

在形态，关乎的是内心的充盈。华四塔其实是一种精神象征，象征着心中那高大华美却无法言说的意愿，是无关现实价值的心愿。在历经磨难终于完成之时，华四潇洒地拍手一走了之，因为在此过程中华四已经完成了内心的愿景，已经倾其半生追问到了自己的价值和意义。所以他留下了房屋和华四塔一走了之，所以报纸上连篇累牍的报道和对他的寻找他也毫不关心，就算这样的报道可以给他带来物质生活的极大改善他也毫不心动。

如果说华四生命华丽的转身得益于他偶然在沙滩上遇到的那个身患残疾的小孩的话，那么《画家与狗》这篇小说中，落魄华人画家的精神蜕变就源自一只流浪狗。在国内画家的作品受到追捧，原本想出国大展拳脚的画家却遭遇了滑铁卢，事业上几乎一败涂地，妻子也离他而去。失意画家无奈搬到了一个小镇上，离群索居，失去了生活的意义。但在这里他遇到了一只遭遇了创伤的狗，从起初的厌弃到渐渐对它产生好奇，乃至阴差阳错收留了这只狗，到最后这只狗疗救了失意画家，画家也拯救了濒临死亡的狗。人和狗在这种温暖的互动中都找到了人生的意义，重拾生活的信心。

在北美新移民华文作家的笔下，对于人生意义的追寻无关社会阶层，无关身份地位，更无关性别，是一种超性别的叙述。不仅是在去国离乡后，个体对于生命意义、人生价值的追问，更是一个缩影，是中国人在异域漂泊的真实写照，关乎人本身。这是个人面对夹缝中的生活，一种源自内心情感最真实最切肤的体认。

李彦的小说《海底》之所以命名为"海底"，作者其实很早就透露过隐秘："当母亲终于默认了海底世界的残酷，因此对女儿的期盼越来越缩水。"① 这些生活在海外底层的华人们，就像是生活在海洋底部的浮游生物，作者为他笔下人物的命名的巧思就可窥见这一隐秘：江鸥、红藻、翠螺、海星、珊瑚等，这些人都以海洋中处于弱势的微小生物命名，它们的生存状况与人物们的生存状况构成某种通感式的对照。不过生命力的强弱并不绝对与外在形态的强弱或者生存状况的优渥与否相一致，这集中体现在小说主人公江鸥的身上。"海外底层华人们，因各种原因前来加拿大，在困苦生活中挣扎求存，同胞之间互助互掐；有些人被扭曲了人性，争权夺利，锱铢必较，睚眦必报；有些人却依然保持着理想主义的心态。在物

---

① 李彦：《海底》，人民文学出版社2013年版，第12页。

质困窘的寂寞孤独中,底层华人们最大的问题其实是精神困惑,对抱团取暖的渴求,对国家关怀的渴求。"① 精神上的困惑比物质上的困顿更折磨人心,但江鸥"与他们天性中的不同,在于她能够抵御诱惑,固守心灵的执着"。

江鸥少年时向往白求恩精神,为了追寻这样的精神力量她来到了加拿大。而到了异国他乡之后又发现真实的白求恩或许不是想象中那样完美的形象,但这也丝毫不影响江鸥,她又试图用皈依基督教来丰盈自己的心灵空间,甚至又时刻从毛泽东的诗词中获取思想支柱。质言之,在人生的不同阶段,无论面临怎样的困境,江鸥都善于吸取中西文化的精髓,她的信仰不在于信奉什么,在于无论面临怎样的处境,都能择善者而从之,依靠自己站守住精神的堡垒。江鸥的母亲在回国前夕对她说过这样一段话:"我离开之后,你可能会再次感到孤独与无助,但你必须学会依靠自己。因为人活在世上,最终能依赖的,仍然是自己。只有你自己,才不会把你背叛。……不要把你的希望寄托在任何人身上,包括你的母亲。也不要把希望寄托在你的孩子身上。他长大后,会远远地离开你,也许还会令你失望。如果你不想在某一天终于感到对一切都绝望,而一切都已为时过晚的话,你必须及早开始,靠自己的双手去创造幸福。"② 经历了不断追寻精神信仰的路途,也饱尝了精神困顿的苦楚,江鸥的成长源自对个体价值的最终体认与精神世界的圆满。"《海底》其实写了一个女性经历了种种心理的、生计的磨难之后,找到一个腾飞的弧线,与其说作者写到一系列中国人经过 20 年安顿下来,在异域生活创业的工作,不如说写了一个知识女性振动双翅向着理想的信仰空间,向着自我的实现,一种向上的飞升。"③

曾晓文的《梦断得克萨斯》《夜还年轻》等小说没有限于日常生活的叙写,颇有传奇精魂。写到女主人公在异域奋斗,因种种原因在一切美好起来之前却身陷囹圄,中西文化体系、价值观念、司法制度的不同,导致女主人公始终漂泊着,似是无所依傍。但这样的过程更似一种砥砺磨炼,如西天取经般在九九八十一难之后,在修心的过程获得了内心的坚定,找

---

① 凌逾:《海底无边——论加拿大华裔作家李彦的华人叙事》,《湘潭大学学报》(哲学社会科学版) 2014 年第 6 期。
② 李彦:《海底》,人民文学出版社 2013 年版,第 272—273 页。
③ 何向阳:《〈海底〉:表现移民的心灵蜕变》,《人民日报》(海外版) 2013 年 8 月 6 日。

到了灵魂的归宿。陈谦的《爱在无爱的硅谷》《无穷镜》《望断南飞雁》等小说,聚焦女性在婚姻与事业、精神与物质之间的徘徊,从女性的视角切入又不限于性别写作,而是超越性别的局限,直指人生的终极拷问。《望断南飞雁》中南雁对生命意义的思索与表达就具有代表性的意义,在与丈夫的一次交谈中,两人有如下对话:

> 我最近常常想,常常想,这些孩子对我意味着什么?
> ……
> 沛宁只得接下去:你问我孩子意味着什么?他们意味着你生命的延续啊。南雁,你那么爱他们!南南小时候,你说过的,等孩子们长大了,我们老了,回想起来,生活是很美好的呀!就是这样的啊,你讲得多好。
> 沛宁,可我发现不是这样的。我都没有活好,自己都没活出来,延续什么?我们这样一代代人,像我妈,到我,再到我的小孩,就这样重复着责任。让他们吃饱穿暖,念书长大。到他们结婚成家,又将这一切重复下去,为自己的孩子又去牺牲。这样的生命有什么意义?①

沛宁不懂为何南雁在他们日子过得好起来的时候反而不开心起来,甚至否认着这个幸福家庭的意义。其实南雁追寻的不是仅仅作为妻子、母亲的意义,是抛开这些伦理身份,作为南雁自己的价值何在。一句"这么多年夫妻,你还是不懂我"道尽了多少辛酸与无奈。南雁并不是否认作为母亲的意义,更不是厌弃自己的孩子与家庭,是在牺牲自己的价值为家庭默默付出的时候她也会想要追寻自己,作为个体的自己,作为本真的自己的意义与价值。这样抛开身份的个体价值探求,突破了文化壁垒,关注的是人作为个体而言本身的价值之所在。正如作者陈谦自己所言:"《望断南飞雁》,对我而言是一个关于梦想的追问。我喜欢南雁的那股愣劲儿——算不得冰雪聪明,却对梦想心怀执念。我陪伴她在梦想宽的天空下穿行于崎岖小道间,追寻着她的'美国梦',如履薄冰。心疼地看着她在

---

① 陈谦:《望断南飞雁》,载《2010年中国中篇小说精选》,长江文艺出版社2011年版,第47页。

家庭责任和自我价值之间的煎熬挣扎,我爱莫能助。直到在小说结束的地方,她仍跋涉在路上。"[1] 作者并没有提供关于这一亘古问题的解决之法,但提出问题本身就具有了超越性的意义,不仅仅是女性对自我个人价值的追问,指向的更是超越性别的人类关于梦想、关于个人价值的探索。

陈九的《老史与海》这篇小说更是超越了国别与种族的藩篱,直指人生意义的追问。在华人留学生彼得和美国渔民老史的交往中,凸显出人性的共通性。首先两人都有着矛盾统一的甚至相对相生的性格构成要素,彼得外表谦和、内心狂放,老史外表粗粝放荡、内心细腻多情。作为留学生的彼得面对学业的压力、同学间交往的压力,还有来自物质的绞杀,可谓无处可逃。渔民老史具有丰富的人生经历,上过第二次世界大战的战场,在大学学过英美文学,因为母亲的缘故从小对诗歌对雪莱充满了向往,因为要继承家业,不得不披挂上阵做起了渔民。老史是西方海洋文明的象征,彼得是东方大陆文明的化身,两人成长的环境、文化背景具有显著差异,更存在着人生经历、价值观念以及世界观等的多维度的不同。但是,这种种纷繁复杂的差异表象下潜藏着更本质的相同:人生处境本质的同一性和人性的统一性。尽管国籍不同、处境各异,但他们都是为了更好地生存,更和谐地与这个世界相处,更圆满地自处而在人生之海上不断挣扎、寻找和建构。

这种向上的飞升意境成为北美新移民小说中超越乡愁的一种典范式写作,在这些作品中西的文化特质由冲突走向了和解,日常生活书写也从一地鸡毛的琐碎中走向了精神向度的追问。华人在异域的奋斗不仅仅是关涉移民的特殊性指向,更是与人类相关的普适性精神困境的解决之途。从这样的意义上我们来看北美新移民小说中此一类型的写作,其实已经超越了以前所谓的海外华文小说中女性自我奋斗的故事,或者说是华人移民群体在异域创业的生活故事。不同社会阶层、不同身份的主人公们在面对物质困境、精神迷茫或者现实和理想相冲突时,经过精神成长的历练,在不断追问人生价值的过程中,终于完成了心灵的蜕变。这一蜕变超越了乡愁的情感维度,与移民初期的生存困境书写,直指超越性的人性层面,尤其是对于个体价值的追寻与人生意义的追问,更是具有普适性的象征意义。

---

[1] 陈谦:《谁是眉立·序》,鹭江出版社2016年版,第7—8页。

第三节　全球漂泊者

"中国现代作家们无论其个人兴致如何,生活环境怎样,是激进的革命者,还是温和的自由派,是忠实于客观的写实主义者,还是重在主观表现的象征主义者,几乎都在自己的心弦上奏响过游子的哀歌,几乎都乐于把自己想象为一个在感伤的行旅中彳亍独行的漂泊者。从 20 年代鲁迅的《过客》到 40 年代路翎的《财主底儿女们》,无论时代风云如何变幻,人们始终对生命不息、跋涉不止的漂泊精神保持着应有的尊敬。毋庸置疑,对漂泊母题的喜爱与表现,这是中国现代作家一种比较普泛而持久的精神现象。而且,由于这一母题所表现出的思想意蕴与现代中国社会革命的求索精神息息相关,它的构成本身也就具有了相当重要的文学史意义。"[①]如果说在中国现代作家那里,关于漂泊的表现,与当时中国社会革命的求索精神息息相关的话,那么在北美新移民华文作家这里,关于漂泊的表现,就与当时中国社会变革的进取精神密不可分。这样的漂泊不仅来自于作家们生活的处境,更来自古老中国文化的脉搏深处。

近代时期,长期封闭自足的中国还在自我催眠的甜美酣梦中,却突然被西方列强的坚船利炮轰醒,惊惶失措间以自我为中心的观念被严重挑战,中国的社会格局也在朝夕之间土崩瓦解,被迫向现代社会形态转型。这样的转型是彻骨的、痛苦的,老态龙钟的古老社会被逼着注入新鲜的血液,于是社会发生着激烈的动荡、裂变,也相伴而生着分化与新的组合。20 世纪 70 年代末 80 年代初,中国社会面临的最大挑战不是如世纪初那样来自西方列强,而是自己。经历了十年浩劫的中国积聚已久的能量需要爆发,更如饥似渴地主动吸收西方先进的思想和技术。所以,无论是 20 世纪初,还是 20 世纪末,尽管中国社会面对的具体现实境遇和挑战不同,却伴随有相似的社会迁移。而也正是这种自觉不自觉的群体性的政治、经济、文化、人口的迁移,为近代中国,以及 20 世纪 70 年代末 80 年代初的中国社会的蜕变创造着机遇,集聚着力量。"漂泊者的肉体之痛与精神之伤,我已不可以不正视,……灵与肉是永恒的矛盾,去与留是永远的困

---

① 谭桂林:《论中国现代文学的漂泊母题》,《中国社会科学》1998 年第 2 期。

感，而在这矛盾与困惑中的孤独会得到许多悲悯苍生的心灵的共鸣。"①

一 垦荒者与世界公民

"漂泊是人类文学史上一个永恒的母题。……如果仔细地比较一下中西文学史上对于漂泊母题的处理方式，有一种差异是耐人寻味的。这就是，中国文学注重于表现漂泊过程中的精神活动，……而西方文学相对来说比较注重揭示漂泊过程中生命本身的活动，……这种差异无疑有东西两种异质的文化精神作为背景，在艺术上的成就也不宜厚此薄彼。但是，漂泊与生命是息息相关的。漂泊的每一步，对于生命而言都是一次历险，都是一段未可预料的前程。因而，在漂泊的行旅中，生命本身的价值与意义就显得尤其突出。中国文学史上，漂泊母题缺乏对生命本身的价值与意义的深刻揭示，这不能不说是一个遗憾。直到本世纪初，这一缺憾才在中国现代作家那里得到了弥补。在中国现代漂泊母题文学作品中，表达离情别绪这一传统的创意与叙事固然被继承下来，但许多作品显然已把表意的重心转移到漂泊者生命本身的活动上来，一曲曲生命意志与生命力量的赞歌引人入胜，成为现代漂泊母题文学最为重要的子题之一。"② 北美新移民华文作家们的创作在很大程度上就承续着中国现代文学的漂泊书写，与此同时，既注重漂泊过程中生命本身的活动，也重视漂泊过程中的精神活动，在对中国性越来越深刻的体悟中，与世界越来越紧密的勾连中，他们的漂泊书写也在垦荒者与世界公民的双重属性中越发纯熟、圆融。

作为垦荒者，在中国近代初期华人作为劳工曾大规模迁移至北美，"加州是华人最早来到美国的落脚点。1849年加州的淘金大潮汇聚了全世界的冒险家，华人是其中一支最能经得起折磨，最能吃苦的主力军"③。"其中有记载的至少可追溯到1858年修筑加州中央铁路时。后来CPRR启用华工的故事似乎是它的翻版：同样是先启用了50名华工，同样是发现华工是筑路的好手。萨克拉门托的报纸《联合》（Union）惊叹：华工能持续而卓有成效地从日出一直劳作到日落。""员工卷册显示：华工成

---

① 曾晓文：《孤独的共鸣》，《联合报》2004年12月20日。
② 谭桂林：《论中国现代文学的漂泊母题》，《社会科学战线》1998年第2期。
③ 吴琦幸：《淘金路上》，上海古籍出版社2003年版，封底。

规模地受雇的时间约为 1865 年 3 月,是时华工数量为 730 名,次月攀升为 1358 名,5 月则为 1218 名。铁路公司法律顾问于 1865 年 4 月 12 日致函朋友时证实在当时 2000 名左右的劳动力总量中已主要为华工。……劳动力的来源逐渐不再是奥本附近原先以采矿为业的中国劳工,而是直接招募自万里之遥广东的中国农民。继 1848 年'淘金热'之后,华工再一次涌向'花旗''金山'。东西方文化由此发生了更为频繁也更为剧烈的交流与碰撞。"①

不仅美国,大量的华人劳工为加拿大的基础建设也奉献了巨大的力量。"自一八五八年至一八八〇年,此二十余年间,华人先后侨寓于英属哥伦比亚(以下称为卑诗)者,共计九千余人。一八八一年因加拿大政府急于完成加拿大太平洋铁路(以下称为诗不亚铁路),对劳工之需要孔亟,乃由香港及美国招募华工数千人来加,从事建筑铁路。于是国人侨寓于卑诗者大增,其总数约占当地人口五分之二。因此便引起当时西人之激烈排华运动。在此以前,虽亦有类似之排华运动迭起,但无此次之猖獗与严厉。"② 这些史实一再证明华人漂泊异域为全球的发展,起码是北美的基础设施的建设付出了多少智慧乃至血泪,吃苦耐劳、勤劳、智慧等几乎成了华人劳工的代名词,这也使中华民族优秀的民族属性漂洋过海后落到了北美的大地上。与此同时,排华浪潮和华人低下的社会地位,付出与收入的不成正比,受到的种族歧视等问题也不容忽视。

华人作家笔下不乏呈现上述问题的作品,20 世纪五六十年代赴北美的留学生们就已经在为华人劳工发声,为自己的故土正名。20 世纪 60 年代赴美留学后留在美国高校任教的张错,就曾搜集大量史料写过长篇报告文学《黄金泪》,详细记述了第一代在美华工的血泪辛酸史,书中呈现的人物命运、历史画面以及流露出的强烈民族情感,均感人至深。还有 1965 年移居加拿大的葛逸凡,她创作的小说《金山华工沧桑录》也再现了加拿大华工的历史功绩与命运遭际。提到创作初衷时她称:"加拿大是一个由移民组成的国家,虽然早期华侨对于加国兴建,贡献极大,却受着政府与民间的歧视与欺凌。作者力求表达炎黄子孙在异境求生存发展的过

---

① 南平:《永远的"他者":跨文化视野中的金山客形象》,博士学位论文,苏州大学,2006 年。
② 李东海:《加拿大华侨史》,中华大典编印会 1967 年版,第 1—2 页。

程，向上挣扎人群的生活动态，心灵感应；更希望字行之间，映现供读者体会的境遇与视野。"① 还有华裔二代赵健秀的短篇小说集《中国佬太平洋及夫里斯科有限公司》(*The Chinaman Pacific and Frisco P. R. Co.*)，书名就透露出对华人移民早期历史的关注，更凸显出华人参与建设太平洋铁路的历史对小说创作的影响。同样作为华裔二代的汤婷婷，其小说《金山勇士》中书写了祖父、父亲、伯父等祖辈、父辈们在美国修铁路、开垦种植园等服务美国社会的事迹，他们为美国的发展建设贡献出了宝贵的力量，但其贡献和牺牲却不被承认，甚至还会遭受不公平的待遇乃至歧视。在前辈们开辟的道路上，北美新移民华文作家们在继续对华人劳工漂泊的生命活动本身进行书写的同时，又更注重从个体生命价值及其彰显的精神力量向度进行阐发，赋予人物和作品时代精神、世界意识。严歌苓的《扶桑》，张翎的《金山》《睡吧，芙洛，睡吧》等作品，就是其中颇为成功的书写范例。

性别是严歌苓小说中突出的表现向度，性别与"国族象征"之间的关系又是其小说书写深耕的土壤与重要的叙事突破口。严歌苓的长篇小说《扶桑》就是从性别着手，以一个女人漂洋过海、落地生根且跌宕、繁复的一生，映照华人劳工的异域漂泊史，从而拓宽了具有典型男性话语建构的"金山客"书写维度，也圆融了华人劳工书写的范式。华人劳工如何在异域土地上淘金、修铁路的具体生命遭际已不再是北美新移民华文作家着力呈现的面向，此一向度的书写在某种意义上来说，在他们的前辈们那里已经做出了很全面的阐释。于是讲故事高手严歌苓另辟蹊径，将具有典型东方文化意蕴的女人推至华人劳工书写的台前。"一群瘦小的东方人，从泊于十九世纪的美国西海岸的一艘艘木船上走下来，不远万里，只因为听说这片陌生国土藏有金子，他们拖着长辫，戴着竹斗笠，一根扁担肩起全部家当，他们中极偶然的会有一两个女人，拳头大的脚上套着绣鞋，这样的一群人和整个美国社会差异之大。"② 华人劳工中极偶然会有的女人既在现实层面与华人劳工群体形成强烈的对比，也在叙事层面使得东西方文化形成色彩鲜明的反差。这样的处理方式，使得传统的华人劳工题材突破苦难书写的重复性，进入跨文化视域下民族性的讨论中来。

---

① 葛逸凡：《金山华工沧桑录·后记》，加拿大华裔作家协会2007年版，第203页。
② 严歌苓：《主流与边缘（代序）》，载《扶桑》，上海文艺出版社2002年版，第2页。

作为与男性形象对比鲜明的女性形象，扶桑极具中国女性原始的宽容、坚韧、容忍的地母性情；在西方社会的审视下，扶桑具有古老神秘的异国情调，是东方文化魅力的具象化体现。"百年前中国的苦命女子，漂洋过海，在异邦卖笑。女性、地理、国族及欲望间的隐喻关系，于焉浮现。在十九世纪末的旧金山，扶桑是神秘颓靡的东方象征，也是殖民主义权力蹂躏、颠倒的对象。"① 扶桑何尝不是华人劳工中的一分子呢，她也在追寻着自己的"金山梦"啊，将扶桑的整个命运走向置放于19世纪华人到美国寻淘金梦、金山梦的大潮之中，作者并非要迎合对妓女身份的窥私欲，也不是为了批判男性华人劳工的卑劣、懦弱，而是将人物置放于特殊的环境中，从而放大人物们面临的种种艰难，从而使得他们冲破屏障时表现出的超乎常人的坚强与果敢更为清晰。在严歌苓笔下，"将女性之于国族史的功能、价值和意义进行了矫正与反拨。在她那里，女性为历经苦难的中华民族提供着'家/国'的温暖想象，并成为历史和国族精神的主体象征"②。

张翎的《睡吧，芙洛，睡吧》也延续的是上述"扶桑路线"，不同的是，张翎将个体活动放置于整个历史时空之中，尽管会呈现异质文化之间的差异，但这其中的共性是她更为关注的重点，呈现出一种人类命运共同体的强烈质感。小说的开篇，张翎就如是写道：

一八六一年。

这一年，一个叫卡尔·马克思的德国人，正在伦敦西北肯蒂士镇的住所和大英博物馆之间的路上频繁穿梭行走。路很远，可是他并不觉得，因为他的心思不在路上。他的心思在一部冥思多年的书上。这本书的名字叫《资本论》。

这一年，德川幕府军兵败，天皇成为日本最高统治者，改年号为"明治"。……

这一年，一个叫林肯的人在华盛顿发表宣言，拉开了一场以解放黑奴为理由的南北内战序幕。……

---

① 王德威：《短评〈扶桑〉》，载《扶桑》，上海文艺出版社2002年版，第1页。
② 曹霞：《"异域"与"历史"书写：讲述"中国"的方法——论严歌苓的小说及其创作转变》，《文学评论》2016年第5期。

第二章 多维时空"中国人"形象话语的寓言化表达

这一年,大清帝国的紫禁城里,一位新丧了丈夫的贵妃,手捏着一枚"同道堂"的御印,带着一腔跃跃欲试的急切,坐在一块帘幕之后,走起了一国命运的棋子,一走就是四十七年。

这一年,距离加拿大自治领的成立,还有整整六年。

从这一年数开去,还需要二十五年,温哥华这个名字才会出现在加拿大地图上。

这一年世界上发生了很多的事情,不过这些事情和巴克维尔镇似乎没有多大关联。[①]

小说一开始就在这样宏大的背景中展开,但具体执行的时候,张翎的落脚点不是恢弘的世界史,而是个体的生命历程,尤其是一个在中国叫小河,被卖到异域后叫芙洛的女性的命运遭际。尽管作者故意称"这些事情和巴克维尔镇似乎没有多大关联",但事实并非如此,巴克维尔镇这个不起眼小镇的发展与没落轨迹正是"淘金热"高潮与回落的生动写照,更应和着世界潮流的激荡。"一个世纪以后,史学家和历史系的学生们提起巴克维尔这个名字的时候,会忍不住感叹:这个用金砂做房角石建成的镇子,怎么会像海市蜃楼般,一股风吹过,一阵日头晒过,就迅速地消失了,就如同当年它突然在地图上出现一样?这些事,一八六九年的巴克维尔人,尚毫无预感。"[②] 芙洛就被卖到这个异域的小镇给一个中国劳工做老婆,后来又被输给了一个街头的红番丹尼。她和丹尼的情感,她勾连起住在镇子一头一尾的当地人和华人,她悉心经营的"芙洛厨房",她的勤劳和善良等,使得芙洛从一个被人瞧不起的"千人骑的马"最终成为被全镇人尊敬的好女人。

在谈到这部小说的创作灵感时,张翎说:"这部小说的灵感来自两处,一处是我作案头调研时偶然发现的一张华裔妇女的旧照片……还来自另一段史料。"[③] 在小说的扉页上,作者就列出了她灵感来源的史料:在开发美国内陆时波莉·伯密斯的生平和《巴克维尔:嘉瑞埠金矿区图文指南》一书中关于贝拉·霍金森的记载。她们共同构成了张翎笔下的芙

[①] 张翎:《睡吧,芙洛,睡吧》,北京十月文艺出版社2011年版,第1—2页。
[②] 张翎:《睡吧,芙洛,睡吧》,北京十月文艺出版社2011年版,第236页。
[③] 张翎:《无法抵御灵魂的召唤》,《消费导刊》2012年第3期。

洛，但芙洛这一人物形象并非这两位跟金山相关且历史上真实存在的女性的简单机械化叠加，而是作者在充分艺术化的过程中，熔铸进了中国化的精神力量和民族化的性格魅力，多维叠加，从而成功塑造了芙洛这样一位无论身处何等严酷、恶劣环境中都坚韧生活的人物形象，她的精神向度表现出典型东方女性如水般的柔韧性。以芙洛为原点，她的生命历程辐射进人与人、族群与族群之间的互动和交流。在淘金热的动荡年代，在恶劣的生存环境面前，身份的差异、文化的不同都显得绵软无力。于是，不同语言、不同种族、不同信仰的人们此时打破了所谓的隔膜和差异性，联合起来共同求得生存。《睡吧，芙洛，睡吧》，尽管并非开创性地以一个女人的传奇人生为切入点，展示华人劳工的艰辛奋斗史，但更重要的意义在于，通过上述独特视角展示了19世纪中后期巴克维尔镇异族人们由隔阂走向融合的过程，也用艺术的方式表达作者对中西异质文化平等交流和对话的真诚期待。正如有学者所言："张翎的小说创作既是全球化的产物，也是全球化的注释。"[1]

《金山》与上述两个文本如水般的涓涓流淌不同，呈现出的"是山一般的坚实、厚重、笨拙，读出了山下深埋的矿藏"[2]。小说书写了方家一族五代人的悲欢离合，也是远赴北美修筑铁路的华人劳工的苦难历史。对于这一代华人劳工血泪斑斑的苦难书写并不新奇，但张翎欲言说的重点并非痛斥时局的不平和歧视的横行。美国诗人弗洛斯特将文学分成两类，"悲哀的文学"和"抱怨的文学"，前者是"关于人类永久的生存状况"，后者则"带有某时某地的文学痕迹"。[3] 张翎的《金山》并非控诉的文学，而是用一种饱蘸忧患的悲怆笔调叙写底层华人漂泊者对待苦难的态度和精神。张翎自己称："我不再打算叙述一段宏大的历史，淘金和修铁路只是背景，人头税和排华法也是背景，二战和土改更是背景，真正的前景只是一个在贫穷和无奈的坚硬生存状态中抵力钻出一条活路的方姓家族。"[4] 在愈挫愈勇中，方氏一族依旧满怀希望与梦想，这也正是中国人

---

[1] 申霞艳：《张翎掀起的阅读大地震——关于〈唐山大地震〉和〈一个夏天的故事〉》，《羊城晚报》2013年3月4日。
[2] 江少川：《底层移民家族小说的跨域书写——论张翎的长篇小说新作〈金山〉》，《世界华文文学论坛》2010年第4期。
[3] 转引自《当代学者、评论家谈中国当代文学》，《中华读书报》1999年9月29日。
[4] 张翎：《金山·序》，十月文艺出版社2009年版，第5页。

的民族性、民族精神在异域绽放出的鲜艳的生命之花。正如福克纳所言:"诗人的声音不必仅仅是人的记录,它可以是一根支柱,一根栋梁,使人永垂不朽,流芳百世。"①

"一部淘金史,也是一部辉煌的人类探险史,一部与自身极限挑战的历史。西部加州的黄金,横贯全美的两条大动脉——南太平洋铁路和联合铁路、肥沃的万顷良田和果园,处处都与华人先民的血汗联系在一起。"② "在加拿大诞生的中华儿女,英杰众多,已成为社会的精华。今昔对照,感到荣耀,也证实了一个历史悠久文化博大精深的民族,在任何地面都可以生根苗壮,枝繁叶茂,果实丰盈。一个世纪之前,那些不幸生在贫困之家,没有机会学一技之长,勇敢地登上'地狱船',赤手空拳漂洋过海的一代,是中华文化所哺育的,他们在被歧视极艰苦的环境中求生存,不但智勇合一,坚强又富韧性;生活在火热水深中的一群,表现了对祖国的忠心支援,对故里的慷慨捐献,对乡友的热诚扶助,对后辈的尽心提携。那是鞠躬尽瘁彻底牺牲个人的一代,那是燃烧着自己来照明他人的高尚灵魂。"③ 那一代华人劳工为美国和加拿大的社会发展贡献了无法估量的力量,这样的移民迁徙不仅是生存压力和物质利益的驱使,也彰显了华人血脉中流淌的漂泊细胞。华人这样的开拓精神不仅局限于华人劳工的血泪史书写,更突破了主题的限制,走向更开阔的言说空间和观照视野。"'游子'从千百年来传唱的被动的背井离乡者变成了主动追求生命意义和实现自我价值的穿梭在不同文化之间的跨文化交流使者。他们摆脱了跨文化交流中边缘人的精神壁垒和束缚,以清醒的世界意识跨越不同背景的国家和社会制度,形成了漂泊者、垦荒者和世界公民等多重的和变化的'中国人'的身份,是具有广阔胸襟和开阔视野的实现文化混杂与融合的跨文化实践者。"④ 漂泊者不仅是垦荒者,更成为了世界公民,关于华人的漂泊书写也从书写华人劳工被迫的离乡背井,发展演变成华人主动融入世界,突破国家、种族的界限追求个人价值与生命的意义。

"无论如何,在这麻木不仁的中国,流浪汉精神是一服极好的兴奋

---

① [美]福克纳:《在接受诺贝尔文学奖时的演说》,载王宁主编《诺贝尔文学奖获奖作家谈创作》,北京大学出版社1987年版,第192页。
② 吴琦幸:《淘金路上》,上海古籍出版社2003年版,封底。
③ 葛逸凡:《金山华工沧桑录·后记》,加拿大华裔作家协会2007年版,第204页。
④ 张卓、杨明:《"游子"的新文化意蕴》,《社会科学战线》2011年第7期。

剂，最需要的强心针。"① 这在当时的历史语境下显然具有重要的现实意义。时代会变迁，具体社会现实会变化，但现代作家们这样进取、求索的精神风貌，这种不断追寻的漂泊意识并不会褪色。埃勒克·博埃默说过："典型的后现代作家应该是一个文化上的旅行者，是越界或跨国的，而不只是限于一个民族。"② 北美新移民华文作家们自己又何尝不是垦荒者呢，那一代华人劳工在北美土地上垦荒，他们在更多元的领域中进行着个人化的事业、生活、精神的垦荒。正因为有切肤之感，他们笔下对于漂泊精神的书写也不仅仅停留在对于生命活动本身的书写，而滑向更多样的关于终极家园、人生价值、意义的追求。无论是对北美新移民华文作家们自己，还是对他们笔下的人物来说，更大程度上来说，漂泊不再是被动的选择，而是主动选择融入世界，主动选择自我的生活方式。

查建英的《到美国去！到美国去！》就是主人公伍珍主动选择到美国去，想尽一切办法也要到美国去。伍珍的青春被无情吞噬，生活压抑郁郁不得志，她渴望出走异域寻找自我的存在方式。来到美国并不是结局，而是又一个起点，她还是在不断漂泊、追寻、挣扎，但这丝毫不影响她继续向前的脚步。在孙颙的小说《此岸 彼岸》中，南丁专攻绘画且在国内有了不俗的成绩，但他并不满足于此，几经波折终于获得国外基金会的资助，得以赴美开画展，在国内外经历的种种使得他终于明白了之前不懂，现在才渐渐拼出的父亲的深意。"父亲说：'生命的魅力在于追求。……生命的意义仅仅在于追求之中……父亲还说：'彼岸永远比此岸迷人。……问题的关键不在于你选择留在此岸，还是奔向彼岸，而在于什么样的选择对自己的生命更适宜些。'"③ 南丁的父亲原也是享誉国际的画家，中华人民共和国成立后响应国家的号召回了国。南丁成长于国内，追寻父亲当年的脚步出国闯世界，此岸、彼岸既是现实层面的国内与国外，也是一种象征，象征着人不断的求索、追寻，这样的脚步是不会停止的，正如南丁的父亲所言"生命的意义仅仅在于追求之中"。尽管遭遇爱人的背叛，画展没有预期的反响强烈，亲人有意图的接近等，小说的最后戛然

---

① 梁遇春：《谈流浪汉》，载《春醪集》，上海北新书店影印本 1983 年版，第 222 页。
② [英] 埃勒克·博埃默：《殖民与后殖民文学》，盛宁、韩敏中译，辽宁教育出版社 1998 年版，第 42 页。
③ 孙颙：《此岸彼岸，此岸彼岸——当代旅外小说选粹 2》，中国友谊出版公司 1991 年版，第 284 页。

而止于"南丁继续痛苦地享受着追求的魅力"。这样的追求似乎给南丁带来的,给南丁父亲带来的都是无尽的伤痛,但他们仍然矢志不渝地一代代踏上这条漂泊之路、求索之路。

陈河的"华商"小说系列,更是对这种主动求索的漂泊精神的最好诠释,生动呈现着世界公民的意义。"我相信在阿尔巴尼亚的五年是我一生中最有意义的时刻,充满焦虑恐惧又极度兴奋享乐。"① 陈河本身的经历就透露着传奇精神,在他的此类小说中,更是熔铸进了闯荡与拓荒精神。《在暗夜中欢笑》《去斯可比之路》《红白黑》等作品就讲述了华人在动荡的阿尔巴尼亚冒险、经商的故事。小说中充满了偷渡集团伙拼、阿尔巴尼亚国内动乱、地拉那华人大撤退等惊险的事件,漫说生活就连生存都很难保障的情况下,华人依旧不断漂泊于此经商。针对《黑白电影里的城市》王安忆曾评价说:"小说写了在苏东解体之后,一个东欧城市的命运,革命已成历史。然而,这城市却依然被激情充盈着,表现在特别强烈的情欲、蓬勃的青春、渴望冒险的性格上。"(郁达夫小说奖评语)这样的性格不也正是作家笔下敢于垦荒,用于融入世界的生动写照吗?"'去斯可比'之路,成为他们海外生活的隐喻——到远方异乡,去寻找激情的生活。去斯可比的路是没有目的和终点的追求神奇的生命体验的他乡之路,只有那些心怀真诚在路途上苦苦追寻的人才有可能得到。"② 陈河的"华商"小说,超越了所谓现实、本土、异域乃至东西文化的对立和冲突,希冀获得的是对生命终极家园的哲学把握,这不仅是陈河,也是北美新移民华文作家们在垦荒与融入世界双重挑战下自主追寻的抵达之途。

"对于正在'和平崛起'的中国来说,这个国家在全球化中所日渐显示的活力和冲力都给了她的游子一份无法摆脱的力量,这力量一面来自它的传统,一面也来自它今天的能量。'游子'曾经分享过这个民族的百年的悲情和屈辱,但今天游子却有机会分享这个国家和这些人民的力量。正是中国今天的力量才使得游子的文化有了一个美好的前景。"③ 垦荒者与世界公民的双重属性显示了新一代留学生新的精神风貌,揭示了中国巨大的深刻的时代进步,也是世界各国家、各文化相互交流日益密切,联系日

---

① 陈河:《为何写作,黑白电影里的城市》,花城出版社2011年版,第148页。
② 陈庆妃:《侨乡传统·欧洲传奇·叙事伦理——以陈河"华商"小说为中心》,《海南师范大学学报》(社会科学版)2018年第4期。
③ 张颐武:《全球化时代与"游子"情怀》,《中华儿女》2010年第23期。

渐紧密的生动诠释。林语堂在《我的话·杂说》中曾言明,十分向往"两脚踏东西文化,一心评宇宙文章",如此的宽广视野和包容的文化心态终于在21世纪变成了现实,北美新移民华文作家们无疑是前沿体验者和践行者。

二 出走/螺旋式回归

与故乡的拉锯是每个游子无法回避的母题,在北美新移民华文作家笔下漂泊异域后因为种种原因又返回故土的书写更是形成了一种特定的模式,具有丰富的象征性意义。在中国现代文学史上,关于出走的母题演变出多种样态。鲁迅在《呐喊·自序》中就曾忆及少时出走故:"走异路,逃异地,去寻别样的人们"①,又在《朝花夕拾·琐记》中记述了早年出走的缘由:"S城人的脸早经看熟,如此而已,连心肝也似乎有些了然。总得寻别一类人们去,去寻为S城人所诟病的人们,无论其为畜生或魔鬼。"② 对于鲁迅的出走,学者王晓明在其撰写的《无法直面的人生:鲁迅传》中就曾将鲁迅的心路历程总结为"三次逃离",而"不断地从悲观和绝望中逃离"③ 更是作者对于鲁迅一生的高度概括。这样的逃离或者说出走,并不是无法或者不敢面对的逃避,而正如鲁迅所言:"不满是向上的车轮,……多有不自满的人的种族,永远前进,永远有希望。"④ 这样的出走是为了追寻希望,又或许如加斯东·巴什拉所言:"想象就是一簇烛火,心理的烛火,人们可能面对它度过一生。"⑤ 出走是源自内心的那一团火,它指明了未知的路途,照亮了生命。也正是在这个意义上观照出走的书写,是人类在探索别样生活的可能,它关涉"人类生命和心灵最原初的存在和生命记忆",是一种"心灵和艺术的双重母题"⑥。出走后的归来也并不是无功而返,不是那只绕了一圈又返回原地的苍蝇,是一种螺

---

① 鲁迅:《呐喊·自序》,载《鲁迅全集》第1卷,人民文学出版社2005年版,第437页。
② 鲁迅:《朝花夕拾·琐记》,载《鲁迅全集》第2卷,人民文学出版社2005年版,第303页。
③ 王晓明:《无法直面的人生:鲁迅传》,上海文艺出版2001年版。
④ 鲁迅:《热风·随感录六十一》,载《鲁迅全集》第1卷,人民文学出版社2005年版,第376页。
⑤ [法]巴什拉:《火的精神分析》,杜小真、顾嘉琛译,生活·读书·新知三联书店1992年版,第6页。
⑥ 吴晓东:《临水的纳蕤思:中国现代派诗歌的艺术母题》,北京大学出版社2015年版。

旋式的回归，蕴藏着的是东方古老的循环时间观和进步史观，充满了古典的诗意。

20世纪70年代末80年代初开始，一大批中国青年知识分子们出走异域，他们的出走往往是在头脑中勾画了一片乐土或桃花源，这样的出走"作为人类古老的一种经验，我们可以从原始文化的考察中隐约发现，人类祖先的迁徙乃是每一个族群历史故事中的重要情节，并纳入了后来的文化传承，诸如典礼仪式中的歌舞，口头文学与造型艺术都离不开这个母题。文学的源头，放逐话语可能是整个人类文化的原生现象。只是在其自身传统的流变过程中，会在某一特殊时期与当时的文化环境发生某种默契与共振"①。无论是自我放逐的屈原，还是逍遥游的庄子，乃至后来文人士大夫的或放浪江湖或隐逸山林，都共同构成了文学传统中的出走模式，这源于几千年文明的心理沉积和文化原型。而新时期国门的大开，青年们内心沉积已久的激情与梦想喷薄而出，于是出走话语与时代语境产生了"某种默契与共振"，文学传统也焕发出新的表现形式与时代内涵。"人在天涯，风花飘荡，月痕如水。'精神放逐'在不知不觉中为我创造了一个扑朔迷离的现实与梦想之间的第三世界、禅意与寓言组合的风景，孤独与感悟却启示了我的神智，所有流动的、经历的、幻觉的、存在的、神秘的东西突然变得更加清晰可感，我心醉神迷，仿佛领略到诗就这样在我们身心中滋养我们难以表达的永恒主题……"②

既有出走，就有出走后的结局。娜拉走后怎样？不是堕落就是回来，这是鲁迅早就给出的判断。2013年诺贝尔文学奖的得主爱丽丝·门罗，通过其短篇小说集《逃离》也给出了类似的答案。但在北美新移民华文作家笔下，出走后又归来的书写，并不是单纯的无路可走的人穷则返本，更不是简单地以归来的方式寄托或缅怀家园情结，而是以出走后的螺旋式回归来表现比乡愁、寻根、家园意识、思乡情结等主题更为宽广的关于生命的体验和人生内涵。并且这样的螺旋式归来并非一成不变，而是呈现出文化审视、寻根、自我内省等的多向度丰赡内涵。"漂泊也意味着寻找。对于许多漂泊者来说，无论是主动还是被动，他们之所以离开故乡去漂

---

① 杨匡汉：《放逐母题》，载《中华文化母题与海外华文文学》，长江文艺出版社2008年版，第79页。
② 庄伟杰：《放逐·孤独·感悟——诗集〈精神放逐〉跋》，载《精神放逐》，中国广播电视出版社2004年版，第260页。

泊，常常是为了寻找一种理想的生存形式和精神形式，是为了建立'新的自我'。"①

　　苏炜的《墓园》这篇小说，甚至不仅仅是结尾，整个小说都处于一种动态的回归过程之中。小说开篇就念叨着"归期近了"，然后是主人公方祖恒如何一步步打点行装：收拾行李、变卖自行车、处理杂费，等等。小说的核心是叙述了三位赴美工作、留学、求生存的中国人，因为种种原因客死异乡。这些人物形象的塑造重点不在于外貌、性格等的刻画，而将着力点放在了人物的经历、选择，通过这些中国人的故事呈现出 20 世纪 80 年代初在出国潮涌动下，争先恐后走出国门的中国人的心理状态与现实境况。从而探讨了东西文化差异、华人性格特质、个人奋斗之意义等问题。当时与方祖恒同机来美的老高后来倒在了 B 大的计算机房里，死因是过度亢奋引起心脏病发。原来在国内时老高就已经被诊断出心室出现缺损，不能负荷过大。为了不失去和 B 大教授合作的机会，老高瞒下了病情，并超负荷工作，从而导致了悲剧的发生。

　　老高的例子或许有些极端，但正是华人留学生出国求学、工作的真实写照，为了在学习或者工作上取得成就，为了获得认可和尊重，勤奋、肯吃苦成了他们的代名词。在美国偶然遇到的，当年一起当过知青的农友吕大智，最后用药片和酒精结束了自己的生命。但吕大智的死因一直困扰着方祖恒，他不明白为什么当年自称"船长"，声称会最后一个离开的吕大智选择了这样的归宿，难道仅仅因为两次通不过博士课程的资格考试必须肄业回国而"无颜见江东父老"吗？还有那位从广东来美的自费生"光仔"，为了生存、攒学费，每日往返于工作时间冗长，工资低微的餐馆、加油站。这么奋力生活的一个人，在汽车加油站上周末夜班的时候倒在了"黑手党"暴徒抢劫的枪口下。这样叙述三位客死异乡的华人的故事，目的并不在于令人警惕来美国的可怕，也不在于哭诉异域生活的诸多艰辛，而在于思索华人于异域奋斗的意义，无论是从南北战争的萨门特战役中走过来的士兵，还是漂洋过海远渡而来的"猪仔"们，还是从波音 737 上下来的旅人，依然出于不同的方式与目的，但都离乡背井来到了同一片土地。方祖恒即将离去了，或许一次与教授的谈话可窥见他离去的原因：

---

① 张云峰、胡玉伟：《对"漂泊者"文学书写的文化解读》，《文艺争鸣》2007 年第 7 期。

一位南部口音很重的美国教授问他："方，听说，你准备回到中国去？——你不相信基督教，也不打坐参禅，你以为远渡重洋，花费这么多时间精力去学习这些古老难懂的文字，是有价值的吗？"他回答说："有价值的，因为我的祖国一定需要它。"教授微微笑起来，说："我很惊讶，为什么你们每一个中国人身上，都要甘心情愿献身一个贫穷的'中国'？这是我们美国人所难以理解的。方，你以为，这是有必要的和愉快的么？""是的"，他说，"这是愉快的，也是有必要的——或者更确切地说：是不可以忘怀的。""我不理解这是为什么呢？"他笑了，放开了刚才的拘谨："教授先生，这，也许就是中国文化与美国文化的区别所在了。——你不以为，这已经是一场哲学讨论了吗？⋯⋯"他知道，他还没有作出完整的回答——他还可以说：有人甚至是为这个献身所压垮的；可多少人仍然心甘情愿地为她献身，并且站立着，行走着；不，这一切都不是三言两语可以解释得清的！以中国之大，以中国之古老，以中国之可亲与可叹，可歌与可泣⋯⋯[1]

苏炜的这篇小说创作于20世纪80年代，也是作者初到美国不久，小说中弥漫着浓稠得化不开的绵绵情思，充满了对祖国的依恋，更确切地说是一种文化心理的眷恋之情。不过，在这拳拳之情下隐藏着的是关于奋斗的思索，是那些异域奋斗者们的心声。无论是百年前的"猪仔"们，还是如今的留学生、打工仔，无不是为了更好的生活而远赴异域奋斗，但这样的奋斗真的值得吗？或许每个人都有自己不同的答案，在方祖恒这里，他要回去了。这回归不是逃避，不是炫耀，不是惧怕，是彻悟到"在生者与死者之间，在逝去与迎来之间，天地竟是这样广阔；不但可以充塞着风雪，这墓园，而且可以长存那星星点点的殷红的。"[2] 老高、吕大智、"光头仔"不正是千千万万在海外奋斗着的游子们的缩影么，华人骨子里不服输、向上奋斗的激情是熔铸进基因与血液中的存在。"海国漂流的每一个游子，谁不是一提'祖国'两个字眼，就要凝然屏息，就要俯首低

---

[1] 苏炜：《墓园》，载《远行人》，北京十月文艺出版社1988年版，第158—159页。
[2] 苏炜：《墓园》，载《远行人》，北京十月文艺出版社1988年版，第163页。

回，就要热泪酸心。"① 方祖恒的归国正如他的名字般坚定，所以医生"喝一口热茶吧，老乡"在方祖恒听来，这轻轻的一声，便化尽多少郁结的严寒。在经历了诸多波折后，方祖恒找到了自己认为的奋斗的意义，他选择归来因为祖国需要，因为文化寻根。张翎的《望月》中，刻画的一个归国博士刘晰与方祖恒不一样，他回国的目的不在于文化的寻根。刘晰在国外艰难求学，不得不在中餐馆打工，取得学位后决定归国，恋人星子说他回去是为了辉煌，为了热闹，有教授头衔和三房一厅等着他。异域的奋斗者们无论是为了回来报效祖国还是为了个人价值的实现，都是作者提供给读者的不同向度的选择，并不代表着唯一的正道，是作者借方祖恒们和刘晰们为异域奋斗者们谱写了一曲颂歌。

除了方祖恒、刘晰们出走的方式之外，婚姻也是出走或者说逃离的一个重要渠道。张爱玲作品中的白流苏们不就是典型例证吗？白流苏们目标明确——就是通过嫁人、通过缔结一纸婚约来"逃离"眼下的生活。这样的出走除了利用婚姻换取新生活的功利意义外，更蕴含着人类不满足于现状、求新求变的不羁和渴望冲破牵绊的乌托邦冲动。而在完成出走，达到所谓的打破束缚的目的后，他们的回归又显示出别样的韵味。在北美新移民华文作家笔下，"邮购新娘"便是这样一种出走方式的典型代表。从袁劲梅的《葫芦花》，到张翎的《邮购新娘》等作品，都在不同程度上沿用了这样的出走模式，这些异域奋斗者们尽管螺旋式回归的结局相似，所指却不尽相同。

《葫芦花》中的"葫芦花"在乡间原本有恋人黑豆儿，后来却嫁给了刘先生走出了国门。原本在乡间野蛮生长的葫芦花，到了异域的土地上只能困在刘先生小小的杂货店。好景不长，刘先生因为与醉汉搏斗瘫痪了，葫芦花不得不走出杂货店，也与当时处理刘先生案件的一名警察频繁来往。后来刘先生去世，葫芦花生下了金发碧眼的小子，那位警察却再也没露过面。刘先生不知道"宝葫芦"的真实身份，临终前无限内疚地对葫芦花说："我对不起你啊，葫芦花，我真不该把你从乡村带到这里来。不是这里不好，只是这里的路和乡里的路不一样，这里人的眼光和乡里人的也不一样，人们各自拜的不是同样的神啊。葫芦花啊，这儿不是你的家乡，你待在这儿既不能当自己，也当不了别人，总是没路可走、没处可站

---

① 苏炜：《墓园》，载《远行人》，北京十月文艺出版社1988年版，第156页。

啊。待你生了咱们的宝葫芦,就带着他回家乡吧,让他当一个地地道道的中国人吧。"① 到了"宝葫芦"5岁的时候,葫芦花关了杂货店回到了乡下。葫芦花回乡原本是想带着孩子过回以前的生活,但村民们见她带回的不是刘先生的孩子,而是一个金发碧眼的小孩,便飞短流长起来,"议论声不时地飞进葫芦花的耳朵,葫芦花难过极了。真是应了刘先生的话啊,乡里人看重的东西和洋人真的不一样啊。各方拜的不是一个神,乡情如水,可那水只顺着乡下规矩流啊。葫芦花啊,葫芦花,出了乡下的规矩,你再想回味那如水乡情,可水却永远不再往回流了。"② 尽管葫芦花回归了故乡,但她似乎回不去了,黑豆儿也说:"葫芦花只该在葫芦架上爬,离了葫芦架就没着落了。"葫芦花的归乡并不成功,乡民的不理解,乡情的不相融,葫芦花失去了原本的位置,"宝葫芦"也无处可挂。

《葫芦花》收录在袁劲梅的小说集《月过女墙》中的第一部分,作者将这部分命名为"墙",并自述这部分充满酸甜苦辣的故事的主题是文化失落与冲突。作者在自序中又明确说明:"我想让我的读者们从我的这些故事里自己看出一些比'叶子'本身更深一点儿的哲理。因为我捡的'叶子'都是些飘落他乡的'叶子'。这些飘零的'叶子'或许能够更清楚地反映出那原属于'根'的纹路。"③ 无论是文化的冲突还是厘清"根"的纹路,其实小说最终的指向在于小说最后那句话,最后那句不知是葫芦花的喟叹,还是叙述者的感慨,抑或作者的诘问:"唉,人啊,为什么不珍惜自己走熟的路呢?"④ 葫芦花不珍惜走熟的路,偏偏要另辟蹊径,放弃原本的生活走另一条未知的路,不正是异域奋斗者们不满现状,怀揣乌托邦的梦走异地,寻求别样生活的具象写照吗?不是不珍惜走熟的路,是不甘心,不满足于走熟的路,是中国人内心深植的探索、漂泊乃至冒险的因子作祟,这样的文化基因在不同人身上就会呈现出具体的不同的行为特质。

张翎的《邮购新娘》中,江涓涓也通过婚姻走出国门,来到异域与才见过几面的未婚夫团聚。世事无常,江涓涓没能与未婚夫林颉明结婚,六个月后签证到期,没能如愿结婚的江涓涓必须回国。在前往飞机场的途

---

① 袁劲梅:《葫芦花》,载《月过女墙》,中国工人出版社2004年版,第11页。
② 袁劲梅:《葫芦花》,载《月过女墙》,中国工人出版社2004年版,第12页。
③ 袁劲梅:《月过女墙·自序》,中国工人出版社2004年版。
④ 袁劲梅:《葫芦花》,载《月过女墙》,中国工人出版社2004年版,第13页。

中，江涓涓望着车窗外如织的车流，感叹道："人生如棋盘，那芸芸众生皆是棋盘上的卒子。河这边的要爬过河那边，河那边的要爬过河这边。似乎充满目的，又似乎毫无目的，仿佛过河本身就是目的。"① 江涓涓的婚姻与她选择归国似乎与钱锺书的"围城"之喻有异曲同工之妙，人生就是从围城之外逃离到围城之内，又在围城之内渴望逃离到围城之外的循环。婚姻是围城，人生又何尝不是呢？尽管江涓涓的归程有移民政策的参与，更重要的是这样的回归并不是单纯的倦鸟归林，她找到了人生的方向，从以婚姻为筹码出走异域换取生活，到寻求到了自己人生的目标——成为设计师。从出走时的懵懂无知到归来时的辨明了方向，从出走时的迷茫惶惑到归来时的目光坚定，江涓涓的回归正如作者给小说的尾声拟定的标题："归程——一个更像开头的结尾"。《交错的彼岸》中的惠宁十年后辗转异地悄悄回到故乡瓯江，更是因为异域生活遇到困境，想在故乡寻求到解决之途或者精神力量。《望月》中卷帘在丈夫出轨女招待，感情受到伤害的时候回到家族老宅——沁园，回到母亲的身边，冷静下来思考接下来的人生旅程。这样的回归呈现出个体自省的叙事指向，不流连于男欢女爱、婚姻家庭的感性书写，将理性思考与内在反思结合起来，呈现出个体的成长态势。

《美国旅店》中宋歌的妈妈似乎也是为了绿卡而改嫁，但在与妈妈和继父一起生活了一段时间后，宋歌意识到："我虽然对妈妈的突然改嫁有诸多不满，但从不认为她单纯的是为了绿卡、为了钱。五十年代出生的中国女人从来不想着靠男人。现在的我能明白了布莱克所言：一个人在无路可走时，强行征用爱情。因为只有爱情能给人安慰。而就是牺牲这个词让她以为找到了爱情的真谛。有了牺牲，有了舍弃，有了抗争，爱情才有了厚度。这种感觉，她并不陌生，时光倒流，她回到与我爸爸相爱的日子。同样因为牺牲抗争，她曾经一度认为她是爱我爸爸的。"宋歌在探究母亲出国，后与父亲离婚到再婚的这一过程，也将母亲和那一代中国人的历史慢慢揭开。母亲这样的选择背后，不仅仅关涉着个人的婚姻选择，更是历史与时代语境塑造的结果。出走后又回归的书写，于是又深入历史的沟壑。"我去中国不仅是看看这么简单，我在寻找。"② 这是宋歌临行前对母

---

① 张翎：《邮购新娘》，作家出版社2004年版，第405—406页。
② 郁秀：《美国旅店》，江苏文艺出版社2004年版，第200页。

亲说的话，继父曾经告诉过她，即便回去，她也无法找到遗失的东西。与犹太人继父的谈话也使她明白，"失去家园是永恒的人类感觉，它吻合了现代人在当今社会中的异化命运。同样，人类对生命的希望与失望也是永恒的。我想：将永久地寻求精神家园，又不停地寻找栖身之所作为终身事业的犹太继父一定就是这样——一边小心翼翼地维护他的心灵深处的犹太家园，保持自己的民族性，一边又有意识（或者说无意识）适度地淡化他的犹太属性，以便更好地与其他民族融合"①。

出走与归来似乎是人类永恒的话题，超越了民族、国家乃至时间的界限。母亲与大姨出走异域，孩子们却又陆陆续续回国，先是婷婷表姐哲学博士毕业，去了香港一所大学任教。接着成城表哥经济学博士毕业，也回上海创业了。而"我"也决定离开母亲回国寻找，"我"不知道我能否找到，但"我"仍然需要回中国去，"我"想我最终的追求与中国有关。即使事与愿违，"我"也别无选择。与"我"们不同，继父并未在实际行动中归去，一是因为犹太人并不以国家而是以族性的方式存在，更是因为继父选择在回忆中、在精神世界中不断寻找精神家园。正如美国精神分析学者威尔默所言，"在许多情况下，人们的大半智慧和勇敢……命令人们离去并寻找更适合的人或事"②。这样的寻找在袁劲梅的《罗坎村》中，是出走异域在美国大学哲学系任教的戴教授，回到罗坎村追寻童年的记忆；在卢新华的《紫禁女》中，是石女出国留学前的回乡，找寻坎坷命运的源头；在张翎的《雁过藻溪》中，是末雁带着孩子回到母亲故土寻求家族的隐秘；在沈宁的《寻找童年》中，是刘莲芳回国寻找自己的童年，以期获得精神依靠，却发现了父辈沉痛的历史，最终挑起了历史的重担，等等。这样的出走后又回归呈现出返回家族生命伊始之地，寻求家族之根从而获得疗救的书写方式。

在谈到《望月》《交错的彼岸》《邮购新娘》的创作时，张翎称这些作品"记录的也是当时对世界的观察和反思。三部小说都描述了一些共同的母题，如故土家园，还有追寻理想家园的人。……他们有的从东方走到西方，有的从西方走到东方，出发时都是怀着鲜明的目的的，然而犹豫过程过于迂回漫长，他们丢失了目的，过程就成了目的，于是他们也就成

---

① 郁秀：《美国旅店》，江苏文艺出版社2004年版，第201页。
② ［美］玛丽·威尔默：《可理解的荣格》，杨韶刚译，东方出版社1998年版，第138页。

了永远行走在路上的人。"① 袁劲梅在谈到《月过女墙》的写作初衷时，也称最终想做的是"拆了横在东西方文化之间的墙，把那共同的人性之美当作一片红叶，捡起来，夹进我们生命的书页之中。但愿我们捡到的这些飘落墙外的'叶子'能给那些愿意研究如何'拆墙'的人们和热爱生命的人们一点儿启迪。"② 这些异域的奋斗者们，在出走后又归来，或许源自文化寻根，或许为了追寻个人价值，或许在成长中完成个体自省，或许是在不断寻找中探究人生的意义。无论出于怎样的动机，"人类与生俱来的家园意识，使海外华文作家大多经历了从'自我放逐'到'文化回归'的嬗变。'自我放逐'出于生命的追寻，而'文化回归'却是历史发展的必然"③。正如张翎所说："我很欣赏诺贝尔文学奖获得者，法国作家勒·克莱齐奥说过的一句话：'离去和流浪，都是回家的一种方式。'写作就是带我回家的最好方式。"④ 这样的回归超越了国家、历史乃至时间的限制，是人性的重要内涵，是漂泊主题的多重演绎。"人生是艰苦的。在不甘于平庸凡俗的人，那是一场……在孤独与寂静中展开的斗争。"⑤ 无论是出走还是归来，都是铭刻在华人基因中不断寻找、向上、奋斗的民族性，都是华人们勇敢生活的真实写照，他们"热烈拥抱人生，在人生的苦难与挫折中具体生活"⑥。

小 结

"五四"时期对国民性的批判，有其特定的历史境况和社会现实需求。北美新移民华文作家对"中国人"形象的塑造，接续"五四"的薪火，从批判国民性更新为凝视民族性。深情观照、塑造着"中国人"形象，"乡土"中国人、异域奋斗者、全球漂泊者是北美新移民华文作家对

---

① 张翎：《书海里的重生之旅——"江南三部曲"再版前言》，载张翎《交错的彼岸》，浙江文艺出版社 2015 年版，第 3 页。
② 袁劲梅：《月过女墙·自序》，中国工人出版社 2004 年版。
③ 熊国华：《从"自我放逐"到"文化回归"——海外华文文学的一种文化嬗变》，《世界华文文学论坛》2004 年第 4 期。
④ 莫言：《写作就是回故乡——〈交错的彼岸〉序》，载张翎《交错的彼岸》，华东师范大学出版社 2009 年版，第 4 页。
⑤ [法] 罗曼·罗兰：《贝多芬传·初版序》，傅雷译，北京日报出版社 2017 年版，"序"。
⑥ 吕正惠：《抒情传统与政治现实》，华中师范大学出版社 2011 年版，第 155 页。

第二章 多维时空"中国人"形象话语的寓言化表达

"中国人"全面而生动的书写。不同历史时段、不同生存场域、不同社会境遇下的"中国人"们,共同谱就着关于民族性的层次丰满的交响乐章。

对于"乡土"中国人形象的塑造,首先具体表现在延续"故乡"之"故人"的叙事模式,以游子的视角书写故乡,观照乡土。在北美新移民华文小说家这里,将"人"置于"事"之前,换言之,接续了中国古典文学中的指向特征的叙述传统,突出人物性格以塑造独具魅力的中国人形象,是其重要的写作策略。把人物性格置放于故事情节之前,这显然与西方的叙述方式有明显差别。人物性格决定着他们的"品质",这品质在乡土中国指涉的是传统伦理、世俗道德,以及由此衍生出的人与人之间的关系、人的命运遭际。中国社会中的"人"从来就不是纯粹的个人,而是被各种人身依附关系包围、裹挟着的人。在封建王朝时代,人是宗法、皇权下的人,到了现代,人是处于网状社会关系中的人。乡土中国人背负厚重的历史和传统,游子生长于这样的土壤,又嫁接来自西方的枝干,观照角度和眺望视野具有崭新的特质,既是他者又是曾经在场的局内人,复杂交织的情态和理性思索相互纠缠,在以塑造人物形象特征为指向的叙事中,完成对故乡与故人的建构。对于"乡土"中国人形象的塑造,也表现在"蒲苇纫如丝"与现代性思索的二元对立统一之中。在鲁迅看来,中国现代性转换的重要阻力之一,就是乡土中国人的愚昧和顽劣。北美新移民华文作家作品针对这一主题,开掘出另一言说空间,有意反其道而行之,赞扬乡土文明及其对传统文化的持守:苦难中迸发出强大的生命力。这并非北美新移民华文作家刻意标新立异,也不是故意悖反先贤,而是以此为阵地和视角,反过来思考现代性。

如果说鲁迅批判国民性是为了引起疗救的注意,那么北美新移民华文作家凝视民族性,赞扬乡村女性顽强、坚韧的生命力,就是为了引起对城市文明和工具理性的思索。这是崭新现实语境中,对传统继承又更新的完美诠释。对于"乡土"中国人形象的塑造,最后还寄托于"乡下人进城"模式的书写。乡下人进城并不单纯是离土去乡的个人行为,更是身份的转变,是人与人之间,人与社会之间关系的转换。乡下人进城后身份变化,身份的附带物往往掩盖住了本真的人,而身份背后的人、人情、人性才是北美新移民华文作家们笔下想要呈现的重点,拨开身份的迷雾抵达人的本真。无论是乡村还是城市,无论是中国还是西方世界,尽管生活环境、生命体验、价值观念、社会形态等不尽相同,但更重要的是,都是人,都有人情，都通人性。其中个人观念的变化更是映照着中国转型期的社会心理，乃至世界全球化的背景。随着经济发展的深化，越来越多的社会心理、人的心理问题渐次暴露，这一话题也成为文学介入生活、表现生活的重要领域。北美新移民华文作家们对"中国人"形象的刻画，熔铸进深刻的反思意识与人文关怀。尽管他们也深受西方文化、西方作家的影响，但让他们具备独特性的思想资源，仍然来自中国古典传统、现代新传统和中国具体的经验。他们的写作，既为如何在"中国性"即民族性里实现独特性提供了可能性，也为与古典传统及现代新传统的和解，提供了可探讨的空间。

异域奋斗是华人跨域迁移后以图落地生根的重要实践，"异域奋斗者"便成为移居后华人的生动代名词。早在"五四"时期，郁达夫的《沉沦》就鲜明表达了在异域奋斗的留学生遭遇的内心苦闷。老舍的《二马》也以旅居英国的北京人为主角，书写了他们在异域的奋斗和情感生活。20世纪五六十年代，从中国台湾辗转去到北美的留学生们，如白先勇、於梨华、聂华苓等，也陆续创作了多篇小说呈现留学生们在异域的奋斗。北美新移民华文作家在前辈们开辟的道路上继续前行，有所殊异的是，他们笔下的异域奋斗者相较于"五四"少了些沉重的历史包袱，相较于台湾留学生少了些惶惑的挫败感。北美新移民华文作家笔下的异域奋斗者们，无论遭遇怎样的现实境遇都热烈、热情地拥抱生活，将深深镌刻在华人血脉中的民族性彰显得熠熠生辉。其中，中餐馆是华人们出走原乡融入异域的一个缓冲地带，是一个浓缩的华人社会。围绕着中餐馆，或者就在中餐馆内发生的这许多的故事，尤其这许多故事中的主角或配角，甚至跑龙套的客串们，构成了异域华人的众生相。他们的故事连缀起的是华人在异域的奋斗史，无论成功还是失败，都凸显出的是各层华人、各样华人吃苦耐劳的民族品质。当然也会有民族劣根性的呈现，当然也会有小人物的悲哀，但无论处于何种社会地位，经历何种现实处境，他们的奋斗都同样值得被尊重。丰满、复杂的人性超越了国家和民族，直抵人类、人性的深幽之处。

"超越乡愁"是北美新移民华文作家笔下又一重要的突破。"五四"发现了"人"，自此开启了中国现当代文学关于个人价值话语的叙述。新时期承接"五四"的发现，人道主义思潮席卷文坛。与新时期同步肇始的华人新移民文学不仅在场，更因为华人新移民们移居到的是奉个人价值为圭臬的西方国家，而使得关于个人价值的追问与探寻成为其文学创作重要的思想资源乃至归宿。在"愁""乡"的同时，东、西于此不同的阐释方式和内容指涉更进一步催化思考的深入，或许进一步说，这种思考也是"乡愁"的演化，只不过此时的"乡愁"已不再是单纯意义上的情感体验，而是理性的自我解剖、文化自省，乃至超越东西的拘囿，直指关于人性、人类的终极追问。于是关于个人价值的探寻便成为北美新移民华文作家们超越乡愁又不困于东西差异的重要创作指向。

在中国现代作家那里，关于漂泊的表现，是与当时中国社会革命的求索精神息息相关的，在北美新移民华文作家这里，是与当时中国社会变革的进取精神密不可分的。这样的漂泊不仅来自于作家们生活的处境，更来自古老中国文化的脉搏深处。北美新移民华文作家们的创作在很大程度上就承续着中国现代文学的漂泊书写，与此同时，既注重漂泊过程中生命本身的活动，更重视漂泊过程中的精神活动，在对中国性越来越深刻的体悟中，与世界越来越紧密的勾连中，他们的漂泊书写也在垦荒者与世界公民的双重属性中愈发纯熟、圆融。

作为垦荒者，大量华人劳工在中国近代初期曾大规模迁移至北美，他们为北美社会的发展付出巨大的牺牲和奉献，北美新移民华文作家们将先辈的事迹从被遮蔽的历史中挖掘出来，呈现在阳光底下。北美新移民华文作家们自己又何尝不是垦荒者呢，那一代华人劳工在北美土地上的垦荒，他们在更多元的领域中进行着个人化的事业、生活、精神的垦荒。正因为有切肤之感，他们笔下对于漂泊精神的书写也不仅仅停留在对于生命活动本身的书写，更倾向于追求终极家园、人生价值和意义。无论是北美新移民华文作家们自己，还是他们笔下的人物，更大程度上来说，漂泊对他们而言不再是被动的选择，而是主动选择融入世界，主动选择自我的生活方式。既有出走，就有出走后的结局。娜拉走后怎样？不是堕落就是回来，这是鲁迅早就给出的判断。但在北美新移民华文作家笔下，出走后又归来的书写，并不是单纯无路可走的"人穷则返本"，更不是简单地以归来的方式寄托或缅怀家园情结，而是以出走后的螺旋式回归来表现比乡愁、寻根、家园意识、思乡情结等主题更为宽广的关于生命的体验和人生内涵。这样的螺旋式归来并非一成不变，而呈现出文化审视、寻根、自我内省等的多向度丰赡内涵。

20世纪80年代以来的北美新移民华文小说，体现了华人作家在走向世界的旅程中对于中国"民族性"问题的新思考：乡土中国人坚守古老的优秀品质，既有愚弱的一面，更有顽强的生命力，以此追索现代性反思；紧随时代步伐出国打拼，却在异国遭遇到生活、事业、情感的多重挫败中，彰显中华民族这一族群的开拓热情和不屈斗志；中国人无论漂泊到何处，也坚守自己的民族性的发现，从中折射出中国民族性特有的稳定性和深入血脉的集体无意识，更是全人类共通的关于人性和毫不停歇的追索精神的表达。"传统既然是活的现实存在，而不只是某种表层的思想衣装，它便不是你想扔掉就能扔掉、想保存就能保存的身外之物。所以只有从传统中去发现自己、认识自己从而改换自己。……只有将集优劣于一身和强弱为一体的传统本身加以多方面的解剖和了解，取得一种'清醒的自我觉知'，以图进行某种创造性的转换，才真正是当务之急。"[①] 也正是在这个意义上来说，北美新移民华文作家对于"民族性"的新认识，已经不同于中国古典时期的"怨刺"，而是愁而不怨、表而不刺；不同于"五四"先驱者的批判，更富层次感和五味杂陈的复杂性。这是一种拉开距离后的深情"凝视"。他们描写"中国人"愚弱的一面，也呈现美好的一面、纯粹的一面，并不是为了纯粹的批判或者礼赞，而是希冀通过对乡土中国人形象的塑造抵达呈现丰满民族性的路途，原因就在于他们既不是要做启蒙者，也不是要做守护者，而是要做呈现者，是从异域回望乡土，回望故国，是从批判国民性走向了凝视民族性，深切而多情！

[①] 李泽厚：《中国现代思想史论》，安徽文艺出版社 1994 年版，第 45—46 页。

第三章

中国式"家族叙事"话语与跨域小说美学的融合

"从一定意义上来说,家族也是一个特殊的文化系统。家族文化主要包括调整家族成员之间相互关系的伦理道德规范,家族成员的行为规范,家族成员的家族观念及其对自身、社会与家族关系的认识。"[①] 毋庸讳言,中西家族文化的内涵与精神价值有显著差异,家族在社会组织结构中的地位与作用也明显不同。陈独秀认为"中华民族以家族为本位,而西洋民族以个人为本位"[②]。黑格尔认为中国的民族精神是一种"家族精神",他在著作《历史哲学》中称:"中国人是把自己看作属于他们家族的,……他们在里面生活的那个团结的单位,乃是血统关系和天然义务。"孙中山先生也曾说,"中国个人之外注重家族……国民与国家结构的关系,先有家族,再推宗族,再然后才是国族,这种组织一级一级的放大,有条不紊,大小结构的关系当中是很实在的"[③]。在中国,家族积淀着深厚的政治、历史、文化内涵,可谓是块"文化的千层饼"。"家族是中国文化的一个最主要的柱石,我们几乎可以说,中国文化,全部都是从家族观念上筑起,先有家族观念乃有人道观念,先有人道观念乃有其他的一切。"[④]

小说中家族叙事的基本特征是描写"家族的生活","既写两代人以上的家族本身及生活,甚至追溯家族的历史,也涉及同代人中几个成员和

[①] 李卓主编:《家族文化与传统文化——中日比较研究》,天津人民出版社2000年版,第1页。

[②] 陈独秀:《东西民族根本思想之差异》,生活·读书·新知三联书店1984年版,第32页。

[③] 《孙中山全集》第9卷,中华书局1986年版,第238—240页。

[④] 钱穆:《中国文化史导论》,商务印书馆1994年版,第51页。

几个家庭之间的关系"①。小说中的家族叙事也并非中国文学所独有,有学者就曾考证过西方"家族小说"的概念,认为在英语中有一个相应的称呼,"叫 saga novel,又译'世家小说',专门指'写大家族生活的散文叙事作品'"②。两相比较,中国家族小说的特征在于:"一是浓郁的人伦亲情性,二是对社会透视的'家国同构'性,三是沧桑的历史感,四是与自传、地方志的糅合性,五是时空交错的网状结构。"③归纳起来,结合北美新移民华文作家的创作背景与作品本身的特质,其"家族叙事"大致有如下三个特征:一是以伦理亲缘关系为叙事重点;二是"家国同构性";三是时空交错的网状叙事模式。北美新移民华文作家笔下的家族叙事很明显与中国文学传统血肉相连,更是与"五四"时期的"家族小说"创作形成良性互动。北美新移民华文作家"出走"故土的时间节点,正是中国社会又一重要的转型期,改革开放使得青年们积淀已久的激情和梦想得以释放,与"五四"时期的作家们在社会转型这一现实境况上形成跨域时空的遥望。"古典家族叙事关注的是家族的盛衰,在此背景下展示成员的家族性生存方式;现代家族叙事实际上是建构现代民族国家的寓言式话语。"④

这一现代民族国家的想象伴随着中国文化、文学现代性的进程而生发,和着中国社会转型的节拍而跳动,"中国社会正在发生的巨大变化始于明朝,其主要动力来自中国内部的力量,渊源也完全是中国的。欧洲的入侵只不过是加速了它的进程而已,即使没有外来因素,它也终将实现同样的目标"⑤。北美新移民华文作家们的家族叙事,在充分吸收中国古典文学素养与"五四"现代文学精神的基础上,熔铸进西方现代文学精髓,试图跨域建立起现代民族国家想象,融汇进中国文化、文学的现代化进程。也是海外新移民华文作家们在全球化时代,通过家族叙事进行文学艺

---

① 邵旭东:《步入异国的家族殿堂——西方"家族小说"概论》,《外国文学研究》1988年第3期。
② 邵旭东:《步入异国的家族殿堂——西方"家族小说"概论》,《外国文学研究》1988年第3期。
③ 李玉臣:《中国家族小说的特征》,《唐山师专学报》1998年第3期。
④ 叶永胜:《家族叙事流变研究——中国文学古今演变个案考察》,安徽人民出版社2009年版,第300页。
⑤ [捷克]亚罗斯拉夫·普实克:《中国现代文学中的主观主义和个人主义》,载李欧梵编,郭建玲译《抒情与史诗:中国现代文学论集》,上海三联书店2010年版,第26页。

术探索，通过对原生民族与民族文化的重新审视，强化着民族认同感。

第一节　伦理亲缘关系作为叙事重点

朱熹曾引用程颐的话，强调伦常的等级秩序："必正伦理，使父父子子，兄兄弟弟，夫夫妇妇，有秩然不敢干之名分，然后大小相畏，上下相维，而道以正，家运以兴。"（《近思录》卷六）本应温情脉脉、生机勃勃的家庭情感润滑，在理学的干预之下变成了专横、悖于情理的僵硬教条，更遑论与现代自由、民主精神相适应、相协调、相融相生。众所周知，近代以来西方列强对中国进行愈加深重的军事侵略、经济入侵和文化渗透，伴随着民族危机的加深，知识分子们萌生出强烈的民族危机意识。从洋务运动的破产，甲午中日战争的惨败，到辛亥革命成功不久的复辟等，中国先进知识分子终于意识到单纯的技术进步与政治制度改革救不了中国，只有从根本上更新人的价值观念中国才有新生的可能。于是传统被重估，启蒙被推至台前，作为传统文化重要组成部分的家族文化成为关注的焦点，作为家庭文化核心的伦理亲缘关系成为批判的重中之重。

反叛这种戕害人性的纲常，批判奴隶根性，正是"五四"启蒙思潮的题中之义，其"伦理革命论"认为："宗法社会之奴隶道德，病在分尊卑，课尊卑者以片面之义务，于是君虐臣，父虐子，姑虐媳，夫虐妻，主虐奴，长虐幼。社会上种种之不道德，种种罪恶，施之者以为当然之权利，受之者皆服从与奴隶道德下而莫之能违，弱者多衔怨以殁世，强者则激而倒行逆施矣。"[①] 作为中国现代小说开山之作的《狂人日记》就旗帜鲜明地揭露出封建家庭的"吃人"本质，茅盾的《子夜》，老舍的《四世同堂》，李劼人的《死水微澜》，林语堂的《京华烟云》，张爱玲的《金锁记》等小说，纷纷对封建家庭中的人伦秩序进行揭露与批判。中国文化历来重家庭伦理，这一家庭秩序长期以来形成了优劣共存的庞杂体系，虽然严格乃至严酷的伦理纲常之弊端一直为人所诟病，但尚礼修睦、慈孝敬养的伦理原则又留存着温情与美好。

新时期伊始走出中国国门的北美新移民华文作家们，对于母国传统和民族文化认同有强烈的切肤之感，更直面中国社会的转型与融入世界的大

[①] 陈独秀：《复常乃德》，《新青年》第3卷第1号。

潮，他们小说中对于家族叙事的书写，接续"五四"对旧家族制度的反省，也在同源异流的书写中尝试对东方伦理人情的曲线回归。这样的尝试并非为封建家庭文化正名，而是在继承传统的基础上，在现代化进程中对家族叙事进行更新乃至重构，当然这种尝试是从民族本身的特点出发，又熔铸进了现代精神与世界意识。正如黑格尔所言："传统并不仅仅是一个管家婆，只是把它所接受过来的忠实地保存着，然后毫无改变地保持着并传给后代。它也不像自然的过程那样，在它的形态和形式的无限变化与活动里，仍然永远保持其原始的规律，没有进步。……而是生命洋溢的，有如一道洪流，离开它的源头愈远，它就膨胀得愈大。"[①]

一 传统人伦的价值重估

"五四"时期的家族叙事对家族文化，尤其是家庭伦理的无情暴露和批判，具有重要现实意义，更是中国新文学重要的现代品质。到了新时期，中国社会又一个重要的转型期，乃至21世纪，中国社会继续深入改革、发展，北美新移民华文作家们小说创作中的家族叙事，在接续"五四"时期的批判、反省精神的同时，对传统文化又进行更清晰和全面的价值重估。

"一般意义上讲，我们认为家族文化主要由三个不同层面构成，一是它的人伦秩序层面，即家族中人与人之间的关系首先体现的一种尊卑上下、贵贱长幼的伦理秩序……存在于家庭中的等级秩序无疑是社会政治生活中君臣关系的折射。二是它的道德情感层面，即父慈子孝、兄友弟恭、夫义妇顺的家庭伦理，……三是它的价值理想层面，家庭不仅体现为具体的生存场所与人伦关系，它同时也意味着一种价值上的终极关怀，人们对家的感情既表现为对具体家庭的眷恋，有时也把它视为精神的家园与情感的归宿。一个人的无家可归更多的情况下意味着精神上的无所归依。"[②] 其实在小说的家族叙事当中，这三个层面无法完全剥离开，呈现交织缠绕的状态。北美新移民华文作家们在进行家族叙事时，既大胆暴露家庭等级秩序的不合理，也能看到其中蕴藏着具有独特东方韵味的家人间的脉脉温

---

① [德]黑格尔：《哲学史讲演录》第1卷，贺麟、王太庆译，商务印书馆1981年版，第8页。

② 曹书文：《家族文化与中国现代文学》，中国社会科学出版社2002年版，第9页。

情，更能深入价值理想层面，泅染出对于情感归宿和精神家园的终极命题。

"'家'即我们所加以考虑的整体，它隐喻文化'象征秩序'。一方面，'家'代表群体，它能够容纳很多彼此有血缘关系的成员；另一方面，'家'意味着每个人身份的个别化，即通过命名而使家庭成员的身份得以确定；在这一方面，它与符号学所谓的'象征秩序'的功能是一致的。"[1] 婆媳本是无血缘的两人通过命名获得的身份确认。婆媳之间在中国传统文化下形成了显著的等级关系，婆婆拥有绝对的权威，《孔雀东南飞》当中的焦母就是典型的"恶婆婆"。在中国现代文学史上也不乏此类经典形象，比如张爱玲《金锁记》中的曹七巧，冰心《最后的安息》中的翠儿婆婆，萧红《呼兰河传》中小团圆媳妇的婆婆等。封建家庭中，被赋予的身份决定了个人在家庭中所处的位置，因而儿媳妇们对于婆婆的言行不敢也不能反抗。

张翎的长篇小说《金山》，叙述了方得法家族坚守故土与奋斗于异域的双重生活，尽管小说的叙述重心在方得法及其后代如何在异域打拼，但对于故土的坚守与之形成对照，丰富着小说的主题意蕴，其中对方得法妻子六指与其母亲麦氏之间婆媳关系的书写，就十分有意味。对于这对婆媳之间相处的书写，张翎并没将麦氏简化为脸谱化的恶婆婆形象，对于人物的形象和遭际，张翎是饱含着悲悯之情来书写。麦氏早年丧夫，带着一双幼儿艰难生存，她艰难支撑着这个飘摇的家，作为妻子和母亲的麦氏，无疑是值得敬重的。麦氏对于儿媳六指的不满一开始就已形成，麦氏原本给在金山打工的儿子定下的是另一家的女儿，但儿子却和六指自由恋爱了，非六指不娶。麦氏以六指生了六根手指不祥为由坚决阻止两人的结合，倔强的六指忍痛自断第六指，从而让麦氏无话可说，嫁进了方家。中国传统文化中，婚姻遵循"父母之命、媒妁之言"，六指与方得法打破了这一婚姻规则，这在19世纪的中国无疑是出格的行为，加之六指生了六根手指头，更是让麦氏从一开始就对六指不甚满意。尽管如愿嫁进了方家，但六指的生活并没有因为是与方得法自由恋爱就顺遂起来。方得法为了一家人的生计，在和六指办完婚礼后就赶回了"金山"，六指独自面对婆婆麦

---

[1] 李军:《"家"的寓言——当代文艺的身份与性别》，作家出版社1996年版，第21—22页。

氏。在丈夫常年缺席的家庭格局中，婆婆麦氏无疑具有权威，作为媳妇的六指既要做好为人媳妇分内的事，还要时时接受婆婆的考验。麦氏会透露想给阿法纳妾的想法，还会讽刺六指想去金山守着自己的男人，六指向婆婆承诺，不会留下婆婆一人在广东开平老家，会伺候婆婆百年。原本六指早就有机会去金山与阿法相守，为了守住这个承诺，六指一守就守白了自己的头。

不仅如此，与众多恪守封建家族礼法的家庭一样，婆婆麦氏对于儿子阿法不在身边，媳妇六指的贞洁问题相当看重。一次六指与儿子锦河去看戏，途中遇上了匪徒被劫走，麦氏不得不想方设法变卖财产赎回二人。但是在归家后，麦氏怀疑六指在被绑架期间已经丢失了贞洁，还不时埋怨六指无用败了儿子阿法好不容易挣下的家产。儿媳的身份决定了六指在婆婆面前处于弱势，她承受着巨大的心理压力，但没有为自己辩解过一句。直到婆婆身患重病，六指再一次显示出她的倔强和果断，竟毫不犹豫用"割肉疗亲"的方法挽救婆婆的性命。为了打消麦氏的顾虑，六指曾自断手指，如今又亲手割肉救婆婆，六指用如此狠绝的方式再一次堵住了麦氏的嘴。当六指用自勉村有史以来最热闹的排场发送完婆婆的时候，她已经从一个少妇变成了45岁的中年妇人，婆婆在世的几十年中，在家长制权威思想深厚的方氏家族里，六指用隐忍和坚毅诠释身为儿媳的使命和责任。麦氏年轻守寡，阻止儿媳去金山和阿法团聚，是恪守礼法，也有惧怕孤独的成分在内。剥去婆婆、母亲的身份，麦氏毕竟也只是一个旧社会成长起来的普通女性。麦氏和六指这对相依为命的婆媳，在丈夫都因各种原因缺席日常生活的状况下，相互依靠撑起家族，她们的坚韧更是令人动容。婆媳间的恩恩怨怨被生活的粗粝冲淡，婆媳间的交锋也成为人物性格塑造的重要助力。

如果说在张翎的《金山》中，麦氏和六指的婆媳关系还有些许温情存在的话，那么沈宁《泪血烟尘》中姚凤屏与婆婆之间的相处，则完全是封建家长制对人戕害的典型例证。姚凤屏遵循父母之命、媒妁之言，嫁给了自小就定下娃娃亲的田方岳。过门后姚凤屏作为家里的儿媳过得还不如佣人，不仅要受到婆婆的打骂，还要一刻不停地做活计，因为第一胎生了女儿，更是被婆婆嫌弃。生第二胎的时候，姚凤屏没人理会，因为又生了女儿，差点死在坐月子期间。还在北京大学读书的丈夫，更是放假回来被婆婆逼着写休书，要他休了这不能生男孩传宗接代的儿媳。两个女儿也被婆家不待见，令人发指的是，大女儿甚至因为被忽视小小年纪就夭折。二女儿生病了婆家也不许去看西医，还是姚凤屏娘家姨妈来看她，意外撞见才助她抱了女儿进省城看病，从而捡回一条命。婆婆的话犹如圣旨，姚凤屏半点不得违抗，小女儿还在襁褓中的时候，婆婆竟让她给已经足岁的大哥家的儿子喂奶，说是田家的独苗得营养充足。姚凤屏强忍着泪水，看着日益消瘦的女儿只能独自垂泪。更有甚者，婆婆甚至将凤屏打得口吐鲜血，而她丝毫都不反抗。丈夫知道这一切，但也不敢公然维护妻子。姚凤屏从小受到的教育就是要忍，做了人家的媳妇更是要勤劳，要忍，要听婆婆的话，所以她默默承受着婆婆施加的一切。

后来姚凤屏怀了第三胎，但依旧得每日早早就起床干活，女儿更是不能被带到桌上吃饭。在临盆的时候，姚凤屏身边没有一个人。作为当地的望族，田家不缺佣人，但此时都没了踪影，姚凤屏的房间更是没有一盏灯点亮。半夜发作的姚凤屏，痛苦地呻吟着，没人理会，惊动了丈夫田方岳在家时常伴左右的小厮，这小厮忙出门请产婆，待产婆进门时，姚凤屏已将儿子生了出来，她自己早已昏死过去。产婆见生的是儿子，便高兴地高声叫嚷起来，"一刹那间，好像早有准备似的，前院里所有的门全打开了，后院里所有的门全打开了。男男女女，主人仆人，都跑出来"①。以往对她高声呵斥的婆婆此时满脸堆笑，轻声细语地嘘寒问暖，更叫喊着佣人们好生照顾她，让她安静坐月子。原本对姚凤屏接连生了两个女儿后怀的第三胎并不抱希望的婆婆，冷漠对待着孕妇姚凤屏，不顾产妇和腹中胎儿的危险，对她不管不顾，但一听说生的是儿子后，态度即刻逆转。更令人无法置信的是姚凤屏的态度：

> 凤屏躺在里屋床上，搂着文惠，听着婆婆喊叫，心里说不出是什么滋味。自从过门，婆婆打过她，骂过她，可真心里，婆婆并不是个坏婆婆，她只是按照几千年的旧制当家，用打骂来管教媳妇。眼下婆婆要关心媳妇的时候，什么都为媳妇想到了，可说是天下最慈爱的母亲。②

---

① 沈宁：《泪血烟尘》，成都时代出版社2006年版，第47页。
② 沈宁：《泪血烟尘》，成都时代出版社2006年版，第48—49页。

婆婆平日里对自己多有虐待，仅因为一时的关心，还是因为生下了儿子突然转变的所谓关心，姚凤屏竟觉得她"是天下最慈爱的母亲"。"中国的家族主义具有顽强的生命力和渗透力。它影响着中国人的社会心理、哲学观点、价值选择、权力结构、法系精神、宗教信仰、经济发展、文艺创造和人格塑造等各个方面。"① 姚凤屏的这一想法，一方面显示出她本身思想的局限性，另一方面也可看出她婆婆其实也是封建家庭观念的受害者，只不过"媳妇熬成婆"，从"被害者"变成了"加害者"。小说的前半部分详细叙述了姚凤屏与婆婆一起在乡下祖宅时的生活，将婆媳间的交往刻画成典型的封建婆媳关系，但婆婆在田方岳立业后要求出去单过等关键时刻表现出的通情达理，又显示出家庭温情的一息尚存。姚凤屏对婆婆的尊重，以及小说后半部分重点叙述的，姚凤屏每每在危机时刻表现出来的坚强与韧劲又让人心生敬佩之情。女性在传统中国家庭中的地位尽管弱于男性，但她们顽强的生命力却更胜一筹，她们在封建家庭中浸润的封建文化，三从四德、三纲五常更是将传统家庭中的女性束缚住。但在这种不利于自身的环境中，东方女性所表现出来的种种精神力度却是十分震动人心、令人动容的。

"中国古典家庭小说有三绝：《红楼梦》写情痴，《金瓶梅》写欲魔，《醒世姻缘》写泼悍。当现代家庭小说描写宗法伦理的悖谬，扭曲人们的心理和欲念的时候，它尝试着把《金瓶梅》放纵生辣的欲魔描写手腕，和现代心理学的体验沟通起来。张爱玲深受《红楼梦》《金瓶梅》的影响，她的《金锁记》就是写畸形社会下的'欲魔'。"② 如果说张翎的《金山》和沈宁的《泪血烟尘》中的婆媳关系，是典型的封建家庭模式的话，那么严歌苓《陆犯焉识》中所描写的冯婉喻与婆婆冯仪芳之间的关系，则承续的就是畸形社会下"欲魔"的凸显。冯仪芳作为填房嫁给了比她大几十岁的男人，也就是陆焉识的父亲，在嫁过来八个月后，冯仪芳就成了年轻的寡妇。婆婆口口声声为了她好，打发她回家，但"谁都知道，给退回去的寡妇嫁不到好人家的。谁都明白陆家刮刮锅底，也撑得死两三代人"③。后来冯仪芳凭借哭功赢得了转机，从继子陆焉识处着手，

---

① 杨知勇：《家族主义与中国文化》，云南大学出版社2000年版，第1页。
② 杨义：《二十世纪华人家庭小说的模式与变迁》，《中国社会科学》1999年第1期。
③ 严歌苓：《陆犯焉识》，《当代·长篇小说选刊》2013年第2期。

终于赢得了留在陆家的机会,当然代价就是一辈子守寡。后来冯仪芳将自己的侄女冯婉喻介绍给继子陆焉识做老婆,对既是侄女又是儿媳的冯婉喻,冯仪芳表现出复杂、扭曲的态度。

冯仪芳也就是陆焉识的恩娘对继子陆焉识有极强的占有欲,"恩娘事事跟婉喻比,事事要占婉喻的上风,三个人乘汽车出门,婉喻只能坐在司机旁边,后面的座位是焉识陪恩娘坐的。现在他油腔滑调,跟年轻的继母胡扯,不但让她占婉喻的上风,还让她占全上海女人的上风"①。冯仪芳是个巧言令色的女人,她从来不会直接说难听话,会变着法子口口声声称自己受委屈为着儿子、儿媳好,而堂而皇之地介入儿子与儿媳之间。冯婉喻作为她的媳妇和侄女苦死了,天天沤在那样的话里,又不得反驳。冯仪芳甚至十分开心陆焉识忘记了婉喻的生日,在家人都睡下后,她笑着在客厅等晚归的陆焉识,"他这才明白恩娘笑什么。他不拿妻子的生日当回事,她在看笑话。母子独处的时候,恩娘宁愿相信焉识也不拿做丈夫当真"②。小夫妻俩单独出门约会也要藏着掖着,被恩娘发现又是一通酸话,陆焉识外出开会要带太太同去,恩娘也要从中破坏,等等。冯仪芳作为婆婆,又是年轻的继母,对于继子有强烈的占有欲,对于既是侄女又是儿媳的婉喻强烈排斥和苛待,无不反映出她扭曲的内心和变形的心理状态。但冯婉喻却默默承受着,并且依然心系自己的婆婆,也就是她的姑姑,"她的苦不在丈夫,而在于兼姑母的婆婆。比她大十一岁的恩娘给她吃的苦头和其他苦头无法比;它把冯婉喻缔造成一个最能吃苦的女人。不过婉喻仍是爱恩娘的,否则在恩娘1947年去世时她不会大病一场"③。

六指、姚凤屏、冯婉喻是东方文化中典型的"大地圣母"形象,她们隐忍、坚韧,包容着一切,宽容着一切。她们的婆婆又是典型的封建家族的婆婆,她们宽待儿子,苛待儿媳,甚至用打骂来管教儿媳。丈夫、媳妇、婆婆之间形成了复杂的三角关系,丈夫是媳妇们的天,婆婆对媳妇们苛待,丈夫们孝顺婆婆,不会也不敢为自己的妻子说话。"我们三千年来的文化,便以家族主义为中心,一切制度,祖先崇拜的信仰,和以孝为核

---

① 严歌苓:《陆犯焉识》,《当代·长篇小说选刊》2013年第2期。
② 严歌苓:《陆犯焉识》,《当代·长篇小说选刊》2013年第2期。
③ 严歌苓:《陆犯焉识》,《当代·长篇小说选刊》2013年第2期。

心的道德观念等等，都是从这里产生的。"① 尽管在这些小说中，都细致描绘了"恶婆婆"对儿媳们的苛待乃至虐待，但作者们在继承"五四"作家们对封建家族文化大胆暴露，批判国民劣根性的基础上，更将重点放在了这些女人，这些典型东方女性对家庭的坚守之上。接六指到金山团聚是方得法无论遇到什么困境都能坚持下来的重要力量，六指在的老家广东开平既是方得法的根之所系，更是他的精神家园，六指和婆婆一起默默坚守着；带着姚凤屏离开祖屋单过，使得妻女摆脱封建家庭的束缚是田方岳立业的重要目的，在组建自由的小家庭后，姚凤屏一直是田方岳度过重重困难的重要臂膀，她为十指不沾阳春水的丈夫撑起了安心学术、全身投入革命的保护伞；冯婉喻一开始就被陆焉识嫌弃，但她却一生都在守候陆焉识，无论漂泊去向何处，陆焉识都知道有冯婉喻在的地方，他就有个家。她们既是他们的妻子，更是他们的精神家园。严歌苓在接受《南方周末》专访时说："女性的阴柔、接纳、以守为攻不能说明她们被动，太极运动的退让、收敛全部是进攻的一部分，每一个向后的步伐和手势都潜藏着向前。因此不能说退就是被动，就是客体，就是第二性。"② 传统东方式的家庭关系，因着这些女人的存在成了一个复杂的场域，既残存着不合理的等级秩序，又有脉脉温情、拳拳真义，更是情感归宿和精神家园的融汇之地。

二　自我的张扬

胡适在论述易卜生的戏剧时认为，社会与个人互相损害是其作品中一条极显而易见的学说："社会最爱专制，往往用强力摧折个人的个性（Individuality），压制个人自由独立的精神；等到个人的个性都消灭了，等到自由独立的精神都完了，社会自身也没有生气了，也不会进步了。社会里有许多陈腐的习惯，老朽的思想，极不堪的迷信。个人生在社会中，不能不受这些势力的影响。有时有一两个独立的少年，不甘心受这种陈腐规矩的束缚，于是东冲西突，想与社会作对。"③ 从中胡适发掘出"健全的个人主义"哲学为当时中国之所急需，并进一步提倡《玩偶之家》中娜拉

---

① 闻一多：《家族主义与民族主义》，载《闻一多全集》（三），生活·读书·新知三联书店1982年版，第453页。
② 程绮瑾：《一个女人的哲学和历史观》，《南方周末》2006年5月11日。
③ 胡适：《易卜生主义》，《新青年》1981年第4期。

的言行,"要努力把自己铸造成个人"①。林毓生也直言:"在中国(这个大的架构中),个人主义的价值并非是不辩自明的,同时也不是人生哲学(或态度)的终极目标。"② 李欧梵更是直接阐发:"五四文学最重要的一个主题便是自我和社会间充满纷扰、对立的关系。"③

同样处于中国社会的转型阶段,面临文化、文学与西方深入的交流互动,与"五四"时期的作家们相比,北美新移民华文作家们无疑注定面临着更多的困惑,除了来自传统的羁绊与滋养的相对相生,他们的成长背景更为暧昧不明:"共和国传统"教育贯穿他们的青春期;正值青年又经历了"文化大革命";壮年时期赶上20世纪80年代末改革开放后的出国潮,便又开始经历东西文化的拉扯,乃至商业文化的侵蚀。在他们的头脑中,根深蒂固的传统与具有十足吸引力的新鲜东西相互搅拌、杂糅,难以言说、难以辨明的混沌感萦绕着北美新移民华文作家们。与汤亭亭、谭恩美等从小接受美国教育的华裔二代不同,这一代北美新移民华文作家们在中国接受了完整的义务乃至高等教育,都是在个人价值观成型后才离开中国进而前往北美。与於梨华、聂华苓等20世纪五六十年代从中国台湾赴北美留学的移民作家不同,北美新移民华文作家们对于故土中国的情感不仅仅是文化眷恋、文化乡愁,对于社会变革有更深刻的现实感触,具有强烈的在场感。于是,在这样厚重、复杂、快速新变的背景下成长、成熟起来的北美新移民华文作家们,对于自我的认知是更为复杂又显得更为迫切的命题。家族叙事中的代际冲突便成为寻找自我乃至自我张扬的最佳阵地。

由是观之,"离家出走"便成为自我张扬的第一步。

北美新移民华文作家回望故土的中国经验书写中,接受新潮思想的年轻一代以"离家出走"的方式宣扬与封建家庭的决裂,或是旗帜鲜明地表明自己的上进,是典型书写范式。这并非北美新移民华文作家的新创,从晚清到近现代,中国文学作品的家族叙事中,"离家出走"式书写就屡见不鲜。晚清之际,秋瑾创作的《精卫石》中就刻画了意味着离家出走

---

① 胡适:《介绍我自己的思想》,载《胡适文存》,现代书店1953年版,第6页。
② 林毓生:《五四时期之激进的打破旧习主义与中国未来的解放主义》,载[美]班杰明·史华慈主编《五四运动的回顾:一个座谈会》,1972年,第25页。
③ 李欧梵:《现代中国文学中的浪漫个人主义》,载《中国现代文学与现代性十讲》,复旦大学出版社2002年版,第43页。

的新式女性形象，秋瑾化用"精卫"的典型意象，深刻寓意不言自明。小说中写到众姊妹共同离家出走，远赴日本求学，不仅如此，更是穿男装、取男名，积极参与革命事业，加入革命党。在小说中秋瑾直言："执笔填成精卫词，以供有心诸姊妹，茶余灯下一评之。"① 可见秋瑾不仅要自己做衔石填海的精卫，还希望启蒙更多的女性都萌发精卫之精神，以期女性能彻底觉醒，从而进一步获得与男性平等之地位。这般"精卫式"的女性形象发展到"五四"不正是"娜拉"们么。鲁迅《伤逝》中的子君高喊着："我是我自己的，他们谁也没有干涉我的权力。"她勇敢地出走家庭，争取恋爱和婚姻自由。巴金的《家》中有一章就名为"逃婚"，觉慧深受新思想的浸染和鼓舞，便将对抗旧家庭、反对旧道德付诸实际行动，于是他敢于和象征家族权威的高老太爷斗争，反抗封建礼俗，并终于离家出走。杨沫的《青春之歌》中，进步青年林道静为了反抗包办婚姻及争取个人自由离家出走，于是辗转来到一所小学谋职以养活自己，从而碰到了余永泽，二人相恋。

时代毕竟在变化，"娜拉出走后"在不同时代有不同的结局与指向性内涵。在秋瑾那里，离家出走是要实现男女平等的权利，以期通过革命来完成；在子君那里，离家出走是为了实现个人的自由选择，为了追求爱情；在觉慧这里，离家出走是时代召唤的结果，去寻求一个新的世界，具有启蒙意义；在林道静这里，不仅仅是"五四"革命+恋爱模式的延伸，要恋爱更要反对阶级压迫，林道静先后两次出走：告别余永泽迎来了卢嘉川，告别"五四"迎来了革命。知识分子的心态也在不断地变化，事实一再证明，任何一次可能毫无目的的叙述行为，只要它真实地表达了主体的欲望和困惑，就能在不同的社会空间里面得到互动和回应。

其实，无论处于哪个时代，无论出于怎样的目的而离家出走，质言之，都是希冀以这样决绝的方式重新定位自己的生活，这与萨义德所谓重构人类关系的新方式有异曲同工之妙。也就是说，在北美新移民华文作家笔下，无论是为了反抗封建家庭的包办婚姻，还是代际间的观念冲突导致的离家出走，出走就意味着个体从这些关系中脱离，进而重新塑造主体，并尝试建立一种新型关系。这种企图通过"出走"来获得内在和外在新

---

① 秋瑾：《精卫石》，载郭长海、郭君兮编《秋瑾全集笺注》，吉林文史出版社2003年版，第464页。

生的模式，在时间坐标轴上与中国现代文学形成观照，在空间坐标轴上又与西方现代主义的主题①联系在了一起。所以，北美新移民华文作家笔下"离家出走"模式的书写，尽管大多返回到中国经验的视野中进行观照，又沉潜到历史的沟壑里进行挖掘，但并非单纯对封建家族文化的大胆揭露与反抗，更熔铸进重构社会和主体之间联系的重要文学命题。巴金的《家》中塑造的是一个具有启蒙意义、现代精神的个体如何从旧式传统家庭出走，鲁迅的《伤逝》又恰恰证明了这种出走缺乏社会土壤，所谓的现代主体也并未做好足够充分的准备重构个人与家庭、社会的关系。张翎的《花事了》这个文本，小说中的叙事时间与《伤逝》《家》有部分的重合，又将叙事时间向前扩展，从而将"离家出走"的叙写扩充出了结局的多种样态。

温州城里的文、花两家同是做百货生意的大家族，分别经营着广源和四通，两家在生意上打了几年的价格战，颇有些两败俱伤的疲态，广源急于进一批新货，手头紧，不得不第三次向衡达钱庄借钱，此时衡达的老板便给广源出了个主意，若两家联姻岂不两全其美。生意上一家开在城东，一家开在城西，同样的货色同样的价钱，各不相争、和气生财。文家二儿子尚未婚配，又正当年龄，文致远到底是开明人士便与儿子商议。原来文家二儿子文暄与花家二小姐花吟云早就相识，且都有意，两家两下商议订好了婚期，本是一桩美事，但自幼不羁的花家二小姐却在此时闹了一出离家出走的戏码。给姐姐花吟月留下一封信："吟月：我学戏去了，不要让爸妈来找我。叫文暄等我两年。"花吟云的出走打乱了两家原本的规划，花家老爷花自芳怕坏了信义，便瞒下了二女儿离家出走的真相，只对外宣称她得了肺痨，怕传染给别人，送到乡下静养去了。又提出让大女儿代替小女儿出嫁，文家老爷赞同，但文暄自己却不答应。原本文、花两家似乎并非完全腐朽的封建家庭，在儿女的婚事上虽然是为了联姻以获得生意上的便宜，但两家的儿女毕竟有些许自由恋爱的味道。花吟云的离家出走却彻底将封建家庭暴露，文暄不肯娶花吟月，他父母便用大话来压他：

---

① 参见陈晓明《汉语文学的"逃离"与自觉——兼论新世纪文学的"晚郁风格"》，《当代作家评论》2012年第2期。在此文中陈晓明梳理了西方现代文学的内在逻辑演变，从而提出"逃离是西方文学的一个内在经验"。

"你大哥虽然早已成亲,却只得三个女儿。你小弟这样的体格,能不能活到生儿育女的年龄尚未可知。如今花家的二小姐得了这等顽疾,慢说一时半刻是治不愈的,即便是治愈了,也是半个废人。你若苦苦等她,岂不是叫你老父老母膝下无孙,文家香火断在你身上吗?再说,文家大小姐有哪一样不如二小姐呢?"

那文暄表面上是个没有定性的花花公子,骨子里却是十分孝敬父母的。禁不住两个老人的轮番苦劝,只好百般不情愿地答应了这门婚事。①

文家长辈用来压儿子文暄的大话显然是封建礼教的典型说辞,香火延续之说一直是横亘在传统中国式婚姻中的头等大事。即便是受了新式教育的文暄也确实被这大话压住了,孝文化背后所体现的是家庭伦理秩序,文暄尽管不情愿但毕竟在传统家庭文化中成长,浸润颇深,因着孝的缘故尽管百般不情愿,毕竟还是答应了。

再返回来看离家出走的实施者——花家二小姐花吟云,她并非完全决绝地脱离封建家庭,一则她对"包办婚姻"的对象有意,二则她也言明要文暄等她两年。所以用时髦的话来说她只是暂时去追寻梦想,两年后过足了戏瘾便会回来,因为她也明白一旦进入婚姻,她便不再有机会学戏,更遑论光明正大地登台表演。她的所谓离家出走,其实算不得真正意义上对封建家庭的反叛,而是带有个体尝试性的重建个人与家庭、社会的关系,这种尝试是绵软的、带有妥协意味的。两年后,花吟云果真返回,见到的却是已经与自己昔日恋人结婚并育有儿女的姐姐。这样的现实将她置放于爱情与亲情之间,她并不知道姐姐当年瞒下了她要文暄等她两年的话,也正因如此文暄才暂时放下她,而与吟月做了夫妻。于是出走后又归来的花吟云选择了再次出走,这又一次的出走用她自己的话来说是"横竖无牵挂了"。这次的出走使她完成了真正意义上的"离家出走"。从前后两次花吟云回归时的穿着便可见一斑,第一次归来时花吟月见"那女子又黑又瘦,嘴唇上起了一圈热泡。身穿一套蓝布袄裤,肘膝处皱皱地凸鼓出来,青包头和青布鞋上都落了薄薄一层的灰土。吟月是从女人手里挽着的那个包袱上认出吟云来的。那天吟云的样子十分落魄,和两年前判

---

① 张翎:《花事了》,载《恋曲三重奏》,江苏文艺出版社 2013 年版,第 206 页。

若两人"①。第二次归来时，花自芳见"吟云穿了一件洗得发白的列宁装，梳了两条直直的辫子，辫梢上拴了两个绿色的蝴蝶结。花自芳知道那是城里工作女人的时兴打扮"②。花吟云前后两次离家出走后归来时明显不同的穿着打扮，不仅呈现出两种不同的物质生活状态，更重要的是展示了个体的一种蜕变，一种与社会建构起了不同关系的蜕变。前者颇有些"倦鸟归林"的疲态，个体与家庭、社会的关系并没有改变。后者则明显融入了社会的新变革，彻底从封建家庭中脱离成了"工作的女人"。

在新来的文化局长面前，花吟云讲述了当年离家出走学戏，又遭遇不公待遇的经过，惹得同病相怜的众人声泪俱下，纷纷表示过去旧社会艺人遭歧视，还是如今新社会好。散会后丁局长更单独表扬花吟云："你这个女同志不简单，这么小的年纪就敢脱离封建家庭。"花吟云后来更是在丁局长的关怀下顺利入了党。但其实花吟云自白道："我只想学唱戏，没想别的。"离家出走的真实原因，与离家出走后的结局形成吊诡的对比，乃至动机都被篡改。在经历了种种时代变迁之后，当初去了台湾的文暄终于得以回来探亲，三十多年后的再次相见，吟月、吟云、文暄都已是迟暮之人，吟月一直等待着文暄，吟云历经波折与农民出身的干部丁大年结婚，恩恩怨怨早已随时间消逝。最后文暄返回台湾，政府返还给花家两姐妹的花宅被吟云的继子丁兆军一家霸住，丁兆军的妻子还大言不惭道："别以为我们不姓花，就住不得你们花家的房子，当年若没有我们姓丁的，你怕早就饿死在街上了。"后来法院判决房子归花家两姐妹所有，作为继子，丁兆军一家有居住权但没有所有权。最后吟月了无遗憾地去世，而吟云再一次"离家出走"，当一切尘埃落定，"吟云突然失踪，没写下任何留言。文宅西厢所有的物件都完好无损，唯独少了那把旧琵琶"。这最后的告别是花吟云第三次反叛，这次她逃离的是和继子一家组成的家庭生活，那是被商业文化侵染的又一典型症候。花吟云一生三次"离家出走"，三种不同的样态应和着中国20世纪的不同社会形态，更凸显着个人与家庭、社会不同的结构关系。

李彦的《红浮萍》塑造了多个"离家出走"的新潮青年形象。女主人公出生在一个典型的封建大家庭中，但"因了这种种原因，当雯的一

---

① 张翎：《花事了》，载《恋曲三重奏》，江苏文艺出版社2013年版，第208页。
② 张翎：《花事了》，载《恋曲三重奏》，江苏文艺出版社2013年版，第214页。

些女友相继嫁与地方官吏、部队军官、洋人买办，甚至给政府要员做小妾时，她便一一与她们生分疏远了。那个年代，十五六岁的女孩嫁个有钱有势的丈夫，是很多女学生的出路。雯却不屑于随这种大流。'我上学受教育，是为了有能力凭自己的本事打天下，岂会为了找个饭碗去嫁给什么俗不可耐的男人！'"① 受了新式思想教育的雯尽管没有做出离家出走的出格举动，但对于封建婚姻的排斥显而易见。幼时的雯曾与族中一堂姐相伴玩耍，不过各方面资质都平平的堂姐自不如雯一般众星捧月，雯在学校出尽风头，堂姐连嫉妒的资格都没有。不过一切改变就源自堂姐的"离家出走"：

>传言堂姐十七岁那年，因不满包办婚姻，负气出走，一别九载，杳无音信。家人都道她已亡命天涯。谁知解放后不久，堂姐便乘吉普车，带卫兵，威风凛凛，重返古城。
>
>……
>
>四目相对的刹那，雯清清楚楚地捕捉到堂姐那对刁钻的丹凤眼中一闪而过的高傲。那一瞥，提醒了而今横亘在她们之间无须再争辩的鸿沟。吉普车轮碾压过古老的青石板，也深深地碾压过雯曾经拥有的自豪。
>
>原来堂姐当年投奔陕北，嫁了高官。如今夫婿已成身居要津、主宰小城命脉的专员。衣锦还乡的堂姐，享尽了前呼后拥、吹牛拍马的浮华虚荣。她娘家虽为地主，但在夫婿的关照下，家中财产却未遭充公。②

因为反抗包办婚姻负气离家出走，原本被雯压了一头的堂姐荣耀归来，不仅碾压了雯的自豪，更在政治运动中保护了自己的原生家庭免遭查抄。从反抗封建包办婚姻到投入与陕北高官的婚姻，对于雯的堂姐而言，这不仅仅是个人婚姻的选择，更是两种生活方式，两种与社会关系建构的不同方式，两种社会形态下个体自我的不同内在属性。

我们无法得知雯的堂姐如何进入这场婚姻，这场婚姻又是否美满，但

---

① 李彦：《红浮萍》，作家出版社2010年版，第31页。
② 李彦：《红浮萍》，作家出版社2010年版，第51—52页。

薛忆沩在其长篇小说《空巢》中，为此类在中国历史上具有典型性的婚姻模式掀开了神秘的一角。只不过在《空巢》中，离家出走反抗包办婚姻的是男性一方，薛忆沩这样的安排是非常有深意的，突破了离家出走式女性解放的书写传统，将问题延伸至中国青年的选择和出路问题。同为那个风云际会年代的青年人，共同面临的问题是：用何种方式来处理个人与日益"规定化""统一化"的生活情境之间的关系？在当时那个渐趋一体化的社会中，自我的张扬是否是个伪命题，还是有可实现的空间？《空巢》中的女主人公，那位年近八十的女性在当下回忆自己年轻时的恋爱和婚姻，她和丈夫在"大跃进"的前一年结了婚，从恋爱到结婚只有短短的五个月。丈夫是河北邢台地区一个富农家庭里的长子，因不满家中安排的包办婚姻而参军出走，是在平津战役的后期参加的解放军，然后随军南下。"我们城市和平解放之后，他是第一批进城的解放军部队中最年轻的排长。"偶然的相遇使得年轻的排长对她一见钟情，但她却并没有什么印象。此后又过了几年才在年轻排长的努力下"偶然相遇"，并开始了相互的交往：

> 两个星期之后，我们有第三次约会。他表情痛苦地告诉我，他参军的一个重要原因是逃避家庭给他安排的婚姻。他从来没有见过那个比他大五岁的不识字的女人。他哀求他的父亲不要接受那门亲事。但是，他的父亲固执己见，收下了对方的聘礼。他在娶亲的前一天清早离家出走，当天下午，在他就读过的县城中学的操场上参加了解放军。他从此就再没有回过家了。当然他知道他的婚礼照常举行，那个连自己的名字都不认识的女人照常成了他们家的一员。又过了两个星期，我们有第四次约会。我告诉他，我已经明确告诉一直在追求我的摄影记者，自己已经是有男朋友的人了，请他不要再给我写那种文言加白话的信；而他告诉我，他已经写信给他的父亲，要求解除自己与从来没有见过面的女人的婚约，否则他就断绝父子关系。[①]

选择离家出走的方式进行反抗，实际上意味着不过是以一种更温和、更委婉、更无害的方式来有限度地调整个人与旧家庭之间，乃至社会之间

---

① 薛忆沩：《空巢》，《花城》2014年第3期。

的紧张关系,而不是更具有冲突感的反抗和抗争,或许体现的就是在那个特殊的年代所谓的个体解放和自我张扬,不过是在社会既定框架下"跳梁小丑般"的叛逆而已,带有妥协的意味。

如果将《伤逝》作为张翎《花事了》、李彦《红浮萍》、薛忆沩《空巢》的一个前文本来进行比较阅读和分析,就会发现在《伤逝》中,子君和涓生通过"离家出走"宣示了个性解放、张扬自我的诉求,是启蒙话语的建构,个体自我与旧家庭、社会形成一种对立关系。更进一步,鲁迅以感伤主义式结局反讽了这种"离家出走"的虚幻性。也可以理解为,在鲁迅那个历史时刻,个人解放、自我张扬,并建立一个以自由意志为基础的、自足的"家"是社会解放的一种指向性的诉求。只不过《伤逝》的尝试并没有成功,但这丝毫不影响这样的尝试体现出对这种"家"之建构的愿景。在张翎、李彦、薛忆沩笔下小说中的那个历史坐标,个人解放和自我张扬已内化为一种社会话语,无论能在何种程度上实现,都已经突破了旧家庭传统文化的桎梏,不再受到封建家族文化的强烈拘囿。吊诡的是,封建家庭文化形式上的被摧毁,在那个历史时间坐标中,政治话语似乎又取而代之成为一种新型的个体自由、自我张扬的囿限场。在《空巢》中,"我"几乎从和丈夫结婚的第一天开始就知道两人其实根本合不来,"在恋爱阶段,我被'同志'之间浅表的共识和一致麻痹了,没有太多在意南方人和北方人生活习惯上的差异,根源上的差异。而生活一旦开始,这种差异立刻就凸显了出来"。这似乎陷入了"伤逝"式的失落之中,尽管具体原因有差异,但本质却是一致的。也可以这样理解,《红浮萍》或者《空巢》中的那种家庭建构方式,可能是鲁迅那个历史时刻的起点,却是《红浮萍》中雯的堂姐,《空巢》中"我"的这个时刻的终点。历史的诡谲之处就在于,起点与终点并没有太多的差别,因为那个文学作品中一再诉求的自我的张扬、个人的解放、个体的自由却一再被阉割,历史似乎是个循环的吊诡之圆。

从鲁迅的个性解放,到北美新移民华文作家的自我张扬,虽然需要应对的具体问题各异,但却共同分享着幻灭感,这看似原地的踏步实际上是华人作家的一种传承。这种自觉或不自觉的创作意识,不是沉溺于惯性创作经验中,也不是去僵硬恪守什么"中国模式",而是不断地寻求文化认同,不断挑战自身又超越自身。"'逃离'本来是向外部世界出发,离开某个自己原来的处所;但在小说叙事中,逃离在向外部世界移动和活动的过程中，却总是更深地回到个人内心，更彻底地把内心的丰富性、矛盾性和复杂性表达出来。一个本来要向外的运动，却更深地回到内心。"①

第二节 "家国同构"性

西方从原始社会过渡到文明社会，是"用地域性的国家代替了血缘性的氏族"，因而以血缘为纽带的氏族统治被政治性的国家所代替。但在中国就呈现出不同的面貌，"我国先民跨入阶级社会的门槛的途径是由氏族首领直接转化为奴隶主贵族，以后又由家族奴隶制发展成为宗族奴隶制，并建立起'家''邦'式的国家，而不是西方式的'城邦'"②。即便到了西周，其实也就是将氏族组织政治化、国家化，虽然在组织形式上已具国家的雏形，但依然是以宗族、血缘系统建立、维持统治秩序的。由此中国形成了由"家"及"国"的社会格局，亦即"家国同构"，并在此基础上绵延千年。"所谓家国同构是指家庭、家族和国家在组织结构方面具有共同性。"③ 更是指"天下与家的互文互喻关系。这种关系蕴含着中国文化结构的基本隐秘，并规定着受这种结构制约的中国文化人（文化文本的创造者）的主要行为模式"④。

在这种观念甚至说集体无意识的影响下，中国小说的家族叙事不论篇幅长短，大都向外延展，而不仅限于描写家庭生活本身，从而力求以家庭成员的生命感悟、命运遭际，和家庭、家族的兴衰盛亡，隐喻整个社会、国家的命运。恰如弗·杰姆逊所言："第三世界的文本，甚至那些看起来是关于个人和利比多趋力的本文，总是以民族寓言的形式来投射一种政治：关于个人命运的故事包含着第三世界大众文化和社会受到冲击的寓言。"⑤ 于是"五四"时期家族叙事的繁盛景象，与社会、国家的阵痛形成某种同构。北美新移民华文作家小说中的家族叙事，在与"五四"时

---

① 陈晓明：《汉语文学的"逃离"与自觉——兼论新世纪文学的"晚郁风格"》，《当代作家评论》2012年第2期。
② 樊浩：《中国伦理的概念系统及其文化原理》，《复旦学报》（社会科学版）1993年第3期。
③ 张岱年、方克立：《中国文化概论》，北京师范大学出版社2005年版，第48页。
④ 李军：《"家"的寓言——当代文艺的身份与性别》，作家出版社1996年版，第17页。
⑤ ［美］弗雷德里克·杰姆逊：《处于跨国资本主义时代的第三世界文学》，载张京媛主编《新历史主义与文学批评》，北京大学出版社1993年版，第236页。

期的民族国家隐喻形成共鸣的同时，还要面临更为复杂的景象，具有新潮思想的年轻一代不仅要如"五四"时期一般挣脱象征封建传统桎梏的传统家庭，还要突破东西文化的迷踪找到自我的文化身份认同。因而，在北美新移民华文作家笔下，在特定年代里，由历史引发的家族内部隔膜和由文化冲突引起的代际冲突便相互缠绕在一起。

质言之，北美新移民华文作家在其小说实践中，尝试着将家族历史与种族历史有机融合，从一个全新角度写出了 20 世纪的中国现代化史诗。这不仅沟通了"五四"现代文学创作，更与 20 世纪末中国当代文坛的新历史主义思潮显然异曲同工，其中具有鲜明的民族国家意识和历史线索，用个人家族写民族国家的企图心也是显而易见的。同源异流的家族叙事因而呈现出鲜明的"家国同构"性。

一　返回历史现场

如果说中国现代小说中的家族叙事，是通过大胆揭露封建礼教的罪恶、抨击家族文化的弊端来展开民族国家想象，而 20 世纪末的新历史主义是通过解构宏大叙事、消解意义，用魔幻现实主义代替社会写实主义来展开民族国家想象的话，那么到了北美新移民华文作家笔下，民族国家想象的完成，则是通过打破传统家族文化是阻碍个人解放、社会进步之力量的常规的叙事模式，更进一步来说，将以家族文化为基石的中国传统文化构建成维系人们日常生活的重要力量，这也是建构民族国家想象的重要文化资源。这样的家族叙事意识，不仅是北美新移民华文作家重要的书写策略，更是为重构一个以传统文化精魂为生长点的民族国家形象，开辟了一个新的民族国家想象途径。

北美新移民华文作家笔下的家族叙事，对日常生活倾注关注度，并不是一地鸡毛式的琐碎絮叨，也不是对各式主义天花乱坠的空谈，而是力图返回历史现场，于生活的肌理处细密编织，熔铸进血肉的实体。使得无论回到的是"乡土中国"的历史现场，还是华人异域生活的历史现场，家族的日常生活与国族的命运走向都在某种程度上形成同构。正如作者自述："我不再打算叙述一段弘大的历史，而把关注点转入一个人和他的家族命运上。在这个枝节庞大的家族故事里，淘金和太平洋铁路只是背景，种族冲突也是背景。我在这里小心地回避了'种族歧视'这个字眼，因为我觉得这是一个把复杂的历史社会现象概念化简单化了的字眼，正如西方现代医学爱把许多找不到答案的症状笼统简单地归类为忧郁症一样，人头税和排华法也是背景，二战和土改当然更是背景，真正的前景只是一个在贫穷和无奈的坚硬生存状态中抵力钻出一条活路的方姓家族。"①

在《金山》中，对于方得法一家的移民生活，作者毫无疑问进行了浓墨重彩的叙写，但是在小说中还贯穿着另外一个家族的书写，这个家族尽管在小说中出场的份额不重，分量却举足轻重，这个家族就是欧阳家。欧阳家甚至承担起了启蒙者的角色，而且是方家几代人的启蒙者，不仅如此，欧阳家一代代族人更是中国20世纪乃是21世纪现代化进程的弄潮儿。这个家族对于启蒙重任的担当，对于中国现代化进程的参与和见证，都被作者悄悄编织进了欧阳家与方家细碎的日常交往中。

方得法的爹方元昌在发了一笔飞来横财后，家里雇了长工，方得法不用劳作了，便被送去私塾念书。方元昌给儿子物色了一位欧阳先生，"这位欧阳先生年岁虽不大，虽两进乡试未能中举，却熟读诗书。他不仅古书读得渊博，也曾跟着广州城里的一位耶稣教士学过西学，可谓学贯中西"②。因此，方得法在欧阳先生处耳濡目染的不仅是中国传统诗文，更有当时底层百姓很难接触到的西学。所以在方元昌染上鸦片瘾，败光了家产后，方得法竟说出"阿爸，欧阳先生说夷人卖给我们烟土，就是想吃垮我们的精神志气。'民垮了，国就垮'"③。这样的见识，从一个底层农民的儿子口中说出原本不符合人物的身份特质，但正如方得法所说，是欧阳先生的教诲的话，那一切就顺理成章了，可见欧阳先生启蒙了方得法最早的关于民族、国家的概念。后来方元昌吸食鸦片过量而死，方家无以为继，方得法的母亲不得已卖掉了自己女儿，方得法在得知今生今世是见不着阿妹了，便下定决心担负起家里的重担，便去辞别欧阳先生，一心做起田里的活。欧阳先生当时听了阿法的话，"就把狼毫扔了，墨汁溅了一桌。'病入膏肓啊，病入膏肓。'欧阳先生说。阿法知道先生说的不是自己。"④ 欧阳先生的言行无不深刻影响着阿法，欧阳先生更是阿法的精神向导，在是否跟随红毛去金山的问题上阿法犹豫不决，"阿法被这个不成团也不成型却无所不在的想法撑得几乎爆炸，终于忍不住找了一趟欧阳先

---

① 张翎：《金山·序》，华东师范大学出版社2009年版，第6页。
② 张翎：《金山》，华东师范大学出版社2009年版，第14页。
③ 张翎：《金山》，华东师范大学出版社2009年版，第16页。
④ 张翎：《金山》，华东师范大学出版社2009年版，第18页。

生"。人生的关键节点,拿不定主意的阿法寻求欧阳先生的帮助。"'这边的日子到底是黑了,那边的日子你至少还可以拼他个鱼死网破。'欧阳先生的一句话,一下子将那个不成团也不成型的模糊想法捏成了团,揉成了型。阿法就有了主张。"① 于是方得法跟随红毛踏上了驶往金山的轮船,也才有了后来方家一族跨越故土与金山的历史。

  欧阳先生对于阿法的启蒙到这里似乎就可以功成身退了,在接下来的叙事中,由于叙事重点和叙事空间的转换,欧阳先生也确乎失去了出场的合法性和必要性。不过几十年后,阿法竟然在金山与欧阳先生重逢,论及来到金山的缘由,欧阳先生说:"两年前写了几篇文章,论及维新改宪的事,惹了官府通缉捉拿,便有家归不得。先逃去了东洋,后来听说康先生、梁先生都来了西洋,才跟随着过来了。"② 从欧阳先生和阿法的重逢,以及他自己叙述来看,尽管欧阳先生这一条叙事线索貌似在阿法的故事中中断,实际上是伏脉于另一故事空间,待关于方家的家族叙事需要的时候,便浮上岸来现身,重启启蒙者的角色。阿法之前听了梁启超的演讲,但梁先生的演讲文绉绉的,阿法并未完全听懂,幸得欧阳先生的重新讲解,阿法才了解了梁启超在温哥华演讲的主旨。进而阿法卖掉了一家人赖以生存的"竹喧洗衣行",将所得钱款最大的一份寄给了北美洲的保皇党,以支持梁启超等人的维新改宪。如果不是欧阳先生小时候的启蒙,如果不是温哥华偶遇欧阳先生,又得先生指点,作为在底层挣扎生计的人,阿法的生活不会与当时中国社会变革的先声产生如此紧密的联系。"欧阳先生如同一颗星子在阿法的生命中光亮地闪过几闪便永久地归入了沉寂。"③

  尽管欧阳明先生在阿法的世界里自此消失,但他确乎是在完成了对于阿法的启蒙后功成身退的。不仅如此,欧阳明先生的后代欧阳玉山,又成了方得法留在家乡的女儿方锦绣及其丈夫阿元的老师。在欧阳玉山的影响下,方锦绣和丈夫及另外一位同学合办了"百姓学堂",学堂视学生家境而定学费,不固定收费,欧阳玉山先生在学校开学的时候更是手书"百姓学堂,明日之光"的校匾致贺。欧阳玉山接过了欧阳家启蒙方家的重

---

① 张翎:《金山》,华东师范大学出版社 2009 年版,第 22 页。
② 张翎:《金山》,华东师范大学出版社 2009 年版,第 132 页。
③ 张翎:《金山》,华东师范大学出版社 2009 年版,第 133 页。

任，将民族国家的观念，将匹夫有责的意识传承给了方姓家族。国家的历史与方家一族的命运就被欧阳家族串联了起来，严丝合缝。方锦绣和阿元的孩子叫怀国，从他们给孩子取的名字就可看出其强烈的民族国家意识。当怀国被日本人空投的炸弹炸死后，方锦绣日渐消瘦，失去了往日的神采，欧阳玉山前来探望她，他们之间的对话十分清晰地显示出启蒙与被启蒙的关系，以及与此相关的启蒙的核心内容。

> 欧阳见了锦绣，并不劝慰，只是冷笑，说："皮之不存，毛将焉附？危巢之下，岂有完卵？你若拿哭家难的劲头来哭国难，中国怕就有救了。"锦绣不服，说："不是为国，我为何办学？我若不办学，怀国岂用得着跟我上这个穷学堂？怀国若上的是华侨子弟学堂，他恐怕就躲过那场灾祸了。"
>
> 欧阳先生见锦绣两颊涨得通红，说话音调打着颤，便对阿元眨了眨眼睛，说还好，心没死，有救。又叹了一口气，说怀国躲过了，别人也躲不过。今天躲过了，明天也躲不过。日本人从山海关一路杀到广东，弱国无强兵，国门持守不住了，门里的人迟早是个死。
>
> 锦绣说别人我管不了，可怀国……话说了半截，眼圈呼的一热，哽咽了半晌，终于把一汪眼泪吞忍了下去，说："我知道先生你要说什么，我不是兵也不是将，我守不了国门。我不过是个一无用场的教书匠。"
>
> 欧阳先生拿指头叩了叩桌子，说："谁说你无用？锦绣你教出来的学生就是明天守国门的人。这一代人完了，国家就指望下一代了。你该振作起来，好好教你的书，教出几个血气英雄来，那才叫真正奠祭怀国呢。"
>
> 锦绣不说话，脸色却渐渐地平和了。①

两人的对话始终围绕着国家而生发，核心更是欧阳玉山先生激励方锦绣振作起来好好培养"明天守国门的人"，教出拯救国家的新一代，也是"真正祭奠怀国"。国仇与家恨在此合而为一，家族与民族同构而生。欧阳玉山先生像欧阳明先生一样，在完成了对方家这一代人的启蒙后便消失

---

① 张翎：《金山》，华东师范大学出版社 2009 年版，第 363 页。

了，据说他也如当年欧阳明先生支持维新，积极参与国家变革一样，他是去参军，去加入共产党了，欧阳一家世代身先士卒救民救国。

除了欧阳明、欧阳玉山，欧阳家的最新一代其实在小说的一开始就现身了，他叫欧阳云安。方家第五代艾米回国寻根的时候，欧阳云安作为广东开平侨办的工作人员负责接待艾米，欧阳云安于艾米不同于先辈们是关于民族救亡的启蒙，他一步步引领着混血儿艾米寻求家族之谜的解答和民族文化的认同。艾米原本对于母亲的家族乃至母亲的民族并没有什么情感，更遑论民族认同感，只准备了一天的行程，但"那个姓欧阳的政府官员，硬是在她岩石一样贫瘠的想象力上擦出了火花，她的好奇心终于给引燃起来了"。其实艾米对于母亲家族的故事之所以不甚了解，对于她身上至少一半的中国血统也并没有认同感的原因在于她的母亲方延龄。与方家第二代方得法，方家第三代方锦绣，乃至第五代艾米不同，作为方家第四代的方延龄并没有如欧阳明、欧阳玉山、欧阳云安一般的精神启蒙者，或者说引路人。从小因为她的中国血统，她在学校和社会上备受种族歧视，她更是不允许自己的父亲向女儿讲述她的中国血脉，方延龄更恶狠狠地说："我的祖宗哪天也没保佑过我。我做中国人，吃了一辈子亏。"欧阳家中断了对方家方延龄这一辈的精神引领，到了艾米这一代，种族问题也与民族国家问题相纠缠在一起了，欧阳云安作为欧阳家的新一代，又重启了对于方家启蒙的重任。不过这一次，欧阳云安引领艾米踏上的是民族认同之路。

其实，欧阳家族正象征着中国的民族之根，他们承担着中国文化传承的重任。方得法幸得欧阳明的指引，来到金山挣得生存的希望，尽管经历了一次次的失败、困苦，但他凭借着一股子韧劲儿，凭借着从欧阳明先生那里得来的抵御异质文化压迫的法宝，在异域顽强生根、发芽。方锦绣因为欧阳玉山的鞭策和引领，致力于培养国家和民族的"明日之光"；尽管方延龄千方百计想剔除女儿身上的中国文化符码，但艾米在欧阳云安的引领下渐渐走向了对于血缘身份和祖国文化的认同，欧阳云安短短几日就摧毁了方延龄一生对于艾米的塑造。欧阳明这一人物更似中国从封建帝制转型向现代文明国家的化身，欧阳玉山是中国反抗外族侵略的化身，欧阳云安是中国全面走向现代化，建立民族、国家认同感、自豪感的化身。不仅如此，从方得法到艾米，从欧阳明到欧阳云安，生动诠释着中华民族向心力和民族文化感召力的强大，方家和欧阳家的族人的人生选择和家族命运更应和着中国百年的现代化进程。现代化进程的宏大命题,被化解为小家族的命运而徐徐展开,"家族作为民族的隐喻,尤其是20世纪百年历史现实变动,通过家族兴衰图景生动地表现出来,让读者感受历史的脉搏,回眸历史的沧桑,体验中国文化转型的恒与变"①。这让宏大的历史有了现实的依据,落到日常生活图景的实处来,融进普通人和家族的命运遭际中来,从而营造出一种返回历史现场的在场感。所以李敬泽认为:"《金山》是传奇,是一部用坚实砖石构造起的传奇;《金山》是一部浩大的作品,它关乎中国经验中深沉无声的层面——中国的普通民众如何在近代以来的全球化进程中用血泪体认世界,由此孕育出对一个现代中国的坚定认同。每一个中国人都能从这部小说中、从几代中国人在故乡和异域之间的颠沛奋斗中感到共同的悲怆、共同的血气和情怀。"②

如果说在《金山》中,张翎用两个家族的命运和人生选择隐喻民族、国家之痛,那么在其另外一部长篇小说《阵痛》中,则"以母亲生产的'阵痛'隐喻家国之'痛',以身体之痛隐喻人类的精神之痛和历史新旧更替"③。如题所示,张翎将叙事的重点放在了家族女性成员的身上,男性的缺席使得女性在风云多变幻的20世纪中国的生存处境更加艰难。女性的独自生产之痛带领人们返回历史的现场,将貌似已化为空洞字符的历史转化为女性的切肤之痛,这不仅是能否让读者产生共鸣、共情的问题,更是作者历史意识与如何呈现历史的策略问题。

《阵痛》中作者叙述了一家三代女性独自生育之痛,这三代女性所处的时间节点十分有意味,"逃产篇:上官吟春(1942—1943);危产篇:孙小桃(1951—1967);路产篇:宋武生(1991—2001)"。上官吟春将女儿孙小桃生在了中国抗日战争全面爆发的年月,孙小桃将女儿宋武生生在了"文化大革命"期间,宋武生将女儿杜路得生在了世纪之交。这些时间节点之于中国乃至世界的意义不言自明;不仅在线性的历史时间上作者进行了巧妙的安排,在空间的营构上也具有巧思。上官吟春在逃跑期间将女儿生在了乡村的荒野之地,生完孩子并确认是大先生的骨血后她才敢回家,却得知婆婆和丈夫已相继去世。村妇上官吟春失去了依傍,化名勤奋

---

① 尹季:《解构、隐喻与焦虑——论20世纪后期中国家族题材小说的主题样式》,《中国文学研究》2006年第4期。
② 张翎:《金山》,十月文艺出版社2009年版,封四。
③ 申霞艳:《〈阵痛〉中的隐喻与女性精神空间》,《中国文学批评》2015年第3期。

嫂，带着女儿在城市中隐姓埋名，靠着老虎灶默默生活。孙小桃主要的生活经历是在城镇，长大后的求学经历使她来到更广阔的大都市，恋人的独特身份又将她的生存空间与异域相连接。宋武生与自己的外婆和母亲有所不同，她似乎并不想延续祖辈的命运轨迹，她想叛离家族中女性的独自生育之痛，母亲与她的生父联系上给她办出国留学，尽管生存空间发生了质变，但独自生育这宿命般的结局注定还是上演。从农村到城镇，从城镇到都市，从中国到美国，生存空间不断在多层面迁移。无论是时间还是空间的变化都没能改变这一家几代女性的独自生育之痛，也没能摧垮他们独自孕育生命的信念。

"中国当代文学的家族叙事弥漫着宿命感，这种宿命感因缺乏时代依据和历史支撑而显得轻飘、虚无，这也是文学日益失重和屡遭诟病的原因之一。要打开这种封闭的局面必须要更新审美视野，为偶然性的浪花找到历史的河床，找到与之相应的时代事实。让家族的宿命与历史兴亡，让个体的痛感与国族的存在感交融，这是'小我的亲切'与'大我的普遍'的平衡。"[①] 张翎在《阵痛》中显然找到了这种平衡，独自生育的贯穿似乎是轮回的宿命，但在深层结构和意蕴中呈现的却是历史的某种必然，是人在历史浪潮中遭遇坎坷又坚强着向阳而生的象征性写照，"偶然性的浪花"并非虚空、缥缈，背后是历史深厚的河床。

把家族叙事传奇化是严歌苓写作的一大特征，其长篇小说《第九个寡妇》《小姨多鹤》《陆犯焉识》等的叙事时间都横跨几十年，通过家族叙事书写中国20世纪的历史风云变幻。传奇的外壳下包裹的是日常生活图景的内核，但是作家关注的重点又不是日常生活本身，而是背后潜藏的因为历史而被放大了的伦理观念和人性光辉，"把对人性的拷问以婚恋叙事的方式置于国族冲突之中，又用人类的普遍人性去平衡"[②]。《第九个寡妇》中的王葡萄，《小姨多鹤》中的竹内多鹤和朱小环，《陆犯焉识》中的冯婉喻，尽管女性所处的生存空间有差异，但小说的叙事时间大都处于中国20世纪中期。从农村到城市，从本民族到异族，从抗战到国内的政治风云，这些女性的日常生活图景几乎涵盖了中国整个20世纪的全貌。

---

① 申霞艳：《〈阵痛〉中的隐喻与女性精神空间》，《中国文学批评》2015年第3期。
② 徐杨：《严歌苓小说的婚恋叙事——以〈小姨多鹤〉为中心》，《文艺争鸣》2011年第4期。

如此宏大的命题落实到具体的小说创作中，体现的是作者的历史观念和认知意识，从女性视角切入，是严歌苓重要的写作策略。以女性独特的性别特征，和中华民族传统文化赋予女性的崇高美德来化解历史的哀愁和跌宕是作者返回历史现场的重要手段。

《第九个寡妇》"是一部家族史、村庄史，也是一部国族史"[①]。王葡萄把公公在红薯窖中藏了20多年，历经中国种种政治风云，"这是一个传奇式的故事坯子，严歌苓却消解了它的传奇性，把它纳入到一个人的日常生活史中，这样一种处置方式，就使得主人公王葡萄的快乐自在的民间生存哲学更加强壮"[②]。《小姨多鹤》的高超之处，"所谓'具有史诗价值'的，就在于小故事见大历史，小家庭见大社会，小人物见大时代。尽在不言中，尽在自然而然的无意流露中。这里没有政治说教，没有宏大叙事，没有黄钟大吕，没有激扬文字，有的只是小人物，小事件，小风波，小吵小闹，可它依然成了一份沉甸甸的现代启事录，叫我们掩卷之后，陷入深深的沉思"[③]。张艺谋导演的电影《归来》改编自严歌苓的《陆犯焉识》，截取了小说中最后的一段，突出呈现陆焉识平反后回家探望妻女的片断，有评论者诟病这一处理方式实则回避了知识分子的苦难，但也有论者认为，这恰恰是电影把握住了小说的核心的表现，即"把握和提取出了小说最精粹的内涵：无论现实如何变化，女性作为爱、亲情和家园的象征，始终安抚着破碎的人生和灵魂。这并非简单的'精神胜利法'，而是潜存于家国创伤底部、历经激烈变故而依然透射出深厚救赎力量的深厚温暖"[④]。

无论冯婉喻还是王葡萄，或是竹内多鹤与朱小环，都在这一维度上照亮了被历史激荡、灼烧的人心和人性。将宏大的历史通过女性的命运，尤其女性对待命运的态度落到实处。"多数'新历史主义'和女性主义的文学或历史著作之间的差异，表现在它们对性别之间的关系和冲突，对妇女

[①] 曹霞：《"异域"与"历史"书写：讲述"中国"的方法——论严歌苓的小说及其创作转变》，《文学评论》2016年第5期。

[②] 贺绍俊：《从思想碰撞到语言碰撞——以严歌苓、李彦为例谈当代文学的世界性》，《文艺研究》2011年第2期。

[③] 公仲：《人性的光辉、现代启示录——评〈小姨多鹤〉》，《世界华文文学论坛》2009年第3期。

[④] 曹霞：《"异域"与"历史"书写：讲述"中国"的方法——论严歌苓的小说及其创作转变》，《文学评论》2016年第5期。

以及历史的主动性和权力在'历史'中的地位的不同看法,表现在对这一切与传统上属于男人的政治和经济领域之间的深层的或者因果的联系的不同看法。"① 尽管将女性面对生存境遇与状况的态度作为返回历史现场的重要策略,但严歌苓并未试图分新历史主义一杯羹,也不是要建构新的历史叙事,更不是要张扬女性主义,而是在人和历史的遭遇中寻求一种对抗异化的超越性精神,这也是返回历史现场的重要意义。

二 "父"与"子"

孟子说:"父子有亲、君臣有义、夫妇有别、长幼有序、朋友有信。"(《孟子·滕文公下》)这实际规定了这些亲属关系或者社会关系之间的义务,又将父子关系与君臣关系相互并列而言,可见家庭与社会之间的某种同构。恩格斯说:"亲属关系在一切蒙昧民族野蛮民族的社会制度中起着决定作用。……父亲、子女、兄弟、姐妹等称谓并不是简单的荣誉称号,而是一种具有完全确定的、一场郑重的相互义务的称呼,这些义务的总和便构成这些民族的社会制度的实质部分。"② "父"与"子"不仅是家庭单元中的亲属关系,更作为一种文化符号,是对文化层面乃至社会政治制度层面权力关系的一种隐喻。正如米勒特(Kate Millet)在其论文《性与统治》中所指出的:"我们的社会就像其他所有历史上的文明一样是父权制,……父权制作为制度,还是一个社会常数,这个常数贯穿其他所有政治、经济和社会的形式,是通过封建统治,还是通过官僚政治或者巨大的宗教团体的形式。"③ 20 世纪以来,中国社会处于由传统向现代的转型时期,随着社会政治、经济、文化等层面逐步发生变迁,传统封建文化滋养下的"家"也历经从旧到新的解体与再生成过程。具有文化象征意义的家庭变迁于是成为社会转型的象征,家庭中"父"与"子"之间以及社会、国家中"父"与"子"之间的复杂、朦胧的关系成为作家们争相摹写的对象。"父子问题浮出水面,是新旧文化转换一个方面的现象,因为

---

① [美]朱迪斯·劳德·牛顿:《历史一如既往?——女性主义和新历史主义》,载张京媛主编《新历史主义与文学批评》,北京大学出版社 1993 年版,第 205 页。
② [德]恩格斯:《家庭、私有制和国家的起源》,载《马克思恩格斯选集》第四卷,人民出版社 1995 年版,第 25 页。
③ [德]E. M. 温德尔:《女性主义神学景观》,刁承俊译,生活·读书·新知三联书店 1995 年版,第 31 页。

父子这个意象，作为政治的隐喻、纲常的表述、孝的具体实现等等，都在这个意象的涵盖之中。"①

"五四"以来，父子关系的设置，尤其是"父"与"子"之间冲突的表达，一直都是书写父子关系的重要切入点。正如贾植芳先生所言：

> 西方文学中，"父亲"受贬抑的程度不如20世纪中国文学，与西方作家受父权的压制比20世纪中国作家略轻有关。压制越烈，作为"子辈"代言人的作家的心理反拨也就愈强，因此，作家们贬抑"父亲"时就会更加不遗余力。
>
> 至于中国古代文学中，虽然作家们倍受父权压制，但是，当时的作家的思想还未解放到像20世纪中国作家这样敢于以"子辈"的代言人的身份攻击"父权载体"的程度，他们大多只能寄希望于由"儿子"熬成"父亲"，而不奢望"反叛"。因此，"父亲"形象也较幸运。②

"文学史上父子冲突叙事集中的时期都是社会转型期，《红楼梦》《家》《创业史》《人生》等创作无不是社会价值观重估和重构的标志性创作"③，"父"与"子"不仅存在于具体的家庭、家族表达之中，更与国家形成某种对应，"一般说来都隐含着一种文学与时代之间'寓言式共振'的表达力量"④。"父"与"子"既是家庭关系中的亲属关联，也是社会场域中不同时代的代表，有时甚至是国家组织中不同思想观念、文化制度的象征。冰心的《斯人独憔悴》中颖石、颖铭积极参加反帝爱国运动，他们代表的是新潮思想和先进力量，却受到父亲（传统固守者）的阻挠；巴金的《家》中的觉慧，代表的是国家的新兴力量，他们热情、叛逆又充满朝气，与父决裂愤而出走；曹禺《雷雨》中的周萍，对畸形、

---

① 陈少华：《阉割、篡弑与理想化——论中国现代文学中的父子关系》，广东人民出版社2005年版，第33页。
② 贾植芳、王同坤：《父亲雕像的倾斜与颓败——谈20世纪中国文学中的"亵渎父亲"母题》，《中国现代文学研究丛刊》1996年第3期。
③ 张丛皞：《文学的惯性和有限的风景——2016年中篇小说印象》，《文艺报》2017年2月20日。
④ 金文兵：《颠覆的喜剧——20世纪80—90年代中国小说转型研究》，中国社会科学出版社2004年版，第168页。

封建的家庭怀有强烈的抵抗情绪，甚至以乱伦来抗争父亲，尤其是"父"背后的整个封建家族及其统治秩序。北美新移民华文作家对此的表述，既与"五四"达成一致，又掺杂进民族国家、种族的寓言化表达；既是中国文学传统中新旧文化的隐喻，又有在东西文化间徘徊的意蕴存在；既是海外华人对中国经验的回望与隔着时空距离的观照，也是他们作为世界公民对人性的体察。

袁劲梅的小说《忠臣逆子》就典型地以写家庭中的父子冲突来映射社会变革。戴家一代代的"子"忤逆一代代的"父"，正如叙述者最后的总结："我父母一辈人只当斗倒了我爷爷那一拨旧人，就到太平盛世了，就像我爷爷一辈人只当斗倒了我曾爷爷一拨旧人，就到了太平盛世一样。没有想到的是，只要戏局不变，那'斗'戏会一幕接一幕，没有个停，斗着斗着，还会斗到他们自己头上。"[①]

从"我"曾爷爷到"我"儿子，戴家五代人都先后历经了父子冲突，尤其是儿子忤逆父亲。"我"曾爷爷是前清的忠臣，多年来一直戍守边关，在曾爷爷与"俄毛子"酣战的时候，"我"爷爷暗地里娶了个大脚的塔吉克斯坦女人，在奶奶生下三个孩子后，爷爷就随着革命党革清朝皇帝的命去了，而曾爷爷那时却衷心为清帝戍守边疆。不仅如此，在前清忠臣曾爷爷去世后入棺之前，爷爷还硬是把他的辫子给剪了，颇为忤逆。到了"我"爸爸这辈，又开始忤逆"我"爷爷。"我"爸爸誓与地主家庭划清界限，还没等爷爷入土，"我"爸爸就将从家里搜罗来的一筐房契、地契全交给了临时政府，并且当众全部焚毁。因为家庭成分问题，尽管"我"爸爸跟剥削家庭划清了界限，两袖清风但到死也没入成共产党。爸爸死后"我"从美国赶回来奔丧，因为系里支部书记倒期货将科研经费全部挪用，系里没钱给爸爸办追悼会，生前所在系的党支部就问我要不要申请追认爸爸的共产党员身份，以此安慰一下家属。"我""想也没想就拒绝了。我说：'人都死了，追认管屁用？！'但是，过了很久之后，我反倒后悔得不行，这感觉就像我爷爷后悔在我曾爷爷死后剪了他的辫子一样。我奶奶有一回评论过这剪辫子的事，她说：'他喜欢那个辫子，他跟那个辫子过了一辈子，你就让他带着走嘛。不管那辫子好不好，他这辈子都和那辫子

---

① 袁劲梅：《忠臣逆子》，载《当代中国文学最新作品排行榜》，台海出版社2005年版，第57页。

织在一起了。你硬不让他带走，那不是忤逆是什么?!'我爸爸终于死于一个'非党员'，而我又拒绝了让他入了党再火化。这和我爷爷剪我曾爷爷的辫子一样性质。忤逆。"① 到了"我"儿子这辈，"我"还没死，他就开始叛逆。竟说出"这是美国，你要逼我写汉字，我就诉你"。儿子之所以会说出这样的话，原因在于他的一个同学的中国爸爸逼他读书，结果被儿子打了。中国爸爸便叫来了警察，结果警察来了之后以虐待儿童为由将中国爸爸抓了。"这样想来，我儿子必定也是个忤逆子孙。在我死后，他不定也会剪了我的'辫子'，按着他的喜好将我葬在什么洋教会的墓地里。"

从爷爷到"我"都在不断地忤逆自己的父亲，似乎是中国的知识分子们的自我解剖的不断推演，尽管有西方文化的影响，终归还是中华文化内部的调试。到了"我"儿子这一代，忤逆的逻辑依凭有所改变，是在东西两种文化体系的对照下进行的反抗。但剥去表象的外壳，内核却是一致的：反抗"父权"。"我们戴家'革命史'的曲线东一突、西一突，从一个极端走到另一个极端，就像画不好的图画。我们戴家人靠不停地犯错误、纠正错误来延续我们的历史画卷，每一个往返都挤掉一批老人的位置和他们信仰的价值，每一个往返都代价惨重。"② 鲁迅在《我们现在怎样做父亲》一文中曾说："我作这一篇文的本意，其实是想研究怎样改革家庭；又因为中国亲权重，父权更重，所以尤想对于从来认为神圣不可侵犯的父子问题，发表一点意见。总而言之：只是革命要革到老子身上罢了。"③

戴氏家族五代，一代一代不遗余力地革上一代的命，这种"进步"与"革新"不仅是戴家的历史，也是中国近现代的风云变幻史，因为"从 19 世纪中叶到 20 世纪末，横跨一个半世纪的中国革命是人类历史个案中最宏大、最复杂的社会变动。这段时间的中国革命包含了政治学理论中所有类型的'革命'……其中同时伴随着极其复杂的意识形态竞争"④。

---

① 袁劲梅：《忠臣逆子》，载《当代中国文学最新作品排行榜》，台海出版社2005年版，第45页。
② 袁劲梅：《忠臣逆子》，载《当代中国文学最新作品排行榜》，台海出版社2005年版，第75—76页。
③ 鲁迅：《我们现在怎样做父亲》，《鲁迅全集》第1卷，人民文学出版社2005年版，第134页。
④ 黄子平：《革命·历史·小说》，《当代作家评论》2001年第2期。

在上述意义上观照，父子的对立乃至冲突具有了一种更加深广的历史寓言性与文化象征意味。尽管是跨文化生存的新移民作家，袁劲梅毫不留情地对故土的传统文化、国民性等进行批判，但她不仅依然对故土满含深情，潜藏在文化基因中的母国的民族性也仍然使其产生强大的向心力，"家国同构"不仅是一种具象的书写策略，更是抽象的独特的中华民族意识、思维方式的体现。

"在先锋作家的新历史小说中，'父'们作为抽象的生存力量存在于日常生活的图景中，'子'却成为家族长河中漂浮、挣扎的符号，这是作家对生存现实和历史的特殊表达，作品视角内化、模糊化、陌生化，在虚构想象中出入历史与现实，表达一种新观念。"① 北美新移民华文作家们家族叙事中的"父子冲突"书写，某种程度上与先锋作家的新历史小说叙事有类似之处。严歌苓的《陆犯焉识》，李彦的《红浮萍》中的"父子冲突"并没有明确的父亲与孩子的矛盾对立，而是接续"五四"的此类模式，"父"作为抽象的力量是落后思想的象征，"子"处于被建构的更重要的位置，他们代表的是社会发展的新方向和先进的力量。

《陆犯焉识》中的"父子冲突"被置于政治的敏感场域，呈现了政治风云对亲情和人性的戕害，更是反思这背后所体现的深层文化考量。陆焉识的儿女们对父亲毫无亲密感情可言，只觉父亲是他们背上成分不好的沉重枷锁和遭受人生苦难的源泉。尽管陆焉识最后被平反而归来，但代际间的隔膜始终无法消磨，父子、父女间的情感沟壑依旧未能弥合。尽管同住一个屋檐下，但政治原因以及岁月的残忍始终横亘在父子之间。《红浮萍》中棠舅舅作为地主家的独子，反抗包办婚姻与女友一起私奔，后来共产党来了，主张婚姻自由，棠舅舅终于得到了彻底的解放，拍手称快。接着家里被分了浮财，产业被充公，棠舅舅更是无所留念。

张翎的《金山》在跨地域、跨文化的书写中，展现华人移民一代与二代的冲突，这样的"父子冲突"不仅是代沟的问题，更掺杂进了对故土文化的认同感与民族归属感问题。父子之间的冲突，更是华人移民在面对两种异质文化与生存场域时焦虑、彷徨的真实写照。方延龄与父亲的冲

---

① 叶永胜：《家族叙事流变研究——中国文学古今演变个案考察》，安徽人民出版社 2009 年版，第 300 页。

第三章　中国式"家族叙事"话语与跨域小说美学的融合

突是因为作为加拿大的华人二代移民，从小就因为华人的身份受到各种歧视，她排斥自己的民族身份，因为这样的身份使得她很难融入迁入国的社会氛围之中。无法改变自己的种族，方延龄便不惜以离家出走的方式投奔自己钦慕的对象庄尼，当庄尼说出"你，真的不像，那些中国人"的时候，"延龄的心咚的一声落到了实处"。方延龄与庄尼分开后回到家中生下了女儿艾米，艾米在外公家的阁楼上找到了一叠旧照片，外公详细给她讲述照片中的中国家人们，并称她也是中国人，至少一半是。艾米却很疑惑，因为母亲告诉她她不是中国人。两人的谈话被方延龄察觉，她脸上哗地扯过一大片阴云，与父亲展开了如下对话：

"阿爸我说了多少回，不要跟艾米说那些破事。"

外公也扔了碗，说你骗她还能骗多久？她迟早得知道她祖宗是谁。你不认你祖宗，到时候看谁保佑你吧。

延龄扯过艾米就往外走，哆哆嗦嗦地开了车门，把艾米塞了进去。

"我的祖宗哪天也没保佑过我。我做中国人，吃了一辈子亏。总不能让艾米，还接着吃亏。"

延龄从车窗里探出头来，恶狠狠地说。①

方延龄对于"父亲"的反叛，指向的是作为亲缘父亲这一实体背后的原生民族这一抽象层面的"父亲"，她与"父亲"的冲突，是在异质文化环境中生长的华裔二代所面临的文化认同危机以及来自民族归属感的挑战。这更是世界全球化态势下，移民们所面临的具有普遍意义的挑战。家庭中的"父子冲突"作为小说叙事的表层结构，指涉的是移民们这一散落海外的孩子群体，对于抽象层面的"父亲"，即民族国家和文化的认同感、归属感问题。

贾宝玉与父亲贾政的冲突，一般被理解为"封建贵族家庭的叛逆者同封建制度的卫护者之间的冲突"，是"情"和"礼"的冲突。②"'五四'运动最大的成功，第一要算'个人'的发现。从前的人，是为君而

---

① 张翎：《金山》，华东师范大学出版社2009年版，第402页。
② 桑逢康：《现代文学大师品评》，中央编译出版社1996年版，第160页。

存在的,为道而存在的,为父母而存在,现在的人才晓得为自我而存在了。"[1] 北美新移民华文作家们一方面在民族情感上眷恋养育自己的故土,另一方面,又深受异质文化的浸淫,于是对于母国的民族文化不仅仅限于单纯的认同,而是自内而外进行观照和反省,甚至不惜与"父""冲突",以"逆子"的姿态对民族文化发起猛烈的批判,希冀通过文化批判尝试着努力建构民族文化的新范式,非对故国母族不深情以望无法做到。正如张翎曾言:"放下《金山》书稿的那天,我突然意识到,上帝把我放置在这块安静到几乎寂寞的土地上,让我在回望历史和故土的时候,有一个合宜的距离。这个距离给了我一种新的站姿和视角,让我看见了一些我原先不曾发觉的东西。"[2]

无论是返回历史现场,还是"父"与"子"的冲突,都呈现出人物与家族内外人物和环境的交互作用,从而巧妙地将家族与国族放置在一起呈现。在这个繁密的大网上,家族、社会以家族中的人为核心,完成了家庭伦理的政治化和政治的伦理化,实现了家国同构、由一家而见国家的政治性寓言。

第三节 时空交错的网状叙事模式

《红楼梦》是古代家族小说的集大成者,"《红楼梦》的情节结构,从总体上说,是多条矛盾线索的扭结交错,齐头并进;具体叙事过程,也是许多具体事件纵横穿插。这就使它酷似一面生活的巨网,全部情节推进过程也就是这面巨网徐徐展开的过程。因此,它的情节结构形态可称之为多线交叉,网状平展"[3]。《世情小说史》中也写道:"一部《金瓶梅》,以清河县里的西门大官人一家为中心,向外辐射,几乎写了整整一个社会,涉及到八百多人,有名有姓的也近五百人。人物则上写朝中显宦,下写衙役吏青;有富商巨贾,也有小本经营的摊贩;和尚尼姑、道士、士大夫三教皆具,帮闲、流氓与乞儿、娼妓九流并呈。生活则政治、经济、军事、文化娱乐以及婚丧嫁娶各种风俗等等都有反映。"[4] 田秉锷先生指出西门

---

[1] 郁达夫:《中国新文学大系·散文二集·导言》,上海文艺出版社1980年版,第5页。
[2] 张翎:《金山》,十月文艺出版社2009年版,第6页。
[3] 张稔穰:《古代小说艺术教程》,山东教育出版社1991年版,第526页。
[4] 向楷:《世情小说史》,浙江古籍出版社1998年版,第165页。

家族构成的"一个焦点、多方辐射、梯级分布、横向勾连的人际关系网络",既放得开又收得拢,将一个家庭与社会各阶层贯通串联,具有"社会史诗的风范"①。这样的网状叙事模式呈现出一种全景式生活图景,是在情节层面的铺展开来,在时间和空间上的建构并没有跳出传统叙事模式。陈平原先生曾总结道:"中国古代小说在叙事时间上基本采用连贯叙述,在叙事角度上基本采用全知视角,在叙事结构上基本以情节为结构中心。"②

北美新移民华文作家们的网状叙事模式,对中国传统小说的此类叙事模式有所继承,即"假若我们对情节截取一个横剖面,那么在这个横截面上有着多种矛盾,主要矛盾犹如轴心,各种次要矛盾都归向和牵制着这个轴心,或者说这个主要矛盾的轴心辐射开来,决定着各种次要矛盾,同时也被各种次要矛盾所决定"③。又在此基础上叠合跨域的书写,"跨域"在这里不仅是一种地理上的"跨域",还是国家的"跨域"、民族的"跨域"和文化的"跨域",因而也是一种心理上的"跨域"。④ 这样意蕴丰富的"跨域"书写呈现在具体的小说文本之中,尤其是以家族为聚焦对象之时,就是时空交错的网状叙事模式。以家族中的人为媒介,不仅连接起家族内外的关系网,更将透视焦点外拉远射,扩散至大洋彼岸,以此不仅可鸟瞰一定时间段内中国社会的面貌,反映中国特定历史时期的沧桑变化,还可以将域内、域外相串联。进一步通过不同视角的跳跃性设置,打破时间的线性框架和空间的桎梏,以人物的回忆、心理状态等为叙事的逻辑链条,钩织一张纵横交错的关系网。这并非一张平面图,而是呈现出多维立体画面,在这一立体的大网中,在情节叙述层面,人物和事件都牵一发而动全身,具有自身的必然规定性和不可替代性,任何删动或修改都会造成整个网结的松动和损坏;在时间和空间叙事层面,又通过历史与现实相结合、异域与本土相映照,折射具有丰富内涵和多样价值取向的历史、时代和文化特征。在网状的情节推演中,在多维时空的交错中,将古典与先锋叙事技巧熔于一炉,从而建构起具有诗性

---

① 田秉锷:《对人类悲剧的思索与揭示——〈金瓶梅〉人际关系概论》,《名作欣赏》1994年第4期。
② 陈平原:《中国小说叙事模式的转变》,北京大学出版社2003年版,第4页。
③ 石昌渝:《中国小说源流论》,生活·读书·新知三联书店1994年版,第41页。
④ 刘登翰:《双重经验的跨域书写——美华文学研究的几个关键词》,《文学评论》2007年第3期。

魅力的中国式家族叙事。

一 空间并置

美国著名文学批评家、普林斯顿大学比较文学教授约瑟夫·弗兰克提出过一个重要的概念——"并置"。"它是指在文本中并列地置放那些游离于叙事之外的各种意象和暗示、象征和联系，使它们在文本中取得连续的参照与前后参照，从而结成一个整体；换言之，并置就是'词的组合'，就是'对意象和短语的空间编织'。另外，在现代主义小说中用来获得空间形式的方法还有：主题重复、章节交替、多重故事和夸大的反讽等。"[①] 将不同的空间"并置"是北美新移民华文作家们在进行小说创作时典型的叙事方式。这样的叙事方式与中国20世纪80年代的先锋叙事有所勾连，当然也是接通了以西方现代主义和后现代主义为特征的空间传统。不过，尽管中国文学传统中的时间叙事力量十分强大，但在新文学中还是建构了众多典型的空间意象，比如鲁迅的未庄、鲁镇，师陀的果园城，沈从文的湘西，张爱玲的公寓，等等。其实"五四"以来的小说中并不缺乏典型的空间意象，只不过这些空间并未建构起自足性，大多数情况下空间的建构都服膺于主题的诉求或者时间叙事。

北美新移民小说家们或许是因为生存空间的迁移，因而对于空间的建构有较为敏感的触觉，对于空间的隐含意义和内蕴指涉更为关注，因而在他们笔下，空间具有了主体性意义。"具体来说，这种主体性是指空间在表意功能上具有超越时间要素的决定性作用，也就是说，空间不再是传统小说中隐居幕后的故事背景或一般性场景，空间的营造与转换制约着叙事进程，空间与人物性格、命运走向以及主题表达具有深度关联——而在传统小说中，时间、故事与情节是小说主角。"[②] 空间的并置不仅成为故事情节的推进器，更重要的意义在于昭示其背后的社会结构、文化意蕴、人物命运，等等。

从小说的叙事角度来说，家宅是一个核心的叙事元素，而不仅仅是一个简单的空间形式，因为家宅这一特殊空间有时甚至主导着小说的情节推

---

① ［美］约瑟夫·弗兰克等：《现代小说中的空间形式·译序》，周宪主编，秦林芳编译，北京大学出版社1991年版，第3页。
② 沈杏培：《新世纪长篇小说空间叙事的旧制与新途》，《中国现代文学研究丛刊》2018年第10期。

第三章　中国式"家族叙事"话语与跨域小说美学的融合　139

动,并且在某种程度上决定了小说主要人物的情感状态和行为动机。施玮的长篇小说《世家美眷》讲述了苏州书香世家陆家四代女性的命运,时间跨度很大:从清末到21世纪,这百年正是中国社会风云激荡的历史进程。要将如此容量的历史全部装嵌进一部小说之中着实要费些气力,通过家宅空间的并置将历史的经验融进生存空间的转换之中,使得人物命运、心理变化、时间流逝、历史节点的暗喻显得更为流畅和自然。

在苏州小镇的陆家大院是小说中一个至关重要的家宅空间,陆家大院是典型的封建文人居所,尤其是院子里的陆老太爷的书房、后门、侧门等极具世俗生活气息的生存空间透露出封建大家族的许多隐秘。陆老太爷的书房是丫鬟秋水的梦魇,她在此处多次被骚扰;后门是陆家的小姐们经常溜出家门的通道,这扇门连接的不仅是院内院外,更是象征着压抑与自由的阻隔之门;侧门见证了丫鬟秋水与琴师廖玉青的私奔,更是陆老太爷在一个雪夜中殒命的场所。在描写到陆家大院的时候,作者用到的几乎都是空寂、苍凉、沉沉等色调灰暗的描述性词语,这所陆家大院与《红楼梦》中的贾府,《金瓶梅》中西门庆的府邸有诸多相似之处,这种世家大族的家宅不仅是居住的场所,更蕴含着封建文化的象征意味。其中老爷、太太、公子、小姐、私生子、丫鬟、下人、琴师等各种身份的人物集合,他们之间的钩心斗角、腌臜之事无不是积贫积弱的清朝之穷途末路的象征。不过,"在人的一生中,家宅总是排除偶然性,增加连续性。没有家宅,人就成了流离失所的存在。家宅在自然的风暴和人生的风暴中保卫着人。它既是身体又是灵魂。它是人类最早的世界"[1]。

尽管陆家大院是封建文化的象征,陆家第三代大小姐陆文荫也曾从此地出走去追寻幸福,但关于家的庇护、温暖等原生意义也叠加在这一住宅空间之上,这个家更是象征着她的少女时光和美好的爱情。如果说陆文荫与丈夫方耀堂的结合最初有爱情的话,那也是少女初初的懵懂,在独守家宅十几年后那些情感也早已变得稀薄。于是她与戏子薛云飞的交往便有些顺理成章的意味,由于同样的兴趣爱好相互被吸引,后来生下了女儿小美彬。她一直瞒着丈夫小美彬的存在,即便后来带着儿子与丈夫在上海团聚,也时时偷偷回到苏州老宅探望女儿小美彬。不仅如此,生命的黄昏落日之际,在外颠沛了半生时候,她还是不顾子女们的反对只身回到了老

---

[1] [法]巴什拉:《空间的诗学》,张逸婧译,上海译文出版社2013年版,第3—6页。

宅，尽管此时的陆家状元府早已捐给了国家。"秋天的风一日比一日冷起来，奶奶陆文荫一直念叨着要回陆家院子看一看。陆家大院差不多都拆了，并进了隔壁的衣冠庙，成了游览的小花园。但有两件东西还在，一是那棵老槐树，一是后院二层楼的房子，房子已被改建得面目全非，只有那几扇彩色玻璃拼格的窗子还在。我去看过一次，从窗子后面看老槐树仍是五彩缤纷，只是画树的人没了，看着徒增伤感，便就再也不去了。"[①] 陆家老宅既是封建文化的象征，是子女们想要逃离的场所，也是家，是在外漂泊的儿女们内心宁静、温暖的空间，是矛盾统一体。丫鬟秋水一直守在陆家大院，儿子廖思成发达后接她去上海她也不肯离去，一个人默默坚守在小镇上，等待着在外受伤的亲朋们一个个回来疗伤又离去，她已与陆家老宅融为一体，与这一空间一同构成了对传统的坚守。

在小说中，上海巨鹿路6号花园洋房便是与陆家老宅相对应的另外一个生存空间。这是陆文荫的妹妹陆文芯出嫁后的居所，她嫁给了39岁的上海富商王福仁。王福仁在上海有一座规模很大的纺织厂，开了好几家金店和绸布店，去年又在租界办了家银行。"上海巨鹿路六号的王家，是一幢花园洋楼，大铁门及高墙密密地围着，使里面的草坪白楼不泄春光。"苏州小镇与上海的不同之处，不仅在于它的空间轮廓，也在于它的文化风景。围绕着陆家老宅展开的故事多是世家大族的内部纠缠和儿女们的爱恨情仇，似一个封闭的文化空间。而坐落于上海大都市中的巨鹿路6号花园洋房，这一住宅空间尽管有大铁门和高高的围墙，但毕竟又融合进了都市空间，"城市是一个包含了启蒙/野心、民主/无序、发达/剥削、机会/贪婪等矛盾内涵的空间"[②]。

在这一洋房中居住的人物便很鲜明呈现出上述城市空间所包蕴的特质。陆文芯与王福仁的结合并没有爱情作为基础，完全是各取所需。苏州陆家作为状元府对于做生意的富商原本看不上，但时代的变化使得社会阶层重新分化、洗牌，原本排在最末尾的商一跃而上，资本的积累在婚姻中占据了重要地位。而王福仁尽管占有财富，尽管是新兴的资本家，但骨子里的封建文化传统使得他依然十分看重陆家书香世家的名声，这也是他与

[①] 施玮：《世家美眷》，九州出版社2013年版，第275页。
[②] 张英进：《中国现代文学与电影中的城市：空间、时间与性别构形》，秦立彦译，江苏人民出版社2007年版，第269页。

陆文芯结合的重要原因。苏州陆家老宅与上海巨鹿路6号花园洋房不仅仅只是住宅空间这么简单，其空间的政治化传统可见一斑。此外，城市有时也被赋予"革命"色彩，具有革命起源意味，城市的码头、广场等就是"一部空间意义的革命史"[①]。只不过在这里，巨鹿路6号取代码头、广场等开放性的空间，成为"革命史"的重要见证。于家庭内部成员而言，作为家宅的巨鹿路6号见证了陆文芯与小叔子王福义的爱恋故事，但其具有革命意味的原因在于，两人的相互吸引并非原始的欲望作祟，而是内心情感的真实涌动，是在相互关怀和欣赏中渐渐萌发，两人一直不越雷池一步。直到战争爆发，王福仁带着情人和子女逃亡，陆文芯和王福义两人不肯离去，坚守在巨鹿路6号，王福义守在这里继续画画，陆文芯则守着王福义。他们之间的情感爆发带有冲破封建礼教对人性束缚的意味，是个人追求自由的写照。将聚焦的镜头拉远了来看，突破家宅的私密性，将其放置于整个社会进行观照的时候，巨鹿路6号便又显示出强烈的社会革命特征；从抗日战争到中华人民共和国成立，到改革开放，巨鹿路6号不停地变换着空间政治属性。与陆家老宅中的生活不同，巨鹿路6号花园洋房这一原本私密的住宅空间更具开放性，更深刻地参与到社会变革和社会风云中。"城市……不止是一群人和社会设施（街道、建筑等）的聚合……也不止是一组制度和管理设施（宫廷、医院、学校）。……城市毋宁说是一种心态，一套习俗和传统，一套有序的态度与情感，它们内在于习俗中，通过传统而传承。"

　　苏州小镇上的陆家老宅与上海都市中的巨鹿路6号花园洋房，两个住宅空间的并置，既呈现出陆家族人生活的变迁，命运的遭际，更显示出不同的文化内涵和象征意义，"空间在其本身也许是原始赐予的，但空间的组织和意义却是社会变化、社会转型和社会经验的产物"[②]。"意志世界"和"表象世界"两部分是西方哲学家对世界的划分。作为深层本质存在的"意志"决定着表象世界，而表象世界中的一切事物又皆由意志生发而来并体现着意志世界。一件物品、一栋房子看起来或许只是表象性的存在，但经过人类的使用之后，便会与人、人生存的社会场域、时代语境等产生交互作用，从而浸染上使用者的"意志"，也在一定程度上会获得某

---

① 张鸿声：《"十七年"文学：城市现代性的另一种表达》，《文学评论》2013年第5期。
② 苏贾：《后现代地理学》，王文斌译，商务印书馆2004年版，第121页。

种文化内涵、象征意义。

如果说施玮《世家美眷》中的家宅空间——陆家大院与上海小洋楼的并置，呈现出的是小镇—城市的内在文化结构及其与传统的相互关联的话，那么沈宁《泪血烟尘》中家宅的并置便在家族—社会之间架起一道桥梁。作者不厌其烦给予田方岳一家的家宅颇多笔墨，随着她们小家庭的颠沛，在各处安置了风格不同、舒适度不一的家宅，每一处作者都做了详细的刻画，无论是家宅所处的位置，还是家宅的结构、内部布置，等等。而家宅空间的上述不同特质，以及家宅安置的城市、时间又都与社会变革相契合，更暗合着社会态势的动荡、安定与否。家宅的安置更是映照出社会急速转型期，知识分子的社会责任感。家宅这一私密空间的营造，其意义便溢出了边界，流向了社会的广阔空间。

姚凤屏嫁入田家后先是与婆婆等一众族人共同生活在乡下田家庄院中，小说一开篇就不厌其烦、极尽详细地描绘了田家的家宅。

> 田家的庄院很大。大门走进去好几丈，正对面是堂屋，坐北朝南，廊柱高大，飞檐威武。堂屋里朝南正墙上挂一幅巨大的工笔像，画中一个老人，留撮小山羊胡，细长的眼睛，头冠顶戴花翎，穿六品大红朝服。那是田家头一个中了京试，在朝廷里做官的祖先。画像旁边挂一副大字对联，右写"肝脑涂地千秋勋业光天下"，左写"功名贯天万世福德照黎底"。堂屋左右两面墙上，也挂有一些小的画像，都是田家祖先或举人或进士，做了官的，穿着官服。在乡里考过秀才的，在别处可能了不起，在田家还够不上格在祖传庄院堂屋里挂像。
>
> 堂屋左边厢房是婆婆的睡房，里面虽都是些丝绸锦缎，但并不奢侈豪华，婆婆是个持家过日子的人。一只大床挂着帐幔，一个已经油漆剥落四角磨圆的四开门大柜横在窗前，一排挂着四个大铜锁，几把钥匙日夜不离婆婆身，柜里放的是田家多少代的账簿。……婆婆睡房后面接一个小走廊，就进了堂屋后面的餐厅和厨房。餐厅里自然是一张大桌，一圈坐椅，四壁花架放着些花瓶瓷器古玩之类。餐厅旁边接着一间花厅，婆婆用这间花厅做牌屋打麻将。一张八仙桌，几把太师椅，两边几个小茶几，准备着放小吃食用的。
>
> 堂屋右边厢房是田老太爷的外书房，老太爷不在，常年空着。里面四环书架，放满了书。一张大书案，纸笔墨砚，一色齐备。靠墙两

排大红太师椅,都铺着椅垫。外书房实际是田老太爷在家时,会友的客厅。桌侧墙边几把椅子,铺了软垫。一边立个小柜,里面放了几件官窑彩瓷,都是皇亲国戚高官学士赠的。外书房后面接着一个两层小楼,楼下是内书房,才是田老太爷看书写字的地方。里面也是些书架书案坐椅之类,但都较为散乱随意些。楼上是田老太爷的睡房,里面不过一张床,支了帐子,床头一张小桌,桌上放盏油灯,灯下常年放着四史:《史记》、《汉书》、《后汉书》和《三国志》。①

这样的家宅布局和室内陈设毫无疑问是典型封建传统文化下的世家大族住宅,这样的空间给人一种逼仄、沉重之感,足显家中森严的等级秩序和礼仪规范。姚凤屏的公公在外做官,家中为婆婆马首是瞻,已嫁人的两位姑娘也时常带着孩子回娘家居住,书中就曾说到这是满人"重女儿、轻媳妇"的传统。姚凤屏嫁入田家之后过着典型的封建家庭中受气小媳妇的生活,她要操持家务,要伺候婆婆和小姑子们,生下了女儿被婆家嫌弃,大女儿甚至因为婆家的忽视而夭折。生孩子坐月子期间也因为生的是女儿,不仅得不到应有的照顾,还要忍受冷嘲热讽。田家庄院就是浓缩型的封建社会,这一封闭空间正如封建文化般透露出"吃人"的本质。后来丈夫田方岳从北京大学法学院毕业,有了工作便将妻女从大家族中接了出来,小夫妻俩在外独立安置小家庭。对于小夫妻单过的行为婆婆很不高兴,认为这破坏了田家几百年的规矩。"最后,在寂静中,四个人站起身,退出婆婆的屋子,轻轻把门关起,在依稀的晨色里,走过古老的院落,走出黑漆大门。没有人来跟他们道一声别,没有人晓得他们离开。……这双年轻夫妻,带着儿女上了路,走向自己的生活。他们迎着大风朝前走,没有回头,一次也没有回头,再去张望他们曾经度过许多岁月的地方。"② 在这里作者用了古老、黑漆这些具有厚重感的词语来修饰空间,给予其情感色彩,古老的院落和黑漆的大门指称的不仅是家宅这一空间实体,更是空间所蕴含的文化意义。他们没有回头地离开,走向了自己的生活,显然这样的描述具有浓厚的象征意味。他们离开的不仅是旧家族,更是旧生活和传统礼教的钳制。

---

① 沈宁:《泪血烟尘》,成都时代出版社2006年版,第3—4页。
② 沈宁:《泪血烟尘》,成都时代出版社2006年版,第55页。

年轻夫妻自此开始了自己的生活，于是小家庭便随着田方岳工作的变迁而不断搬迁，每一次的搬迁都与田方岳的工作变动有关，而这些工作变动背后指向的是社会的变革，社会各方矛盾的角力。社会浪潮冲击着势单力薄的小家庭，他们一次次的搬迁是一次次对生活的抗争，更是田方岳作为当时的知识分子，积极参与社会变革、肩负社会责任、心怀家国的可视化、空间化呈现。一家人搬迁的轨迹正是20世纪上半叶整个中国社会的风云变幻历程，每一次的搬迁几乎都与当时中国社会的变迁相应和，作者把宏大的社会历史融进小家庭的家宅空间变迁史，自然、流畅又令人感到历史沉甸甸的厚重感：一开始居住在田家大院（封建社会）→上海的二层小楼（"五四"）→接受国民军校军法厅中校厅长的职位，在老家安徽省城临时租住的潮湿旧屋（北伐）→逃往上海居住两楼两底的房子（大革命失败）、上海一楼一底的房子（社会暂时安定，经济情况有所好转）→接受北京大学法学院教授之职，住进北京的四合院（"九一八"）→田方岳受邀参加"庐山会议"，全家出游计划泡汤并准备离开北京（"七七事变"）→离开北京奔赴南京，田方岳与众多知识分子一同加入南京政府的国防参议会为国效力（全面抗战爆发）→日军占领上海，于是又前往香港，再从香港去福建任教职途中因天气原因被迫停靠台湾，田方岳被日军扣押后送到南京，被汪伪政府逼迫为其效力，被十九号监视居住在上海豫南路（汪精卫建立"汪伪政府"）→幸得全家历经波折脱险，在香港重逢，田方岳便在《大公报》上声明自己的抗日立场，并揭露日本人企图全面灭亡中国的野心（高陶事件）→战火烧到香港，一家人出逃经桂林至重庆（日军空袭珍珠港）→在重庆暂时安顿下来（日本投降）。

姚凤屏与田方岳小家庭的颠沛流离，不仅仅是家宅空间的数次变迁，更如上述时间线所示，与中国社会的动荡紧密相连。家族生存空间的危机是社会发展空间危机的显影，反过来社会危机也加剧了家族的生存危机。两者被生活的细针密线编织在一起，扭结在一起，共同演绎那段风声鹤唳、硝烟弥漫的家族史、社会史。"当年代被取消或至少被严重淡化时，真正的空间形式终于出现了。"①这些空间不仅是他们生活境况的空间化呈现，同时也是各种社会矛盾力量可视化的空间意象。每次搬家后，作者

---

① ［美］约瑟夫·弗兰克等：《现代小说中的空间形式》，周宪主编，秦林芳编译，北京大学出版社1991年版，第149页。

都要对其住宅空间做详细描绘，但重点落在两处：一是田方岳看书写作的地方，一是一家人吃饭的地方。比如初到上海时作者描绘他们的住处："这是个很小的房子，……靠墙放了张方桌，不顶墙的三边各放一把椅子，是吃饭用的。靠窗亮一点的地方，放一张很窄的小桌，上面有盏灯，是方岳看书写作的地方。"① 再如搬到南京后寻的一处房子："那房子在南京大石桥街边一个破院子里，一间矮矮的小屋，四壁用旧报纸糊起，窗户也是报纸糊住，没有玻璃。后壁是一副春架，报纸糊住。方岳把报纸撕掉，正好作书架放书。前窗下有一个方桌，一个木凳。"② 这些空间中小场域不是作者空穴来风似的兴之所至，而隐藏深厚的寓意。作为知识分子，书桌是田方岳看书、写文章的重要空间，田方岳笔下的这些文章不仅是一家人生活的来源，也是知识分子以笔为武器积极参与社会变革的生动呈现。姚凤屏作为妻子和母亲，与田方岳不同，她要考虑的是更贴近普通人日常家庭生活的吃饭问题。家宅空间于是成为撬开日常生活秩序的重要工具，更连接起了宏大的社会历史和细碎的个人生活史。这些家宅空间的并置在小说的叙事层面，起到了加速故事情节推进的作用，是故事逻辑中必不可少的环节。但更重要的意义显然不在于此，而在于这些空间设置的背后所呈现的社会变革、社会结构。空间的并置在揭示社会历史的同时也产生了戏剧性的效果。

巴赫金在分析希腊小说的空间构造时指出，"这种小说就需要有巨大的空间，需要有陆地和海洋，需要有各种不同的国度。这些小说的世界，是博大而多样的。不过，这博大和多样完全是抽象的东西"③。同时巴赫金指出，这种传奇叙事，其特点是时序上可以"移易"，空间上也可以"改换"地方。张翎的《金山》《交错的彼岸》《望月》，陈谦的《繁枝》等小说，在这个意义上来说都具有这种传奇性。《金山》中并置的家宅空间是关涉种族、民族的文化空间——碉楼和金山。"原乡和异乡的界限并不是那么泾渭分明……可以说是由'此'入'彼'，从'彼'到'此'，二者总是融合在一起的。"④ 两者在地理、文化上形成了隔岸相望的空间

---

① 沈宁：《泪血烟尘》，成都时代出版社2006年版，第59页。
② 沈宁：《泪血烟尘》，成都时代出版社2006年版，第143页。
③ ［俄］巴赫金：《小说的时间形式和时空体形式》，载《巴赫金全集》（三），白春仁等译，河北教育出版社1998年版，第290页。
④ 饶芃子、蒲若茜：《新移民文学的崭新突破——评华人作家张翎"跨越边界"的小说创作》，《暨南学报》（人文科学与社会科学版）2004年第4期。

并置姿态，在性别层面上也形成了两个互为独立的群体性生存空间。在碉楼中生活着的是留守老家的女人们，尽管男性不在场，她们依然遵循着古老的东方礼教规则来建构"碉楼"内部的空间日常。"金山"不是具象的住宅空间，是抽象的寄居空间，相对于"碉楼"的静止与留守状态，"金山"所代表的是文化主体的流动性。"金山"这一文化空间与闯入者之间存在着文化隔阂，但却是闯入者的生存空间；"碉楼"这一文化空间与逃离者之间存在着民族认同的连接，但却是逃离者缺席的生存空间。"碉楼"与"金山"空间的并置，完善了人物身心、民族认同等的分离状态。"一个基地只有在同别的基地发生关系的过程中才能恰当地定位。一个基地只有参照另一个基地才能获得自身的意义。"①

西方传统小说向现代小说转换时，对于空间的处理甚至构成了现代小说区别于传统小说的一个重要标识。"为了达到表现生活的复杂性和多个'未来'目的，现代小说家在寻找一种新的结构方式。于是，时间的序列性和事件的因果律被大多数现代小说家抛弃了，代之而起的是空间的同时性和时间的'偶合律'。与传统小说相比，现代小说运用时空交叉和时空并置的叙述方式，打破了传统的单一时间顺序，展露出了一种追求空间化效果的趋势。"②《世家美眷》《泪血烟尘》《金山》分别提供了小镇—城市、家族—社会、原乡—异域的相对相生，家宅空间的并置不仅紧密了这种相对而生的态势，并将其引向更深广的意蕴层面进行生发，其背后的指涉意义包蕴丰赡。这种并置空间的结构体现了现代小说淡化时序、重视空间的特质，从而尽可能再现世界的复杂性和多种可能性的西方现代叙事趋势，是将中国传统家族叙事与西方现代叙事手法相结合的重要尝试。

二 时空链接

中国古典章回体小说惯用线性叙事和全知全能的叙事视角早已是毋庸赘言的论断，正如陈平原所言："尽管有个别文言小说家偶尔采用倒装叙述，直到19世纪末，艺术成就较高、在中国小说史上占主导地位的长篇章回小说，仍然没有把《左传》的'凌空跳脱法'付诸实践。因此，可以这样说，到20世纪初接触西洋小说以前，中国小说基本上采用连贯叙

---

① 汪民安：《身体、空间与后现代》，江苏人民出版社2006年版，第99—100页。
② 龙迪勇：《空间叙事研究》，生活·读书·新知三联书店2014年版，第149页。

述方法。"①但从中也可以看出，中国的文言叙事作品中是有打破线性叙事时序的作法的。所谓"凌空跳脱法"，清人王源在评《左传》时曾述："追叙之法，谁不知之？但今之所谓追叙者，不过以其事之不可类叙者，置之于后作补笔耳。如此是一死套而已，岂活法乎？追叙之法乃凌空跳脱法也"（《左传·文公二年》评语，《左传评》，居业堂藏版）。在对《左传·文公十一年》进行点评时，更对此做了明确解释，即"唯中者前之，后者前之，前者中之后之，使人观其首，乃身乃尾；观其身与尾，乃首乃身。如灵蛇腾雾，首尾都无定处，然后方能活泼泼也"。显然这样的评论十分重视叙事时间的跳跃和扭曲，既可见《左传》中对叙事时间的重视和对线性时间叙事的突破，也可见王源对这种创作手法的肯定和重视。这也并非一枝独秀，中国古典文学作品中，类似的创作手法并不鲜见，金圣叹《第五才子书》中评论《水浒传》言及其中的"横云断山法"；张竹坡的《批评第一奇书〈金瓶梅〉读法》中谈到《金瓶梅》中运用了"夹叙他事"法；毛宗岗的《读三国志法》也提到《三国演义》中的"横桥锁溪"法，等等。更有甚者，《海上花列传》的"例言"中说道：

> 全书笔法自谓从《儒林外史》脱化出来，惟穿插藏闪之法，则为从来说部所未有。一波未平，一波又起，或竟接连起十余波，忽东忽西，忽南忽北，随手叙来并无一事完，全部并无一丝挂漏；阅之觉其背面无文字处尚有许多文字，虽未明明叙出，而可以意会得之，此穿插之法也。劈空而来，使阅者茫然不解其如何缘故，忽欲观后文，而后文又舍而叙他事矣；及他事叙毕，再叙明其缘故，而其缘故仍未尽明，直至全体尽露，乃知前文所叙并无半个闲字，此藏闪之法也。②

以上种种既体现了这些作品对线性叙事时间的打破，也反映出评论家们对此的重视程度。不过陈平原认为，尽管如此，这些尝试都只不过是作家追求文法变化的小技巧，并没有真正触及小说的"情节时间"。但是当这种"追求文法变化的小技巧"与视角的变换相遇时，便产生了质变。帕西·拉伯拉曾说："在小说技巧中，我把视角问题——叙事者与故事之

---

① 陈平原：《中国小说叙事模式的转变》，北京大学出版社2003年版，第39页。
② 韩庆邦：《海上花列传·例言》，百花洲文艺出版社2011年版，第1页。

间的关系——看作最复杂的方法问题。"① "五四"时期,取法西方现代小说的叙事视角的变换日臻成熟,这不仅在于"新小说"家们的努力,更在于"五四"作家们从模仿西方小说的写法到进一步深入学习西方的小说理论,并十分重视小说创作中的视点问题。"大概,事实的间接叙述比直接叙述不易生动,所以在两件或多件事实有相同的重要性,而只从一个观察点出发要将各方面都表现出来又非常困难时,观察点就不得不变动了。"② 尽管"新小说"家与"五四"作家们都对第一人称叙事投入了极大的热情,但"'新小说'家从便于叙事的角度、'五四'作家则主要从便于抒情的角度选择第一人称叙事。在这一点上,'五四'小说本质上更接近传统诗文而不是传统小说"③。当叙事时间的线性叙事被打破,又与视角的变化相遇的时候,小说叙事中就产生了时空交错的叙事模式。北美新移民华文作家们的家族叙事,就在时空不断的交错中,在历史与现实中不断往返,而将不同的时空相链接又使这种切换显得自然、流畅、顺理成章的技巧,就在于突破时间、空间的限制,根据需要切换视角作为打开时空链接之门的钥匙。

张翎的《交错的彼岸》就典型地通过时空链接搭建起了交错的叙事时空。张翎用转移视角的方法来搭建起立体的叙事时空网络,由黄蕙宁担任圆心人物,以她为轴心散开网络,在不同的第一人称限知叙事和第三人称限知叙事以及全知叙事的自由切换中,营造起了立体的时空叙事网络。表面上整篇小说没有固定的叙事角度,不过构成小说的不同部分都有自己固定的视点,这些视点共同向中间聚拢,帮助读者拼凑出整个故事网。《交错的彼岸》以侦探小说的写法贯穿全篇,讲述了《多伦多星报》的记者马姬接下了一个人口失踪的案子,是一名叫温妮·黄,即黄蕙宁的华人女子失踪案。于是马姬开始了对黄蕙宁的寻找,在此过程中通过不同人的叙述,这位素未谋面的黄蕙宁的形象渐渐在马姬脑海中清晰起来,一同清晰的还有黄蕙宁及其家族的历史,以及马姬丈夫彼得·汉弗雷及其家族的

---

① Pency Lubbock, *The Craft of Fiction*, London: Arnold, 1921, p.251.
② 清华小说研究社在《短篇小说作法》(1921)中强调"作者既已决定一种观察点,此后应该把同一的态度贯彻全篇"。而夏丏尊和刘熏宇合编的《文章作法》(1926)又对这一说法做出了上述修正。认为在转换自然、合理的前提下,作者可以交叉使用不同的视角,不必拘泥于统一的视角。
③ 陈平原:《中国小说叙事模式的转变》,北京大学出版社2003年版,第96页。

历史。而马姬之所以接下这件在鱼龙混杂的大城市每天都几乎会发生的失踪案，而这个失踪的人物黄蕙宁之所以能牵扯出马姬及其丈夫家族的历史，正如马姬所说："你姓黄，你是中国人。你和我中间有个默契，那就是中国。"于是小说的叙事空间便跨越了大洋，在东西方之间来回切换。而叙事时间不仅着眼于寻找黄蕙宁的现在，更延伸至历史的纵深之中。

　　一开始，马姬为了寻找到黄蕙宁，便来到其母亲居住的医院调查，但黄蕙宁的母亲金飞云之所以进医院是因为精神出了问题，她们之间的交谈很不顺利。不过在叙述断断续续、看起来毫无逻辑可言的金飞云口中，一直不停念叨着"小锁"，那既是一把具象的铜锁，也是铜锁中照片上其中一个人物的姓名。马姬离开的时候，被绑在病床上的飞云，还在念叨着"小锁"。故事情节进行到这里，作者采用了两重叙事视角，一是马姬的第一人称限知叙事视角，在这一视角中，读者获得了黄蕙宁的失踪及马姬为何要接下这综失踪案；二是全知视角，叙事者叙述了马姬如何找到了黄蕙宁母亲金飞云，及其与金飞云第一次接触时的情境。故事进行到这一步似乎走入了死胡同，在这一条线中似乎进行不下去了，因为线索到这里似乎中断了，马姬作为调查者无法从精神不正常的金飞云这里获得有效的线索。于是，作者在此十分巧妙地将重点落在了"小锁"身上，由这把实体铜锁自然引出叫"小锁"的人。就连马姬离开之前金飞云都还在念叨"小锁"，于是作者顺势将视角转移到"小锁"身上。紧接着小说的第三章便以"小锁，小锁，我的小锁"为开头，引出了对于"小锁"的探秘。这样开启新一章的句子很有意味，似是某人的喃喃自语，带有强烈的自我情感色彩，事实证明作者确实又将视点转换到了金飞云的身上，与上一章不同，此时进行第一人称叙事的是逻辑思维清晰的金飞云，并且她的叙事口吻是交谈式的，似是在与"小锁"对话，紧接着这章第一句话之后的句子是："你的学名叫黄蕙宁，你的父亲却叫你小妞妞。后来你出了国，就取了个洋名字温妮·黄。可是，从小到大，你一直是妈妈的小锁。"并且在这之后，叙述者一直以"你外婆""你外公"这样的语气进行叙述，讲述家族中祖辈的故事以及"小锁"是如何出生的。

　　这段故事与小说一开始的时空基调完全不同，一开始小说的叙事空间是温哥华，叙事时间是现在时，但这段叙述产生了空间的转移（加拿大→中国）和时间的错位（现在→过去）。这样的时空错位看似转换生硬，但却合乎逻辑，合乎的是心理逻辑，因为马姬探望失踪者黄蕙宁的母亲时，铜锁这一意象被凸显，"文疯"金飞云因为铜锁竟一反常态袭击了马姬，待平静下来之后嘴里又喊着小锁，这就使得读者对所谓的"小锁"产生强烈的好奇。为了便于更清晰地理解《交错的彼岸》中时空交错的叙事状况，笔者以期更直观呈现这一状况，从小说的第四章开始将具体情况列成表格（表3-1）。

表3-1　　　　　　　　　《交错的彼岸》叙事要素梳理

章节	视角类型	角心人物	叙事空间	叙事时间	主要内容
第四章	第一人称限知叙事+全知叙事	黄萱宁+全知叙述者	加拿大（金勺子餐馆）→中国（泉山疗养院/金三元布庄/地委机关大院）	现在（加）→过去（中）	萱宁自述与妹妹蕙宁之间的芥蒂；全知叙述者讲述金飞云年轻时与丈夫黄尔顾的故事，以及萱宁姐妹幼时的经历，引出重要人物海鲤子
第五章	全知叙事	全知叙述者	加拿大（马姬家→美国（汉福雷庄园）	现在（加）→过去（美）	全知叙述者讲述马姬与负责调查蕙宁失踪案的麦考利警长之间的交往；又讲述马姬逝去前夫彼得·汉福雷家族的故事，尤其是年轻的彼得如何爱上中国文化，后又入伍参军但却当了逃兵的故事
第六章	全知叙事	全知叙述者	加拿大（苏山马瑞医院）→中国→加拿大（苏山马瑞医院附近的旅馆）	现在（加）→过去（中）→现在（加）	全知叙述者讲述马姬再次与飞云会面的情况；全知叙述者讲述蕙宁18岁时在中国的经历，蕙宁与海鲤子的纠葛；全知叙述者讲述马姬与麦考利警长之间的谈心，尤其是麦考利警长与前妻的故事
第七章	第一人称限知叙事+全知叙事	哈里·谢克顿+全知叙述者	加拿大→中国	谢克顿的过去（加）→谢克顿的过去（中）→蕙宁的过去（中）	在安大略大学英文系当教授的哈里·谢克顿自述他在十六年前被派到上海的一所大学任教，期间与蕙宁的相遇，蕙宁担任其6岁儿子的保姆，谢克顿的妻子对蕙宁做了一件令他终身不会原谅的事；大学假期蕙宁从上海返回温州，后大学毕业回乡教书，金三元旧宅归还，蕙宁准备出国

第三章 中国式"家族叙事"话语与跨域小说美学的融合

续表

章节	视角类型	角心人物	叙事空间	叙事时间	主要内容
第八章	全知叙事	全知叙述者	加拿大→美国（汉福雷庄园）→中国（姚桥）	加拿大（现在）→美国（过去）→中国（过去）	全知叙述者讲述麦考利警长与前妻感情破裂离婚的始末，马姬采访蕙宁在嘉士堡医院新相好陈约翰后，回来的路上出了车祸；全知叙述者讲述彼得父亲去世，孀居的母亲与牧师安德鲁之间的故事，1937年的春天，小彼得在藏匿八年后终于平安抵达彼岸（中国）；1937年美国人韩弼德如愿来到中国，在姚桥矿区与中国女孩沈小涓相识，开始构思他的第一部长篇小说《矿工的女儿》，尽管最后是马姬完成了这部书
第九章	全知叙事	全知叙述者	加拿大（谢克顿教授家→金勺子餐馆）	加拿大（过去）→中国（过去）→加拿大（过去）	全知叙述者讲述蕙宁终于出国，与推荐她前来的谢克顿教授见面，并讲述了那年春天谢克顿教授的妻子当着同学的面羞辱蕙宁的事情，蕙宁接着搬离谢克顿家；全知叙述者讲述五年后蕙宁与姐姐萱宁重逢，及蕙宁与大金的相识、相恋
第十章	全知叙事	全知叙述者	加拿大	加拿大（过去）→中国（过去）→加拿大（过去）	全知叙述者讲述蕙宁与大金产生矛盾，大金又与萱宁结婚的始末；全知叙述者讲述蕙宁因宫外孕被送进士嘉堡医院，并与华裔医生陈约翰相识；全知叙述者讲述飞云来到加拿大与女儿们同住，以及其在中国国内与丈夫黄二顾、丈夫前妻之间的纠缠。全知叙述者讲述蕙宁护理学院毕业后进入士嘉堡医院担任护士，并与陈约翰重逢

续表

章节	视角类型	角心人物	叙事空间	叙事时间	主要内容
第十一章	全知叙事	全知叙述者	中国（姚桥）	中国（过去）	全知叙事者讲述韩弼德在中国姚桥的采访经历，及其与沈小涓的相恋；全知叙事者叙述马姬1975年早春追随彼得来到中国，爱恋着彼得的马姬得知彼得与小涓的相恋，黯然回国
第十二章	全知叙事＋第一人称限知叙事	全知叙述者＋海鲤子	中国→加拿大→中国	中国（过去）→加拿大→中国（过去）	全知叙事者讲述海鲤子不单纯的婚姻、龙泉与飞云年轻时错过的爱情、阿九的去世；全知叙事者叙述海鲤子随考察团到北美访问，与萱宁、大金的相遇、交谈；海鲤子自述从小到大他对蕙宁的感情
第十三章	全知叙事	全知叙述者	中国→美国（汉福雷庄园）	中国（过去）→美国（过去）→加拿大（过去）	全知叙事者讲述沈小涓在大学毕业分配到北京教书后的第一个暑假，回到老家姚桥，却不幸遭遇意外去世的事情；全知叙事者讲述汉福雷庄园的安德鲁牧师与彼得母亲汉娜间的情感纠葛，以及彼得也就是韩弼德在小涓去世后心如死灰，回到老家一蹶不振，马姬使其振作。全知叙事者讲述彼得来到多伦多大学东亚研究室担任助理教授，马姬追随他而来，在《多伦多星报》找了工作，两人终成眷属
第十四章	全知叙事＋第一人称限知叙事	全知叙述者＋黄蕙宁	中国→加拿大→中国	中国（过去）→加拿大（过去）→加拿大（现在）→中国（现在）	全知叙事者讲述飞云生下双胞胎女儿萱宁、蕙宁的经过，及从小到大两个女儿性格的显著差异；全知叙事者讲述马姬与麦考利警长感情的进展，以及麦考利告诉马姬黄蕙宁找到了，她回到了中国；黄蕙宁自述十年后重返中国，以与外婆对话的口吻，在家乡的飞云江边怀念外婆阿九、叙述在加拿大的经历

《交错的彼岸》中时空交错十分繁复，就算是叙述中国的过去或者加拿大、美国的过去，也会有不同的时间差，尽管都是过去，但在时间上又有先后的差别，形成了立体的时间。以黄蕙宁这个人物为中心，辐射开来，讲述了来自中国的黄蕙宁家族以及来自美国的汉福雷家族的历史，利用视角的转变在现在与过去中来回穿梭，在不同的空间自由切换。珀西·卢鲍克说："在整个复杂的小说写作技巧中，视点起着决定性作用——所谓视点，即叙述者和他讲的故事之间的关系。"[①] 作家把单一视角的描述改为不同视角获得的场景的剪辑。叙述者为全知叙述者时更像是旁白，并不做主观评价，不分析人物的心理，只是冷静地记录人物的言论，描写人物的言行举止动作；叙述者为人物内限知叙事者的时候，又利用第一人称的优势，将不同人物对黄蕙宁的情感，及人物本身的心理状态和盘托出，由人物内叙述者与第二人称"你"对话的方式，拉近了与读者的距离。于是多重人称及叙述者视角相互叠合，互补其不足，又彰显其优势，从而使叙事产生真实可信的感觉。"视点（素材成分从中表现出来）对于读者将要分派给素材的意义常常具有决定性的重要性。这一观念在大部分日常情况下也起着作用。通过让每一方表述自己对事件的看法，即自己的故事，双方的对立就可得到最好的判定。任何处理都可以约简为视点（point of view），通过视点，素材的想象以及它发生于其中的（虚构）世界被建构出来。"[②] 这样既达到了多侧面地表现人物、尽可能展示广阔社会人生的效果，又避免了叙述者越位引起读者对小说真实性的怀疑。

这样多重视角的切换又不会显得突兀，因为张翎运用了侦探小说的叙事模式，让加拿大《多伦多星报》的记者马姬作为主要的调查者，逐层抽丝剥茧，由于她职业身份的特殊性，这样的游荡十分合乎情理。另外作者在小说叙述中大量引入书信、立案记录、新闻报道等，借以补充固定视角产生的视域的限制。于是整个小说叙事构成了两层主要网状结构，一是以黄蕙宁为圆心的被寻找结构，这一结构中指向的是中国黄蕙宁家族的历史隐秘；一是以马姬为圆心的寻找结构，这一结构中指向的是美国汉福雷家族的历史隐秘。这两个家族的后人都来到了另一异域空间加拿大，并在

[①] 转引自［英］乔纳森·雷班《现代小说写作技巧》，戈木、杨帆译，陕西人民出版社1989年版，第13页。

[②] ［荷兰］米克·巴尔：《叙事学：叙事理论导论》（第二版），谭君强译，中国社会科学出版社2003年版，第93页。

这里生发开去。中国、美国、加拿大；过去、现在、未来；黄蕙宁家族、汉福雷家族；相互叠加、交织，构成了反复、密密匝匝的时空交错的网状叙事模式。

时空相链接不只是为了创作的需要，真实"再现"人物思绪，不仅是为了小说叙事的流畅、方便，小说结构的逻辑严密、完整更是便于突出作家的审美意识，突出了作者在勾连不同空间、时间、场面之间"张力"时的情态。通过不同时空场面的"叠印"制造出特殊的美学效果，从而更好地完成叙事、体现作家创作的主观意图。这种手法与电影艺术中的"蒙太奇"似乎异曲同工。

三　心理时空

"'五四'作家的真正贡献在于，倒装叙述不再着眼于故事，而是着眼于情绪。过去的故事之所以进入现在的故事，不在于故事自身的因果联系，而在于人物的情绪与作家所要创造的氛围——借助于过去的故事与现在的故事之间的张力获得某种特殊的美学效果。"① 根据人物情绪进行过去和现在时空交错的叙事方式，使得在叙述的时候就会打乱素材的逻辑时间，产生"错时"，"故事中的安排与素材的时间顺序之间的差别我们称之为时间顺序偏离（chronological deviation）或错时（anachronies）"②。这种错时可能是在故事情节进行推演的过程中，需要对其他事件，甚至是其他时空的时间进行解释的结果。这种解释通常依据人物的心理情绪状态而定，往往采取指涉过去的形式，将现在与过去通过人物的心理活动和情绪相链接。同时，将素材的许多不同线索进行整合，使其能够形成一个连贯的整体，有时也会需要关涉过去或者指向未来。在家族叙事中，往往需要讲述家族几代人的命运，还要穿插进社会的变迁，因而这种依据人物心理进行叙事时空切换，导致"错时"产生的现象便会呈现得更为突出。家族是社会形态和文明转型的承载体，"较其他任何制度能更明白地揭露人类从原始野蛮的深渊，经过开化时代，以至于文明时代的向前进步的逐步阶梯"③。

---

① 陈平原：《中国小说叙事模式的转变》，北京大学出版社2003年版，第54页。
② [荷兰] 米克·巴尔：《叙事学：叙事理论导论》（第二版），谭君强译，中国社会科学出版社2003年版，第97页。
③ [美] 摩尔根：《古代社会》，商务印书馆1971年版，第853页。

薛忆沩《空巢》几乎可以说是一种时间叙事结构，严格按照时间的顺序讲述这一天故事的进展，将这位年近八十的独居妇人的一生镶嵌进这一天之中。而这一天24小时按照中国传统计时法则细分得十分详细。

> 第一章　大恐慌
> 巳时（上午九点到上午十一点）
> 午时（上午十一点到下午一点）
> 未时（下午一点到下午三点）
> 第二章　大疑惑
> 申时（下午三点到下午五点）
> 酉时（下午五点到晚上七点）
> 第三章　大懊悔
> 戌时（晚上七点到晚上九点）
> 子时（晚上十一点到凌晨一点）
> 丑时（凌晨一点到凌晨三点）
> 第四章　大解放
> 寅时（凌晨三点到凌晨五点）
> 卯时（凌晨五点到上午七点）
> 辰时（上午七点到上午九点）

从小说的目录来看，整个小说不仅以时间架构叙事，更严格遵照时间的线性逻辑推演，"从某种意义上说，叙事的时间是一种线性时间，而故事发生的时间则是立体的。在故事中，几个事件可以同时发生，但是话语则必须把它们一件一件地叙述出来；一个复杂的形象就被投射到一条直线上"[①]。但是，值得注意的是，薛忆沩的叙事野心并非仅停留在现实层面，并不满足于对社会热点的述说，这是新闻报道的责任，并非小说家的职责，作者自己就坦言："它并不是像一般的作品那样简单地处理这些热点，而是通过哲学和历史的维度呈现纠缠在这些热点中的更深的问题，比如不同年代人之间的关系问题，比如生命的意义问题，比如个体生命与社

[①]　［法］兹维坦·托多罗夫：《叙事作为话语》，朱毅译，载张寅德编选《叙事学研究》，文化艺术出版社1989年版，第294页。

会变迁的关系问题。这些都是与人性密切相关的问题。作为一部有强烈悲剧色彩的作品,《空巢》在让读者看到生命的无意义的同时,更希望让读者去思考这种'无意义'的根源。"① 从现实深入历史的根源才是薛忆沩真正的用意,所以在看似严格遵循线性时间的前提下,作者将这位年近八十的独居女性的一生细密地织进这一天之中。正如薛忆沩在小说最开始时写的:

献给
所有像我母亲那样遭受过电信诈骗的空巢老人
那一天的羞辱摧毁了他们一生的虚荣

如何将一生的容量镶嵌进被细密划分了的一天之中呢?于是《空巢》形成了一隐一显两层逻辑结构,处于显现层面的是顺时而动的"我"遭遇诈骗到醒悟过来报警的经历,指向的是一天;处于隐形层面的是"我"对于塑造"我"的历史的回顾,指向的是一生。而这两个叙事层面的连接便是"我"的心理状态、情绪的变化。小说主要采用第一人称限知叙事,以"我"的心理状态为线索,搭建起了不囿限于事实层面逻辑秩序和顺时时间秩序的心理时空。尽管"感情浓厚的小说,如用第一人称,弄得不好,便难免不变为单调的伤感或狂热 sentimentalism or hystery"②,但《空巢》的用意就在于用这种"伤感"或"狂热"搭建起心理时空,从而能将一生嵌入一天之中。其实作者就是用这看似偶然的遭受电信诈骗的事件,书写根源于塑造人生的历史导致上当受骗之必然。"人还生活在一种具体的现实的精神方面的关系网里,这些关系也都具有一种外在的客观存在,所以命令与服从的种种不同的方式,家庭,亲属关系,财产,乡村生活,城市生活,宗教信仰,战争,公民方面和政治方面情况,社会……总之,一切情境和行动中的多种多样的道德习俗都属于人类生存的周围现实世界范围之内。"③

《空巢》取材自薛忆沩的母亲遭遇电信诈骗的真实经历,经过作者创

---

① 李卿、薛忆沩:《"空巢"掏空了生活的意义》,《乌鲁木齐晚报》2014 年 11 月 26 日。
② 成仿吾:《〈一叶〉的评论》,《创造季刊》1923 年第 2 卷 1 期。
③ [德] 黑格尔:《美学》第一卷,朱光潜译,商务出版社 1982 年版,第 312 页。

造性的加工，讲述了一个年近八十的"空巢"妇人，有一天上午接到"顾警官"的电话，称她意外卷入了犯罪集团的犯罪活动，需要将其全部财产转移到一个安全账户，为了避免消息泄露，不能向任何人包括子女透露。老人深信不疑，并将所有的活期存款包括女儿暂时存放在她这里的积蓄都依照"顾警官"的指示汇入了所谓的安全账户。一个独居的空巢老人在遇到这样的突发事件后，情绪出现反常现象，邻居和亲人们先后发现了这一状况。最后在妹妹、女儿、儿子多番询问和劝说下，她道出了事情的真相，也明白了自己被欺骗的事实，从而到公安机关报案。这一切都发生在一天24小时之内。这样的故事在近年来的社会新闻中屡见不鲜，套路也几乎如出一辙，但薛忆沩的创作并非停留在现实层面，而是在这24小时之内，通过这位年近八十独居知识女性心理的微妙变化，挖掘了她整个的成长经历、家族的隐秘以及历史的奥秘。

小说一开始依据一天的时间顺序进行叙述，"我"自述上午接到"顾警官"的电话，在得知卷入"犯罪集团"并要汇款到安全账户后，"我"并没有马上行动，而是开始自述"我"的生理疾病，"我"患有阵发性房颤，医生就告诫要注意控制自己的情绪，因为房颤发作后可能会导致晕眩，甚至休克。尤其是折磨了"我"十几年的便秘，进洗手间成了"我"眼中的心理负担，这一切都使"我精疲力竭又心烦意乱"。"我"没有关洗手间的门，希望能保持纵深的透视，也就是在此时"我""看见"了逝去的母亲，她像从前那样坐在沙发的角落，于是"我"们开始对话。这是小说中的第一人称人物内叙述者第一次产生这样的"看见"，这样的"看见"与"对话"看似天马行空，其实有一定的事实依据，叙述者交代了"我"的生理状况，可能会产生晕眩，而"顾警官"告诉"我"卷入了"犯罪集团"的犯罪活动，使得一生洁身自好的"我"晚节不保，生理、心理的双重折磨使得我精疲力竭、心烦意乱，情绪无法控制也在情理之中。这种"看见"便是情绪导致心理状态出现偏差，从而将叙事的中心引入"我"对自己及家族历史的回忆乃至重新塑造之中。

于是，作者依据人物的心理活动、情绪转换而不断切换叙事时空，就显得顺理成章。与"我"对话的母亲"消失"后，整个叙事时空又返回到一天中的正轨上来，而每当一个新事情出现的时候，又或许会成为新的触发点，使"我"又"看见"母亲。这样的事件可以是远在大洋彼岸的妹妹、女儿或者儿子的来电，可以是邻居的关切，可以是保健品销售员的关切，等等。吉登斯曾分析过时间与空间混杂排列的"时空分延"现象，称"现代社会不仅使时间与空间相分离，而且也使空间与场所相脱离。由于邮件通信、电话电报、互联网等科技和社会组织方式的推动，人类生活方式发生了巨大变迁，在场的东西直接作用越来越为在时间—空间意义上缺场的东西所取代"①。妹妹、女儿、儿子尽管不在场，但他们的电话、邮件时刻宣告着他们的参与可以越过空间，母亲的"时隐时现"更是突破了时空的桎梏。

既然"我"由于情绪不稳会产生心理偏差，进而"看见"母亲，从而回顾乃至重塑历史，那么为何作为教师退休的"我"会如此轻易就上当受骗呢？如果小说依据人物心理搭建起随意切换的心理空间的话，那么探查受骗根源就是建构起这种心理空间的重要目的和意义。一天之中的现实空间讲述的就是电信诈骗这一事件，而心理空间讲述的就是指向一生的情感伤痛。"我"之所以如此轻易受骗，受骗之后又如此混乱、痛苦的原因包括："我"一生引以为荣的"清白"遭遇巨大冲击从而对自我否定，情感寄托的瓦解使"我"绝望于"空巢"的宿命。

"《空巢》的意义并非简单意义上的孤单寂寞，而是由此洞穿历史的灵魂：阶级斗争曾使地主阶级家庭成为空巢，不仅是财产方面（掠夺）的，而且是情感上（亲友子女的背弃）的；计划生育政策又让女性的子宫成为空巢；改革开放后，流动的现代性让老人独守空巢；无处不在的诈骗让一生的积蓄成为空巢……然而这所有的一切都没有意义缺失的'空巢'对我们的抽离来得厉害来得彻底。'我'的回忆也是这一代人的大历史。'我'的家庭对于当代中国具有标本作用。"② 于是薛忆沩从一个社会热点问题入手寻根探源，指向了造成老人轻易上当受骗的历史原因。"'空巢'是他母亲的切身经历，也是一代人的伤痛。薛忆沩对待长篇的态度非常的审慎，毕竟中国读者对长篇的要求有其历史形成的，对阶段性历史的洞见的态度。《空巢》是薛忆沩花六十四天完成的长篇，更是作者用三年多的时间完成的对母亲或者说母亲那一代人的'心理分析'。"③

薛忆沩的《空巢》很明显搭建了心理时空与现实时空进行对照式书

---

① 包亚明主编：《现代性与空间的生产》，上海教育出版社2003年版，第6页。
② 申霞艳：《空巢，一种精神事件》，《文艺报》2014年12月18日。
③ 陈庆妃：《失踪与重返：薛忆沩从〈遗弃〉到〈空巢〉的文学行旅》，《世界华文文学论坛》2015年第2期。

第三章　中国式"家族叙事"话语与跨域小说美学的融合

写,陈谦的《繁枝》,张翎的《花事了》等进行家族叙事的小说,并没有很明显地建构心理空间,而是通过典型意象的凸显和强调,尤其是附加这些带有中国传统文化韵味的意象以特殊意义,从而使读者一见到这些意象的出现就联想起与之有关的事件和人物,也在心理上产生亲近熟悉的感觉,从而因为心理距离的拉近联结起原本在不同时空的人、事,使得交错的时空产生心理上的链接。在谈到意象选择的原则时,杨义先生曾说:"第一个原则是关于它的本体的,它应该具有特异的、鲜明的特征。意象选择的第二个原则,涉及意象本体与叙事肌理的关系,它应该处在各种叙事线索的结合点上,作为叙事过程关心的一个焦点,发挥情节纽带的作用。"①

在陈谦的家族小说《繁枝》中,这一具有"特异的、鲜明特征"的意象就是玉手镯。小说讲述的是一个华人移民家庭50年的历史,"一切都是从珑珑的课业项目开始的"。立蕙是华人移民一代,儿子珑珑有一天要完成"生命科学课"上一项叫手绘家庭树的作业,珑珑想把祖父母们的照片也贴上去,使得这棵家庭树更饱满,由此开启了立蕙对自己父母的回忆,尤其是对"何叔叔"的回忆。小时候立蕙就从一些差不多同龄的孩子那里断续听到过关于她父亲的话题,说她的父亲并不是她的亲生父亲,而是那个叫何叔叔的人,何叔叔有个漂亮、成绩也好的女儿锦芯。在她询问过母亲之后,父母带着她离开广西来到了广州生活。对于自己的身份她有怀疑,但不确定。若干年后,"何叔叔在一九八六年初夏的广州突然出现"。何叔叔在大学门口找到了立蕙,并给了她一个玉手镯,这是玉手镯这一意象第一次在小说中出现。玉手镯的本体意义也第一次得以呈现,因为随后何叔叔告诉立蕙,这个手镯是锦芯奶奶留下的。手镯的传承意味不言自明,关于亲生父亲的传言此时确乎已得到了印证。

手镯第二次出现就在发生了珑珑的家庭树作业事件之后,此时叙事时空又从过去的中国转移到了现在的美国,"现在那只玉镯就躺在书柜下部第三格的抽屉里。这么多年来,她从没向父母提起过何叔叔曾到暨大看她的事情,更没有给他们看过这只手镯。她只将它小心地带在身边,一路万水千山走来"。立蕙很爱自己的父亲,不想任何外力打破她和父母之间爱的平衡。但是即便漂洋过海来到异域她依然带着这只手镯,小心翼翼地珍

---

① 杨义:《中国叙事学》,载《杨义文存》第一卷,人民出版社1997年版,第278—279页。

藏，可见这手镯于她的意义。于在美国过着中产阶级生活的立蕙而言，1986年的中国广州暨大校园门口的那一幕似乎已经很遥远，玉手镯的再次出现不仅是立蕙对往事的追忆，也是将过去与现在相连接，更让读者体会到立蕙对家庭树的复杂情感。立蕙决定尝试着找找锦芯，母亲回广西探亲的时候听说锦芯早她七八年就来了美国，并且研究做得很厉害。她尝试着联系了锦芯的公司，后来却是锦芯的母亲叶阿姨联系了她。就在她们约定好并且见面的时候，玉手镯再一次出现。原本在她们见面的过程中，立蕙想问问锦芯的状况，但叶阿姨只是礼节性地与她闲聊近况，直到叶阿姨看到了立蕙手腕上的玉手镯。叶阿姨告诉她："我们家锦芯也有一只相似的，是她奶奶留下来的，……听她奶奶说，那是从一块和田玉上直接剖制的，故意留着玉石皮。你看它有皮这边的表面不怎么平。内里挖出的那块，做了两个玉佩，由锦芯她哥拿着。有传家宝的人家是幸运的，一代代血流下去，有这些东西，是个念想。你将来要把它传给珑珑。"

玉手镯传家宝的寓意被叶阿姨挑明，自此叶阿姨与立蕙的交谈也不再不咸不淡，她将锦芯中年丧父，又得了肾衰竭每周要做透析的状况告诉了立蕙，尽管锦芯的三个孩子都成长得很优秀，但家中的变故和锦芯自己的身体状况还是令人唏嘘。以叶阿姨的立场，原本对于立蕙的身份应该是很敏感的，她们见面之初叶阿姨的表现也符合这种心理状态，但一切变化都发生在玉手镯的出现之后。叶阿姨不仅详细解释玉手镯的由来，还明确解释了其中家族传承的意义，让立蕙好好保管将来传给儿子珑珑。此外，叶阿姨更在生活稳定、幸福的立蕙面前和盘托出自己女儿目前不尽如人意的生活状况。他们结束会面之后，锦芯更是主动联系立蕙邀请她见面。在锦芯家里，立蕙见到了他们的全家福，当然那上面有她的"何叔叔"，此时玉手镯再一次出现："她移开目光再去看何叔叔，一下看到何叔叔交叉着放在大腿上的双手上几颗明显的老人斑。她愣在那里。就是这双手，曾在广州初夏白热的阳光下一把握住她的手，将那只来自奶奶的玉镯放到她手心。她带着那玉镯走过了万水千山，他却已经去了另一个世界。"在立蕙离开锦芯家的时候，锦芯特地告诉立蕙，母亲上次与立蕙会面后告诉她立蕙也有一只一样的玉手镯，"她知道，这跟何叔叔在她十九岁那年交到她手中的那只真是一对"。

玉镯最后一次出现的时候，是锦芯失踪的时候。那时对于锦芯丈夫突然身患不知名重病去世的时间，FBI正在调查，怀疑其死因与重金属中毒有关,在实验室工作有机会接触到重金属的锦芯便有了嫌疑,况且那时他们正在因为锦芯丈夫的出轨闹离婚。FBI甚至都询问过立蕙,但锦芯却在这个节骨眼失踪了,只留下了玉手镯和给立蕙的留言:

不要找我。我是一只夏末的孤蝉。合适的时候,将这玉镯交给青青她们。还有那些故事。那幅字是给你的。

那幅字上书写着骆宾王《咏蝉》中的最后两行:"无人信高洁,谁为表予心。"立蕙知道,这就是锦芯最后的意思了。

玉镯在小说中的出现并不频繁,但每次的出现都成了联结情节的重要纽带。何叔叔第一次将玉镯送给立蕙的时候,使得远离了过去生活的立蕙不得不重新面对自己的身世之谜;与叶阿姨见面时玉镯的出现更将他们之间的距离拉近,立蕙了解到了玉镯在何叔叔家重要的传承意义,也将立蕙拉入到了几十年没有交集的锦芯的生活;去锦芯家见到已逝何叔叔的照片,玉镯的出现,将此时与1986年夏天的广州又一次连接,何叔叔对立蕙没说出过的情感不言自明;立蕙离开锦芯家时锦芯再次提到她也有一只玉手镯,并说明这两只玉镯是一对,姐妹关系的认同与上一辈的恩怨复杂纠缠在一起;锦芯最后的不告而别,留下了玉镯和表明心迹的字卷,并让立蕙在合适的时候将她的那只玉镯以及那些故事都交给女儿青青。

玉在中国文化中的意义无须赘言,中国人对家族传承的重视更不言自明。玉镯在小说中正是承担起了家族传承、表明心迹的重要意象,更重要的是,在跨越了数十年的时间维度上,在本土与异域来回切换的空间维度上,玉镯穿针引线般将其连接起来。《繁枝》是以家族的"现在"为中心描写立蕙、锦芯等人移民到美国后的生活,但通过追溯家族历史,将现实与历史结合起来,让现在的一切,尤其是精神的内涵和生存的方式,打上明显的家族传承烙印,显示浓厚的家族文化气氛,探索华人移民的家族、民族认同感,显然更是作者创作意图的重要呈现。玉镯这一典型意象的出现,就使得现实与历史,此岸与彼岸之间的勾连流畅、自然。玉镯更是人物心理状况的外化形象呈现,比如家族归属问题一直是立蕙心中的软肋,与丈夫智健"在市政厅注册结婚时,立蕙入乡随俗地在自己的名字前冠上智健的姓,心里有奇妙的安然"。这种安然显然因为之前关于"父亲"问题的疑问,以及何叔叔那年夏天突然出现并送给她一只玉镯,都使得立蕙内心更没有家族安定感。但后来在叶阿姨和锦芯那里得知关于玉镯的意义后，立蕙对锦芯一家又产生了奇妙的感情。玉镯不仅影响着人物的情绪和心理变化，也通过人物心理的变化连缀起了交错的时空，更使读者产生强烈的心理亲近和认同感。一个意象可达多层叙事效果，不需言语的表达，一只玉镯胜过千言万语。玉镯这一意象不仅突出了人物情绪、心理状态，也同时担任其保持故事情节线完整的重任，更将整个小说的意蕴、作者的创作意图深化。"高明的意象选择，不仅成为联结情节线索的纽带，而且能够以其丰富的内涵引导情节深入新的层面。这就是说，选择意象既要注意它在情节上的贯通能力，又要注意它在意义上的穿透能力。"① 显然玉镯是作者精心撷取又十分成功的意象。

小　结

著名学者冯友兰曾说："中国的社会制度便是家族制度。"② 作为个人与社会之间重要的勾连，家族在中国社会扮演着无可替代、无与伦比的重要角色。相较于西方文学而言，中国式的家族小说呈现出三大特性：以伦理亲缘关系为叙述重点；"家国同构"性；时空交错的网状叙事模式。在具体的写作实践中，北美新移民华文作家，在回望古典、接续"五四"的基础上，又融合进西方美学，形成独特的"家族"叙事景观。"同时面对社会转型和西方文化霸权的冲击，家族小说再度崛起，作家们自觉地将'家族'作为'民族'的隐喻，借助家族叙事来展开对民族国家的现代性想象与建构，体现了在全球化语境下探索民族国家历史兴衰与未来走向的努力。"③

"家族主义、家国精神是中国传统伦理型文化的价值内核，家已内化为中国传统文化的精神结构和价值前提。"④ 而家庭伦理及其社会化的变形——社会伦常，是"五四"时期重点批判的对象，反叛戕害人性的纲常，批判奴隶根性，正是"五四"启蒙思潮的题中之义。北美新移民华文作家对于家庭伦理亲缘的书写，接续"五四"对旧家族制度的反省，

---

① 杨义：《中国叙事学》，载《杨义文存》第一卷，人民出版社1997年版，第280页。
② 冯友兰：《中国哲学简史》，天津社会科学院出版社2007年版，第35页。
③ 马德生：《20世纪90年代以来家族小说民族国家想象的路径探求——以〈白鹿原〉〈第二十幕〉〈金山〉为例》，《文艺评论》2015年第11期。
④ 杨经建：《家族文化与20世纪中国家族文学的母题形态》，岳麓书社2005年版，第14页。

更重要的突破是在同源异流的书写中尝试对东方伦理人情的"曲线回归"。在现代化进程中对家庭伦理，尤其对婆媳关系进行书写，无论是对"恶婆婆"形象的重构，还是对畸形社会下"欲魔"的凸显，这些尝试都并非为封建家庭伦理正名，而是从民族本身的特点出发，熔铸进现代精神与世界意识的更新，从而深入价值理想层面，洇染出对于情感归宿、精神家园追寻的人类终极命题。另一方面，"五四"发现了"人"，更彰显了个人的价值，对于家庭伦理的反叛很重要的一点就是张扬自我。在北美新移民华文作家笔下，自我张扬便成为再自然不过的选择。"离家出走"便成为自我张扬的第一步，也是至关重要的一步。在北美新移民华文作家笔下，人物无论处于哪个时代，无论出于怎样的目的而离家出走，质言之，都是希冀以这样决绝的方式重新定位自己的生活，这与萨义德所谓重构人类关系的新方式有异曲同工之妙。也就是说，无论是为了反抗封建家庭的包办婚姻，还是代际间的观念冲突导致的离家出走，出走就意味着个体从这些关系中脱离，进而重新塑造主体，并尝试建立一种新型关系。

"家国同构"是中国形成的由"家"及"国"的社会格局，在这种观念甚至说集体无意识的影响下，中国小说的家族叙事不论篇幅长短，大都向外延展，力求以家族的兴衰盛亡，隐喻整个社会、国家的命运。北美新移民华文作家在其小说实践中，尝试着将家族历史与种族历史有机融合，从一个全新角度写出了20世纪的中国现代化史诗。这不仅沟通了"五四"现代文学创作，更与20世纪末中国当代文坛的新历史主义思潮异曲同工，其中具有鲜明的民族国家意识和历史线索，用个人家族写民族国家的企图心也显而易见。同源异流的家族叙事因而呈现出鲜明的"家国同构"性。有所殊异的是，北美新移民华文作家是通过打破传统家族文化是阻碍个人解放、社会进步之力量的叙事模式，以完成民族国家的想象，更进一步，他们将以家族文化为基石的中国传统文化构建成维系人们日常生活的重要力量，这一力量也是建构民族国家想象的重要文化资源，从而开辟了一个崭新的民族国家想象之途。他们对日常生活的关注，是力图返回历史现场，于生活的肌理处细密编织，熔铸进血肉的实体。另一方面，"父"与"子"既是家庭关系中的亲属关联，更关涉着社会、时代，乃至不同思想观念、文化制度的象征。北美新移民华文作家对此的表述，既与"五四"达成一致，又掺杂进民族国家、种族的寓言化表达；既是中国文学传统中新旧文化的隐喻，又有在东西文化间徘徊的意蕴存在；既是海外华人对中国经验的回望与隔着时空距离的观照，也是他们作为世界公民对人性和人类文化的体察。父子的冲突具有了一种更加深广的历史寓言性与文化象征意味。

时空交错的网状叙事模式，是北美新移民华文作家在对中国传统小说此类叙事模式（如《红楼梦》《金瓶梅》）有所继承的基础上，叠合跨域书写策略的硕果。"跨域"在这里不仅是一种地理上的"跨域"，还是国家的"跨域"、民族的"跨域"和文化的"跨域"，因而也是一种心理上的"跨域"。首先，将不同的空间"并置"，这样的叙事方式与中国20世纪80年代的先锋叙事有所勾连，当然也接通了以西方现代主义和后现代主义为特征的空间传统。"家宅"空间的并置不仅成为故事情节的推进器，更重要的意义在于昭示其背后的社会结构、文化意蕴、人物命运，等等。其次，突破时间、空间限制的巧妙的时空链接，使得北美新移民华文作家们的家族叙事，能在时空不断的交错中，在历史与现实中自然、流畅地不断往返。再次，心理时空的建构是北美新移民华文小说家族叙事中重要的叙事策略。陈平原认为，"五四"作家的真正贡献在于，倒装叙述不再着眼于故事，而是着眼于情绪。北美新移民华文作家在家族叙事中，就着重建构丰富的心理空间，或以人物的情绪为时空跳跃的合乎逻辑的密钥，从而提供了区别于传统文学的空间结构和文学气象：抛弃了传统小说线性叙事和因果逻辑的制约，以生动富有张力的心理空间建构文学，探讨世界的复杂性和多种可能性。

"从'五四'一代人开始冲决旧家族制度的罗网，到当代台、港和海外华人作家谱出的对东方伦理人情曲线回归的招魂曲，近一个世纪的中国家庭小说从极其丰富的角度和层面，构成一个完整的思路：中国家族模式必须经过充分的现代化改造和重构。这种改造和重构又必须保留传统的尚有生命活力的血脉和精韵，留恋冢中枯骨的斫丧文化根株都是不明智的。只有从我们本身的特点出发去建构充满现代精神的家庭模式，才是我们生机勃勃而又能健全发展的道路。"[①] 北美新移民华文作家们的中国式"家族叙事"，就在这种现代化改造和重构中，既坚守住了民族性的血脉，又融入了西方的美学风貌，形成了独特而充满生机的文学态势，这样的尝试对于中国当代文学来说，也具有重要的启迪意义。

---

① 杨义：《二十世纪华人家庭小说的模式变迁》，《中国社会科学》1990年第1期。

第四章

民族"伤痕"话语与类民族志书写

"不存在没有创伤的生命;也没有创伤缺席的历史。"① 钱锺书先生认为:"从文学史的眼光看,历代文学的主流,都是伤痕文学,成功的、重要的作品极少是歌功颂德之作,而多是作者身心受到创伤,苦闷、发愤之下的产品。"② 在中国,从19世纪中叶开始到20世纪整个民族都饱受创伤,"近代史,特别是现代史,一百年来,'五四',民族衰亡,外敌入侵,国内战争,阶级斗争……从外到内,从肉体到灵魂,记忆的创伤化几乎使不同阶层、不同年龄的每一个中国人都无一幸免"③。在"后伤痕时代",中国作家们对于"民族伤痕"的书写一直笔耕不辍,似是一个社会、一个民族自我意识的不断表达。他们如何对待"创伤记忆",如何处理"民族伤痕"的书写,似乎也标志着这个社会、这个民族现代性自我意识的发展程度。也正是他们坚持书写"民族伤痕",才使得历史具有强烈的在场感,激起了一代代国人对于饱受沧桑的民族之复杂情感。

弗洛伊德认为:"一种经验如果在一个很短暂的时期内,使心灵受一种最高度的刺激,以致不能用正常的方法谋求适应,从而使心灵的有效能力的分配受到永久的扰乱,我们便称这种经验为创伤的。"④ 巴雷物(Michelle Balaev)认为:"创伤理论中无时性(timeless)、重复和有传染力的概念支持了超历史创伤(transhistorical trauma)的文学理论,它在个人和

---

① [德]加布丽埃·施瓦布:《文学、权利与主体》,陶家俊译,中国社会科学出版社2011年版,第136页。
② 见孔庆茂《钱锺书传》,江苏文艺出版社1992年版,第282页。
③ 张志扬:《创伤记忆——中国现代哲学的门槛》,上海三联书店1999年版,第38页。
④ [奥]弗洛伊德:《精神分析引论》,高觉敷译,商务印书馆1984年版,第216页。

集体之间建立一种并行的因果关系，如同在创伤经历和病理反应之间的关系。这种理论认为，因为创伤经历和记忆具有无时性、重复和传染的特点，历史中一个集体经历的大规模的创伤可以为几个世纪后的某个个人所经历，而这个人和这个历史集体之间具有共同的特点，比如都是同一个种族、宗教、国籍或性别；反过来，个人创伤也可以传递给同一个种族、文化集体或性属集体，虽然没有经历实际的事件，但由于共享社会或生理相同点，个人和集体的创伤经历变为了一个。这引发了一个观点，即创伤叙事可能重新创造和消散（abreact）那些不在场的经历——[从而让]读者、听者或见证者第一手地经历这种历史经验。因此历史创伤经历是标志和定义当前个人身份、种族或文化身份的来源。"①"民族伤痕"于是并没有随着历史的渐渐远离而消散，而是作为"民族伤痕"的记忆在个人、集体和代际之间，在讲述者、倾听者和读者之间共享、传递，于是这种共享和传递便使得"民族创伤"成为民族的创伤文化乃至集体记忆，更成为"定义个人身份、种族或文化身份的来源"。

长期以来，中国当代文学中对于"民族伤痕"书写进行研究的观照视域很大程度上局限于以中国本土为中心，这不利于体认这一文学创作现象的丰富性。将海外华文文学也纳入"民族伤痕"书写的考察视野中，至少能有效补充、丰富中国"民族伤痕"书写的艺术多元性，也能在苦难叙事、人性观照、现实主义的表现、人道主义思想情怀等方面看到"民族伤痕"文学创作本身给我们提供的文学审美的丰富性和多元性，使得我们对"民族伤痕"文学的书写获得一种较为整体、完整的认识和评价，也有助于圆满由"民族伤痕"出发，抵达"民族志"呈现的表达之途。更进一步，将海外华人的"民族伤痕"书写纳入中国当代文学的视域中进行考察，在一定层面上对于我们思考中国新文学，尤其中国当代文学研究的文学史视野具有重要的促进作用，对于中国当代文学史书写的时空维度的边界问题，与世界文学的互动问题也有直接的参照意义。

第一节 抗战之殇

20世纪前半个世纪到1949年为止，中国的历史几乎就是由一连串战

---

① 转引自王欣《创伤叙事、见证和创伤文化研究》，《四川大学学报》（哲学社会科学版）2013年第5期。

争构成。尤其是艰苦卓绝反抗侵略的抗日战争，更是对整个中华大地和中华民族影响深远，造成了深重的民族灾难和无法磨灭的民族伤痕。无论是战时还是战后，文学作品中对于抗战的书写一直热度不减，佳作迭出。中华人民共和国成立伊始人们对有关抗战的书写热情依旧不减，国家也出台了一系列相关文艺政策激励着抗战文学的创作，《野火春风斗古城》《铁道游击队》《战斗的青春》等作品相继诞生，使得这一时期形成了激情高涨、热血澎湃的文学氛围，这些作品大都洋溢着爱国主义、英雄主义和革命乐观主义的精神。这种纯粹的情感在当时的社会环境与历史语境中是值得肯定和赞扬的，但同时也暴露出艺术手法单一、人物形象类型化、僵化等不足。"十七年"时期涌现出一批比较优秀的长篇抗战小说，直到今天都为读者所津津乐道，如《新儿女英雄传》《铁道游击队》《平原烈火》《烈火金刚》《敌后武工队》等红色经典小说。极富传奇色彩的英雄故事，成为此一阶段与当时时代精神、美学理想相互辉映而形成的特有的文学范式。20世纪80年代，《长城万里图》《战争和人》《国殇》《大国之魂》《日落东方》《红高粱》《八月乡战》《日本鬼子来了》《生命通道》等小说开始重新审视抗战历史，对个人价值的关注开始复苏。20世纪90年代，各色极具反叛色彩的小说思潮不断冲击着当代抗战小说的创作。后现代主义先锋派们在创作中"去英雄化"，"新写实"派则用世俗的琐细生活和庸常化来"消解崇高"。总体来看，自20世纪80年代以来，"现代派""先锋文学""新写实""新历史主义""身体叙事""个人化写作"等小说思潮的不断涌现，使得当代抗战小说传统的现实主义叙事方式受到冲击，时代语境的变化使得当代抗战小说遭遇前所未有的挑战。与此同时，海外华文作家们也在此领域进行创作开拓，与中国国内作家形成了良好的双向互动，共同谱就着中国文学抗战叙事的图景。

对于海外华文作家而言，由于其特殊的离散经验，对于抗战的书写更多倾注了民族情感，是关于民族国家想象的重要构成要素。北美新移民华文作家们没有亲身经历过抗战，抗战叙事是他们建构想象中的故土母国的重要实践性路径。从时间维度进行观照，北美新移民华文作家们的文学创作与中国新时期文学创作基本同步，他们的抗战书写在某种程度上也与之形成某种同构。同源异流的书写使得他们笔下的抗战叙事，在继承丰沛民族、国家情感的同时，也熔铸进20世纪80年代的人道主义思潮，和西方文学中对个人价值的高度关注，他们以世界公民的身份对毁灭性的战争进行深刻的反思。因而在他们的抗战叙事中,既重塑了抗战文学的崇高性,又黏合进对个体生命价值的尊重、对人性深度的挖掘,更站在全人类的立场上极力斥责战争的毁灭性和战争给人类造成的伤痕,深切呼唤人性的美好与世界和平。

一 "生命机制"与"战争机制"的角力

"战争文学,由于生成环境的不同,其审美追求及其价值向度亦有差异。战时的战争文学,是适应着战时的国家、民族、政党和信仰等的需要而创造出来的具有特定时空内涵的艺术,从战争文学所体现出来的最基本的价值意义来说,它是现实斗争的一种表现形式。因此,战时的战争文学是建立于战争价值基础之上的。在战争作为生存现实的前提下,作家没有别的选择,只有遵守战时道德,走向战争化,将文学融入战争机制。"[1]但是战后的战争文学在脱离了特定的时代语境和历史掣肘之后,往往跳脱"战争机制"全方位的桎梏,将更多的注意力集中于对战争中、战争后人之"生命机制"的开掘,以抗战这一影响力持久、深广的民族伤痕为切入口,在个人与历史、生活与战争等方面深拓展之。

北美新移民华文作家们对抗战题材的书写表现出"战争机制"让位于"生命机制"的美学风貌,更值得肯定的是,在北美新移民华文作家笔下,抗战叙事中"战争机制"的让位避开了矫枉过正之嫌,在重点关注"生命机制"的同时,又不失战争文学应有的崇高感。"19世纪站在国家立场上以民族主义的姿态对军人英雄气概的颂扬已经让位给当代对私人忧伤的赞赏,以及对战争、任何战争以及所有战争的无用性的反对。"[2]这样的书写策略既符合世界文学潮流,也继承着中国抗战小说的"边缘性"传统。早在20世纪40年代孙犁的抗战小说那里就鲜明凸显着对"生命机制"的重视,"孙犁所写的'残酷',主要不是具体的战斗或敌我之间直接对抗所造成的流血与死亡,而是充满他作品的'北方人民'因为日本强加给中国的这场战争而遭受的极度的贫穷和苦难;描写战争的小说所显示的'残酷',从战场转移到北方人民的日常生计的艰难,体现为

---

[1] 房福贤:《中国抗日战争小说的历史回顾》,《文史哲》1999年第5期。
[2] Andrew Bennett & Nicholas Royle, *An Introduction to Literature, Criticism and Theory*, London: Pearson, 2004, p. 67.

日常性的贫穷、哀伤、凄凉和恐惧,这一点根本无须渲染,即使孙犁的唯美的笔致也不会令其减少分毫"①。袁劲梅选择了从爱情入手,言说"具体"的人;张翎从个体生命经验切入,继承《诗经》战争诗的书写传统,而不是《左传》正面描写战争场面或专注敌我双方斗智斗勇的记述;薛忆沩则解构了战争,"作为方法的战争"是他用来表达个人与历史的冲突,探讨普遍人性的重要叙事场。

袁劲梅的长篇小说《疯狂的榛子》就从爱情这一亘古不变的重要的生命色彩入手,并不着力呈现残酷的战争场面,也不纠缠于敌我双方在战斗中的斗智斗勇,而是十分"奢侈"地在战争这一极其严酷的生存环境中言爱。在关于这篇小说的创作谈中,袁劲梅自己就坦言,原本她只是想写一个纯粹的爱情故事,"可是,爱情故事一到中国,就单纯不了"。不过,写爱情故事的方式简直五花八门,为何要选择以如此残酷的战争为切入点,袁劲梅给出的答案是:"把爱情放到战争、灾难和折腾中写,不是我要的,是历史的安排。……写这种爱情故事,凄凄哀哀是一种糟践,没有宏大的背景托不住。因为它不仅是一个美人落难的爱情故事,是历史,是社会,是特定社会结构制造出的人性悲剧。它像一滴水,把一河水的性质都反映了。好也是它,坏也是它。"② 所以,尽管表面上《疯狂的榛子》着力表现的是战争中的爱情,其实是写造成爱情悲剧的深层动因,以及深陷其中的人的本性。爱情作为"生命机制"的象征,就一直在与"战争机制"角力,沙顿少校就曾对新兵们说:"军队是效率最高的群体。等级、服从、对集体忠诚,是军队的伦理道德。你们还想要什么?从此跟你们的平民的自由散漫断绝。平民的自由道德不适合军队。"③ 特定的社会结构决定了此时执行"战争机制"的绝对合法性、正确性、必要性,但这并不意味着"生命机制"的即刻隐身。

小说的主人公范笤河这一人物本身就是"生命机制"与"战争机制"的矛盾统一体。小说在战争叙事的框架之中,穿插进的"战事信札"就充分呈现出"生命机制"努力的尝试,这些信札中充分个人化、情感化的内容与宏大历史、战争形成对照,范笤河就曾有过这样的内心独白:

---

① 郜元宝:《孙犁"抗日小说"三题》,《杭州师范学院学报》(哲学社会科学版)2005年第1期。
② 袁劲梅:《〈疯狂的榛子〉创作谈》,《南方文坛》2016年第4期。
③ 袁劲梅:《疯狂的榛子》,《人民文学》2015年第11期。

"我们有两个'我'。一个'我'只做着我们任务里说的事儿。生活再苦，空战再激烈，这个'我'是个航空战士。他都得承受，都得去做……还有一个'我'却不在战场。在家乡，他是个好人、正常人、清净人，谁也别想碰他。我的那个'我'，在桂林，在你身边……我们的那个'我'高高地待在天上，或藏在我们心里的一个角落。这个角落是绝不让战争碰的。"[1] 既是战士，既投入了战争中，就必须遵循战争机制、严守战争逻辑，这显然毋庸置疑，于是就形成了架飞机执行任务扔炸弹的"我"。但还有一个不在战场的"我"，范笳河称之为"好人、正常人、清净人"，可见范笳河意识到在"战争机制"中的自己是被扭曲了的毫无主题性可言的战争机器，是异化了的工具。范笳河严守着内心那个隐秘的角落，实际上是尽力维护着一息尚存的美好人性，而范笳河与舒暖的爱情更是他作为正常人的那个"我"最强有力的明证。"可是，战争把当'正常人'的念头变成了怪异。……女人一来，我们都不能像野蛮人。女人，让我们身上的好'我'活起来。……家和女人，让战士不沦落成野蛮人。我们想方设法把家和女人留在心里。"[2] 爱情既是作为"正常人"的明证，也是"我"不至于沦为杀人机器的最后防线。不仅仅范笳河是如此，他的那些外国战友，美国的飞行员们都喜欢将其飞机的名字以各自女朋友、太太，或者是巫女、女明星、电影里的女人的名字来命名。这样的方式既是对恋人的眷恋之情，恐怕也是保证自己还是文明人的重要手段。

两个"我"的划分，既是战争对人，尤其是人精神状态摧残的结果，也是"生命机制"与"战争机制"角力的产物。不过最终"生命机制"还是占了上风，所以，怀尔特才会对"我"说"他不过是把战时伦理和正常伦理当成两种棋盒子里放的下棋规则，分开来看。我们现在是不幸掉到战争棋盒子里的棋子。得按这盒棋的规则走棋，这盒棋的规则要利用人性黑暗面，但我们一定是要回到正常棋盒子里去的。所以，不能忘记正常棋盒子里的规则"。所以范笳河也才会觉得："在这一夜，我基本同意怀尔特的文明理论，我也想当文明人。我打仗，只是因为：必须有人来结束'战争'这个脏活。"尽管范笳河与他的中方、美方战友们都是这场战争中的一员，但他们也都明白战争的残酷性、毁灭性、非人性，是个"脏

---

[1] 袁劲梅：《疯狂的榛子》，《人民文学》2015 年第 11 期。
[2] 袁劲梅：《疯狂的榛子》，《人民文学》2015 年第 11 期。

活","战争机制"是不得已而为之,必须有人要暂时牺牲"生命机制"以保家卫国,但一定要回到正常人的轨道中来,所以范笏河坚持给舒暖写信。作为战士的"我"必须保持乐观、充满激情,维持着抗战的崇高感;作为"正常人"的"我"却时常处于悲伤、惶惑、困顿的情绪中,这后一个"我"打破了战争对士兵的伦理要求,有牵挂、有执着、有私欲,保留了"小我"。范笏河两个"我"的呈现通过小说中穿插进的"战事信札"凸显,第一人称书信体的形式使得这样的剖白更直接,可信度也更高,生动诠释着个人私情与民族、国家,个体与历史之间不可调和的冲突,更是作者对全面"战争机制"的瓦解,对"生命机制"的重视和赞扬。袁劲梅说:"经过战争和暴力的,其实是具体的人。具体人才会谈恋爱,会受伤,会软弱,会后悔,会在战乱中,战乱后审视暴力。……战争的可怕,革命的残酷,宗法的压力,都在于不尊重具体的人。"[1] 袁劲梅通过《疯狂的榛子》关照个体的"生命机制",关注个体的爱情、尊严、价值,因为每一个人都是"具体的人"。

张翎对于"战争机制"的反叛在于强调女性个体生命的言说,质言之,就是将反思性注入个体的生命经验,熔铸后合二为一的综合体又共同进入历史之中。作为重大历史事件的战争是个人经验深化的最好契机,而在战争叙事中,个体经验的进入又是文学叙事深刻性的重要机能。在《阵痛》《劳燕》中,张翎以女性的个体生命经验为线索关注个人性与历史化的关系,难能可贵的是在张翎的叙写中个人性与历史既未脱节,历史也没能湮没了个人,二者几乎做到了恰如其分的互动和深化,原因就在于张翎很好地在其战争书写中调节着"战争机制"与"生命机制"的拉扯。宏大的抗日战争在《劳燕》中淡化为故事背景,但并不是成为可有可无的鸡肋,被推至台前的是一个女人与三个男人的感情纠葛,他们各自的命运走向和他们之间纵横交错的关系无不受到战争的深刻影响,幕后指向的是普遍的人性。小说打破了抗战叙事惯常使用的现实主义手法,开篇就交代三位男主人公——中国青年刘兆虎、美国牧师比利、美国教官伊恩——是死后灵魂又重聚在一起,三个人开始回忆生前在中美联合训练营中的往事,通过三个人不同的还原、回忆和补缀,将故事层层推进。中美联合训练营坐落于中国腹地深处一个叫"月湖"的小地方,在这里国籍、身份

---

[1] 袁劲梅:《疯狂的榛子》,北京十月文艺出版社2016年版,序。

各异的人们为了抗击日本人的暴行聚到了一起。

张翎并没有过多着墨于训练营中的军事训练,或是训练营中的官兵如何打响战斗与日军斗智斗勇,而是继承《诗经》战争诗抒发恋土怀乡、闺怨等个体生命情感的路径,重点呈现一个女人的生命历程,这个女人是刘兆虎眼中的姚归燕,是比利眼中的斯塔拉,是伊恩眼中的温德。同一个女人拥有三个不同的名字,更是三种不同的身份和生命经验。在与刘兆虎的纠葛中,姚归燕从一个乡下无忧无虑成长的少女被迫蜕变为坚韧、意志坚定的女人,这样的蜕变源自战争的爆发,日本人的暴行将她的家夷为平地,也踩躏了美好的少女。在与牧师比利的关系中,她是"死而复生"的斯塔拉(星星),比利挽救了被日军糟蹋的少女姚归燕,不仅救治了她身体的重创,更带给她心灵的重塑,使得饱受欺凌的农村少女成长为能独当一面,救治病人的勇敢的"星星"。在与训练营教官伊恩的关系中,她是具有个体真切情感体验的温德,伊恩对阿燕一见钟情,并且决定不叫她斯塔拉,"那是牧师比利的版本,而不是我的。我要叫她温德('温德'是英文 wind 的中文音译,意为'风')"①。温德与伊恩相爱,但这种爱在伊恩那里更多的是非常态境遇下内心情感的暂时安放,所以他们最终未能走到一起。战争使得姚归燕决定牺牲"名节"拯救要被征兵的刘兆虎,但战争使得阿燕家破人亡又饱受欺凌,刘兆虎在阿燕落难之际选择了袖手旁观。牧师比利挽救了因为战争身心受到巨大创伤的阿燕,在他的悉心照料和教导下,阿燕成长为勇敢坚强的斯塔拉,但又是战争和历史的偶然性联合绞杀了比利想要与斯塔拉厮守的可能性。战争将伊恩送到了阿燕的身边,阿燕在伊恩面前就是作为个体女性的温德,战争的爆发送来了伊恩,战争的结束又带走了伊恩,留下了怀有身孕的温德独自一人。战争摧残又洗礼了中华大地,这一历史也是少女姚归燕蜕变的成长史,是刘兆虎、比利、伊恩等身份各异的人的人性放大镜和表演场。"战争把人生浓缩成几个瞬间,战争把一个人从生到死通常要经历的几十年,强行挤进出门和永别之间的那个狭窄空间。当灾难把人逼到角落、生存受到严重威胁的时候,男人和女人的存活姿势是不同的。男人通常采用的是一种方的或直的姿势,像一根棍子,当生存空间很矮的时候,他们可能会折断或者碎裂。而女人不是这样的。也许是因为养育儿女的缘故,她们更具有韧性。她们

---

① 张翎:《劳燕》,人民文学出版社 2017 年版,第 143 页。

可以以站、以蹲、以跪，甚至以匍匐的姿势，顺应环境。"①

在《金陵十三钗》的开头严歌苓写到，孟书娟并不是被南京城的炮火吵醒，而是被初潮的经血惊醒的，作者以强烈的女性个人生命经验特质参与到历史重大事件的建构中。无论张翎还是严歌苓，都试图以个体尤其是女性个人的一己之力洞穿历史，打破"战争机制"的全方位压制，从中撕开了一个口子，进入历史的纵深投射进"生命机制"。

薛忆沩的抗战叙事以消解战争的决绝态度反抗着"战争机制"的执行，正如他自己直言："建构个人与历史的冲突是我的文学着力探索的一个主题，而战争为我提供了进入这个主题的特殊通道。"② 书写战争不是目的，反思和追问才是，薛忆沩试图通过进入战争拯救个人。早在20世纪80年代就创作的长篇小说《遗弃》中薛忆沩就思考着这样的问题，尽管这部小说无论叙事时间和叙事指向，在于20世纪80年代作为主人公的图林为了摆脱体制的束缚，主动"遗弃"体制内的工作成为"自愿失业者"。但战争在《遗弃》中其实离图林并不遥远，是他面对的一种潜在的生存情境，更是他写作的主题，并依次进入对战争的反思。其中图林创作的《老兵》和《铁匣子》两个短篇，就集中呈现了这一思考。"它们让厌战和反战的情绪从主人公的生活空间蔓延到了主人公的想象世界。这是'尚武'的中国文学中罕见的气象。"③ 这两个在《遗弃》中由小说主人公创作的短篇，更是被收录进薛忆沩《首战告捷》这本小说集中，这个集子收入的是薛忆沩创作的一系列解构战争、消解"战争机制"的中短篇小说。这部小说集中的小说反复言说着个人与历史的冲突，消解着战争，凸显着"生命机制"的重要意义。"'个人'或者说个人忍负的'普遍人性'是薛忆沩全部作品的共同主题，不管具体的背景是被乔装成爱情还是死亡，现在还是过去、战争还是和平。"④

战争在薛忆沩的小说中充当的是一个通道，正如有学者所言是"作为方法的战争"，"事实上，对战争的反省就是对生活本身的反省，战争如此深刻地介入日常生活，薛忆沩无法回避它去表现'生活的证词'。他对战争的表现似乎永远在战争之外，套用他本人喜欢的表达就是：他小说

---

① 吴越、张翎：《〈劳燕〉及张翎的文学旅途》，《北京晚报》2017年8月10日。
② 薛忆沩：《首战告捷·自序》，华东师范大学出版社2013年版，第1页。
③ 薛忆沩：《首战告捷·自序》，华东师范大学出版社2013年版，第1—2页。
④ 薛忆沩：《流动的房间·内容简介》，花城出版社2016年版。

中的战争永远是战争/革命本身的副本"①。

"我们不能认真地对待历史,根本的问题在于:不管是以文学的形式,还是思想的方式,我们都没有把历史经验转化为个人经验,不能在个人的意识深处以个体生命的自觉意识去追问历史,去承担责任。历史不被个人的生命经验和追问穿透,就只能是虚空的历史,只能是被看不见的历史之手任意摆布的历史。在这一意义上,文学的书写不过象征性表现出整个时代对待历史的态度和方式而已,如何回到生命个体本位反思历史和书写历史,今天仍然是一个尖锐的课题。"②北美新移民华文作家们的抗战书写,在"生命机制"与"战争机制"的角力中,透过各自不同的具体创作实践,回归到个人本位的价值立场反思战争,这不仅是北美新移民作家们企图以文学的方式揭露、疗愈民族创伤的尝试,也是他们建构民族、国家想象的方式,更是他们在历史经验与个人经验的相互转化与融合中思考着生命、人性的终极意义的实践。

二 世界公民的心态与全人类的视野

概言之,北美新移民华文作家的创作"大都是在遭遇异质文化环境和生存重压的情况下,或者是在文化身份重建的过程中而完成的情感倾诉、自我调适或精神还乡"③。但在逐渐发展壮大的过程中,北美新移民华文作家们的创作已不仅仅停留在个体情感的倾诉与精神还乡的层面,而是将关注的视野扩展至世界的大舞台,思考普遍的人性,他们对于中国人民抗战历史的书写,就鲜明呈现出此一特质。颇具意味的是,北美新移民华文作家们对于故国抗战的书写,很少涉及战争场面或者战争智慧的描写,大都呈现的是战争对于普通人生活的毁灭,尤其是对人心的蚕食、人性的创伤,即所谓战争对人的影响。"有所不足的是,1980年代以来的'抗战'叙事,显然还缺乏更宽广、更阔大的历史、民族、文化背景,在精神深度和人性烈度的发掘方面,也还缺少哲学底蕴和理性张力。因此,

---

① 陈庆妃:《作为方法的"战争"——薛忆沩"战争"小说论》,《当代作家评论》2015年第4期。
② 陈晓明:《鬼影底下的历史虚空——对抗战文学及其历史态度的反思》,《南方文坛》2006年第1期。
③ 吴奕锜、陈涵平:《论北美新移民文学的历史发展与总体特征》,《暨南学报》(哲学社会科学版)2011年第3期。

寻找'抗战小说'新的叙述可能性，仍需要一代代中国作家共同的不懈努力"①。

第二次世界大战后涌现出一批关于反战的经典战争叙事作品，如《静静的顿河》《第二十二条军规》《这里的黎明静悄悄》《从这里到永恒》《一个人的遭遇》等。这些作品之所以成为经典，其影响力之所以经久不息，就在于其创作不拘囿于所谓敌我双方的民族、国家仇恨之上，而是强调战争给全人类造成的身心重创。中国抗日战场作为第二次世界大战的重要组成部分，正如董正宇所说："面对持续不断的战争，中国文学虽然不能说是失语，但缺乏真正有分量的战争题材的精品力作却是不少人的共识。"② 造成这一现象的重要原因可能在于长期二元对立思维模式的影响，大多数抗战作品耽溺于呈现中、日国家间的民族仇恨，或者呈现具体战争敌我双方的军事策略较量。

不同于诠释抗战正义与非正义的二元对立式观念，近年来《己卯年雨雪》等小说的出现，其实已将中国当代抗战小说的人性书写提升到了另一个高度，开始探讨日本的民族根性，深刻反思日本侵华战争发生的原因。北美新移民华文作家们秉持着世界公民的心态进行抗战叙事一个重要的呈现角度在于，将中国的抗日战场置于整个反法西斯战场进行观照，袁劲梅在谈到《疯狂的榛子》的创作时，就坦言小说原型来自一位儿时伙伴"喇叭"，是"喇叭妈妈"的爱情故事，在讲述故事发生的时间和地点的时候，袁劲梅并未使用中国抗日战争的字眼，而叙说道是"发生在第二次世界大战时期的中国战区"。由此可见作者的心态和视野。对战争本身进行批判，是世界反战文学的重要组成部分，思考的是人类文明与现代性之间的关系，是普遍的人性的隐秘。

张纯如的《南京大屠杀》，严歌苓的《金陵十三钗》书写了南京大屠杀这一历史悲剧。观照严歌苓的《金陵十三钗》，要从小说文本进入，张艺谋所拍摄的同名电影与严歌苓的原小说并不在一个叙事层面。严歌苓勇敢地以日军非人的强暴行径为叙事重心，不是为了赚足读者的眼泪，更非哗众取宠，而是正面呈现战争中、大屠杀中真实存在的极端恶行，从而给

---

① 张学昕、鲁斐斐：《"抗战小说"的叙事伦理》，《中国现代文学研究丛刊》2016年第4期。
② 谭伟平、夏义生、张永健主编：《和平文化与战争文学》，湖南人民出版社2014年版，第11页。

足人性恶的一面以表演场，疯癫的人性被有效展示。当然，妓女与女学生的设定，教堂作为主要叙事空间的设置，使得小说一开始的矛盾冲突集中于道德冲突，那是在日军还没有彻底撕开伪善的外衣时的处理。但当他们终于意识到日军肆无忌惮的兽性威胁的时候，唱诗班的圣洁歌声成为对日军强有力的诱惑，所谓国际安全规则变为鸡肋的时候，道德的冲突一跃成为人性的冲突。当玉墨带领着十二位窑姐儿代替女学生们去赴日军的宴会的时候，道德冲突被消解，人性和兽性形成鲜明对照。北美新移民华文作家们并不回避人性的灾难，相反，他们站在全人类的高度通过文学作品对人类的野蛮行径进行反思，对现代文明进行反思。"在书写南京大屠杀的时候，他们努力摆脱了简单的民族仇恨，也抛弃了民粹主义的心理，明确地站在一种人道主义立场，在宗教精神的观照下审视这场灾难。这也意味着，他们笔下的暴烈与疯癫是人类的，人性的，而不是哪个民族固有的；它的耻辱是人类自身的，而不仅仅是日本的。"①

"长期以来，我们的战争小说重视的是人对战争的影响，大量笔墨用于演绎战略部署、战役经过，表现人的主观因素对战争胜负的决定作用，而对战争如何影响了人却重视不够，战争小说家完成的常常不是战争小说的审美任务，而是战争史学的任务。随着新时期文学'人'的意识的觉醒，战争小说开始关注战争这一人类特殊生存环境中人与人的冲突、人的自我本能与理性、道德意识的冲突也就成为必然的了。"② 战争对人的影响是北美新移民华文作家们关注的重中之重，战争这种非人道暴行的影响力并不会随着战争的结束而消失，"什么都有后果，人经受过的灾难，不会一过去就烟消云散。我对灾难后果的寻找，走到了认识恐惧给人留下的一种心理病，叫'PTSD'。"③ 这不仅是个体的创伤后应激障碍，也是整个中华民族乃至全人类的创伤后遗症。尽管新移民华文作家们并没有亲身经历过这场战争，但这是一份沉重的集体记忆，"集体记忆具有双重性质——既是一种物质客体、物质现实，比如一尊塑像、一座纪念碑、空间中的一个地点，又是一种象征符号，或某种具有精神涵义的东西、某种附

---

① 洪治纲：《集体记忆的重构与现代性的反思——以〈南京大屠杀〉〈金陵十三钗〉和〈南京安魂曲〉为例》，《中国现代文学研究丛刊》2012 年第 10 期。
② 陈颖：《中国战争小说史论》，上海三联书店 2008 年版，第 63—64 页。
③ 袁劲梅：《疯狂的榛子》，《人民文学》2015 年第 11 期。

第四章 民族"伤痕"话语与类民族志书写

着于并被强加在这种物质现实之上的为群体共享的东西"[1]。尽管去国离乡,但关于中国抗日战争的这段历史,成为"某种具有精神涵义的东西",成为全球中华民族共享的集体创伤性记忆。对于这段历史的书写尽管在北美新移民华文作家笔下或许想象大于真实,但以此来追溯人类本性中的恶,以此从现代文明的源头探究人性的隐秘和吊诡,显然是更为重要的关于本质的追问。

更难能可贵的是,北美新移民华文作家并非用民族仇恨来重构这段历史,而是关注普遍的人性、尊严、创伤。张纯如在搜集整理有关南京大屠杀资料的过程中,因为受到严重的心理创伤,选择了以自杀这种决绝的方式自我解脱,令人扼腕、令人叹息。她留下的《南京大屠杀》向全世界解释了日军对南京人民犯下的暴行,更是一次对整个人类集体记忆进行重构的重要实践,使世界了解到除了奥斯维辛之外,还有"南京大屠杀"这一人类的不堪。张纯如的自杀无疑是内心受到极度创伤无法愈合的悲剧,她并未亲历战争,搜集、整理、阅读相关资料就使她的心理受到严重戕害,战争对人影响之深远、顽固在战争结束之后,在一代代人的集体记忆中依旧不可低估。

对胜利的歌颂,对英雄人物的赞扬当然重要,但不应忽视了战争作为人类灾难而造成的人性创伤,这种创伤的辐射力、影响程度之深广超乎人类的想象。文学作品揭露这些创伤,不是因为文学能完全治愈这些伤痕,文学不是医学,但正如阿多诺在《许诺》(*Commitment*, 1962)中探讨文学与奥斯维辛的关系时的论述:"我不想淡化我过去的立论——'在奥斯维辛后写抒情诗乃野蛮之举'……然而艾森伯格的反驳也确为真切:'文学必须抵制这个宣判'……实际上现在只有在艺术中,苦难尚能找到它的声音与慰藉……艺术作品无言地承担政治所无法负荷的责任。"[2]

强调呈现战争造成的创伤,并不是说要宣扬报仇雪恨、血债血还,更不是为了渲染民族仇恨,而是超越具体的民族和国家,对战争与个人、国

---

[1] [法]莫里斯·哈布瓦赫:《论集体记忆》,毕然、郭金华译,上海人民出版社2002年版,第335页。

[2] 参见《法兰克福学派精选》(*The Essential Frankfurt School Reader*, ed. Andrew Arato & Eike Gebhardt, *New York Continum*, 1982, p.313)。中译参考《见证的危机:文学·历史与心理分析》(*Testimony: Grises of Witnessing in Literature, Psychoanalysis, and History*),费修珊(Shoshana Felman)、劳德瑞(Darilau)著,刘裴蒂译,台北:麦田出版股份有限公司1997年版,第99页。

家、民族、人类的关系进行深入的思考，关注个体生命在战争中和战争结束后的命运及其心理状态，从多重维度理解战争。"侵略战争本身就是民族本位主义的结果，是对全人类良知和正义的践踏，用一种民族主义反对另一种民族主义恰恰认同了侵略者的逻辑。因此，战争文学需要超越狭隘的民族认同。"[1]从根本意义上说，有关战争的文学叙事所主张的绝非只是狭隘的民族认同或国家认同，而是对人类共同情感的认同。陈河对于抗战的书写显然就是上述理念的重要实践，《沙捞越战事》《米罗山营地》等作品均突破了具体民族、国家的界限，表现的是人类爱。

陈河的《沙捞越战事》叙写的是第二次世界大战时期在东南亚战场华人的抗战历程，主人公周天化的形象具有吊诡的复杂性，他虽出生于加拿大，但没有合法身份，因为父母都是自太平洋对岸的中国广东偷渡过去的华人。不过在小说中叙述者多次有意无意暗示着周天化的生父其实是日本人，他嘴里那颗象征"日本人"的金牙甚至在他游荡丛林的时候救过他的性命。他从小和几乎面临相同身份处境的日本朋友一起成长，甚至亲如兄弟，他恋爱或者性的启蒙者也是一个日本歌妓，他对这个日本女人有着深深的眷恋。母国与日本的战事并没有影响周天化对日本朋友们的深情，因为第二次世界大战的爆发，加拿大政府将侨居的日裔赶出大城市，周天化赶去依依不舍地告别。后来为了获取合法的加拿大身份，周天化决定参军，但他多次申请入伍都被拒绝，于是周天化决定长途跋涉去卡尔加利报名，是因为这一地区条件宽松，更可顺道探望他的日本朋友们。华人周天化参战不是因为民族仇恨，与日本人不仅没有仇恨更多的是深厚的情感，他被投入第二次世界大战的东南亚战场更是偶然。

加入到东南亚地区的游击队伍后，一次在观看皮影戏时，演到两个日本人在大街上抓一个姑娘要强行施暴，此时所有游击队员都愤怒了，"周天化也愤怒了，眼泪哗哗下来，完全入戏。但是他把戏完全看反了。他把那个被刀斧押着的女孩看成了是斯蒂斯通镇上的日本歌妓藤原香子"[2]。无论是个人身份，还是参军的动机，抑或在丛林中作为游击队员的行动，周天化都不是出于民族仇恨，他的一切行为都源自个体的情感走向。在到

---

[1] 汪正龙:《文学与战争——对战争文学和文学中战争描写的美学探讨》，《中山大学学报》（社会科学版）2010 年第 5 期。

[2] 陈河:《沙捞越战事》，作家出版社 2010 年版，第 68 页。

达沙捞越战场后，周天化出于同情，更是不忍处决日本俘虏而提出反对意见。被俘日本兵临死前对家人的眷恋更是全人类共同的生命体验，正如肖洛霍夫的《静静的顿河》感人至深之处不仅在于对战争中哥萨克农民艰难、坎坷命运的描写，对那个被俄军打死了的德军军官，依然怀揣美丽女性照片细节的呈现更是令人动容。"暂时把我们寄予遭受战争和丑恶政治之苦的他人的同情搁在一边，转而深思我们的安稳怎样与他们的痛苦处于同一地图上，甚至可能——尽管我们宁愿不这样设想——与他们的痛苦有关。"[1]

战争叙事以战争为书写对象，但不应以描写战争为最终目的，那种尊重生命的意识，超越狭隘民族主义、国家主义的全人类互通的共同情感体验才是表达的重心。"战争曾经带来了民族与国家之间的矛盾和仇怨，然而真正具有人类意识和终极关怀的作家，对于这些矛盾和仇怨，不应当使其继续积累、增加和传递下去，而应当以一个作家的良知和责任感，在战争文学创作中努力增强民族与国家间的相互理解和同情，努力弥合人与人之间、民族与民族之间、国家与国家之间的沟壑和创伤。通过文学作品传达出美好的人性，从而引导人类走向和平与和解。"[2] 北美新移民华文文学中的战争叙事以世界公民的心态认同人类共享、互通的情感体验，是反对战争，对世界和平带有伤痛和祝愿的富于诗意的祈盼。

第二节 "变革"之"阵痛"

相对于抗战而言，自新时期以来，中国社会发生的巨大变革对人的精神、心理状态的影响是潜移默化的、软性的。将社会进步、人民生活发展的大"变革"称之为"民族伤痕"要冒一定的风险，之所以如此论述，是站在短时期内的骤变带来的社会本身和个人的不能完全同步相适的立场。快速变化的社会、经济结构带来了物质生活的急剧变化，但心理状态、精神生活、文化传统并不能随之同步、稳步发展，于是这种差距便催生了快速变革的副产品——物欲肆流、私欲膨胀等。变革的阵痛从新时期

---

[1] ［美］苏珊·桑塔格：《关于他人的痛苦》，黄灿然译，上海译文出版社2006年版，第94页。

[2] 王富仁：《战争记忆与战争文学》，《河北学刊》2005年第5期。

伊始在文学作品中就有不同程度的观照,大都以具体的文学潮流呈现,比如"新写实"小说,就是"在整个社会处在一个向工业化迈进的历史主义与旧有的伦理主义相悖逆的二律背反的现实进程中,现实主义小说创作者们在寻找着人的失落与人的悲剧"①。再比如"身体叙事",也是因为20世纪90年代以来城市进程加快、经济繁荣,文学对消费主义盛行的一种反映。还有"底层写作",一定程度上来说,就是在改革开放的巨大成就面前,在全民奔小康的美好行进路途中,文学对社会不公平现象的显现,对底层劳动人民物质和精神生活危机的呈现。除此以外,整体性的文学论述最典型的提法就是将其统称为"转型期"文学,强调的是文学的生存环境特征。

如果说"转型期"文学的论述更大程度上观照的是社会属性的话,那么杨庆祥提出的"新伤痕文学"则更多是从精神状态的角度进行体认。"中国当下所谓的'50后'、'60后'、'70后'、'80后'甚至'90后'、'00后'其实都是同一代人。他们中的一部分人都在面临整个中国向现代化转型过程中的阵痛。他们分享了共同的心理结构和情感结构,在他们的表达里有共同的诉求。我觉得这就是一种'新伤痕文学'之所以出现的重要历史语境。"②北美新移民华文作家们大都具有较高的知识水平,这么一大波各领域的佼佼者流到海外,本身就是中国社会变革衍生出的重要现象,他们"出走"异域的时期也正好是中国社会的转型期,他们切身的生活并非渐变式的过渡,而是被直接、立即抛入全新的社会生活体系之中,因而对这种"变革"的体会更加强烈,对比更为显著。正如黄宗之、朱雪梅所言:"如此巨大的一群科技人员流到海外是中国历史上前无古人的特定历史现象,应该有人把它记录下来,因为这是一段沉重和沉痛的历史,也是一段中国走向世界、走向未来的历史转折,有一天人们会去探讨它的意义,中国的历史也会铭记这段时间。"③个人的"伤痕"与社会的、国家的"伤痕"呈现出相互滋生的状态,在这样的历史态势和文学语境中,北美新移民华文作家们进行观照的坐标是古今、中西四维的呈现,在

---

① 丁帆:《回顾"新写实"小说思潮的前前后后》,《文艺争鸣》2018年第8期。
② 杨庆祥、魏冰心:《是时候说出我们的"伤"和"爱"了——"新伤痕文学"的对话》,《当代文坛》2018年第1期。
③ 江少川:《移民后文学创作为什么会发生——黄宗之、朱雪梅访谈录》,《世界文学评论》2010年第2期。

立体的图景中昭示变革时代精神与文化的困境和阵痛。

一 未完成的"呐喊"

鲁迅曾说中国文化最擅长的是"欺与瞒",不仅在中国由古典走向现代的历史时刻需要大声"呐喊",击碎"欺与瞒"的铁屋子,在当今消费主义盛行的时代,这种"呐喊"的精神更被需要。在某种程度上来说,部分文学作品缺乏对社会的担当,致力于制造提供虚幻的麻醉剂,在此意义层面,"呐喊"是未完成的进行时,召唤更多真正有责任意识的批判、反思的文学。因而鲁迅在今天这个时代和社会仍然十分重要,于是提倡重新回到鲁迅,便不是一味地复古,而是融入了新的时代精神又接续"呐喊"的担当,接续批判的勇气和精神。作为"伤痕文学"滥觞之一的卢新华,继《伤痕》之后,又创作了《伤魂》《紫禁女》等意味深长的作品,从"伤痕"到"伤魂",变化的不仅是具体的社会现实,更重要的是,不同于"伤痕文学"对具体历史事件的纠缠,北美新移民华文作家们在叙写变革之"阵痛"的时候,直面的是变革中,社会和国人思想、精神的"阵痛",文化的"阵痛"。不仅卢新华,其他北美新移民华文作家们对变革时期中国社会精神层面的状态关注尤为重视,他们接续鲁迅的"呐喊",承担起对故土的社会担当与精神疗救。

"救救孩子"是鲁迅当年发出的掷地有声的呐喊,当然其中蕴含深刻寓意,北美新移民华文作家黄宗之、朱雪梅伉俪,在现实层面真正诠释着教育孩子的问题。在国内时夫妇俩均在湖南某大学的医学院从事生物学方向的教学、科研工作,并先后于1995年、1996年离开中国前往美国南加州大学进行科研工作,之后又跳出高校体系,进入跨国医药公司专职从事研发。选择以子女的教育为其小说创作的重要切入点,与他们的现实生活密切相关,也是他们的人生轨迹作为中国社会变革重要题中之义的文学呈现。从2009年出版的《破茧》到2017年面世的《藤校逐梦》,更是以教育为聚焦点,呈现华人家庭中不同代际之间的矛盾和冲突,昭示中、美不同的文化观念,更折射出全球化背景下,中国社会变革对华人观念的影响,对华人与世界、中国与世界如何相处提出了新的要求。虽然两部长篇小说都讲述了华人家庭在教育子女方面的故事,也都采用了两组家庭对比的结构,叙事大都在中美教育理念、代际冲突两重坐标中呈现,但内里却可见发展变化。中国社会变革的逐步深入,尤为明显地体现在华人家庭对子女教育的观念上。

《破茧》中进行对比观照的是两个湖南同乡家庭,虽然来自中国的同一个省份,但两个家庭的社会地位较为悬殊。远鸿、蓝紫夫妇中,丈夫是搬家工,妻子则经营着一家中餐馆,他们有一个儿子巍立。欣宇、白梅夫妇与他们的两个女儿索菲、安妮塔则在美国过上了中产阶级的生活,夫妇二人先是任职于加州某大学,后转入医药领域做科研人员,这样的家庭关系、家庭社会地位的设置,显然带有作者夫妇俩的影子。小说主要以安妮塔和巍立的成长为中心,以教育理念、代际冲突为情节演进的推进器,巍立与安妮塔又形成对照,在这种种冲突与对比中,作者的创作意图逐渐暴露出来。巍立成长于华人移民常见的家庭形态,家庭条件的清贫使得他从小就懂得生活的不易,但他并未因此自卑,而是竭尽所能主动分担家庭的重任。有一年中国传统除夕夜,国内的人们大都在庆祝这一年来最重要的阖家团圆的欢乐节日,而巍立不仅没有过节,反而和父亲一起工作,在这个风雪交加的夜晚帮一户美国家庭搬家。不仅如此,巍立对于自己的学业有十分清醒的认识,他自觉不是读书的材料,但这并不影响他的努力上进。在童子军训练中巍立全力以赴,展示出惊人的毅力,并最终将21枚奖章尽数收入囊中,更是获得了"依戈尔少年猎鹰奖",十分荣耀地来到美国首府华盛顿接受国会颁奖。不仅如此,巍立也积极为社区和学校服务,热心公益事业,喜爱橄榄球运动。成绩虽然平平,但他却凭借出色的活动能力、执行力、热心公益等优秀品质成为查菲社区学院的学生会主席,更一度被聘为州长的教育顾问。最终,学业成绩并不出色的巍立,因为上述品质和能力成功敲开了世界一流学府哈佛大学的校门。

相对巍立而言,安妮塔的生活环境要优越些,作为华人精英的父母对她的要求和教育都有颇高期许,天资聪颖的安妮塔也确实十分优秀,以至于她的老师丹尼不相信小小年纪的安妮塔可以写出大学一年级水平的作文,从而认为她是"抄袭"。老师的怀疑从侧面证明了安妮塔学业成绩的优异,但安妮塔并没有按照父母做出的规划按部就班地成为好学生。父亲严格的教育安排遇上了青春期的安妮塔,冲突便一触即发。安妮塔认为父亲每天就想着考试和分数,她无法做自己喜欢的事情,便开始反抗。起初是买缝纫机做手工,或者到处摄影,到后来甚至发展成了与男友约会而逃学,原本的好学生安妮塔学习成绩自然一落千丈。虽然后来父女俩都做出改变,达成和解,但安妮塔还是没有走进名校的大门。

巍立与安妮塔成长的不同，折射出的是两家父母教育观念的差异。巍立的父母也教育他要好好学习，但在明白巍立的兴趣和专长所在之后，并没有一味强迫他专注学业，而是任其自由生长。巍立的"另类"成功更是美国式教育理念的生动诠释，在美国的社会环境土壤中，巍立们昂首挺进世界名校。安妮塔的精英父亲严格按照中国式的教育理念教育她，不惜一切代价，用尽一切所能达到的手段教育女儿，强调考试和分数的绝对重要地位，却激起女儿的反叛，安妮塔尽管与父亲和解但最终也没能完成父母"望女成凤"的心愿。与巍立的父亲不同，安妮塔的父亲欣宇是深受中国传统文化、传统教育理念浸染的知识分子，"万般皆下品，唯有读书高"是他奉行的准则，但这一套教育方式在"美国女儿"身上失灵了，他也感到迷茫和困惑。后来在听取了美国学校的艾贝尔校长的一席话后，在读到了一本名为《松开你的手》的美国书籍之后，欣宇醍醐灌顶，理解到他在教育女儿的时候过于高压、强势、唯分数论。"破茧"出自一则寓言，小幼蝶只有经历了痛苦的挣扎才能破茧成蝶，展翅飞翔。若外力帮助它扩大洞口，那轻易脱身的幼蝶便没有淬炼成强有力的翅膀而无力翱翔。因为"小幼蝶在咬破茧子，臃肿的身体经过狭小的洞口，拼命挣扎爬出来的时候，蓄积在体内的血液会被挤压，流进幼蝶细小干瘪的翅膀里。小幼蝶的翅膀被滋养自己生命的血液灌注充填，猛然伸展开来，变得丰满而美丽。小幼蝶成为了一只真正的蝴蝶，拥有了一双能够展翅飞向蓝天的翅膀"[1]。小说名为"破茧"也正是在这个意义上言说父母在教育子女的问题上，应该适时地放手，给予他们自己自由成长的空间。

不论《破茧》在对美国教育理念的赞扬上是否有些理想化，重要的是这部小说触及了中西文化，尤其是教育理念差异的深层，从而不仅仅在题材的选择上颇具意味，更呈现出教育本身有其"多样性、特殊性和个体性"[2] 的重要主题内涵。发展到 2017 年的《藤校逐梦》，黄宗之、朱雪梅在继续深耕教育问题的同时，也呈现出新质。尽管两部小说都在代际冲突、教育路径差异、家庭教育矛盾、对比结构等层面具有一致性，结局也

---

[1] 转引自刘俊《从"想象"到"现实"：美国梦中的教育梦——论黄宗之、朱雪梅的"教育小说"》，《世界华文文学论坛》2017 年第 3 期。

[2] 黄宗之、朱雪梅：《破茧·后记》，人民文学出版社 2009 年版，第 382 页。

都以父母的彻悟或者说妥协而告终,并且这种妥协更大程度上来说是美国教育理念的大获成功,但在《藤校逐梦》中作者聚焦的是中国国内随着变革的深化,经济的发展,出现了盲目低龄化的留学风潮。小说中人物的家庭背景也融合进了时代因素,"海归"刘韬独自在国内打拼,并最终升任大学的副校长,太太则在美国陪读。后来因为经不住利诱,为了使女儿得到更好的教育,在学校的一次招标项目中受贿三十万。这毁掉刘韬一生清白的三十万最终也没派上用场,女儿凭借自己的努力获得了奖项。更为讽刺的是,作为大学教育工作者的刘韬,为了女儿的"教育"亲手毁掉了对自己的"教育"。《藤校逐梦》虽然也是讲述华人家庭的教育问题,但与《破茧》不同的是,这些家庭尽管迁移到了异域,但他们的生活与国内更加息息相关,尤其是与国内的社会变革紧密相连。故土不再是单纯的文化符号或者传统符码,而成为动态的文化生态场域。通过观察不同华人家庭的教育实践,呈现出两种完全不同社会的文化传统,作者逐渐从关注个人走向关注自我以外,将深邃的目光投射到故土社会的变革,关注祖国的发展,尤其是倾注极大的热情到祖国经济建设以外的精神层面,比如教育。教育下一代要塑造"耐劳作的体力,纯洁高尚的道德,广博自由能容纳新潮流的精神,也就是能在世界新潮流中游泳,不被淹没的力量"①。

李彦的小说《吕梁箫声》通过改革开放伊始,深藏吕梁山深处的一所学校中师生们的故事,传达出个人在面对社会变革时的反应和由此给他们的人生带来的创伤与变化。"虽然进入了八十年代,沿海城市早已是春风荡漾,但春风不过吕梁山。校园里的空气,仍如山上的黄土般凝重。"②小说一开始,作者就定下了这样的基调。于是封闭的吕梁山还是因循着封闭的思想观念,视两性相处"大胆"的男性外籍教师为"花和尚",更是阻挠外籍女教师"小尼姑"与学校吹箫人的爱情。小竹作为学校的学生目睹了这一切,但会一些英语的她了解一定的西方思想,于是和当时学校思想顽固的大多数人有些区别。所以她才会在"花和尚"觉得中国索然无趣并在合同期内就出走到待遇更好、生活更加现代化的日本东京时帮其

---

① 鲁迅:《我们现在怎样做父亲》,载《鲁迅全集》第 1 卷,人民文学出版社 2005 年版,第 141 页。

② 李彦:《吕梁箫声》,商务印书馆国际有限公司 2015 年版,第 10 页。

隐瞒，也才没有和大家一起谴责"小尼姑"与吹箫人的爱情，更会在大家都诟病"花和尚"与小梅的时候认为"花和尚"是来拯救小梅的英雄。小竹是中国改革开放初期，人们思想观念渐趋开放的一个象征，吕梁山深处学校中的那些"顽固分子"后来"无论算不算得上'右派'，用不用得着平反，都已乘着搞经济活动的翅膀，毫无留恋地告别了黄土高坡，飞往通商大埠，开辟纸醉金迷的新战场"①。变革初期人们的思想观念不会立马就转变，必然经历一个阵痛的过程，李彦如此这般书写，又拉进两个异族人，并不是一味贬低吕梁山闭塞的风气，相反，正是在回望的过程中揭示了纯朴乡间和乡民的美好。不然"小尼姑"不会那么快融入中国乡间，甚至从背后看就是个中国乡下小媳妇，不然当年毅然出走到日本东京的"花和尚"不会在多年后给小竹的信中写道："当年的中国，在我眼中是充满困境与冷漠的异国他乡。而今追溯往事，我才终于明白，那里的人民不可思议的慷慨、善良。"②

多重创伤的叠加使得旧伤与新伤一同积压在中国人的心里，旧伤未愈，又添新伤。

除此之外，严歌苓对变革时期社会浮躁风气的呈现是有目共睹的，尤以《妈阁是座城》和《补玉山居》为代表，前者深刻揭示了赌徒的心理状态，针砭物欲横流的时代隐症。后者将作家、毒贩、精神病患者等几组人物集中在乌托邦式的"补玉山居"，通过看似互不相关的不同人物人生经历的展示，透视了中国城市、乡村近二十年的变迁，而连接起这些人生没有交集的人物的正是中国变革时期的精神阵痛。陈河的《义乌之囚》以义乌这个闻名世界的小商品批发中心为原点，绘制了一幅纷繁复杂的"全球化现代图景"，"与其说《义乌之囚》所写的是一个被囚禁在义乌的人物前前后后的故事和经历，不如说'义乌'只是取了一个象征性的寓言形式，意在展示一种现代人生存的困境——来自资本对生命的压榨，来自生存重压对生活的折磨，以及来自传统的革命意识而改变着的人生轨迹"③。

中国经济的高速发展必然使人们感到欢欣鼓舞，但精神和文化建设的

---

① 李彦：《吕梁箫声》，商务印书馆国际有限公司 2015 年版，第 32 页。
② 李彦：《吕梁箫声》，商务印书馆国际有限公司 2015 年版，第 32 页。
③ 陈河：《〈义乌之囚〉，去国与还乡的变奏曲》，《文学报》2016 年 11 月 25 日。

滞后更使人忧虑和不安。北美新移民华文作家们建构一些故事来解释目前的精神危机,他们通过对客观现实的主观梳理建构出了具有话语意义的有关"变革"之"阵痛"的故事,呈现出一种对话的倾向,在未完成也必将一直处于进行时的"呐喊"中肩负着批判的责任。

二 重塑具有理性精神的现代自我

变革时代个人的创伤跟社会的创伤、民族国家的创伤,乃至整个人类的创伤都紧密相连。看似宏大、缥缈的人类创伤、民族创伤到最后其实落实到了一个个具体的生命上来。变革的创伤融化进了每个人的成长、恋爱、工作、成家、生子等生老病死的全部过程中。正是在这个"过剩的时代",个人与时代、社会甚至世界的相处出现了问题,人与人之间的相处也出现了问题,"变革"的"伤痕"是从我们的精神和文化状态进行的阐释和命名。在整个历史转型中,文学只是一种表达方式,建构一种揭示和疗愈的完整体系,以期能够重建具有理性精神的现代自我。这种具有理性精神的现代自我,正是个人在变革时代安身立命的重要保证,能认识自我,在浮躁、杂芜的时代氛围中找到清晰的路径。当然建构的过程也是历经创伤的疗愈之途。这疗愈可以是找寻到理想的生活方式;可以是红男绿女寻觅到物质与情感的平衡与归宿;可以是都市孤独者以广博的胸怀和坚韧的品格一次次冲破孤独的牢笼和命运的枷锁;可以是重建确定和信任的希望哲学。无论是哪一种形态,都是北美新移民华文作家们在变革时代,以全球视野观照现实人生,来照亮具有现代理性精神自我的重塑之路。

20 世纪 80 年代改革开放大力推进,物质生活的巨大冲击使得相当数量不满足于现状的国人决定走异路,去寻求别样的人生。于是华人在异国他乡的奋斗史便成为新移民华文小说常见的主题,当年《曼哈顿的中国女人》和《北京人在纽约》就曾红极一时,类似大同小异的模式积久似乎就逐渐失去了新鲜感和吸引力。但北美新移民华文作家们的创作也在成熟,他们对于这一题材的书写渐次冲破奋斗史的框架,深入关于理想生活方式找寻的层面,也不桎梏于华人在异质文化和环境中的挣扎,而将视野放大至整个世界,观照普世的人生。所以雷达先生在阅读完黄宗之、朱雪梅书写的《阳光西海岸》后,才会感叹"事情并非如此","与其说它写的是海外奇闻,不如说它写的是人生经验本身"①。而这里的人生经验并不是一句虚空的口号,指向的更不是虚无,关涉的是变革时代特殊的人生图景的建构,正如黄宗之、朱雪梅谈到创作《阳光西海岸》的原因时所言:"是想记录我们国家在改革开放的这段特殊时期经历过的一段特殊的历史,记录我们这一代人在出国潮中所走过的艰辛之路的心路历程,记录我们这一代人在出国后对自身价值的思考、对人生追求的追问、对自我生命意义的反思。"② 最终的指向在于追问生命的终极意义问题,借助的是华人移民异域奋斗的外壳。在《阳光西海岸》中,小说里的主人公在历经了多年的异域漂泊后最终选择带着全家人回国,这样的收束方式当然可以看作是在追寻自己文化身份的过程中,文化归属感的确立和家国认同的诠释,但抛开这些而直指这一人生选择核心内涵的时候,可以发现,这是在兜兜转转中,主人公找寻到了理想的生活方式,无论国内还是国外,无论回归还是离去,其实都不重要了,重要的是理性自我在此过程中的重塑,以及由此延伸的关于生活方式自主而坚定的选择。

更可贵的是,黄宗之、朱雪梅并未就此止步,他们在这个问题上继续进行着深入的探索。《平静生活》这部长篇小说就是他们最新思索的结晶。谈到创作这部小说的初衷时,作者曾坦言原本书名定为"走过硅谷的冬天",试图书写关于世界经济危机的故事,写在美华人因之受到波及的焦虑和恐慌。但在回国考察的过程中发现,与世界经济一片萧索不同,中国国内呈现出另一番生机勃勃的大规模建设荣景。不过,在国内生活的时间一长,他们发现新的问题又凸显了出来:"当我们在国内待得久了一些,深入到普通人的生活中去以后,却看到了光鲜之下的另一面,物欲横流、人心躁动、急功近利、大家都在向钱看。"他们把回国所看到问题的原因归结到一个根源:"经济的高速发展,人们在物欲的诱导下内心不再平静。"于是黄宗之和朱雪梅改变了创作的初衷,决定"写经济危机和中国崛起的过程中,人们历经躁动与折腾后对平静生活的向往与复归。小说改名为《平静生活》。为此,我们选择了现代社会的高速发展当中人们不再平静作为这部小说的主题,探讨现代人生活不平静的原因。我们把海归

---

① 雷达:《长篇小说笔记之十六——李修文〈滴泪痣〉、董立勃〈白豆〉、杨显惠〈夹边沟纪事〉、黄宗之、朱雪梅〈阳光西海〉》,《小说评论》2003 年第 2 期。
② 江少川:《移民后文学创作为什么会发生——黄宗之、朱雪梅访谈录》,《世界文学评论》2010 年第 2 期。

与不归——两类曾在贫穷中国和正在富裕美国生活过许多年的中年知识分子——作为叙述故事的主体，面对中国的崛起，他们的徘徊、纠结、困惑、挣扎和不平静，通过他们最终对生活的理解来展示现代人的生活状态，并揭示中国崛起的过程中不平静的影响和后果"[1]。这样的书写方式使得小说的立意高度凸显了出来，这所谓的平静与不平静，正是变革过程中现代人生活状态的摹写，不仅仅是关于华人与中国发展的故事，更具有世界性的意义。

与之类似的书写还有王瑞芸的《三家村》，小说通过书写三个华人家庭——姚家、胡家、莫家——的不同生活和选择，呈现出包容、达观的态度，无论是姚家的务实，对物质生活享受的追求，或是夫妇俩多年辛苦终于双双获得学位的胡家，还是丈夫放弃了画画进入工厂养活家人，太太尽管获得了博士学位依旧没找到满意工作的莫家，虽然三个家庭关系要好，出国的目的相似，但出国后的生活轨迹却不尽相同。重要的是，他们都在跌跌撞撞中找到了属于自己家庭的理想生活方式，对于学业和家庭、物质与精神的平衡，各家有各家的准则，各人有各人的看法，这正是这个世界丰富多姿的魅力之所在。变革时代呈现出乱花渐欲迷人眼的社会面貌，在横流的物欲中拨开迷眼的表象，寻找到安身立命的理性自我，是北美新移民华文作家们这类书写表达的重要思索。

红男绿女情感的浮沉是文学作品重点耕耘的土壤，时代的隐秘往往通过私人情感的跌撞呈现，但在北美新移民华文作家的笔下，自我拯救逐步超越了私我情感，具有现代精神的理性自我逐步建立，生命之爱向"他者"敞开，照亮了自我的灵魂，甚至这世界的黑夜。薛忆沩的《希拉里、密和、我》小说单行本的扉页上，写着"献给这'全球化'的大时代"，在小说中薛忆沩着眼的是国际视野，是突破了国族和种族限制的，关于变革着的世界公民们的内心伤痕。"我们如今生活在全球化的时代：信息和技术的力量进一步放大了偶然的魔力，代表必然的真理正在面对着不断的挑战，也正在节节败退。在这样的时代，终极的追问显得更加重要。通过这种追问，我们也许能够找回一点生活的意义，也许能够找回生活的'魂'。"[2] 质言之，正如薛忆沩自己所言："我相信今天的中国文学应该

---

[1] 黄宗之：《从疏离迈向融合的实践》，《世界华文文学论坛》2015 年第 1 期。
[2] 薛忆沩、赵芯竹：《"全球化"给文学带来前所未有的机会和挑战——关于〈希拉里、密和、我〉的对话》，http://www.bookdao.com/article/388675/，2016 年 10 月 13 日。

具备一种与'全球化'时代相适应的新的'现实'感了，或者说中国文学应该真正关注中国人精神生活的时候了。"①

小说写到了"我"与多位女性的情感纠缠，从年少到现在，从中国到加拿大，从历史到现实。当"我"还是少年的时候，着迷于舅舅那"很有才华又非常不幸"的女友，母亲却说"这样的女人最危险"，不幸的是被母亲言中，她最终精神崩溃；"我"在圆明园邂逅了一位美术学院的女生，最后不了了之；"我"与一个生物学女博士相处，并在接触后决定与她分手，但见面后却向她求了婚，然后真的完婚并生下一个女儿，妻子决定为了女儿的教育移民，"我"起先不同意，后来因为被动地半推半就地出轨女上司，而女上司又因丈夫的回心转意而刻意与"我"疏远，于是"我"答应了妻子移民；妻子的离世使得"我"独自带着女儿在加拿大生活，但女儿也离开了"我"，并不愿与"我"联系，企图"消失"在"我"的世界；在送女儿离开后的归途，"我"遇到了一个问路的韩国女生，她将我引向了皇家山溜冰场，在那里"我"遇到了坐在轮椅上不停写作的亚裔女子密和，以及研究莎士比亚的女学者希拉里，并由此分别与她们展开了特别的交往，等等。这些出现在"我"生命中的女性，与"我"的关系微妙而脆弱，尤其是叙述者重点描绘的"我"与希拉里、密和的交往，小心翼翼又带着各自沉重的历史包袱。

在小说中，作者探讨了"全球化"的衍生品，诸如跨国移民以及相伴随而产生的身份危机等，更重要的是，作者的野心不仅停留在此，而是拨开历史与时代的喧嚣与重重迷雾，言说个体（超越了性别、国别）的精神创伤和孤独。"借助侦探小说般的'设谜'和'解谜'，薛忆沩在《希拉里、密和、我》中道出这样一个真相：在全球化大时代，人与人的关系复杂而脆弱；他也借助小说化的传奇，勾连了当下和历史的亲密无间的关系。这部小说就像一柄锋利的刀，切开了时代的子宫，剖出了历史的'遗腹子'。"②

处于变革之"阵痛"中的中国社会与中国人，遭受到的精神困境在薛忆沩这里不仅仅指向当下，也指向历史的隐喻，面对的是未来的生活，

---

① 薛忆沩、冯新平：《中国文学到了真正关注中国人精神生活的时候——关于〈希拉里、密和、我〉的对话》，《北京日报》2016年10月20日。

② 林培源：《〈希拉里、密和、我〉：传奇、异乡人与历史的"遗腹子"》，https：//cul.qq.com/a/20161130/030283.htm，2016年11月30日。

是揭开历史与现实的疮疤进而疗愈,以期更好地面对这个世界,重塑理性的现代自我以面对脆弱的人与世界、人与人之间的关系。正如在《莲露》中,心理医生对莲露说的:"人其实是可以带着创伤过正常日子的——如果让创口结痂的话。"① 也"正因为任何人都是'脆弱'的,文学就应该是一种'示弱'的文化形态,'悲天悯人'就应该是文学的基本气质"②。

小 结

"如果说可以把海外移民文学称作'第二次伤痕文学',那么现在当他们从异国生活题材回归后的反思性写作,就不是'伤痕文学'的重复,而是一次更深层次的人性探索的文学体现,这些文学已经为丰富多彩的本土中国文学提供了完全不同的一种视角。同样的题材,同样的历史年代,同样的历史机遇,他们会有自己的发现。"③ 北美新移民华文作家对民族"伤痕"的书写,很重要的突破或者新质在于,不太着力于具体的事件,对人的描述大于对事件的描述。站在全人类的立场,不控诉、不刻意彰显苦难,既深入历史的沟壑,也沉潜于现实的浮华,更延伸至未来的图景。

抗战之殇已化为中华民族的集体记忆,深藏于每个华人的血液与基因之中。对于抗战的书写更是他们想象民族国家的重要建构方式。与中国当代文学同源异流的书写,使得他们笔下的抗战叙事,在继承丰沛民族、国家情感的同时,也熔铸进20世纪80年代的人道主义思潮和西方文学中对个人价值的高度关注,他们更是以世界公民的身份对毁灭性的战争进行深刻反思。因而在他们的抗战叙事中,尤其鲜明呈现出对于个体价值的尊重,但又不失抗战文学的崇高感,更将中国的抗日战场置放于整个世界反法西斯战场中进行观照,斥责战争的毁灭性,及其给人类带来的伤痕,以此呼唤人性的美好与世界和平。一方面,北美新移民华文作家们对抗战题材的书写表现出"战争机制"让位于"生命机制"的美学风貌,与第二次世界大战后涌现出一批关于反战的经典战争叙事作品,如《静静的顿

---

① 陈谦:《莲露》,载《我是欧文太太》,太白文艺出版社2017年版,第183页。
② 薛忆沩:《用"精神胜利法"支撑理智和脊椎》,《凤凰湖南人物专访TA说》2015年版,第15页。
③ 见叶周在与杨建龙、黄宗之、梓樱、江岚、海云等展开的深度对话《海外华文文学创作的现状与困境》,《世界华文文学论坛》2017年第4期。

河》《第二十二条军规》《这里的黎明静悄悄》《从这里到永恒》《一个人的遭遇》等，形成某种呼应。另一方面，以世界公民的心态和全人类的视野进行观照，绕开战争场面的正面书写，着重呈现战争之毁灭性，尤其对人性、人心、人情的戕害。北美新移民华文作家的战争叙事尽管以战争为书写对象，但描写战争并非最终目的，其表达的重心在于尊重生命的意识，在于那种超越狭隘民族主义、国家主义的全人类互通的情感体验。

变革之"阵痛"相对于抗战而言，是更为隐形的存在。自新时期以来，中国社会发生巨大社会变革，这种变革速度之快、程度之深、范围之广都对人的精神、心理状态产生重大影响。这种影响是软性的、静默的，但其效力却强劲而深厚。之所以将新时期社会变革带来的"阵痛"称之为"伤痕"，在于短时期内的骤变，使得社会和个人几乎都不能完全同步适应。尤其物质生活的急剧变化，物质财富快速积累，但无论是个人还是社会，其心理状态、精神生活、文化传统并不能随之同步、稳步发展，二者之间的差距便催生出金钱至上、物欲横流、私欲膨胀等一系列副产品。在此意义层面，"五四"时期鲁迅的"呐喊"仍是未完成的进行时，召唤更多真正有责任意识的批判、反思的文学。

北美新移民华文小说有反思教育问题，回应鲁迅"救救孩子"的"呐喊"；有揭露社会变革时期浮躁的社会风气和贪婪的人心；有呈现变革之"阵痛"中多重伤痕叠加的态势，旧伤未愈，又添新伤，一同积压在中国人的内心深处；更有将这种精神阵痛延伸到了世界范围内的实践。变革时代个人的创伤跟社会的创伤、民族国家的创伤，乃至整个人类的创伤都紧密相连。民族伤痕的暴露是为了疗救，是为了唤起关注和重视。在北美新移民华文作家笔下，不仅有揭露更有疗愈，疗愈之途就是重塑具有理性精神的现代自我，这是个人在变革时代安身立命的重要保证，从而能在浮躁、芜杂的时代氛围中认识自我，找到清晰的前行路径。在北美新移民华文作家笔下，重塑具有现代精神的理性自我的过程就是疗愈的过程，疗愈的方式殊异而丰富，可以是找寻到理想的生活方式；可以是红男绿女寻觅到物质与情感的平衡与归宿；可以是都市孤独者以广博的胸怀和坚韧的品格一次次冲破孤独的牢笼和命运的枷锁；可以是重建确定和信任的希望哲学。无论是哪一种形态，都是北美新移民华文作家们在变革时代，不桎梏于华人在现实生活层面，在异质文化语境中为了生存而挣扎的书写，以全球视野观照现实人生，以照亮具有现代理性精神自我的重塑之路。

  北美新移民华文文学对民族"伤痕"的书写，不仅在于发现和暴露创伤，而且是在对话的写作姿态和爱的美学中，对民族"伤痕"进行照亮和疗愈。直面民族"伤痕"并积极面对，结痂的地方会更加坚强，看到阴暗和伤害不是目的，而是以此谱写华人民族志，传承民族精神，重建坚定的希望哲学。

第五章

民族文化语言之状态

　　文学语言的样态是作家作品的话语言说方式，它与话语言说主体的建构、话语言说的话题共同构成了文学话语言说的全部内容。

　　之所以是民族的文化语言，在于语言并不仅仅是交流的工具这么简单，它承载着民族文化，是文化符码重要的组成部分。所以"五四"时期鲁迅、胡适等知识分子才会对语言倾注如此多的关注，语言的变革可以说是"五四"新文学发生的重要触发点。作为一个民族最顽固、最深层的文化内核，具有强大文化惯性的语言便成为社会、文化变革的重要阵地。

　　布罗茨基曾说："无论你走得多远，你的民族文字就是你的祖国。"老舍也曾说过："我们常常谈到民族风格。我认为，民族风格主要表现在语言上。"① 鲁枢元也认为："语言并非一个完全客观的符号系统，语言是从古到今的人类生命之流。人在语言中接受、选择传统。人又在对传统的理解、阐释中显现自身，传统通过语言进入人的血脉肺腑化为现实人生。……语言就是'传统'之河，就是历史之舟。一个民族如若不能彻底捐弃本民族的语言，也就不可能完全清除自己的传统。"② 在这个意义上来说，北美新移民华文作家坚持用汉语进行文学创作，其实就是不断返回民族传统的过程。移居异国之后，母语成为影响着海外华人保持鲜明民族意识生成的最强劲因素，母语不仅是他们与共同体内成员交流的工具，更是凭借着对共同语言的持守，确认和维系着自己的文化根系，确认着自

---

① 转引自李润新《文学语言概论》，北京语言学院出版社1994年版，第34页。
② 鲁枢元：《超越语言》，中国社会科学出版社1990年版，第228页。

己在这个多元世界中的归宿。所以,北美新移民华文作家严歌苓明言:"写作是在温故中国,回归一个语言的中国。如今的现代汉语简直被糟蹋得不成样子,我要坚守语言的中国,好的作家能通过作品留住文明的语言,这是我的'命',我要用我的写作形式来坚持,语言就是我的国土,是我每天都能回去的地方。"①

从语言对思维方式、价值观念的影响,及其所承载的民族文化因子层面来说,坚持用汉语写作的北美新移民华文作家进入中国当代文学史理所应当。对此,北美新移民华文作家们自己也坚持认为,从这个意义上来说,他们的华文文学创作应当入史。北美新移民华文作家曾晓文表示:"我们是用中文创作的,所以应是中国文学的延伸。"②郑南川也认为:"不能否认的事实是,我们的文学也是属于中国的,因为语言是文学的根,我们的语言带着中国土地的胎记,书写着一种文化的延续和与这种文化的交错的存在,中国作家王蒙先生解释为'以母语寻找和缔造心灵的家园'。作为移民,用母语写作是无比幸运和自豪的,这种文化直接渗透在移民文学的根底。"③ 文学语言不仅仅是进行文学创作的字符,对于北美新移民华文作家来说,更是关涉着民族文化和文化寻根的重要符码。当然,他们对于外族语言的谙熟,会在一定程度上与母语产生关联,但"外来影响和民族风格不是对立的矛盾,民族风格的决定因素是语言。'五四'以后不少着力学习西方文学的格律和方法的作家,同时也在着力地运用中国味儿的语言"④。

质言之,北美新移民华文文学在此意义上理当属于中国文学的一部分,他们也承担着传承民族文化、弘扬民族精神和彰显民族意志的重要责任。"语言不仅与民族生存权有关,也是一个民族在精神上表达自己的最高形式,即文学的根基,因此语言文字的状况,实乃民族精神发扬提升之所系。"⑤

---

① 转引自庄园《乡愁的泛滥与消解——简论华文作家的三种离散心态》,《华文文学》2014 年第 5 期。
② 李贵苍:《海外华文文学与中国想象——加拿大中国笔会访谈》,《华文文学》2007 年第 2 期。
③ 郑南川:《文化身份认同与北美"新移民文学"》,《关东学刊》2017 年第 4 期。
④ 《汪曾祺全集》第 3 卷,北京师范大学出版社 1998 年版,第 302—303 页。
⑤ 郜元宝:《汉语别史——现代中国的语言体验》,山东教育出版社 2010 年版,第 34 页。

第一节　漂洋过海的地域文化语言

中国文学从古代起就有南北之分，黄河流域的北方文学豪放、粗犷、阳刚；长江流域的南方文学秀美、阴柔、多情。地域在这里不完全是一个地理学意义上的概念，它不仅指向的是人生存的具体空间，更体现着空间所蕴藏的文化符码，地域文学"强调其环境，关注着某一地区或时代的特征，以其风俗、方言、服饰、风景或其它避开了标准文化影响的特色为标志。"[①] 中国广博的国土孕育了风格迥异的地域美学特征，由地域人种、地域自然、地域文化等构成，地域文化尤其成为一个地域标志性的美学风尚，而与其相适应的文学语言风格便成为作为内在特征的地域文化的外显形式，它突出反映了某一地域的风情、气象、精神和在这一地域生长的人之精神风貌、价值观念、性格情态等。

关于作家的文学作品与作家生长区域环境的关系，中国现代作家冰心女士曾有如下观点："文学家的作品，和他生长的地方，有密切的关系。——如同小说家的小说，诗家的诗，戏剧家的戏剧，都浓厚的含着本地风光——他文学的特质，有时可以完全由地理造成。这样，文学家要是生在适宜的地方，受了无形中的陶冶熔铸，可以使他的出品，特别的温柔敦厚，或是豪壮悱恻。与他的人格，和艺术的价值，是很有关系的。"[②] 可见，冰心认为地域对文学的影响主要呈现于两个方面：一方面对于"文学家"本身来说，其生长的地域环境会对个人的人格、气质有显著陶冶作用；另一方面对于作家作品所呈现的文学风格也有强有力的、鲜明的影响力。

在幅员辽阔的中国大地，笼统言之，南、北因为自然环境、人文风情的差异孕育出了性格迥异的国民性格，他们所创作出的文学作品也风格殊异。在这个意义上，20世纪初中国文坛出现的"京派"与"海派"并非"只是因为南北生活环境的不同，而引发出来的封建性的理论的倾轧"[③]。

---

① 詹姆斯·D. 哈特：《牛津美国文学词典》第五版，牛津大学出版社、外语教学与研究出版社1993年版，第438页。
② 谢婉莹：《文学家的造就》，《燕大学刊》1920年第4期。
③ 参见杨晋豪《本年度的中国文艺论战·京派海派之争》，载《1934年度中国文艺年鉴》，现代书局1934年版。

实质上,是因为"西方帝国主义对中国在政治、经济、文化侵略的程度和幅度上的差异,以及国内政治斗争局势的变化而形成的以北平、上海各位代表的现代中国两类城市形态和文化区域的差别,以及由这两类城市文化差别所导致的现代作家的文学分野"①。这些不同的地域文化特质并没有因为时空的变换和历史的沧桑变化而被消磨,也没有因为作家成年后移居海外而完全湮灭,反而因为异质环境的激发,显得愈发鲜明。北美新移民华文作家作品的语言呈现出的浓厚地域文化风格,也是他们"返回"故土的重要方式之一,凸显出浓郁的民族性特质,成为其独特的民族话语言说方式。

一 以俗境入雅道的"京味"语言风格

"'京味'是由人与城间特有的精神联系中发生的,是人所感受到的城的文化意味。'京味'尤其是人对于文化的体验和感受方式。"② 与"京派"不同,"京味"并不算是明确的文学流派,而是一种文学风格,"京派是讲学识的,京味儿呢,则有点平民色彩。"③ 这样的论断或许有些绝对之嫌,但很清楚显示了"京味"文学一个很重要的特征,即平民色彩。其与"京派文学"一样与北京这座城市结缘,与北京的地域文化密不可分。北美新移民华文作家陈九的小说创作,就鲜明呈现出这样的"京味"特征。透过独特的"京味"语言传递出的文化风格呈现出北京浓郁的文化氛围,"那'味'在相当程度上,也正是一种语言趣味、文字趣味"④。

"京味"小说的代表作家,老舍是重镇,新时期的"京味"作家以王朔为主要代表。从老舍的京味小说直到新时期的京味小说,大都聚焦于普通百姓最日常的生活,很少有正面、直接以社会重大历史事件、社会现象为书写对象的,即使是意图在小说中表现相关重大题材或主题,也不会从正面突破,而是绕道而行,从凡常生活切入,穿透世俗化生活的表象直抵深幽的底蕴。《四世同堂》或许是老舍京味小说涉及社会历史重大题材较为突出的一部,其中甚至叙写了不少惨烈的事件,然而,老舍的写作策略

---

① 李俊国:《都市文学:艺术形态与审美方式》,华中科技大学出版社2007年版,第20页。
② 赵园:《北京:城与人》,北京大学出版社2002年版,第14页。
③ 孙郁:《京派与京味儿的变迁》,《北京观察》2004年第1期。
④ 赵园:《北京:城与人》,北京大学出版社2002年版,第16页。

是"以小见大""以日常写风云"。围绕着小羊圈胡同几户人家的日常生活展开,描写北平沦陷期间他们的一些普通生活事件的日常生活。比如小崔打媳妇、中秋节买兔儿爷、祁老人过生日、程长顺收破烂儿、长顺娶亲、钱家出殡、小文夫妇吊嗓子……这些故事情节的展开,都铺排于沉重的社会大环境之上,氤氲着深沉的悲色。这些再平常不过的"鸡零狗碎"是日常的一部分,也是北京胡同文化的一部分,不乏浓郁的北京地域风味。尽管烟火气十足,却也呈现出昔日北京的大气象,日寇的蹂躏并未击垮百姓的生活气象,老舍将他们的抗争编织进切切实实、密密匝匝的生活。

王朔是新时期后京味小说重要的实践者,相比于老舍,他的小说语言更为口语化,带有"顽主"的姿态,"痞"成为王朔小说语言重要的风格特征。王蒙说,读王朔的小说"觉得轻松地如同吸一口香烟或者玩一圈麻将牌",觉得"不再活得那么傻,那么累"。① 王朔自己也说:"我最感兴趣的,我所关注的这个层次,就是流行生活方式。在这种方式里,就有暴力,有色情,有这种调侃和这种无耻,我就把它们给弄出来了。"② 王朔的"新京味"小说消解了崇高,"用最粗鄙的语言挖苦、侮辱自命社会良心,人类希望所在的知识及其分子"③。

北京人陈九,大学毕业于中国人民大学,后赴美留学、定居,任纽约市政府人力资源局主任数据师。他的小说语言就呈现出显著的"京味"特色,其小说大都如老舍聚焦普通人的凡俗日常,却又从日常中攫取审美;又带有王朔"新京味"小说语言的"痞",痞而不粗俗,带有独特的幽默韵味。陈九的"京味"小说虽不似老舍般将俗世人生置于宏大的社会历史背景下,却也是并不如王朔般"躲避崇高",而是于俗中见雅。身为北京人,陈九谙熟北京文化环境及北京人的文化心理,深刻了解北京的小市民文化,对此具有犀利的洞察力。漂洋过海的"京味"与对祖国的深情一齐熔铸进小说语言之中,形成了陈九小说独特的"北美京味"。

陈九的小说《丢妻》就从华人移民夫妻一件日常小事,挖掘出人与人之间的温情。因为妻子给十二岁的女儿买吊带衫的事儿,张三丰抱怨了

---

① 王蒙:《躲避崇高》,《读书》1993年第1期。
② 王朔:《我的小说》,《人民文学》1989年第3期。
③ 毕齐:《常庸之辈·王朔印象》,转引自萧元《王朔再批判》,湖南出版社1993年版,第1页。

妻子。更令张三丰气愤的是在没收女儿吊带的时候，无意中发现了一本印有半裸女郎的成年女性读物，小女孩怯懦地承认是"妈咪"买的。张三丰气急道："好，好，你个王八蛋，你是活腻了，我看你是活腻了。把自己打扮得俗了吧唧也就算了，还想腐化我女儿，老子跟你拼了。"① 短短两句话，就把张三丰的个性特征暴露无遗。毫无疑问，尽管融入了美国社会，但张三丰明显还是中国人的思维，所以在他眼中，十二岁的女孩穿吊带衫、看成人杂志是腐化的表现，是不符合一个十二岁华人小女孩的身份的。此外"王八蛋""老子"等带有粗俗印记的小市民语言从一个常春藤毕业的博士口中说出，语言与身份形成强烈的对比，既显示出张三丰气愤至极，也彰显了她对女儿的爱。"活腻了""俗了吧唧"这些明显带有地域色彩的口语，又凸显出浓郁的生活气息，将一个常春藤毕业的博士还原成了一个普通的父亲。这样日常生活化的口语进入小说，有强烈的代入感和实境感，使得读者很容易就被吸引进叙述者构筑的小说语境之中。

夫妻俩吵架后还是一起送女儿去中文学校学习，顺道去附近价格相对便宜的考斯可购物。两人因为拌嘴的事情相互不搭理，于是因为一点小状况的出现二人走散，于是张三丰"丢妻"。从张三丰与妻子走散，到他找到妻子的过程中，两个人的心理状态都发生了极大的变化，作者通过两人内心独白及其想法的变化，生动呈现出这对夫妻日常生活温情的一面。

> 考斯可门前人群熙攘，张三丰愣在那里发呆，显得有些怪。他宁可站在那儿也不回去找他老婆。爱上哪儿上哪儿，我走得并不快，装什么孙子啊，老子就不找你。平时让着你也就罢了，你偷偷给你弟寄一万美金装修房子，以为我不知道？实打实一万美金没了我能不知道？每次买了衣服、化妆品都先藏在楼下，过些日子再一点点往外拿，好像从没买过似的，一肚子小聪明，骗谁啊？买就买了，关键是瞅瞅你买的这些衣服，穿上跟中年少女一样。都他妈快老更了，非朝二十岁打扮，你不嫌寒碜我还嫌寒碜啊。对对，刷牙永远不把牙膏盖儿盖上，拿起电话就没完没了。好好，这些我都不计较，可孩子教育怎能再任你胡来！咱华人来美国图什么，追求民主？啊呸，我

---

① 陈九：《丢妻》，载《纽约有个田翠莲》，中国华侨出版社2011年版，第2页。

啐你一脸。①

　　这是在一开始发现妻子"不见"之后,张三丰的心理活动,明显还在埋怨妻子,便开始默默细数妻子在生活中的点滴"罪状"。"爱上哪儿上哪儿""装什么孙子啊""老子就不找你""寒碜""都他妈""啊呸"等极其生活化的俚语频繁出现,这些描述性很强、感情色彩浓烈的语句一方面将张三丰此刻的别扭、赌气的心理状态鲜活呈现出来,还无形中丰富了张三丰个人的性格特征。而他数落的妻子的缺点,如果说瞒着他借钱给亲戚,背着他买衣服、化妆品等还算是生活中值得生气的事件的话,那么刷牙不盖牙膏盖、打电话没完没了的小细节,尽管张三丰说不计较,但他都记在心里,可见其实是计较的。这些生活中的琐事通过张三丰内心独白的方式呈现,最重要的意义不在于凸显张三丰有些"小心眼"的俏皮,而是通过这些极度生活化、极度私密化的细节彰显生活的内蕴。日常生活并非由宏大叙事构成,而是靠这些极其琐碎甚至无意义的细节编织而来,这是现实,也是意义所在。日常生活的意义就在于其本身的内容。

　　在从丈夫张三丰的视角叙述了故事之后,作者又将观照的视点挪移到了妻子身上,因为临时出了一点状况的妻子独自一人去处理,也是有和丈夫赌气的成分在,所以两人走散。她找了好几处都不见丈夫的踪影,渐渐着急起来,越急越找不到,开始真的火大起来。于是在寻找丈夫而不得的过程中,妻子也开始在心中腹诽丈夫:

　　　　你呢,还常春藤的博士,张口就王八蛋王八蛋的,连女儿都学会了。上次在外边吃饭,人家上菜慢了点儿,女儿突然冒出一句"王八蛋",吓我一跳。亏得不是中餐馆,要不然非吵起来不可。嫌我俗气,好像你多高贵,就说你那个爱放屁的毛病简直就俗不可耐。放起屁来地动山摇,那天在后院,你一个屁吓得小松鼠到处乱蹿,以为地震呢,我嫌过你吗?都包涵着点儿吧,别心眼儿小得像针鼻儿似的。其实男人都比女人心眼儿小,长得越酷心眼儿就越小。我女儿长大了千万别走她妈妈的老路,找什么帅哥啊。②

---

① 陈九:《丢妻》,载《纽约有个田翠莲》,中国华侨出版社2011年版,第3页。
② 陈九:《丢妻》,载《纽约有个田翠莲》,中国华侨出版社2011年版,第5页。

妻子也正在气头上，腹诽的内容与丈夫尽管内容不同，但意义的指向如出一辙。关于"王八蛋"的故事从之前丈夫的语言习惯可以看出，是完全符合张三丰人物个性的语言。而妻子关于丈夫"放屁"的抱怨，尽管有些不雅，但颇有些令人忍俊不禁。认为丈夫放屁的行为吓得小松鼠乱窜，甚至搬出地震进行比拟，夸张的言语尽显妻子此时情绪的激动，又使读者哑然失笑，颇有孩童斗嘴的味道。

吵架拌嘴、相互揭短充满了寻常夫妻生活的烟火气，两夫妻的腹诽如果一直这样插科打诨式地进行下去，会逐渐失去新鲜感和趣味，从庸常沦为庸俗。陈九当然不会放任故事朝这个方向发展，于是小说故事情节开始发生转折，这样的转折从语言中最为鲜明体现出来。

张三丰一直没找到妻子，从开始的生气、埋怨渐渐变得理智：

> 嘿，你说这种人类，上哪儿去了？吵架归吵架，东西还得买不是，要不一家子吃啥？再不露面我可自己去了。本来嘛，就这么几小时，偏偏这个时候使性子。①

从这些语言可以看出，张三丰内心其实已然开始动摇，但还是硬撑着，抱怨归抱怨，吵架归吵架，还是得继续生活，生活就得落实到柴米油盐。当丈夫开始考虑到家人的食物问题的时候，说明他开始冷静下来，尤其是丈夫将妻子和自己走散的行为定义为"使性子"的时候，足见他态度的软化。语言所附带的情感色彩发生变化的时候，凸显出的是人物情绪和心理活动的变化。于是丈夫接下来的转变便顺理成章，并不会显得突兀了。张三丰接着联想到妻子前几天忙着接女儿崴伤了脚，于是他的内心想法产生了显著改变：

> 不是说用了我在中国城买的云南白药好了吗，这药别是假的吧？唉，你也四十多了，就没个稳当劲儿。身体是过日子的本钱，在美国生活说到底就是拼体力，谁经得起有个病有个灾儿的。……唉，要说老婆也不容易，看她被汗水贴在额角的头发，等我到家时还没散开呢。女人啊，出国前都是金枝玉叶，到美国全变铁树钢花了。风里来

---

① 陈九：《丢妻》，载《纽约有个田翠莲》，中国华侨出版社2011年版，第3页。

雨里去,哪个家庭主妇脸上没点儿风霜?纽约的华人主妇最要干的两件事,一个是进了地铁就打盹儿,另一个就是涂化妆品。这两件事分开看好像没什么,可并在一块儿你琢磨琢磨,让人心疼得慌。①

从这段叙述可以看出,尽管张三丰还是在抱怨妻子,但性质却发生了质的变化。与之前纯粹的抱怨不同,显然带有强烈的关心成分在内。妻子的付出丈夫其实看在眼里,从这些语言中可以看出,张三丰并非不懂感恩、不会心疼老婆的人,最后一句"让人心疼得慌"仿佛在读者心上猛揪了一下,即刻就抓住了读者的情绪,将小说的故事情节走向和情感的向度都扭转了过来。其实这些语言并没有什么独特之处,既没有风花雪月式的浪漫告白,也没有丈夫的懊悔,就是非常生活化的语言的融汇。但恰恰是这样的语言呈现出极其强烈的真实感和代入感,又不随便煽情,甚至带有些小俏皮。

不仅丈夫的心态在发生转变,妻子亦然。她想到了丈夫总是最晚到家,随便将桌上的剩菜剩饭吃几口就辅导女儿功课,有一次竟在沙发上睡着了,将那本正在看的《初等代数》掉到了地上。头发都花白的人,为了辅导女儿,从头学起了初等代数。而丈夫也不让妻子和她轮着教,因为他体谅妻子辛苦,总让她去歇着。于是,再回想到丈夫往日的种种体贴之后,妻子产生了这样的想法:

其实放屁怎么了,谁能不放屁!我倒觉得老公的屁特有阳刚气,特像条汉子,听不见他的屁我连睡觉都不踏实。不行,再找不着他我可喊了,有本事把我送神经病院去,老公是我的,我不找谁找。她想着嘟囔着,泪水竟淌了一脸。②

妻子之前还在抱怨丈夫的放屁行为,此时的态度发生了南辕北辙式的转变。前后态度的变化,折射的是人物内心情感的变化,妻子甚至准备用较为极端的行为寻找自己的丈夫。两夫妻情绪都经历了一个较为明显的变化过程,从相互抱怨到相互体谅、依恋,语言在其中充当了极其重要的角

---

① 陈九:《丢妻》,载《纽约有个田翠莲》,中国华侨出版社2011年版,第6页。
② 陈九:《丢妻》,载《纽约有个田翠莲》,中国华侨出版社2011年版,第8页。

色。贯穿始终的是极其口语化的表达，无论是人物语言还是叙述者语言，甚至有时很难将其做一分为二的处理，因为风格十分一致，都具有强烈的凡俗生活性质，无论是选词用语还是具体内容，都高真度地还原了庸常的生活状态，尤其是夫妻间的"相爱相杀"。最后的结局有些戏剧化，作者还是做了罗曼蒂克式的处理，夫妻俩在相互寻觅中终于团聚，并拥吻在一起。

陈九将日常夫妻间的相处用小小一个短篇刻画得淋漓尽致，在亦庄亦谐、嬉笑怒骂中尽显生活之杂、之庸常、之琐碎、之无意义，也尽显生活之美、之温情、之窝心、之有意义，这一切都在有些甚至过于日常化的语言中呈现。

如果说《丢妻》是语言完全的"京味"的话，那么陈九的另一个短篇《老高》就是典型的漂洋过海的"京味"小说。因为从人物到故事发生地，再到语言本身，都与北京存在着剪不断理还乱的关系。住在纽约的张方是北京人，太太是上海人，张方喜欢吃法拉盛老高炸的油条。这个老高是个七十多岁的退役国民党老兵，1949 年从当时的北平跑到台湾，辗转来了美国。张方买油条的时候听出了老高的口音，"心头一热，老北京！"于是两人攀谈起来：

> 没的说，您一准是北京人，我听出来了。
> 没错，您也是吧。哪儿住家啊？老高反问道。
> 东四九条。
> 嘿，我也住过东四九条，真寸。①

这段对话隐藏着丰富的文化符码，"哪儿住家啊？"的句式结构并非通用汉语的惯用结构，而是北京话，尤其是北京传统胡同人家的常用语结构。东四九条就是北京有名的一条胡同，后面故事情节的展开，尤其是北京部分，基本就集中在这条胡同。而最后一个词"真寸"更是典型的"京味"语言，在这里有巧合之意。而油条的意象更是十分重要，它区分开了北京丈夫和上海太太，它将张方与老高这两个异域北京人连接在了一起，它更引出了两人的相熟及接下来的故事。油条、胡同这些意象构成了

---

① 陈九：《老高》，载《纽约有个田翠莲》，中国华侨出版社 2011 年版，第 35 页。

异域北京人对故乡的想象，它们不仅是意象，更是文化符码。所以叙述者会在小说中煞有介事地说："胡同串子怎么了，胡同串子更有文化底蕴。你以为文化就是学位高低呀，告你说吧，文化的根儿是民族性。北京的文化就在胡同里，只有胡同才是民族的，没有胡同就分不出北京东京啦。"①这段语言文字不仅是作者借叙述者之口表明自己的态度，用到的语言更是"京味"满溢。

老高与张方多次看似无意的交谈成为小说故事情节推演的重要动力，从而引出了东四九条五十五号纳兰府的故事，引出了纳兰府的美人坯子纳兰大姑，引出了纳兰大姑疯癫的结局，引出了疯癫的原因，引出了原因的指向是王世奎个人与历史洪流的合谋……老高告诉张方，王世奎当年是傅作义的副官，说好了要娶纳兰府的纳兰大姑为妻，结果枪一响就跑了。后来张方有机会回国，就去北京东四九条的纳兰府看了看，却已没了当年的模样，听老人说纳兰大姑早就去世了，吊死在了院子里的那棵老槐树下，惹得张方回到了纽约都一股惆怅。回到纽约的张方得到的却是老高的死讯，妻子告诉他，老高突发脑溢血去世的，但他叫王世奎，还让妻子转交给他那张王世奎穿着军装的照片。"张方心里咯噔一下，彻底傻了。"第二年夏天，张方又回到了北京，并把那张照片在东四九条纳兰府大姑窗前，那棵唯一不变的老槐树下烧掉。

退守台湾的北平老兵和新中国成立后成长的北京人，跨越了时空相遇在了纽约，加之负心汉和痴情女的故事，更使得这篇小说蒙上了厚厚的纱幔，浓得化不开的历史与命运纠缠在一起。这样的故事除了北京，发生在中国任何一个其他城市，或者发生在另外两个来自别的城市的老乡身上，都不会有两个异域北京人和发生在老北平和新北京的故事这样震撼，这样充满叙事张力。北京不仅仅是一座城。

《老高》与《丢妻》相比，"京味"语言不在于日常，不在于口语化的表达，而在于文化符码的解读。《老高》中陈九也没有如《丢妻》一样引入大量的世俗俚语，而是着重呈现具有地道北京胡同味儿的语言，既塑造了人物，也重新揭开了历史的疮疤。语言不仅关涉人物形象，更与小说的内蕴、主题密不可分。看似俗气的口语承载的是日常生活的审美化表达，看似"土里土气"的胡同味儿语言氤氲出的是北京的市民文化和中

---

① 陈九：《老高》，载《纽约有个田翠莲》，中国华侨出版社2011年版，第35页。

国的历史况味。明代祁彪佳在《远山堂剧品》中评《福禄寿》的艺术风格时指出："钟馗之语带趣，想其作躯老俱在画图中。以俗境而独入雅道，盖由韵胜其辞耳。"① "以俗境入雅道"就是陈九"北美京味"小说的重要创作机制——俚俗的基调，雅的余韵。"京味"原本先天就与文化密不可分，在陈九的演绎下，"京味"语言风格的熔铸更关涉着海外华人对母土的深情回望与浓得化不开的想象。正如陈九自己所言："海外华人活得都不易，没哪个国家真正把我们当自己人。我们无法不思念国思念亲人，否则我们的情感和文化灵魂就失去寄托。我们对祖国的爱不是真诚二字可以说完的，这是我们生命的需要，就像我们需要水和阳光一样。"②

二 浓情、从容的"北美海派"语言风貌

"海派并不是严格意义上的流派。它是一种租界文学，或洋场文学，是以特定的地域文化为依托的历史文化现象。日本近代作家菊池宽说：小说是人生的活史地。这'活史地'三个字，就包含了特定历史地域的文化类型，以及由这种文化类型所萌蘖出来的作家群体审美趣味和个性审美追求。"③ 从20世纪初的包天笑、周瘦鹃，到二三十年代的刘呐鸥、穆时英、施蛰存，再到三四十年代的张爱玲、徐訏，海派文学兼备时髦与传世魅力，成为中国现代文学中极其重要的一支。与北京相比，上海这座城市确实更加多情、温润，多了份南方的柔情。"大抵北方之地，土厚水深，民生其间，多尚实际；南方之地，水势浩洋，民生其间，多尚虚无。民尚实际，故所著之文不外记事、析理二端；民尚虚无，故所作之文或为言志、抒情二体。"④ 地域风貌、具体的社会历史实际和文化背景的差异决定了"京派"和"海派"小说在对中国社会的人生体验、语言的审美表达上呈现出极为不同的态度和精神特征。

从地域文化意义的角度而言，北京和上海两座城市，呈现出鲜明的差异，"上海、北京的两极对比，出于历史创造也出于文学的制作，其文化

---

① 参见（明）祁彪佳《远山堂剧品》，载中国戏曲研究院编《中国古典戏曲论著集成》（六），中国戏剧出版社1959年版。
② 摘自陈九新浪博客的博文《一个海外华人对祖国的期待》，http://blog.sina.com.cn/s/blog_3f5e666e01007s95.html.
③ 杨义：《论海派小说》，《中国现代文学研究丛刊》1991年第2期。
④ 刘师培：《南北文学不同论》，载劳舒编《刘师培学术论著》，浙江人民出版社1998年版，第162页。

含义的复杂——绝非笼统的'新'、'旧',现代与传统所能概括——仅由文学中也可以看出。因了这缘故,这两极才更有概括中国近现代历史文化面貌的意义。"①

莫言曾大赞张翎的小说语言"大有张爱玲之风",赵稀方也说"她的文学能力恰恰构成了海派美学的正宗"②。更值得关注的是,张翎的"海派"语言美学并非一成不变,而是在回望与向前行进中呈现出发展变化的态势。"海派文学"原本就是异质文化杂糅的结果,洋场文化的浸润与张翎这代新移民跨域的文化处境有某种同构存在,在承接"张爱玲之风"的同时,张翎也在不断创新和实践着独特的"北美海派"语言风貌,因此她的小说语言随着创作的逐步推进也在渐变中践行着作者的文学理想。

张翎较早期的小说,比如《望月》《交错的彼岸》《邮购新娘》《花事了》《丁香街》等,大都从女性敏感的情感状态出发,从市民的情感生活切入,细腻描摹男女之间的互动与纠葛,语言的暧昧、浓情、古典,尤其是那种欲言又止、隐忍,那种幽怨、绝望,都让人回味无穷。到了《向北方》《金山》,张翎的小说语言呈现出了较为明显的新变,无限柔情中融进了历史沧桑和民族想象,小说语言于缠绵悱恻中多了份厚重,添了份悠远。近作《流年物语》《死着》《劳燕》等又迈向了阴柔婉约与旷达冲淡的融合,看似不相容的两种语言风格,在张翎的小说中和谐共处。这也标志着北美新移民华文作家的小说语言告别了激情、悲情控诉,叙事更加从容、大气,这不仅昭示出北美新移民华文小说愈加成熟的文化形态,也是"海派"美学漂洋过海后的承接与更新。

《望月》是张翎的长篇处女作,这部小说的语言大有向《红楼梦》致敬之势。小说中人物的姓名就颇有中国传统文化特色,比如三姐妹分别叫卷帘、望月、踏青,即便是小说中出现的那个与望月有诸多感情纠葛的外国人,作者也要赋予他"牙口"这样一个中国化的名字,而不是约翰、彼得、大卫等。小说中的人物宋世昌甚至直言,一说到卷帘、望月、踏青三姐妹让人就觉得像是《红楼梦》中贾宝玉的丫鬟。不仅如此,"一切景语皆情语"的古典文学语言法则,在张翎较为早期的小说中呈现得尤为

---

① 赵园:《北京:城与人》,北京大学出版社2002年版,第16页。
② 赵稀方:《历史、性别与海派美学——评张翎的〈邮购新娘〉》,《世界华文文学论坛》2004年第1期。

突出，而且这"情"是浓稠、绵密的缠绵之情，颇具"红楼遗风"。
"《邮购新娘》较之《望月》的进展较为显著的是对语言和感觉的锻造，作者在小说中时时不忘渲染情景，营造美感，应该说张翎具有语言感觉的天赋。"① 比如在《邮购新娘》中，江涓涓与林颉明第一次见面后，独自走在归家路上的江涓涓心情很复杂，与林颉明的见面她原本期待了几个月，但两人初次见面共进晚餐却显得有些安静、平淡，此时的江涓涓觉察出一些孤独与惶惑的味道。对未来充满了罗曼蒂克式期待的妙龄女子江涓涓，与经历过了丧妻之痛，独自在异域打拼的林颉明的初次见面，虽然目的相同，但各自所携带的情感因子却不同质。这种欲说还休、朦朦胧胧的情愫张翎通过此时江涓涓回家路上的情境传递了出来：

> 月亮很大，像存久了的旧报纸似的泛着黄边。树影把月色割剪得支离破碎，一把一把地攒在她的脸上，带着一些重量，也带着一些凉意。她觉出了颧上的温热。②

"月亮"之意象在中国古典文学中被寄寓的丰厚意味无需赘言，"树影"本就给人清冷之感，又冠以"支离破碎"的限定，更以景语凸显出江涓涓内心的惶惑。而这支离破碎的树影原本毫无实质形态和重量所言，这里却写道带着重量和凉意攒到江涓涓的脸上，结合小说故事情节的推演，可知这景语一语成谶。江涓涓的"邮购新娘"之路并没有她原本期待的那样美好，在去了加拿大之后，她与林颉明也没有如愿生活在一起，江涓涓的生活也真的是"支离破碎"。景色传递出来的情感基调和情绪的色彩，使得聪明的读者可窥见一部分小说情节内容走向的隐秘，不过真相没有完全显露，只是留下了一小截儿引子。但正是这种欲说还休、似烟非烟的语言状态更勾起了读者强烈的好奇，想从作者留下的通道一角径直通向故事的结局。一段景语化为情语，形成了多个层面的叙事效果和美学效果，这不仅是张翎驾驭语言的高明之处，也是中国海派美学重要的美学风尚，更是中国古典文学的优良传统。

---

① 赵稀方：《历史、性别与海派美学——评张翎的〈邮购新娘〉》，《世界华文文学论坛》2004 年第 1 期。

② 张翎：《邮购新娘》，作家出版社 2004 年版，第 30 页。

张翎的小说不仅对于景物的语言描写情浓意深，对于人物外表，尤其是衣着的描述更是尽显海派之风。比如在《望月》中，初来乍到的望月被姐姐接到了她在加拿大开的中餐馆，在望月打量姐姐的这家餐馆的时候，服务员向她走了过来，于是望月眼中的女子呈现出这样的外貌特征：

> 那女子顶多不过二十五六岁的样子，穿一件墨绿织锦缎旗袍，前襟撒满细细碎碎的银花。袖口直开到肩上去，露出雪也似的两段膀子。尖尖的一张瓜子脸，披着黑压压一片门帘似的刘海儿，遮住半截眉，却越发衬出乌溜溜的一双眼睛来。在半明不暗的灯影里，眼波水似的流淌开来。①

这样的语言风格，显然与张爱玲有异曲同工之妙。这样的语言呈现出典型的古典文学气质，在读到对这位女服务员外貌、衣着描写的时候，向我们迎面走来的似乎是《红楼梦》中的哪位小姐，或者恍惚中看到了《金锁记》中的曹七巧。任谁想到这竟是与这些人物不仅隔着时间的距离，更处于不同国度的一位在加拿大中餐馆工作的女服务员呢。语言在此有了穿越时空的能量，将过去与现在、本土和异域连接在了一起，形成某种潜隐式的复调结构。

又如，在《花事了》中，小说的一开头，作者就写到起床后吟月开始装扮自己，张翎是这样描绘她的行动和衣着的：

> 吟月梳完头，就扶着墙走到衣柜跟前，拿出一套早就预备下的衣服，坐到床沿上摸摸索索地换上。上衣是一件蟹青色的中式立领对襟丝葛薄夹袄，衣身上密密地织了几团原色的暗花，领口衣襟一顺都是同色搭瓣布扣。下身是一件黑色直贡呢布裤，脚上是一双同样布料做的圆口布鞋。料子都有些年岁了，衣身裤腿上隐隐地显出些折痕。②

衣裤的样式都是传统中式，明显不符合已经改革开放的中国的现实境

---

① 张翎：《望月》，浙江文艺出版社2015年版，第8页。
② 张翎：《花事了》，载《恋曲三重奏》，江苏文艺出版社2011年版，第197页。

况与时代潮流。对吟月这一行为和衣着特征的描写出现在这篇小说的开头处,似乎有些突兀和不合时宜之感,但读完小说后,联系上下文的具体情境,这样的语言描写可谓情深意浓又无比精妙。与丈夫分隔了几十年,两人在对方心目中的形象都还是当年年轻时的俊俏模样,世事沧桑弄人,再相见却"白了少年头,空悲切"。吟月早就备下衣服的郑重和过时的穿着便都有了合情合理的解释,因为这天是吟月与丈夫在分离了近半个世纪后的重逢。因为那湾浅浅的海峡,吟月与丈夫分隔了几十年。两岸恢复交流后,已在台湾另立家室的丈夫回到大陆探亲,而吟月一直独自带大子女并等待着丈夫的归来,等到现在,吟月已从美貌的少妇变成了老妪。所有她的小心翼翼,她的郑重,都是因为期待也是因为紧张,因为内心的五味杂陈。所以她才会穿戴着过时的衣物,或许那是当年与丈夫生活在一起时的打扮,她又将它们穿上。但衣裤腿上隐隐显出的折痕和看出来已有些岁月的衣料将吟月"出卖"了。这样呈现现实与期盼强烈的落差与对比,世事沧桑对人的构陷,令人无比揪心、动情。

张翎早期对都市市民情感生活、精神状态的观照,尤其小说语言的风貌,是海外华人作家对"海派"美学特征,尤其是张爱玲小说语言特质跨越时空的承接。"张爱玲对都市现代性的糜烂性既不迷醉也不批判,她用市民精神超越并消解了两种海派传统,独创了以都市民间文化为主体的海派小说美学。"[①] 不仅如此,张翎在进行小说创作的时候,更有意超越有些学者所诟病的海派文学中的某些"糜烂气息",语言呈现出市民生活及古典诗意的同时,更熔铸进了厚重与悠远,形成了张翎自己独特的"北美海派"美学风貌。《向北方》《金山》就鲜明呈现出张翎小说创作中这种语言的更新与发展。同样是描写景物,同样是通过景语传递情语,《向北方》中的语言与《邮购新娘》就呈现出明显的差异。也是在小说的一开头,作者写到陈中越在前往加拿大北边的苏屋瞭望台的时候,这样写车窗外的景致:

> 车子开出了多伦多城,屋宇渐渐地稀少起来,路边就有了些田野,玉米在风里高高地扬着焦黄的须穗。再开些时辰,房屋就渐渐绝了迹,田也消失了,只剩了大片的野地,连草都不甚旺盛。偶有河

---

① 陈思和:《论海派文学的传统》,《杭州师范学院学报》(人文社会科学版) 2002 年第 1 期。

泽，一汪一汪地静默着，仿佛已经存在了千年百载，老得已经懒得动一动涟漪。夏虫一片一片地扑向车窗，溅出斑斑点点壮烈的绿汁。路上无车也无人，放眼望去，公路开阔得如同一匹巨幅灰布，笔直地毫无折皱地扯向天边地极。中越忍不住摇下车窗，将闲着的那只手伸到窗外狂舞着，只觉得满腔的血找不着一个出口，恶浪似的拍打着身体，一阵一阵地轰鸣着：向北方，向北方，向北方。①

这段窗外景物的描写与《邮购新娘》中对江涓涓与林颉明初次见面后的景物描写，其实在叙事结构中的位置和所起到的叙事效果是类似的，都是在小说的一开头出现，都反映了主人公当时的心理状态，也都对后续故事情节的发展有所点染，但语言所凸显出的情感色彩却有显著差异。当然，这与主人公的性别身份脱不了干系，但更重要的是，此时张翎的叙事语言风格发生了新变，从而使得她在书写景语的时候尽管都充满浓情，但语言的质地有所更新。陈中越去人迹罕至又天气寒冷的苏屋瞭望台，一是为了逃避生活的挫折，也是一直深埋在内心的对南方的逃离、对北方的向往作祟。此时的陈中越经历着事业与婚姻的双重打击，他的向北方之路，比之江涓涓的"邮购新娘"之路，更多了凄惶与未知，至少江涓涓是奔着希望而去的，而陈中越起初却是奔着逃避或者放纵一把的目的而去的。

但是从两段景物描写可以看出，张翎在对陈中越"向北方"路途中的景物描写，语言上从萧瑟中透露出一股子倔强和向上的力量。不旺盛的草，懒得动一动的河泽涟漪，但玉米却"高高地扬着"焦黄的穗，扑向车窗的夏虫称之为"壮烈"，人迹罕至的公路不显荒凉却是"开阔"，景致与描绘性词语的性质形成极度反差，肃杀的景致与昂扬的精神力量吊诡地和谐共生。在这样的景色中，陈中越这一人物接下来出场，而张翎选用的描绘性词语十分值得引起重视。摇下车窗后，陈中越将另外一只闲下来的手伸出窗外"狂舞"着，感觉胸中激荡着找不到出口的"满腔的血"，"恶浪"似的"拍打"他的身体，"轰鸣"着，等等。与《邮购新娘》中的那段景物描写相比，这些动词或者描绘性词语，不是缠绵的，而是强有力的，似乎时刻要从身体中喷薄而出。

---

① 张翎：《向北方》，载《恋曲三重奏》，江苏文艺出版社2011年版，第47页。

透过张翎小说语言风格的转变,不仅仅是因为地域层面的简单切换——从"南方"向"北方",更是作家一种自觉的美学新变。"作家自觉从南方的纤细精致中撤离,去尝试体验北方的粗糙砥砺,从错彩镂金的繁复回归到清水芙蓉般的质朴自然,大有'绚烂之极归于平淡'之意。"① 不仅《向北方》,《余震》《金山》等小说都体现出张翎小说语言的这种转向。到了近作《死着》《劳燕》等小说,对于小说语言有着自觉追求的张翎进一步开掘"海派"语言美学的推陈出新之路。依旧浓情,不减厚重,但多了分从容。

> 那是七十二年前一个春天的早晨,清明刚过,天气乍暖。假如我没记错,那一天是那一年里最美的一天,那样的天色之前没有过,之后也没有被重复。那天大自然所有的一切,似乎都在声嘶力竭地呐喊。太阳在呐喊着养育万物的力量,山野在呐喊着时雨过后的洁净和苍翠,树木在呐喊着枝叶彻底绽放时的快感,花朵在呐喊着蜂蝶的翅膀引发的欲望。②

这段景物描写是在《劳燕》中女主人公姚归燕命运发生巨大转变之前,从拯救她性命的牧师比利眼中看到的。这段景物描写同样提前预示了女主人公姚归燕的命运,语言的鲜活与后续阿燕惨遭日本人蹂躏命悬一线、她阿妈惨死的现状形成了鲜明对比。但与《邮购新娘》中那段景物描写不同的是,这段景语的浓情不在明处;与《向北方》中的那段相比,情感色彩指向并不是强有力的直给。唯二具有一定强烈色彩的描绘性词语就是"声嘶力竭"和"呐喊",但是若联想到这段景物描写一开始给出的前提:春天的早晨,那么这两个强有力词语的感情浓度也有所冲淡。春天,天气乍暖,正是万物奋力生长的时刻,"声嘶力竭"和"呐喊"也不为过。对太阳、山野、树木、花朵的描绘都充满了春天的气息,并没有过多的情感倾注。当然这段景语依旧暗示了主人公的命运走向,尽管是相反相成的呈现,此刻愈加显现春天的活力,之后姚归燕的遭遇便愈加令人痛

---

① 胡贤林:《向北方:自由飞翔的姿态——论张翎的北方书写》,《暨南学报》(哲学社会科学版) 2011 年第 5 期。

② 张翎:《劳燕》,人民文学出版社 2017 年版,第 77—78 页。

惜。"张翎文字的流亮俏丽,让人想到张爱玲脱自《红楼梦》的文字针脚,更有一种跨洋跨海而鞭辟入里、顾盼自豪的须眉大气。"①

质言之,此时张翎小说语言依旧饱含浓情,但从早期的绮丽到接下来悠远、厚重的熔铸,直到近期从容的语言风格,呈现出张翎小说语言动态的发展路径,甚至对浙派文人一脉冲淡的文风也心领神会,这是"海派"语言美学在北美的接续与新生。

张翎自己总结道:"你试图用一种较为古旧的语言来叙述一些其实很现代的故事,用最地道的中国小说手法来描述一些非常西方的故事。你的阴谋是想用一张古色古香的中国彩纸,来包装一瓶新酿的洋酒。你希望藉此营造一种距离感,不让自己陷入时尚的烂泥淖中。"② 古旧却不落俗套,酿造洋酒又不离文化之根,有一定距离却又亲切可感。张翎如今浓情而从容的小说语言,对"海派"文学语言的接续与更新,对母土与异域故事天衣无缝的缝合,使张翎的小说在浸透着浓烈的民族和地域色彩的同时,又富有世界意识和现代精神。张翎的小说语言深植于"海派"文学的绮丽和中国悠久文化传统的"古",使她的小说饱含鲜明的"地域色彩"和"民族性"。在论述世界文化和本土文化两者间的关系时,韩素音指出:"Ramuz(瑞士诗人)说,如果一个人是彻底的'地方性的',他/她就会变得更世界性,只有建立在一个人的自己的语言传统,才会有能力传达自己文化精髓的特性,并使它们能被各种文化接受,能让人感到熟悉、亲切……一个作家在他或她自己民族文化中的根越坚实,他/她对文学和真实生活的贡献就越有创造性,越丰富,因为真实的生活也是亦总是文学。"③ 张翎对于民族话语的言说正走在这样一条扎实、前景灿烂的道路上。

第二节 中国古典小说语言诗学的承接

中国的古典小说,大致上的发展路径是从魏晋南北朝的志怪小说、志

---

① 苏炜:《三个女人的戏台——读"海外知性女作家丛书"》,《世界华文文学论坛》2005年第2期。
② 张翎:《一个人的许多声音——杂忆〈邮购新娘〉创作过程》,《江南》2006年第4期。
③ Han Suyin, "Foreword to Mirror to the Sun", *Mirror to the Sun*, *Hussein*, *Aamer*, London: Mantra, 1993, p. 11.

人小说,到唐宋的传奇,到宋元的话本,再到明清长篇章回小说。如果以语言为划分依据的话,文言小说是传奇以前的小说,白话小说则是话本以后的。于是就形成了中国古典小说发展系统中的两大类别:文言小说和白话小说。北美新移民华文作家的小说语言,在受到异国语言影响的同时,更呈现出一种对中国古典小说语言诗学承接的状态。尤其是对文言小说系统中的笔记体小说语言,和对白话小说系统中的话本小说语言特质的继承。这既是民族因子跨越时空后,在异质土壤上的开花结果,也体现出民族文化强大的向心力和凝聚力。"继承绝不是盲目复古,而是在现实观照基础上的理性反思,是创造性重建。……在大历史走向现代化的进程中,对'传统'的单纯的背离或单纯的回归都不可取,问题的关键在于摆脱二元对立思维定式,'辩证取舍、推陈出新'。"①

一 文言笔记体小说语言传统的继承

鲁迅 1924 年在西安大学讲授中国小说史的课程,后其讲义集结为《中国小说历史的变迁》,第二讲"六朝时之志怪与志人"初次用"志怪小说"与"志人小说"将笔记小说加以分类。而北美新移民华文作家对于"志人小说"语言诗学的继承尤为显著。

志人小说又称逸事小说,志人小说的命名是与志怪小说相对而言。志人小说主要记述的是人物的言行,志怪小说则侧重于讲述关于神仙、鬼怪的故事。在《中国小说史略》第七篇"《世说新语》与其前后"中,鲁迅写道:"世之所尚,或者掇拾旧闻,或者记述近事,虽不过丛残小语,而俱为人间言动,遂脱志怪之牢笼也。"② 宁稼雨又将志人小说分类:逸事与琐言。在其著作《中国志人小说史》中,他参照刘知几对于志人小说"逸事"与"琐言"的划分,阐述道:"刘氏所说的逸事小说,即指《西京杂记》一类偏于记录野史故事的小说,而他所说的琐言,则指《世说新语》一类以片言只语或简略勾勒来刻画人物为主的小说。……笔者认为志人小说这个名称应当包括逸事和琐言这两部分文言笔记小说。也就是用志人小说之名,含《四库》所收杂事小说之实。……我们所谈的志

---

① 白杨:《中华文化传统与海外华文文学》,《文艺报》2016 年 8 月 22 日。
② 鲁迅:《中国小说史略》,上海古籍出版社 2006 年版,第 34 页。

人小说，是以琐言小说为主，同时也兼及逸事小说中的小说成分。"① 由此可见，志人小说在记录人物逸事的同时，在语言上的特征较为突出体现为简短、亲切，且主要为勾画人物形象服务。

北美新移民华文作家少君的小说集《人生自白》就突出体现出对志人小说叙事传统的回望，尤其是对语言美学的继承。少君原名钱少军，是弃理从文走上文学创作道路的。他从北京大学声学物理专业毕业，毕业后当过《经济日报》记者，参加过中国政府一些重大经济策划与研究工作。后赴美留学，获得了美国德州州立大学经济学博士学位。他曾在普林斯顿大学和匹兹堡大学做过研究员，在美国的高科技公司工作过。多次跨界与丰富的多学科背景，尤其是深度参与到了祖国的发展和有关国计民生的战略制定，使得少君在小说创作中格外注重转型期普通中国人的日常生活、精神状态的变化。《人生自白》起初是少君在网络上书写的原创短篇小说100 篇，1997 年 1 月至 1999 年 2 月连载于美国报纸《达拉斯新闻》上，后经《世界日报》《新语丝》等平面媒体和北美网络转载，与国内读者见面是因为《人民日报》的刊载，《联合报》的转载使得海峡两岸读者都有机会共享。《人生自白》正是"逸事"与"琐言"结合的典范，既通过言语勾勒出性格鲜明的各路人物，又记述了人物之杂事。由于起初是在网络上进行的连载，所以《人生自白》中的各篇小说大都以情节曲折动人又贴近生活，人物自述语言极富个性等为特征，这也是少君这些小说风靡一时的重要原因。正如少君自己剖白道："其中最重要的是：语句构成简单、情节曲折动人和贴近网络生活本身。也许很多文学素养比较好的作家对这类作品不怎么看得起，但是无疑，这种类型的作品是目前最被网络认同的作品。文学最大的社会价值就在于对生活的描述和提炼，然后得到最多数人的认同，并能影响其他人的道德观念、生活观念以及人文思考。"②

《人生自白》中的短篇小说主要分为两大类，一类是在中国改革开放的大背景下，转型期的社会人生，主要有《舞女》《女秘书》《爷们儿》《按摩女》《康哥》《演员》《鬼市》《人到中年》《半个上海》等。另二

---

① 宁稼雨：《中国志人小说史》，辽宁人民出版社 1991 年版，第 9 页。
② 钱建军：《读×次浪潮——华文网络文学》，《华侨大学学报》（哲学社会科学版）1999年第 4 期。

类是记述华人新移民在异域的打拼，如《大厨》《大陆人》《图兰朵》《爱是什么》《洋插队》《愿上帝保佑我们》《新移民》等。更为难能可贵的是，每一篇小说因为主人公身份的不同，语言均符合人物的身份而呈现出韵味各异、质地十分丰富的特征。比如在《爷们儿》这一篇中，少君一共书写了四位爷们儿——板儿爷、泡儿爷、摊儿爷和乞儿爷。这四位爷们儿尽管挣钱的门路不同，但基本都是生活在社会底层的人物，所以他们的语言呈现出浓重的口语化特征，充斥着民间俚语甚至粗口。比如在北京农展馆附近蹬三轮儿的板儿爷向"我"讲述他们挣钱的艰辛时，这样说道：

> 问我们挣钱容易不？您算是问到点子上了。马路上，夏天您看谁出的汗多？冬天您看谁冻得跟三孙子似的？就是我们！您以为我们拉一回家具、送一回人，开三张两张就是"宰"人，您就不知道我们成天受的是什么罪?! 半路上有屎有尿憋得肚子疼你得忍着！哪有那么多厕所在马路边上等着你？要不，我们看到来'抄肥'的怎么那么恨呢？不揍丫的两下子，我们的气从哪出？什么叫'抄肥'的？'抄肥'就是他妈的野驴叼夜草！谁知道那帮丫的们都是干什么的呢？动不动的就骑个破车闯进我们的地盘拉活儿。您说，这我们能干吗？展览路这地界，我们哥儿几个包了好几年了，他们丫的来了，不是明摆着砸我们的饭碗吗！①

板儿爷向"我"讲述他挣钱的不容易，首先体现出浓厚的地域色彩，可见是典型的北京市民阶层的口语化表达。其次其中夹杂的俚语和粗口，尽管不文雅，但尽显人物的性格特征，尤其是身处底层但迸发出的强大生命力和生活尽管艰辛但依旧乐观的精神。除了板儿爷，还有老泡在委托商店门口倒腾廉价商品的泡儿爷，在五道口摆书摊儿的摊儿爷，还有在新闻机构中拉钱的乞儿爷。他们的赚钱门路都是改革开放初期，商品经济刚刚兴起时催生的社会现象。作为生活在社会底层的人，作为受到经济结构变革的冲击最首当其冲的普通劳动者，这样的语言完全符合他们的生活环境、生存方式。当然，还有经济状况更好、社会地位更高的人物生活在少

---

① 少君：《爷们儿》，载《人生自白》，江苏文艺出版社2003年版，第298—299页。

君的《人生自白》中，比如《爱是不能忘记的》。这篇小说讲述了天之骄女的陨落，高中没毕业就考上了名牌大学，大学毕业后又接着获得了公派留学的机会。与类似留学生小说相似的是，天之骄女来到美国后感受到了想象与现实的巨大落差，也曾是中餐馆中端盘子、打扫卫生的一员。与类似留学生小说有差异的是，这位女生到美国后尽管生活并没有想象中美好，还要忍受和男朋友的异国分离，但她坚守着中国传统女性的操守，并没有自我放纵，而是一心一意等男朋友出国，没想到等来的却是男友的背叛，于是她大病了一场。病愈后，她感悟道：

> 不久前的一天，我随朋友去教堂做礼拜。一个神父讲道：每个人心中都应该信仰上帝，因为只有上帝才会无私地帮助你。在庄严的圣曲声中，我忽然感到心间若有所悟。我终于明白了我们这些海外游子内心深处藏着一个上帝、一种情绪；这个上帝就是中国，这种情绪就是对祖国深深的眷恋和依赖。虽然我博士毕业后，在美国可有很多的选择，而且回国后也未必是一条顺途，但我还是决定下学期一毕业就回国。我之所以要回国，不是因为他，而是因为我一直忘不了我在中国的一切，忘不了中国的山山水水和中国的历史文化。还是那句话：爱是不能忘记的。①

这样的语言特质与"爷们儿"的显然存在巨大差别，留美博士的身份使她的语言不可能像社会底层劳动者们那样市民化，从她口中当然不会显出如何与别人争地盘儿的兴奋劲。语言不仅反映出人物的身份地位，更呈现出人物的心理状态与眼界。遭遇生活的艰辛时，爷们儿想到的是硬碰硬的对抗，是找"马子"寻欢作乐。而原本的天之娇女在遭遇恋人的背叛和在美国的艰辛生活后，想到的却是精神层面的自我救赎，于是她决定回国。当然，这并非给人物的身份和生活选择做高下的判断，而是陈述客观的事实，他们共同构成了一个丰富、完整的社会，缺一不可。只是语言不仅仅是交流的工具，不仅是人物们倾诉的通道，更带有深厚的社会现实和文化意味，成为塑造人物形象的关键之所在，突出呈现了人物的性格特征、情绪变化，乃至受教育程度、社会地位等。

---

① 少君：《爷们儿》，载《人生自白》，江苏文艺出版社2003年版，第318页。

如果说少君的《人生自白》是转型期域内域外中国人生活的"清明上河图",那么陈九的《纽约有个田翠莲》《挫指柔》等小说集,就描绘了华人世界的"俗世奇人"们。邱华栋说陈九笔下的华人们"不悲催、不血泪、很努力,而且,有意思"①。之所以能塑造出具有这样丰富、生动个性的人物,能自由进出历史与民族的深处却不显沉闷,就在于陈九小说的语言风格"带有京油子、卫嘴子的混不吝,但内里却有一种现代精神,他笔下的华人,在精神状态上非常积极进取"②。借鉴中国古代文言志人小说,陈九寥寥几笔就勾勒出了鲜活的人物形象,语言简短而有力量,亲切又不失庄重与体面。

在《水獭街轶事》这个短篇中,陈九凭借语言的魔力,生动刻画了水獭街众生相。水獭街位于美国曼哈顿,靠近哈德河岸,作为商埠以贩卖水獭皮而著称,街名也因此而来。这篇小说将叙事时间放在了一百多年前的水獭街,那时是纽约的"镀金时代",大量移民涌入,水獭街就聚集了形形色色的人物,蓝眼睛黑眼睛的,黄头发黑头发的,疯狂而迷乱。这篇《水獭街轶事》主要写了五个典型人物,因为陈九对语言的驾驭能力,使得这五位人物尽管出场分量所占比重不一,但全都特色鲜明、个性十足。

意大利移民安东尼,在水獭街开了一间包罗万象的杂货铺,他算是这条街上的大哥大。祖籍中国广东的华人移民邝老五,祖上是来美修太平洋铁路的华人劳工,又到旧金山淘过金,到了邝老五这辈在水獭街开了间洗衣店。安东尼的女儿安美丽与邝老五的儿子相恋,当时美国法律还不允许白人与华人通婚,因此两人一直维持秘密恋情,但安美丽的肚子一天天大起来,越来越瞒不住了。住在水獭街的暗娼蜜蜜花来自南部的田纳西,出于女性的敏感,她看出了安美丽怀孕的真相。于是一传十十传百,整条水獭街的人都知道了安美丽怀孕的事情,尤其是在街上开衣场的钱斯基——这个不知道是哪国来的人——知道后,唯恐天下不乱。于是,故事从此拉开了序幕,各路人物纷纷上场。对于安东尼及其女儿安美丽的刻画,作者更多采用的是关涉动作的描绘性语言,两父女的性格特征颇为类似,突出父女俩心无城府、直接、莽撞的特质。对钱斯基的描绘更倾向于神态和心

---

① 邱华栋:《抢吧,你就使劲抢吧(代序)》,载陈九中篇小说集《挫指柔》,作家出版社2016年版,第4页。
② 邱华栋:《抢吧,你就使劲抢吧(代序)》,载陈九中篇小说集《挫指柔》,作家出版社2016年版,第4页。

第五章 民族文化语言之状态

理状态的展现，语言多突出其狡黠、心眼多的性格特征。对于邝老五的呈现，则采用正面呈现与侧面突破相结合的方式，既通过邝老五自己的言语，也透过水獭街其他居民，比如钱斯基、安东尼、蜜蜜花等人的话语表达，合力建构起邝老五的完整形象。在怀疑女儿安美丽腹中胎儿的父亲是隔壁华人邝老五的儿子后，安东尼十分生气。"安东尼终于没扛住。他抄起双筒猎枪，对着邝老五的'邝记洗笼'横匾一顿乱射，噼里啪啦，匾也歪了，白底红字上净是弹孔。那时就流行谁横谁老大，人不说话枪说话。他边射边吼，邝老五，把你的王八蛋儿子交出来！"① 如此莽撞的行为描写几乎没有任何关涉心理状态的语言呈现，女儿未婚先孕，对象还很有可能是法律不允许通婚的华人，作为父亲的安东尼理应在心理上有较大情绪的波动，但作者并未对此着墨，而是将语言表达的重点放在了安东尼的动作行为之上：他扫射邝老五的牌匾，还怒斥脏话骂邝老五。此时邝老五躲了起来，钱斯基围观看热闹：

> 钱斯基是小嗓儿，按昆曲分类算小生，颇像电影《列宁在一九一八》中的告密者，掐死他，掐死他，就这样掐死他！他用手指做虎钳状，放在喉咙下抖动着。安东尼一把将他推个踉跄，管你是波西米亚人还是犹太人，没有祖国就谈不上尊严。发客油，什么掐死，烧，用火烧才对！是是，烧，烧。钱斯基还是小嗓儿，更小，变青衣了。他顿时领悟，意大利人多信天主教，罗马教廷惩罚异教徒就是绑十字架烧，当年坚持日心说的布鲁诺，不就被活活烧死了吗？对，架十字架，烧他娘的。钱斯基又重复一遍。②

钱斯基的言行与安东尼形成了鲜明对比，他从不与人正面武力冲突，而是在一侧怂恿或者附和。作者在这里用了两个类比，一个《列宁在一九一八》这部电影，一个是昆曲小生。这两个类比分别凸显了钱斯基十分重要的两个特征，一是性格上的，类似于"告密者"，一是声音上的，类似昆曲中小生的小嗓儿。而这两个特征结合起来，更明确了钱斯基狡黠、贼眉鼠眼的人物形象。不过在这段描写中，有一个细节更值得关注，

---

① 陈九：《水獭街轶事》，载《挫指柔》，作家出版社2016年版，第111页。
② 陈九：《水獭街轶事》，载《挫指柔》，作家出版社2016年版，第111页。

那就是安东尼尽管把钱斯基推得踉跄，钱斯基不仅没有反抗，还用更小嗓的声音迎合安东尼对邝老五过分的欺辱行为。无论是只能躲在一旁的邝老五，还是一味迎合的钱斯基，他们之所以如此小心翼翼，安东尼之所以如此横行霸道，一个很重要的原因就是"没有祖国就谈不上尊严"。出现在这段场面描述中的一句话，看似是一处闲笔，其实是作者的匠心，与前面所述当时的美国法律不允许华人与白人通婚形成了呼应。看似是一起桃色事件引起的纠纷，深层内蕴却指向民族、种族的内核。

小说若按照这个思路写下去，倒也不失为一种可行性路径。但陈九在此处牵引着故事情节拐了个弯，于是小说的内蕴也朝向更深处漫溯。躲在暗处的邝老五在夜里竟发现，有人载着满满两大马车的老鼠倾倒进了水獭街，于是街坊四邻都被惊动，水獭街因为如此多的老鼠没了往日的安宁，大家纷纷出动抓老鼠。挺着大肚子的安美丽被眼前如此多的老鼠吓到，她父亲安东尼在突然面临的灾难面前一片茫然，发了疯似的对着老鼠开枪，但老鼠比子弹多。而邝老五起初也被吓得不轻，但他很快就镇静了下来。于是有了如下场景的出现：

> 有些东西是胎带的，没辙，老辈儿经过太多苦难，都基因化了。他对安美丽说，丫头你稳住，听叔的。他让安美丽找来一只铁皮箱，把所有金银货契都放进去，四边再用火漆封牢，然后藏到阁楼上的隐蔽处。他对安美丽说，丫头，其他都好说，别让老鼠把房契啃喽，有这咱就能熬过此劫东山再起。接着他让安美丽把店里尚存的所有老鼠夹子都用上，能抓多少抓多少。再用大把石灰粉店里店外一顿狂撒，……起码先把店面保住。邝老五自己也这么干。①

这段描写有两种性质的语言形态，一是叙述者转述的邝老五的语言，一是叙述者的语言。前者突出表现在邝老五安慰惊慌失措的安美丽，并十分镇定且有条理地安排安美丽的一系列行动，比如藏好金银货契，比如撒石灰驱赶老鼠，充分显露了邝老五沉稳、隐忍的性格特征。后者叙述者的语言在描绘安东尼时，多用激烈的动词，但在涉及邝老五的时候，叙述者的语言明显冷静下来，从以情感爆发强烈的动词为主，转变为较为平静的

---

① 陈九：《水獭街轶事》，载《挫指柔》，作家出版社2016年版，第116—117页。

陈述性语言。而叙述者在此处又落了一处闲笔，解释邝老五之所以经过了起初的震惊后，能迅速冷静下来并从容应对，是因为民族经历过太多苦难，以至于基因化，从娘胎带来的，这处看似不经意的"闲笔"，恰有深意，于潜隐处暗写了华人的民族性。

接下来的故事情节走向，几乎被钱斯基一人推动，他怂恿安东尼报复邝老五，还联合头脑简单的安东尼大发"鼠灾财"，贩售个大的老鼠夹子。精明的钱斯基看出来这次"鼠灾"就是人祸，为的就是向水獭街大肆出售老鼠夹，大发横财。可老鼠太多，新的老鼠夹子不仅不能将老鼠全部捕获，产生了大量的死老鼠更是成了水獭街的一大难题。坏心眼的钱斯基于是又想了一计：

> 咱跟他这么说，让他戴罪立功，要么抓到鼠王，抓不到鼠王就得清死老鼠。如果答应，他儿子可以免罪，否则严打。你们放心，中国佬都顾家，为儿子啥罪都肯受，一定会干。钱斯基心说，哪那么容易抓到鼠王，让这个中国佬撅着屁股干吧。①

这段描写既继续深化了钱斯基狡诈的性格特征，又从他之口道出了关于邝老五乃至华人的特质——顾家。也正是拿住了邝老五的这一特性，钱斯基的阴险计谋得以展开，这也成了邝老五被欺压的把柄。在被解放的黑人奴隶嘎嘎咕的帮助下，邝老五化险为夷，但钱斯基没有就此罢休，以告邝老五的儿子为由，想霸占邝老五的店铺。接踵而至的灾祸并没有击垮邝老五，他一次次选择了面对和战胜困难。在钱斯基他们获悉邝老五的儿子即将回家的时候，便又一次当众为难邝老五。善良的安美丽挺着大肚子，拿着他父亲的散弹枪又冲了出来帮助邝老五。"人们看到一位丰腴的年轻女子，手持长枪，高声叫骂着冲向钱斯基，'钱斯基，你王八蛋，我要杀了你！'"安美丽是整个故事发生的极其关键的人物，但在小说中对她的描绘着墨不多，每次出场她都承担的是对抗钱斯基的角色，以保护邝老五。但即便如此，她的个人形象依旧非常鲜明，简单的几个动作语言和她高声的叫喊，充分凸显了这个女子的善良、勇敢。不幸的是，在安美丽与钱斯基的纠缠中，散弹枪竟击中了邝老五。

---

① 陈九：《水獭街轶事》，载《挫指柔》，作家出版社2016年版，第123页。

在小说的最后，作者写道："收笔之际，惊闻美国国会恰于今天通过法案，为当年充满种族歧视的《排华法案》，向所有美国华人道歉。扶窗西望，凭月临风，浮想联翩，潸然泪下。"① 陈九的"志人小说"语言简洁但不简单，贴切又不失庄重，将各类人物刻画得特征鲜明、形态各异、生动传神，将对华人民族性的表达妥帖嵌入，更是突破"逸事"直指历史、民族的纵深，饱含海外华人对母土的拳拳深情。

二　白话"说书"传统语言特质的接续

除了文言小说传统之外，中国古典小说还有一大传统小说系统：白话小说系统。在这一系统中，脱胎于"说书"这一"口述"文学形式的中国古典小说，呈现出明显的"说书人"痕迹。晚清时期，中国小说处在现代性的进程中，作家们汲取了西方小说的故事内容、写作方法、叙事技巧等，丰富了中国小说的表现手法和思想内容。"但是，在语言方面，他们是无法向西方学习的，只有向中国已有的白话小说学习，或者确切地说是向说书人学习，才能够完成小说语言的改革。在小说语言现代性的进程中晚清的文人们先是对说书体旧小说的全盘否定，再是对说书体旧小说的审视和学习，直到对说书体小说的模仿，逐渐展开了语言的变革。"② 梁启超小说界革命的提出起初是从新民的政治思想着手，小说的变革首先是从叙事技巧、思想内容入手，但知识分子们逐渐认识到语言也是小说改革重要的题中之义。文人使用文言，百姓使用白话，导致两个阶层难以完全相互沟通，以小说新民的主张难以展开。于是改革小说的语言便成为十分重要的问题。梁启超在《小说丛话》中明确表示："文学之进化有一大关键，即由古语之文学，变为俗语之文学是也。各国文学史之开展，靡不循此轨道。……自宋以后，实为祖国文学之大进化。何以故？俗语文学大发达故。"③ 晚清知识分子们意识到俗文学拉近了百姓与文学之间的距离，尤其是"说书"这种传统"口述文学"形式，更是百姓喜闻乐见的文学传播方式。

陈平原说："中国小说主潮实际是由宋元话本发展起来的章回小说。

---

① 陈九：《水獭街轶事》，载《挫指柔》，作家出版社2016年版，第144页。
② 李云：《论说书传统对晚清小说语言变革的影响》，《明清小说研究》2015年第2期。
③ 陈平原、夏晓虹编：《二十世纪小说理论资料（1897年—1916年）》，北京大学出版社1989年版，第65—66页。

白话利于叙事、描写乃至抒情,可章回小说甩不掉说书人外衣,作家就只能拟想自己是在对着听众讲故事。"① 北美新移民华文作家在自己的小说创作实践中,在小说语言诗学的建构中,也呈现出向"说书人"学习的特质。作为叙述者的"说书人"在说书的过程中有一个语言特权,即他可以随时随地对叙述发表议论,不受任何限制。在小说中,叙述者对叙述的指点、议论,称为叙事干预。"干预可以有两种,对叙述形式的干预可以称为指点干预;对叙述内容进行的干预可以称为评论干预。"② 前一种干预是中国古典小说常用的语言技巧,以制造一种仿佛叙述文本是按照说书人的叙述实录而成的效果,也以便说书人以这种方式"感染"读者,进而对读者的接受进行控制。到后来在发展的过程中,这样的语言干预方式逐渐变成了一种风格,一种叙述程式。后一种干预"是与叙述接受者作道德判断上的呼应,是一种主体性整合的方式"③。

赵毅衡认为,一般来说,叙事干预到现代愈来愈少,"到当代,干预名声已很糟"。但在北美新移民作家的华文小说中,叙事干预是惯用的语言处理方式,这样的语言诗学不仅没有影响到其小说叙述的连贯性,更是在创造性继承传统的过程中推陈出新,将叙事干预与故事内容、叙述行为巧妙贴合,丰富了小说的叙事层级。这样的处理方式不是对中国文学传统的简单回归,而是一种主动的辩证选择。

在袁劲梅的《青门里志》中,叙事干预不仅没有中断或者打乱叙述的节奏,反而使得叙事更加流畅,这样的叙事干预使得语言成为引领读者进入作者叙事"圈套"的助推器。袁劲梅的小说一向以理性著称,故事情节的架构、人物形象的刻画都服务于哲理底蕴的呈现,这与袁劲梅哲学教授的身份密不可分。叙事干预便成为袁劲梅进行哲理思索的重要语言法则。在《青门里志》中,袁劲梅采用的叙事干预法则主要有三种具体的手法,第一类是在故事情节的叙述过程中插入叙述者的解释性、总结性语言进行叙事干预;第二类是借鉴自然科学的手法,插入调查报告、图表等,中断小说由虚构的故事情节编织起来的感性语言架构,嵌入理性、客观的可视化图文;第三种是给小说中出现的意象或者概念等作注,取消词

---

① 陈平原:《中国小说叙事模式的转变》,北京大学出版社2010年版,第19页。
② 赵毅衡:《当说者被说的时候》,中国人民大学出版社1998年版,第29页。
③ 赵毅衡:《当说者被说的时候》,中国人民大学出版社1998年版,第41页。

语的多义性或者内涵指向的模糊性,由作者代为撷取具体的意义指涉。

《青门里志》可以看作一部北美新移民华文作家的"忏悔史"与"反思史",在小说中作者塑造了科学家科安农和苏邶风两个形象,并以他们对动物进行观察的视角切入,探寻人性与动物性之间的勾连。文中叙述到作为美国人的科安农及其家庭,和许多白人都在做的一件事就是向印第安人忏悔,忏悔他们的祖先当年对印第安人犯下的巨大罪行。原本故事情节都按照小说叙述的正常路径发展,讲述白人如何进行忏悔和赎罪,但叙述者此时却跳了出来,掷地有声地说道:"人性里要是没有宽容和理性,人还是丛林里的动物。"[①] 这是叙述者对科安农家族忏悔的总结,这一总结出现在此处显然与小说固有的属性有些冲突,破坏了小说意旨的丰富性,又有剥夺接受者自由的嫌疑,将意义直接给定出来。这样做的意义也正在于引领读者进入到作者所创造的意义世界,统一小说的价值观念,以达到作者传递某种思想意识的目的。这样的总结很鲜明地解释了作者创作的意图,不仅深入到具体的小说情节,也上升到整个小说的抽象的意义主旨。

《青门里志》整个小说几乎都建构在小说中的人类学家苏邶风,与研究黑猩猩和博诺波猿的生物学助教科安农两人联手进行的科学研究的基础之上。于是小说中穿插着多篇两人的科研调查报告,这些调查报告形成的叙事干预与叙述者讲述的在青门里发生的故事,形成一种复调性叙事结构。在小说的最开始,作者就用一篇调查报告开启整个小说的叙事过程。

×年×月×日:

弥尔格林实验:研究人的服从权威心态和独立反省能力。二战后,人们反省:为什么许许多多普通人变成纳粹,理直气壮地杀犹太人。一些心理学家做了该实验:由一个穿着白大褂的医生,告诉一组自愿参加实验者,这是一个"记忆单词方法"实验,如果隔壁房间的学习者拼写错了一个单词,你就要按一下前面的电源按钮,会有电流在对方身上轻击一下,就像小孩子学字,记不住,大人就在他们手心上轻轻打一下。这种带一点疼痛的惩罚性学习方法,可以加快记忆。

隔壁房间里的人是一些演员,但参加实验者不知道。演员按实验

[①] 袁劲梅:《青门里志》,北京十月文艺出版社2012年版,第18页。

设计，不时地拼错字。一错，这边的参加实验者就按一下电钮，隔壁的人就"哎哟"叫一声。随着错误增多，电流量越加越大，那边的人叫得越来越厉害。有参加实验者怀疑了，问"穿白大褂的医生"："对面的人很疼了，实验要不要继续？""医生"面无表情，说："这是实验要求。疼，对他们有好处。继续。"参加实验者又继续按电钮，隔壁的人叫得更惨烈，有人做晕倒状，还有人做心脏病发作状。参加实验者开始受不了了，问："还要继续？""医生"依然面无表情，说："继续，一切不用你们负责，只做你们该做的。"参加实验者犹犹豫豫又继续按电钮，直到电伏加大到可以电死人，也没有一个人问：凭什么我们要听这个"穿白大褂的人"的指令？仅仅是因为他穿了白大褂，他就有了权威吗？

弥尔格林实验结果：普通人均有服从权威的天性。这种人性中的盲目服从心理，可以解释为什么历史上独裁者能驾驭人民。希特勒杀犹太人，人人都知道那是制造痛苦和残忍，可那么多德国人还是跟着干，以为是使命。

我们（科安农和苏邺风）的"生物—人类学"课题将从人性中这种服从心态及其危险性开始。

——摘自《科安农—苏邺风观察日志》[①]

这样一篇详细的调查报告直接出现在小说一开始的位置，与一般性的题记有类似的叙事形式，一方面它将作者的创作意图和叙事指向十分清晰地呈现出来，虽然没有留给读者自由发散的空间，但这并不影响小说内蕴的丰富性，反而因为意义指涉的鲜明，使得作者能够集中精力对主题内蕴进行更深层次的挖掘，以免读者被过多旁逸斜出的枝蔓所牵绊。另一方面，很明显，这篇报告与具体的小说故事情节的展开形成了叙事分层，使得小说在结构上更加圆融，叙述者能够在哲理与故事情节之间自由穿行。从某种程度上来说，整个小说也是袁劲梅的一场弥尔格林实验，是她意图站在哲学的高度进行的关于人性的考察。从生物学的角度考察人性中的服从心态及其危险性，弥尔格林实验与袁劲梅的"实验"形成某种同构，在相互照应中相辅相成。当然不能完全依靠文学作品解决社会、历史乃至

[①] 袁劲梅：《青门里志》，北京十月文艺出版社2012年版，第3—4页。

人性的问题，但袁劲梅迎难而上的勇气和深掘人性隐秘的行动力，着实令人感佩。这样的调查报告一旦出现，又旋即提升了小说的真实度和可信度。几乎在小说每一章节的开头部分，都会插入类似这般的调查报告，每一篇报告引导读者深入不同的角度和层面进行体察。

不仅有调查报告时不时出现以干预叙事，袁劲梅甚至会引入可视化图表进行更细致和清晰的分析。为了更清晰呈现人与动物之间的联系和区别，作者将一张"动物进化时间及共同基因比较图"在小说中直接张贴了出来：

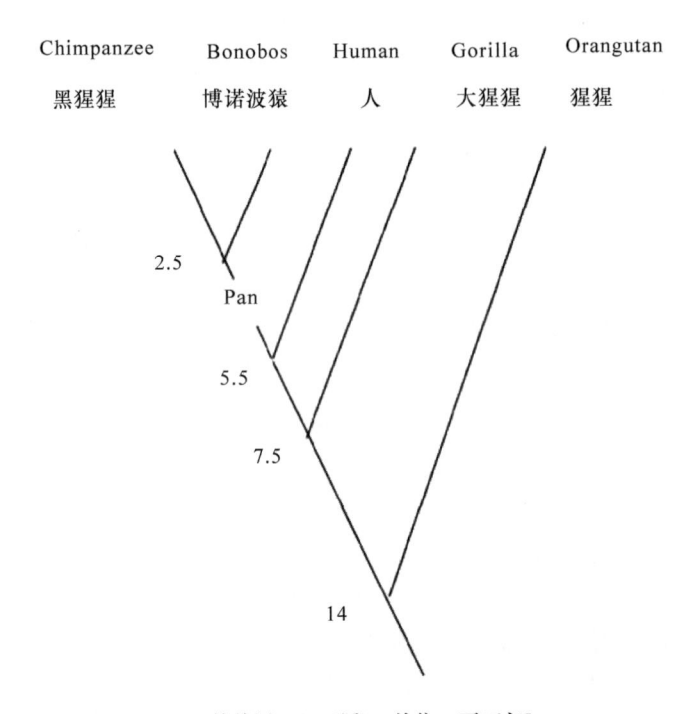

```
Chimpanzee    Bonobos    Human    Gorilla    Orangutan
 黑猩猩        博诺波猿    人      大猩猩      猩猩

         2.5
              Pan
                5.5
                     7.5
                          14
```

[总基因：Pan(潘)；单位：百万年]

上述图像语言①与调查报告又相互补充叙事，将黑猩猩和博诺波猿直接与人类在生物学的基因方面进行对比，揭示"我们都是丛林中的动物"这一人类已普遍不愿意承认的事实。在图表中"Pan（潘）"这一总基因是关键之所在，它是黑猩猩、博诺波猿还有人类共有的基因，在这一意义上，三者是同一种属，后来在不同的时间段逐渐分化。而人类与黑猩猩、

---

① 原图参见袁劲梅《青门里志》，北京十月文艺出版社2012年版，第13页。

博诺波猿的亲缘关系几乎同样远近，于是人类天然在基因中就带有博诺波猿的好色，以及黑猩猩的嗜权和残暴。进而根据这一可视化语言，叙述者解释道，人之所以为人，之所以独立于黑猩猩、博诺波猿这些物种之外，一个很重要的且别的物种没有的特性就是"理性"，东方人称之为"仁道"。如果人类不能理性控制住自己基因内部的好色、嗜权、残暴等，那就与黑猩猩、博诺波猿没有太大的区别，甚至还不如尽管凶残但不残害同类的老虎进化得好。在人类的基因中"爱"和"暴"深刻地纠缠在一起，但"理性"或者"仁道"才是人打破蒙昧的最强有力"武器"。这并非贬低人类，而是在这样的生物学事实面前，使人类能够正确摆放自己的位置，能够正确处理和对待基因中不安分的躁动分子，能够理性面对自己，面对同类，面对历史，面对社会。

　　正是在这样的创作意图统摄之下，或许会有学者诟病袁劲梅的这部小说又过于注重哲理，甚至有通过小说图解哲理之嫌，而轻慢了感性的小说语言。米兰·昆德拉就将其小说定义为对"存在"的探寻，在感性的语言外壳中包裹着的是哲学的底蕴，这也是众多读者欣赏其小说的重要原因之一。在《小说的艺术》中，米兰·昆德拉说道："小说有一种非凡的融合能力：诗歌与哲学都无法融合小说，小说则既能融合诗歌，又能融合哲学，而且毫不丧失它特有的本性（只要想想拉伯雷和塞万提斯就可以了），这正是因为小说有包容其他种类、吸收哲学与科学知识的倾向。"[1]通过叙事干预，尤其是上述评论性的叙事干预，将小说的感性和理性统一，感性语言的外表之下蕴藏着的是深厚的理性思考。所以，当克里斯蒂安·萨尔蒙问米兰·昆德拉说："在您的小说中，是哲学思考起了这个作用吗？"他回答道："我认为'哲学'一词不恰当。哲学在一个抽象的空间中发展自己的思想，没有人物，也没有处境。"[2]人类与黑猩猩、博诺波猿原本属于同一个种属，但就是那重要的百分之二的不同基因将人类独立出来，那就是理性与仁爱。这两者能够控制住人类本性中与黑猩猩、博诺波猿共有的残暴、倚强凌弱、以多欺少等因子。人类走出了丛林，但我们无法将丛林带出人性，理性与仁爱就显得尤为重要。袁劲梅就在这样的努力中，用叙事干预搭建起复调性的叙事空间，用解释性语言与评论干预统

---

[1] ［法］米兰·昆德拉：《小说的艺术》，董强译，上海译文出版社2004年版，第82页。
[2] ［法］米兰·昆德拉：《小说的艺术》，董强译，上海译文出版社2004年版，第87页。

一整个小说的价值观，把读者容易分散的注意力集合在一种意识下，呼唤理性与仁爱的重要性。于是《青门里志》中的哲思与小说故事情节的推演、人物形象的塑造既相互独立，又相得益彰。

除了解释性语言干预和评论性语言干预，在《青门里志》中还有指点型干预的运用。这种类型的叙事干预在中国古典小说中更为常见，甚至形成了固定的程式。比如"绕了一大圈儿，我捡到小孩子的童话再接着讲……""现在，我要仔细说说青门里了。"诸如此类的指点干预在《青门里志》中并不鲜见，大都是叙事者在讲述到青门里当年的人或事的时候，插进了自己的大段哲理性议论，或是与动物进行类比讨论，从而中断了故事的叙述，用这样的指点干预将叙事拉回到故事层面的轨道。甚至还出现了"且听下回分解"这般"说书"中经常呈现的指点干预程式。这样的指点干预与中国的"口述"文学传统密不可分，在拉近与读者距离，使读者倍感亲切、真实的基础上，更便于读者接受叙述者想要传达的主题意蕴。

中国古典小说中的白话"说书"传统在袁劲梅的小说中"复活"，这并不是完全意义上的复古，而是创造性转化。这样的叙事干预并没有妨碍小说叙事的流畅性与整体性，反而使得袁劲梅的小说在融合哲理的过程中更加圆融。用语言打造除了在复调性的叙事结构，在多层面、多维度呈现着作者关于民族文化，关于人类，关于人性与动物性的深层次思索，也使得读者在亲切度、真实感都高饱和的状态下，接受作者所传递出来的哲思。

第三节　民族文化心理语言

在民族的形成过程中，孙中山认为有五种重要的力量，即生活、血统、宗教、语言、风俗习惯。他更旗帜鲜明地阐述了语言与民族之间的关系："如果外来民族得了我们的语言，便很容易被我们感化，久而久之，随同化成一个民族。再反过来，若是我们知道外国语言，也容易被外国人同化。如果人民的血统相同，语言也相同，那么同化的效力便更容易。所以，语言也是世界上造成民族很大的力。"[1] 其实孙中山在这里所谓语言

---

[1] 孙中山：《民族主义》，载《孙中山选集》，人民出版社1981年版，第620页。

的同化力，即形成语言及语言背后的文化的作用力，语言不仅仅是工具，更是一个民族文化的高度凝结和形象化表达。不同民族的语言体现出来的，是各个民族文化思维方式、心理结构等的差异。北美新移民华文作家深刻感受到了本民族与异族文化的差异，在成年后去到异国他乡，又深入到异族语言所产生的文化背景中，两者之间文化的不同、语言的殊异反映到他们的文学作品中，尤其明显呈现出不同的心理状态。

语言中潜藏着民族文化心理的符码，德国语言学家洪堡特就曾说过："语言仿佛是民族精神的外在表现。民族的语言即民族的精神，民族的精神即民族的语言，二者的统一程度超过了人们的任何想象！"① 所以想要改变中国人的精神，就要先从外在语言的改变做起。鲁迅对于传统文化的自省，对于国民性的批判更是从语言的变革开始。作为表征的现代小说的文化语言，其深层的逻辑更大程度上是由社会历史、个人心理状态等决定。北美新移民华文作家的小说语言，呈现出饱含民族文化心理状态的特征，在这里"心理"是附着，或者说重要的呈现方式，而主要分析文化，因为文化心理是由文化习惯、文化伦理带来的。

一 语言的革命性与日常性

在《中国现代小说史》中，夏志清指出"感时忧国"的精神是"五四"叙事传统的核心。而所谓"感时忧国"则指知识分子有感于"中华民族被精神上的疾病苦苦折磨，因而不能发奋图强，也不能改变它自身所具有的种种不人道的社会现实"② 而产生的"爱国热情"。因此，在这个意义上来说，中国现代文学从一开始就背负着中国现代化历程的沉重包袱。另一方面，"五四"时期因为启蒙的需要，白话取代文言成为新的合法书面语，街头巷尾的口语取代文言登上了大雅之堂。高玉就认为现代汉语之于现代文学具有相当重要的影响，思想革命与语言变革更是密不可分，他进一步阐释道："思想革命对五四新文学运动绝对是重要的，而思想革命并不像五四先驱者们所理解的是独立于语言之外的理论上可以独立运行的运动，它和语言运动是紧密结合在一起的，并没有语言之外的思想

---

① ［德］威廉·冯·洪堡特：《论人类语言结构的差异及其对人类精神发展的影响》，桃小平译，商务印书馆1999年版，第52—53页。
② ［美］夏志清：《中国现代小说史》，刘绍铭等译，复旦大学出版社2005年版。

革命。"①

上述事实决定了革命性、日常性构成了现代汉语思维的两大特征。语言的变化带来的不仅仅是语法和音韵的变革，更影响着使用者的思维方式。贺绍俊就认为，"现代汉语革命性的思想资源并不是当时的白话所固有的，它主要来自西方近现代文化"②。因为"五四"时期，众多知识分子，尤其是新文化运动的先驱们，都有出国留学的经历，即便没有留学，大量西方翻译作品的涌入，也使其受到不同程度的重大影响。于是现代汉语一开始便天然融入了西方的语法构成乃至思维方式，因此而营构了白话革命性思维的基础。也正是在这个意义上，白话承担着重要的启蒙重任，而不仅仅是交流工具那么简单。但是以夏志清为代表的海外华人学者，在看到新文化运动中的知识分子们负载着"感时忧国"的精神，现代文学语言具有革命性特征的同时，又将张爱玲、钱锺书、沈从文等视为与当时文学主流语境不太一致的作家，并指出他们的文学叙事代表着另外一种叙事系统：日常生活叙事。革命性、日常性从一开始就熔铸进了现代汉语及其文化思维之中，尽管海外新移民华文作家迁居异域，但毕竟大都是成年后才移居，现代汉语早已作为一种稳定的思维方式和心理结构潜藏于他们的思维、价值观、伦理观，乃至外化于其行为方式中。

现代汉语所承载的革命性长期占有绝对分量，使得中国当代作家对历史资源，尤其是关涉"民族伤痕"③ 的历史命题投入极大的关注度。但在具体的文学创作实践中，往往又无法摆脱对于具体历史事件的判断，或者功过是非的评说，即便从日常生活层面呈现，也多沉湎于现实生活的苦难叙事或者恩怨纠葛。这样的叙事理念，导致的一个主要结果就是，中国当代作家的相关作品一旦超越特定的读者人群（共享共同文化和历史经验的"想象的共同体"）之后，其价值内涵、意义指涉就很难获得认同。北美新移民华文作家在此问题上有一定的突破，既是受到西方语言思维方式的影响，也是对张爱玲、钱锺书、沈从文开辟的日常性叙述的接续。对于中、西两种语言的熟稔，带来的不仅是沟通工具的变化，更是思维方式的熔铸与更新。不能说是北美新移民华文作家完全摆脱了现代汉语思维的定

---

① 高玉：《现代汉语与中国现代文学》，中国社会科学出版社 2003 年版，第 153 页。
② 贺绍俊：《现代汉语思维的中国当代文学》，《文学评论》2009 年第 6 期。
③ 在第四章"'民族伤痕'与类民族志书写"一章中，对此有过具体论述，故在此不再做具体阐释。

式或者说局限，而是在新质的介入后，更丰富了他们的创作资源和思维方式。

《加拿大文学评论》月刊在谈到李彦的英文长篇小说《雪百合》时，认为其小说的语言文字"极其出色"（extremely well written）："李彦的写作风格十分独特。同时使用英文和中文两种语言创作所产生的点金术般的神奇效果，极大地丰富了书中的意象群和节奏韵律感。毫无疑问，她那带有共鸣的声音是属于中国韵味的，即便是用英文写作，也充盈着那种古老语言所蕴含的生机与美丽。"① 另一种语言及其思维方式的熔铸，使得李彦的小说没有沉湎于具体历史事件无法自拔，而是拨开语言革命性的迷雾，循着张爱玲、钱锺书、沈从文的路子，对语言的日常性及其所承载的思维方式进行接续与更新。这不仅是李彦的专利，北美新移民华文作家中的薛忆沩、袁劲梅等人都有类似的精神体验。

利用中国经验对中国故事的书写，尤其是对中国历史的呈现，一些北美新移民华文作家在进行处理的时候，并没有采用侧面包抄的方式，而是直接正面突破。他们并没有以西方的价值观念对中国的叙事资源进行重新诠释，当然这样的诠释方式在很大程度上开拓了中国经验创作资源的阐释空间。但另一些北美新移民华文作家如李彦、薛忆沩等，并没有在思想、价值观念等层面跳脱出中国当代文学对中国革命历史的既有判断，而是从语言上下功夫，因为我们自己民族的语言系统中同样存在着人类共通的精神。于是他们对于中国革命、历史的诠释，将重心从价值意义层面，转移到了语言意义层面，从而能够拨开一定的语言思维定式，深入人物的内心，从容不迫地解开杂芜历史的缠绕。这也使得这些作家对中国经验的书写能够进入国际视野，他们对人性的书写使得他们的小说即便脱离了中国文化这一特定的语境，还是能与西方人产生共鸣，甚至获得认同，他们的小说在国外的获奖即是明证。李彦的《红浮萍》，薛忆沩的《空巢》，袁劲梅的《忠臣逆子》等小说，都从中国本土叙事着手进行书写，也都没有从价值观念上突破中国当代文学既有的判断。但他们的这些小说之所以能在国内外引起反响，一个很重要的原因就是深掘民族语言体系中人类共通的精神价值——对于丰富精神世界的向往，对于信仰的执着追求。

---

① Michelle Tisseyre, "Healing a Devastated Life: A Chinese Daughter Finds Her Inspiration in Norman Bethune", *Literary Review of Canada*, November 1, 2010, p. 18.

二 语言的典雅性与深刻性

"五四"时期,现代白话以决绝的态度与文言划清界限,在口语和书面语两方面都将文言挤占开去,这是当时进行社会变革的需要,有利于现代白话尽快融入思想平台,以完成启蒙的重要任务。但这种现代白话的全面"胜利"带来的问题也是显而易见的,全盘接受现代汉语而将文言推入历史的旧纸堆,使得二者之间没有形成良好的互动,缺乏沟通。于是,文言所包含的传统文化的精华部分,以及文言的精气神就很难进入现代汉语系统中,造成的结果就是现代汉语因为缺乏传统精魂的滋养,而在语言的典雅性方面有所不足。李彦是北美新移民华文作家中用中英双语进行创作的作家之一,她曾明言语言的不同,带来的创作感觉亦是殊异的,她说:"当我想追寻词藻,韵律,或者视觉上带来的愉悦和享受时,中文因其文字本身的魅力,无疑更胜一筹。"[①]作为象形文字的汉字本身就是艺术的表现形式,是其殊异于英语等表音文字的重要方面,而附着于汉语之上的中国传统文化及民族的精魂,更使得汉语具有典雅性及独特的韵味。现代汉语自出现伊始就呈现出革命性与日常性的特质,典雅性相对欠缺。但这并非意味着用现代汉语创作出的文学作品,就一定不能呈现出典雅性的特质,其只是受到了前两者的强势挤压。从"五四"时期的庐隐到20世纪30年代的萧红,再到40年代的张爱玲,女性作家们因为对时代变革的深刻体会,以及对女性命运跌宕的切身感受,其创作的小说语言呈现出典雅性与深刻性的高度契合。尤其是张爱玲,她的文学语言深谙《红楼梦》的精髓,又熔铸进自身独特的生命体验,具有大俗与大雅的丰富审美内涵。正如杨联芬所言:"张爱玲语言的雅,来自她对人生和人性深度的理解和丰富的体验,语言的雅,实际上体现的是她艺术上天才的创造力与想象力。"她还认为张爱玲的小说具有一种风度,有一种"脱不掉的'文化'情调,这一点与《红楼梦》很有几分相似。……张爱玲小说的'雅',最终体现在她洞悉历史和人情、人性的深刻性以及表现的独特性上"[②]。

---

① 赵庆庆:《风起于〈红浮萍〉:和加拿大双语作家、滑铁卢大学孔子学院院长李彦的对话》,载《枫语心香:加拿大华裔作家访谈录》,南京大学出版社2011年版,第79页。
② 杨联芬:《中国现代小说导论》,四川大学出版社2004年版,第278页。

张爱玲的独特经历使得她对人情世故、大家庭中的钩心斗角无比熟稔,颇为传奇和跌宕的人生经历和情感历程,都熔铸进了她的语言文字中。张爱玲深受古典文学的熏陶,尽管她的小说大都写"世情",写家长里短,写红男绿女,写凡胎俗子,写人世间最庸俗的人物关系,但并不仅仅是通俗。这其中一个很重要的原因就是张爱玲文学作品的语言,是"一种浸淫过《红楼梦》和中国传统白话小说的'传奇'语言"[①]。北美新移民华文作家,尤其是女作家陈谦、张翎、施玮等的文学语言,与张爱玲小说语言中的这种典雅与深刻,形成了跨越时空的接续与更新。其实张爱玲也是北美移民华文作家中的一分子,她20世纪50年代离开中国,后辗转定居美国,她的文学作品是中国现代文学中重要而独特的存在。作为她的后继者,陈谦、张翎等作家对于人物心理状态的开掘,尤其是女性的内心挣扎,行进在张爱玲开辟的文学道路上,愈加丰满。这样的语言不仅仅是遣词造句的拿捏,更是洞悉了历史和人性之后深刻而深情的独特表达,是克服了现代汉语革命性和日常性的挤压,以充满书卷气和典雅性,更带有民族文化情调的语言,融入世界文学的重要尝试。

用比喻阐释人物的心理状态,甚至暗喻人物命运或者故事情节的走向,是张翎小说中重要的策略。而各种精妙的比喻不仅想象独出心裁,更是极有深度,丰富的想象力使得张翎的小说语言显示出"雅"的韵味,显得词采华美又十分具有力度,使得张翎对人性的揭示既深刻又生动。

《雁过藻溪》中,末雁因为母亲的去世回到故乡,携带母亲骨灰回故土安葬的末雁原本想在故土捡拾起母亲生命轨迹的碎片,谁料到却陷入了更深的历史迷雾之中。在小说中,几乎每一次末雁心理状态的变化,或者遭际的突变,都伴有具象的比喻出现,一方面是将抽象的人物状态用通感等方式可视化、可感化呈现,另一方面也起到了暗喻故事情节走向的结构性意义。这些比喻无论是喻体的选择,还是情境的营造,都呈现出鲜明的"典雅"特质。在这样的比喻中,人物内心一层层被剥开,人物命运一层层递进。小说的一开始就笼罩上了一层悲凉的色彩:女儿灵灵考入大学后不久,丈夫越明就向末雁提出了离婚,而他们之间并没有冲突,甚至连吵架都没有,此时离他们二十周年的结婚纪念日只有半个月了。末雁的心理状态我们无从得知,作者也没有直接以内心独白的方式呈现,而是用末雁

[①] 杨联芬:《中国现代小说导论》,四川大学出版社2004年版,第278页。

对越明此时心理状态的判断，间接凸显末雁的态度：

> 末雁知道越明在掐着指头计算着两个日期，一个是两人在同一屋檐下分居两年的日期，一个是女儿灵灵离家上大学的日期。随着这两个日期越来越近地朝他们涌流过来，她感觉到他的兴奋如同二月的土层，表面虽然还覆盖着稀薄的冰茬，底下却早蕴藏着万点春意了。她从他闪烁不定欲盖弥彰的眼神里猜测到了他越狱般的期待。在他等待的那些日子里，她的目光时常像狩猎者一样猝不及防地向他扑过来。速度太快太凶猛了，他根本来不及掩藏他的那截狐狸尾巴，就被她逮了个正着。看到他无处逃遁不知所措的狼狈样子，她几乎要失声大笑。
>
> 她恨他，有时能把他恨出一个洞来。①

这是小说最开始的一段描写，越明与末雁的生活十分平静、波澜不惊，但越明竟在没有第三者，也没有任何冲突的情况下提出离婚，十分错愕的末雁在被通知离婚后，对越明状态的观察愈加被赋予特定的情感色彩。叙述者没有直接叙写末雁在这种莫名情况下的心理状态，而是透过末雁对越明的观察，既呈现了越明的心理状态，又间接凸显了末雁此时内心复杂的情态。越明此时的内心活动被比喻成二月的土层，接地气的同时又将抽象的心绪化作具体的自然事物，且特定时间的土层所具有的特质十分生动地呈现出越明此时雀跃但又不得不隐忍的复杂内心。"越狱"般的期待，体现越明想离婚的念头由来已久且十分强烈，只不过末雁被蒙在鼓里。而将末雁观察越明的目光比作"狩猎者"，"扑"向越明，足见末雁此时内心所积压而不得宣泄出来的情绪之强烈。最后"恨出一个洞来"可谓神来之笔，张翎的这段比喻性描写真是足得张爱玲之"真传"。恨作为一种情绪，在张翎的笔下似乎化作一把锋利的武器，具有了具体的形象，更是将末雁恨意之深、之真切比喻得淋漓尽致。不仅如此，原本末雁对这桩没有外力作用又即将散伙的婚姻无法理解，只有一个解释：

> 这桩婚姻像一只自行发霉的苹果，是从芯里往外烂，烂得毫无补

---

① 张翎：《雁过藻溪》，成都时代出版社2006年版，第41页。

救，兜都兜不住了。这种烂法让末雁不能像市井悍妇那样提着裤脚叉着腰当街叫骂丈夫负心，这种烂法当众表明了一个男人宁愿孤独冷清至死也不愿和一个女人待在一片屋檐下的决绝，这样的烂法宣布了末雁彻头彻尾的人老珠黄缺乏魅力。①

张翎将末雁这桩婚姻比作"苹果"，还是"自行发霉"的苹果，这种语言沧桑而充满生活的灵感，将那桩没有明显裂痕又无望的婚姻用这种比喻的方式彰显得生动而贴切。于是末雁不能破口大骂，只能默默承受，承受结束婚姻的事实，更要承受"人老珠黄缺乏魅力"的判决。带有几分无奈，又更有讥讽、自嘲的心酸。这样的想象不仅极富创造力，更极有深度。张翎对喻体的选择，得益于生活经验的积累和作家审美想象力的熏陶。

遭遇到被离婚这一尴尬又无望的处境，末雁的心情可想而知。在国内的母亲突然去世，身后事都由末雁的妹妹办理完毕，只剩一件事是母亲生前交代过的："骨灰由长女末雁送回老家藻溪归入祖坟安葬。"遭遇到生活中重大挫折的末雁决定带着女儿回乡。在故乡遇到了处理母亲后事的财求叔和他的孙子百川——那位富有诗人才情的大学教师。由末雁的视角观察百川，作者呈现了这样的情境：

  脱了那一身的布襟衣装，只剩了一件汗衫，就看出人的高壮来了。肩头如犁过的田垄，一丝一髻的全是硬肉。戴了一副宽边眼镜，目光从玻璃镜片后头穿过来，刀片似的锐利清爽。胡子散漫地爬了一脸，像疯长了一季的藤蔓，虽是秋了，却让人看上一眼就津津地冒汗。②

这是一段荷尔蒙爆棚的描写，将百川健壮的身躯比喻成犁过的田垄，目光如刀片，胡子像疯长的藤蔓。这些喻体都极富力量感和侵入性，但与之前对越明的描写不同，前者明显带有怨念，但后者有一种热腾腾的鲜活感，乃至带有青春气息的孟浪。前后的对比如此强烈，不仅是因为比喻对

---

① 张翎：《雁过藻溪》，成都时代出版社2006年版，第41页。
② 张翎：《雁过藻溪》，成都时代出版社2006年版，第48页。

象的差异,更是末雁心理状态变化的呈现。尤其最后那句"虽是秋了,却让人看上一眼就津津地冒汗",作者在这里暗暗地埋下了伏笔,末雁见到百川健硕身材后的状态与后续两人之间情感的发展具有统一性。于是,在接下来的相处中,作者在一步步强化这种状态。在一次两人的斗嘴中,百川瞪了末雁一眼,"百川的那一眼,如同一块黏热的糍糕,横横地飞在末雁的脸上,让她扒也扒不下,甩也甩不掉。突然间,末雁就觉得自己的五官跑错了位置,僵僵的,竟挪移不动了"①。将百川的那一眼,比作"糍糕"还是黏热的,一下就将二人之间情感的变化巧妙呈现了出来。张翎的比喻总是能把抽象的心理状态、情感、眼神等,化作具有实体的客观实物,并赋予这些实物以特定的又十分贴合实物本身特质的属性,这样的比喻于是不仅巧妙,更显深刻。百川那一眼似乎不仅飞到了末雁脸上,仿佛也飞到了读者的脸上,"扒也扒不下来,甩也甩不掉"。这就是语言的魅力。

当然,末雁返回母亲的故乡不仅仅是为了这段不期而遇的"艳遇",更重要的是完成母亲的心愿,在此过程中也得到自我的救赎。让人始料未及的是,末雁似乎又陷入了更深的惶惑之中。尽管解开了母亲为何自小就对自己冷漠相待,为何又要末雁将其骨灰送回故乡藻溪的秘密,但这隐秘似乎让末雁、财求叔,乃至不知情的百川和女儿灵灵都无法承受。于是财求叔在末雁得知当年的真相后,便中风了,而末雁此时正带着女儿返回加拿大。就在离去之际,末雁听到了唱词人对母亲一生经历的吟唱。

> 鼓声响起来了。鼓声节奏极慢,被风撕扯得长长的,鼓点和鼓点之间仿佛隔了万水千山。在山水之间穿走的,是那个唱词的人。唱词人听不出男女,声气里似乎有着男人的苍凉,也有着女人的凄惶。声调起伏如锯齿,高亢时穿云裂帛,将夜空割成残渣碎片;低沉时游丝散线,将人心细细地牵着,留也留不得,走也走不成。②

这样的语言不仅是鲜活的,更是典雅的、深刻的。因为表达出了跨越历史、跨越国度的末雁,获知母亲坎坷遭遇和自己身世的末雁,经历婚姻

---

① 张翎:《雁过藻溪》,成都时代出版社 2006 年版,第 50 页。
② 张翎:《雁过藻溪》,成都时代出版社 2006 年版,第 75 页。

失败与艳遇的末雁，返乡追寻又愈加惶惑的末雁独有的悲凉而复杂的情绪。张翎的小说语言在表面的叙述层面，是对"世情"进行描摹显出通俗白话之感，但在表现的层面，却极显跨地域、跨文化、跨历史，具有复杂生命历程的人的生命感，体现了作者独特的艺术想象力。与张爱玲小说那种脱不掉的"文化"情调类似，张翎的小说语言也有浓郁的典雅情调，不仅仅体现在字、词、句的采撷与拿捏，更在于那洞悉人性、人情和历史的深刻。但与张爱玲不同的是，张翎的小说语言不仅有悲凉，而更为温情。富有书卷气的典雅文字传递出来的不仅有历史和世事的沧桑，更有底下流淌着的默默柔情。

小　结

海德格尔的追随者伽达默尔在《人与语言》一文中曾说："语言是储存传统的水库。"北美新移民华文作家坚持用汉语进行文学创作，其实就是不断返回民族传统的过程，也是通过这种方式不断确认自己的民族文化身份和文明认同。语言不仅是书写、表达、交流的工具，更承载着思维方式和价值观念的重要内涵，北美新移民华文作家在汉语实践中传承着民族文化精髓，更新着文学传统，呈现出独具魅力的民族话语言说。

自古以来，南北地域之分形成的文学风貌殊异，就是中国文学宝贵的风景。地域不仅仅指向生存空间和自然环境，更孕育出情感指向、风格品质等殊异的文学景观，其中潜藏着丰厚的文化密码和传统宝藏。北美新移民华文作家即使漂洋过海迁居异域，早已生成的中国地域文化符码并未随着生存空间的转移而消失，反而因此愈发显著、鲜明，凸显出浓郁的民族性特质，成为其独特的民族话语言说方式。"京味"语言风格具有典型的北方京津地区文化特质，从老舍到王朔，京味语言不仅是文学作品语言特质的表征，更蕴含着不同地域居住者的生存态度和生存哲学。漂洋过海后的北美新移民华文作家承接着这一独特的地域语言风格，继承老舍从凡俗生活入手，以小见大的策略，又带有王朔"新京味"小说语言"痞"的色彩，但痞而不粗俗，是以诙谐、俏皮的方式切入凡常生活，展现通透、旷达的人生智慧，呈现出以俗境入雅道的语言言说特质。"海派"语言品格，呈现出与"京味"语言迥异的语言审美指向和精神态度，"海派文学"原本就是异质文化杂糅的结果，洋场文化的浸润与新移民跨域的文化处境有某种同构存在。在承接"海派"语言遗风的同时，一些北美新移民华文作家也在不断创新和实践着独特的"北美海派"语言风貌。在进行小说创作的时候，有意超越有些学者所诟病的海派文学中的某些"糜烂"，语言呈现出市民生活及古典诗意的同时，更熔铸进了厚重与悠远。

　　文言与白话是从语言的角度对中国古典小说进行的划分，书面用语的不同，不仅仅是书写工具的差异，更由语言特质进而关涉到文学创作品质的差异。对于中国古典小说发展的两大系统——文言小说和白话小说，北美新移民华文小说都有不同程度的语言诗学承接。这种继承与创造性转化，是民族语言在异域的开花结果，也凸显出民族语言、文化强大的凝聚力。鲁迅曾将中国古典文言小说系统中的笔记小说分为两大类："志怪小说""志人小说"。北美新移民华文作家对"志人小说"语言诗学的继承尤为显著。极富性格特征的人物语言深度刻画着人物，脱胎于中国古代文言志人小说的语言言说策略，寥寥几笔就可勾勒出鲜活的人物形象，简短而有力量的语言，亲切又不失体面。北美新移民华文小说实践将对华人民族性的表达妥帖嵌入，突破"志人小说"的"逸事"格局，直指历史、民族的纵深，饱含海外华人对母土的拳拳深情。在白话小说这一系统中，脱胎于"说书"这一"口述"文学形式的中国古典小说，呈现出明显的"说书人"痕迹。小说语言由文言到白话的变革，吸收进"口述"文学的特质，既是晚清"小说界革命"追求"新民"的现实需要，也是小说发展其自身规律的内在要求。叙事干预便是"说书人"特权的集中呈现，引申到小说之中，便是叙述者对叙述的指点和议论。北美新移民华文作家的作品中，叙事干预便是惯用的语言言说方式，他们在继承这种语言诗学传统基础上的推陈出新，使得叙事干预免于沦为一定程式的窠臼，又与叙事内容、叙事行为巧妙贴合，丰富了小说的叙事层级。

　　语言中深藏着丰富的民族心理符码，语言不是一成不变的，而是鲜活的并极富勃勃生机。现代汉语系统从其诞生之日开始，就肩负着"革命"的重任，因为启蒙的需要，更为贴近普通百姓日常生活以利于思想宣传推进，白话取代文言成为合法书面语。文言更是被当作阻碍中国现代性进程的一部分束之高阁。除了肩负"感时忧国"精神的革命性之外，以沈从文、张爱玲、钱锺书为代表的作家们坚守着另外一套语言系统：日常生活叙事。"革命性"与"日常性"便成为现代汉语思维的重要特征，而语言的变化带来的不仅是书写工具的变化，更有思维方式的变革。解构宏大历史，以个人作为切口进行叙事，似乎是海外华文作家进行文学创作的常用策略，是与西方尊崇个人价值相一致的文学表达。事实上，不少北美新移民华文作家对于中国故事的书写，尤其是呈现故土历史的时候，并没有采用这种观照模式，而是正面突破。这种正面突破就在于，并不反叛中国当代文学对革命和历史的既有判断，而是从语言系统着手，将诠释核心从价值意义层面转移到语言意义层面。这样处理的一个很重要的前提就是，我们自己的民族语言系统中同样存在着人类共通的精神价值，这也是中西两种不同文化、文明体系能够进行良好对话的重要原因。"五四"时期，文言在口语和书面语两方面都被剥夺了话语权，随之带来的一个突出问题就是，文言中所蕴含的传统文化的精华、精气神很难进入现代汉语系统中。针对这一问题，北美新移民华文作家们做出了自己有力的尝试，在现代汉语的典雅性与深刻性方面下足功夫，试图将文言的书卷气和典雅性重新灌注进现代汉语体系。

　　无论是漂洋过海的地域语言风格，是承接中国古典小说语言诗学，还是民族文化心理语言的凸显，都是北美新移民华文作家坚守民族语言、更新民族语言，融入世界文学的有益尝试。

结　语

民族性与全球语境下多元共生之理想

　　无论是北美新移民华文文学创作主体的身份建构，还是北美新移民华文文学对民族话语的言说，所呈现出的民族性特质，尤其承接"五四"批判国民性的现代文学精神，熔铸进新的时代精神凝视民族性，都充分阐释着其进入中国当代文学史的合理性。进一步，北美新移民华文文学进入中国当代文学史的观照视野，使得学人们不得不重视、正视既有的中国当代文学史模型存在可供商榷的空间。北美新移民华文文学立足原生民族文学，又面向乃至以在场的身份融入世界文学的特性，使其进入中国当代文学史，无疑对于中国文学与世界文学的交流、融合具有重大意义。在传统与现代、中与西的双重四维坐标中，在深入具体文本的探讨之中，展开对北美新移民华文小说民族话语言说的讨论，无疑是中国文学民族性与全球语境下多元共生之理想的重要尝试性实践。

　　"既然中国文学的发展已经被纳入世界格局，那它与世界的关系就不可能完全是被动接受，它已经成为世界体系的一个单元。在其自身的运动（其中也包含了世界的影响）中形成某些特有的审美意识。不管与外来文化的影响是否有直接关系，都是以自身的独特面貌加入世界文学行列，并丰富了世界文学的内容。"[1]这当然也并不意味着中国文学是以牺牲民族性为代价融入世界格局，相反，中国文学是以民族化的方式实现世界化。文学的民族性也不是一成不变的僵化、固化的存在，反而是在继承传统并创造性转化、更新的动态过程中永葆活力，现代性、世界性正是中国当代文

---

[1] 陈思和：《20世纪中国文学的世界性因素》，载《中国当代文学关键词十讲》，复旦大学出版社2002年版，第245页。

学民族性的新表现。而北美新移民华文文学正是民族性与世界性相调和共生的注解,民族话语的言说在凸显民族精神与民族文学传统,坚守住民族性"本元"的同时,又因为异质文化、文学因子的杂糅,显现出世界品质。刘禾说:"'世界文学'并不表示各种各样的民族文学丧失其个性;恰恰相反,通过准许各国文学进入经济交换以及象征交换的全球系统的等级关系,'世界文学'构成了各国文学。"① 质言之,恰恰是因为北美新移民华文文学具有民族性,因而才更具有世界性。"事实上,在海外华文作家作品中呈现出来的那种文化的'混杂性',在客观上已成为当前世界文学进程中的一道独特的'风景线',在某种程度上体现了全球化语境中出现的文化文学的多样性。因为这些作品是介于两种文化之间的,有母体文化的特征,也有'异'的文化质素,可与本土文化文学对话,也融合有某些世界性的'话语',有可能跻身于世界移民文学的大潮中,有助于中华文化文学走向世界。"② 也正是在这一意义上,中国当代文学史更应将其纳入观照体系。

当然,目前的中国当代文学史建构体系,作者的身份问题是很重要的考量范畴,但斯图亚特·霍尔曾指出,文化身份属于过去亦属于未来,"它不是已经存在的超越时间、地点、历史与文化的东西。文化身份是有源头、有历史的。但是,与一切有历史的事物一样,它们也经历了不断的变化。它们绝不是永恒固定在某一本质化的过去,而是屈从于历史、文化与权力的不断'嬉戏'"③。中国现当代文学学科的奠基者王瑶说过:"文学作品不可能随着时代的发展而任意改动,但文学史学科却总要发展,要突破过去,要后来居上。每个时代都应该达到自己时代的高度。"④ 对于中国现代文学史的时间维度问题,学界众声喧哗,也正说明既有的文学史建构体系有值得商榷的余地。但中国当代文学史空间维度的建构,目前还十分薄弱。既有的文学史书写忽略了北美新移民华文文学无论是从民族话

---

① 刘禾:《跨语际实践——文学,民族文化与被译介的现代性(中国,1900—1937)》,生活·读书·新知三联书店2002年版,第269页。
② 饶芃子:《海外华文文学研究的新视点——海外华文文学的比较文学意义》,载刘中树、张福贵、白杨主编《世界华文文学的新世纪——第十四届世界华文文学国际研讨会论文选》,吉林大学出版社2006年版,第1—5页。
③ [英]斯图亚特·霍尔:《文化身份与族裔散居》,载罗钢、刘象愚主编《文化研究读本》,中国社会科学出版社2000年版,第211页。
④ 王瑶:《文学史著作应该后来居上》,《上海文论》1989年第1期。

语言说的主体建构、话题阐释还是言说方式等层面，都呈现出鲜明的民族性特征，并熔铸进了世界性的特质。可以发现北美新移民华文文学从传统与现代两种维度相互交织，中国与世界相互对话、社会历史与个人价值相互渗透的视野出发，充分表现了转型期中国社会、个人繁复的现实人生和精神世界的复杂境况。北美新移民华文文学进入中国当代文学史的观照视野，不仅不会干扰海外华文文学的学科发展，更会促进其学科建设的壮大与成熟；不仅是对中国当代文学史的空间维度进行探究，更是中国文学在全球多元共生态势之下的理性选择。

  中国当代文学史的写作要有所突破，有所超越，写出既具个性同时又能支撑起学科大厦的理想的当代文学史，有几点关键："一是摈弃意识形态叙述，接纳并采用现代性叙述，同时以全球化的视野和开阔的思维方式，在世界性与本土经验之间找到一种平衡。二是在人与学科史的关系中书写文学史。即一方面要求写史的人要有思想、境界、胸怀乃至人格力量；一方面又要求立足学科本位，要通观本学科且有独到的史观、史识和学科建构意识。三是文学史、文学理论和文学批评要绾合为一。……四是通识与情怀、趣味的融会贯通。文学史家既要有扎实的学科功底，有独特的学术史的眼光，还必须有情怀和趣味，这样写出来的文学史才可能有个性，有生命体温和亲切感。"[①] 北美新移民华文小说进入中国当代文学史，无疑对践行理想文学史的写作具有重要意义。它们与"五四"以来中国文学对启蒙的追求一脉相承，既批判国民性，更凝视民族性。在全球化时代无论话语如何混杂，对中国历史的反省，对中国现代化进程的反思，对中国未来的展望始终是他们坚持汉语写作的驱动力。随着全球化语境的深入发展，秉持民族性的多元共生愈加可行，北美新移民华文文学即是明证，文学史观念随之更新，文化自信进一步提升，民族性与世界性同生共舞，从而推动中国当代文学的不断发展和成熟。

[①] 陈剑晖：《当代文学学科建构与文学史写作》，http://www.chinawriter.com.cn/n1/2018/0918/c419351-30299735.html，2018年9月18日。

参考文献

作品类

查建英：《丛林下的冰河》，时代文艺出版社1995年版。
查建英：《到美国去！到美国去！》，作家出版社1991年版。
查建英：《留美故事》，花山文艺出版社2003年版。
陈河：《布偶》，北京十月文艺出版社2011年版。
陈河：《黑白电影里的城市》，花城出版社2011年版。
陈河：《红白黑》，作家出版社2012年版。
陈河：《甲骨时光》，北京十月文艺出版社2016年版。
陈河：《米罗山营地》，天津人民出版社2013年版。
陈河：《女孩和三文鱼》，作家出版社2014年版。
陈河：《去斯可比之路》，作家出版社2016年版。
陈河：《沙捞越战事》，作家出版社2010年版。
陈河：《外苏河之战》，人民文学出版社2018年版。
陈河：《义乌之囚》，北京十月文艺出版社2018年版。
陈河：《在暗夜中欢笑》，上海文艺出版社2013年版。
陈九：小说集《纽约有个田翠莲》，中国华侨出版社2010年版。
陈九：中篇小说集《挫指柔》，作家出版社2016年版。
陈谦：《爱在无爱的硅谷》，上海文艺出版社2002年版。
陈谦：《谁是眉立》，鹭江出版社2016年版。
陈谦：《特蕾莎的流氓犯》，上海文艺出版社2017年版。
陈谦：《望断南飞雁》，新星出版社2010年版。
陈谦：《我是欧文太太》，太白文艺出版社2017年版。
陈谦：《无穷镜》，江苏文艺出版社2016年版。

葛逸凡：《金山华工沧桑录》，加拿大华裔作家协会 2007 年版。
黄宗之、朱雪梅：《平静生活》，北京百花文艺出版社 2014 年版。
黄宗之、朱雪梅：《破茧》，人民文学出版社 2009 年版。
黄宗之、朱雪梅：《藤校逐梦》，作家出版社 2018 年版。
黄宗之、朱雪梅：《阳光西海》，《小说评论》2003 年第 2 期。
李彦：《海底》，人民文学出版社 2013 年版。
李彦：《红浮萍》，作家出版社 2010 年版。
李彦：《嫁得西风》，文化艺术出版社 2000 年版。
李彦：《吕梁箫声》，商务印书馆国际有限公司 2015 年版。
李彦：《羊群》，上海人民出版社 2008 年版。
卢新华：《伤魂》，江苏文艺出版社 2013 年版。
卢新华：《细节》，作家出版社 1998 年版。
卢新华：《紫禁女》，长江文艺出版社 2004 年版。
吕红：《美国情人》，中国华侨出版社 2006 年版。
吕红：《女人的白宫》，花城出版社 2005 年版。
少君：《大陆人》，中国文联出版社 2003 年版。
少君：《人生自白》，江苏文艺出版社 2003 年版。
少君：《少君文集》，中国文联出版社 2001 年版。
沈宁：《别基小姐》，江苏凤凰文艺出版社 2016 年版。
沈宁：《牢记一个家族的抗战史》，江苏文艺出版社 2015 年版。
沈宁：《泪血尘烟》，成都时代出版社 2006 年版。
沈宁：《最后一次画展》，九州出版社 2013 年版。
施玮：《放逐伊甸》，中国电影出版社 2007 年版。
施玮：《红墙白玉兰》，中国广播电视出版社 2008 年版。
施玮：《日食·风动》，鹭江出版社 2017 年版。
施玮：《世家美眷》，九州出版社 2013 年版。
施雨：《刀锋下的盲点》，中国华侨出版社 2011 年版。
施雨：《美国情人》，百花文艺出版社 2004 年版。
施雨：《下城急诊室》，中国华侨出版社 2011 年版。
苏炜：《迷谷》，作家出版社 2006 年版。
苏炜：《米调》，花城出版社 2007 年版。
苏炜：《远行人》，北京十月文艺出版社 1988 年版。

孙颙：《此岸彼岸，此岸彼岸——当代旅外小说选粹2》，中国友谊出版公司1991年版。
王瑞芸：《戈登医生》，广西人民出版社2004年版。
王瑞芸：《姑父》，《收获》2005年第1期。
吴琦幸：《淘金路上》，上海古籍出版社2003年版。
薛忆沩：《空巢》，《花城》2014年第3期。
薛忆沩：《流动的房间》，上海文艺出版社2013年版。
薛忆沩：《深圳人》，华东师范大学出版社2017年版。
薛忆沩：《十二月三十一日》，华东师范大学出版社2015年版。
薛忆沩：《首战告捷》，华东师范大学出版社2013年版。
薛忆沩：《通往天堂的那最后一段路程》，花城出版社2009年版。
薛忆沩：《希拉里、密和、我》，华东师范大学出版社2016年版。
薛忆沩：《遗弃》，上海文艺出版社2012年版。
严歌苓：《白蛇》，花城出版社2005年版。
严歌苓：《床畔》，长江文艺出版社2015年版。
严歌苓：《雌性的草地》，春风文艺出版社1998年版。
严歌苓：《第九个寡妇》，作家出版社2006年版。
严歌苓：《芳华》，人民文学出版社2017年版。
严歌苓：《扶桑》，上海文艺出版社2002年版。
严歌苓：《海那边》，时代文艺出版社1995年版。
严歌苓：《灰舞鞋》，北京联合出版公司2013年版。
严歌苓：《寄居者》，天津人民出版社2016年版。
严歌苓：《金陵十三钗》，江苏文艺出版社2010年版。
严歌苓：《陆犯焉识》，《当代·长篇小说选刊》2013年第2期。
严歌苓：《妈阁是座城》，人民文学出版社2018年版。
严歌苓：《谁家有女初长成》，北京联合出版公司2013年版。
严歌苓：《穗子物语》，广西师范大学出版社2005年版。
严歌苓：《天浴》，陕西师范大学出版社2008年版。
严歌苓：《无出路咖啡馆》，天津人民出版社2018年版。
严歌苓：《小姨多鹤》，作家出版社2008年版。
严歌苓：《也是亚当，也是夏娃》，宁夏人民出版社2010年版。
严歌苓：《一个女人的史诗》，作家出版社2016年版。

郁秀：《不会游泳的鱼》，海天出版社 2015 年版。

郁秀：《美国旅店》，江苏文艺出版社 2004 年版。

郁秀：《少女玫瑰》，海天出版社 2015 年版。

郁秀：《太阳鸟》，海天出版社 2015 年版。

袁劲梅：《疯狂的榛子》，《人民文学》2015 年第 11 期。

袁劲梅：《疯狂的榛子》，北京十月文艺出版社 2016 年版。

袁劲梅：《罗坎村》，载《全球华语小说大系》（海外华人卷），新世纪出版社 2012 年版。

袁劲梅：《青门里志》，北京十月文艺出版社 2012 年版。

袁劲梅：《忠臣逆子》，中国书籍出版社 2012 年版。

袁劲梅：小说集《月过女墙》，中国工人出版社 2004 年版。

曾晓文：《白日飘行》，法律出版社 2010 年版。

曾晓文：《苏格兰短裙和三叶草》，九州出版社 2012 年版。

曾晓文：《夜还年轻》，法律出版社 2010 年版。

曾晓文：《移民岁月》，百花洲文艺出版社 2013 年版。

曾晓文：《重瓣女人花》，太白出版社 2017 年版。

张翎：《尘世》，广西人民出版社 2004 年版。

张翎：《花事了》，载《恋曲三重奏》，江苏文艺出版社 2013 年版。

张翎：《交错的彼岸》，浙江文艺出版社 2015 年版。

张翎：《金山》，十月文艺出版社 2009 年版。

张翎：《劳燕》，人民文学出版社 2017 年版。

张翎：《流年物语》，北京十月文艺出版社 2016 年版。

张翎：《盲约》，花城出版社 2005 年版。

张翎：《每个人站起来的方式，千姿百态》，长江文艺出版社 2016 年版。

张翎：《生命中最黑暗的夜晚》，九州出版社 2012 年版。

张翎：《睡吧，芙洛，睡吧》，北京十月文艺出版社 2011 年版。

张翎：《死着》，长江文艺出版社 2018 年版。

张翎：《望月》，浙江文艺出版社 2015 年版。

张翎：《向北方》，载《恋曲三重奏》，江苏文艺出版社 2011 年版。

张翎：《雁过藻溪》，成都时代出版社 2006 年版。

张翎：《一个夏天的故事》，花城出版社 2013 年版。

张翎：《邮购新娘》，作家出版社 2004 年版。

张翎:《余震》,华东师范大学出版社 2009 年版。

张翎:《阵痛》,作家出版社 2014 年版。

著作类

阿英:《晚清小说史》,东方出版社 1996 年版。

包亚明主编:《现代性与空间的生产》,上海教育出版社 2003 年版。

鲍晶编:《鲁迅"国民性思想"讨论集》,天津人民出版社 1982 年版。

曹书文:《家族文化与中国现代文学》,中国社会科学出版社 2002 年版。

陈独秀:《东西民族根本思想之差异》,生活·读书·新知三联书店 1984 年版。

陈平原:《二十世纪中国小说史:1897—1916》第一卷,北京大学出版社 1989 年版。

陈平原:《小说史:理论与实践》,北京大学出版社 1993 年版。

陈平原:《学者的人间情怀:跨世纪的文化选择》,生活·读书·新知三联书店 2007 年版。

陈平原:《中国小说叙事模式的转变》,北京大学出版社 2010 年版。

陈平原、夏晓虹编:《二十世纪小说理论资料(1897 年—1916 年)》,北京大学出版社 1989 年版。

陈少华:《阉割、篡弑与理想化——论中国现代文学中的父子关系》,广东人民出版社 2005 年版。

陈思和:《20 世纪中国文学的世界性因素》,《中国当代文学关键词十讲》,复旦大学出版社 2002 年版。

陈思和:《新时期文学简史》,广西师范大学出版社 2010 年版。

陈文新:《传统小说与小说传统》,武汉大学出版社 2007 年版。

陈文新:《文言小说审美发展史》,武汉大学出版社 2007 年版。

陈文新:《中国小说的谱系与文体形态》,中国社会科学出版社 2012 年版。

陈颖:《中国战争小说史论》,上海三联书店 2008 年版。

晨枫:《中西合璧:创造性的融合——访程抱一先生》,程抱一、天一言译,山东友谊出版社 2004 年版。

戴燕:《文学史的权力》,北京大学出版社 2002 年版。

丁帆:《中国乡土小说史》,北京大学出版社 2007 年版。

董乃斌：《中国古典小说的文体独立》，中国社会科学出版社 1991 年版。
董乃斌主编：《中国文学叙事传统研究》，中华书局 2012 年版。
樊骏：《中国现代文学论集》（上），人民文学出版社 2006 年版。
费孝通：《乡土中国》，商务印书馆 2011 年版。
冯友兰：《中国哲学简史》，天津社会科学院出版社 2007 年版。
弗洛伊德：《精神分析引论》，高觉敷译，商务印书馆 1984 年版。
傅修延：《讲故事的奥秘——文学叙述论》，百花洲文艺出版社 1993 年版。
傅修延：《先秦叙事研究——关于中国叙事传统的形成》，东方出版社 1999 年版。
高玉：《现代汉语与中国现代文学》，中国社会科学出版社 2003 年版。
郜元宝：《汉语别史——现代中国的语言体验》，山东教育出版社 2010 年版。
郭长海、郭君兮编：《秋瑾全集笺注》，吉林文史出版社 2003 年版。
郭齐勇、郑文龙：《杜维明文集》（第 5 卷），武汉出版社 2002 年版。
韩庆邦：《海上花列传·例言》，百花洲文艺出版社 2011 年版。
韩少功：《在后台的后台》，人民文学出版社 2008 年版。
洪子诚：《中国当代文学史》修订版，北京大学出版社 2007 年版。
胡适：《胡适文存》，香港：现代书店 1953 年版。
黄万华：《中国和海外：20 世纪汉语文学史论》，百花文艺出版社 2006 年版。
黄万华：《中国和海外：20 世纪汉语文学史论》，百花文艺出版社 2006 年版。
黄子平：《灰阑中的叙述》，上海文艺出版社 2001 年版。
季桂起：《中国小说创作模式的现代转型：论"五四"小说"心理化"的精神艺术世界》，中国社会科学出版社 2007 年版。
金文兵：《颠覆的喜剧——20 世纪 80—90 年代中国小说转型研究》，中国社会科学出版社 2004 年版。
孔庆茂：《钱钟书传》，江苏文艺出版社 1992 年版。
旷新年：《写在当代文学边上》，上海教育出版社 2005 年版。
劳舒编：《刘师培学术论著》，浙江人民出版社 1998 年版。
李建军：《小说修辞学》，中国人民大学出版社 2003 年版。

李军:《"家"的寓言——当代文艺的身份与性别》,作家出版社1996年版。
李俊国:《都市文学:艺术形态与审美方式》,华中科技大学出版社2007年版。
李欧梵:《中国现代文学与现代性十讲》,复旦大学出版社2002年版。
李欧梵:《中国现代作家的浪漫一代》,王志宏等译,新星出版社2005年版。
李润新:《文学语言概论》,北京语言学院出版社1994年版。
李泽厚:《中国现代思想史论》,安徽文艺出版社1994年版。
李卓主编:《家族文化与传统文化——中日比较研究》,天津人民出版社2000年版。
梁启超:《饮冰室文集全编》,广益书局1948年版。
梁遇春:《春醪集 谈流浪汉》,上海北新书店影印本1983年版。
林岗:《口述与案头》,北京大学出版社2011年版。
刘禾:《跨语际实践——文学,民族文化与被译介的现代性(中国,1900—1937)》,生活·读书·新知三联书店2002年版。
刘艳:《严歌苓论》,作家出版社2018年版。
刘中树、张福贵、白杨主编:《世界华文文学的新世纪——第十四届世界华文文学国际研讨会论文选》,吉林大学出版社2006年版。
柳晓:《创伤与叙事——越战老兵奥布莱恩20世纪90年代后作品研究》,中国社会科学出版社2013年版。
龙迪勇:《空间叙事研究》,生活·读书·新知三联书店2014年版。
鲁枢元:《超越语言》,中国社会科学出版社1990年版。
鲁迅:《鲁迅全集》第1卷,人民文学出版社2005年版。
鲁迅:《鲁迅全集》第2卷,人民文学出版社2005年版。
鲁迅:《鲁迅全集》第3卷,人民文学出版社2005年版。
鲁迅:《中国小说史略》,上海古籍出版社2006年版。
吕正惠:《抒情传统与政治现实》,华中师范大学出版社2011年版。
罗钢、刘象愚主编:《文化研究读本》,中国社会科学出版社2000年版。
苗壮:《笔记小说史》,浙江古籍出版社1998年版。
宁稼雨:《中国志人小说史》,辽宁人民出版社1991年版。
彭志恒:《海外中国:华文文学和新儒学》,花城出版社2005年版。

钱穆：《中国文化史导论》，商务印书馆 1994 年版。
桑逢康：《现代文学大师品评》，中央编译出版社 1996 年版。
沈雁冰：《小说研究 ABC》，上海书店 1990 年版。
石昌渝：《中国小说源流论》，生活·读书·新知三联书店 1994 年版。
苏贾：《后现代地理学》，王文斌译，商务印书馆 2004 年版。
孙中山：《孙中山选集》，人民出版社 1981 年版。
汪民安：《身体、空间与后现代》，江苏人民出版社 2006 年版。
汪曾祺：《汪曾祺全集》第 3 卷，北京师范大学出版社 1998 年版。
王安忆：《王安忆自选集之四——漂泊的语言》，作家出版社 1996 年版。
王列生：《世界文学背景下的民族文学道路》，安徽教育出版社 2000 年版。
王平：《中国古代小说叙事研究》，河北人民出版社 2001 年版。
王晓明：《无法直面的人生：鲁迅传》，上海文艺出版社 2001 年版。
王一川：《中国形象诗学》，上海三联书店 1998 年版。
闻一多：《闻一多全集》（三），生活·读书·新知三联书店 1982 年版。
吴晓东：《临水的纳蕤思：中国现代派诗歌的艺术母题》，北京大学出版社 2015 年版。
吴义勤：《长篇小说与艺术问题》，人民文学出版社 2005 年版。
吴义勤：《告别虚伪的形式》，山东文艺出版社 2004 年版。
吴义勤：《中国新时期文学的文化反思》，江苏文艺出版社 2009 年版。
吴奕锜、陈涵平：《寻找身份：全球视野中的新移民文学研究》，中国社会科学出版社 2012 年版。
向楷：《世情小说史》，浙江古籍出版社 1998 年版。
严歌苓、李亚萍、蒲若茜：《与严歌苓对谈》，中国社会科学出版社 2006 年版。
杨春时、俞兆平主编：《现代性与 20 世纪中国文学思潮》，广西师范大学出版社 2005 年版。
杨晋豪：《1934 年度中国文艺年鉴》，现代书局 1934 年版。
杨经建：《家族文化与 20 世纪中国家族文学的母题形态》，岳麓书社 2005 年版。
杨匡汉：《中华文化母题与海外华文文学》，湖北长江出版集团、长江文艺出版社 2008 年版。

杨联芬：《晚清至五四：中国文学现代性的发生》，北京大学出版社2003年版。

杨联芬：《中国现代小说导论》，四川大学出版社2004年版。

杨义：《杨义文存》第一卷，人民出版社1997年版。

杨义：《杨义文存》第六卷，人民出版社1997年版。

杨知勇：《家族主义与中国文化》，云南大学出版社2000年版。

叶永胜：《家族叙事流变研究——中国文学古今演变个案考察》，安徽人民出版社2009年版。

应锦襄等：《世界文学格局中的中国文学》，北京大学出版社1997年版。

郁达夫：《中国新文学大系·散文二集》，上海文艺出版社1980年版。

张岱年、方克立：《中国文化概论》，北京师范大学出版社2005年版。

张京媛主编：《新历史主义与文学批评》，北京大学出版社1993年版。

张炯：《世界华文文学概要》，人民文学出版社2000年版。

张翎：《交错的彼岸》，浙江文艺出版社2015年版。

张捻镶：《古代小说艺术教程》，山东教育出版社1991年版。

张颐武：《全球华语小说大系》（海外华人卷），新世界出版社2012年版。

张寅德编选：《叙述学研究》，中国社会科学出版社1989年版。

张英进：《影像中国——当代中国电影的批评重构及跨国想象》，胡静译，上海三联书店2008年版。

张英进：《中国现代文学与电影中的城市：空间、时间与性别构形》，秦立彦译，江苏人民出版社2007年版。

张志扬：《创伤记忆——中国现代哲学的门槛》，上海三联书店1999年版。

赵庆庆：《枫语心香：加拿大华裔作家访谈录》，南京大学出版社2011年版。

赵毅衡：《当说者被说的时候》，中国人民大学出版社1998年版。

赵毅衡：《苦恼的叙述者》，四川文艺出版社2013年版。

赵园：《地之子》，北京十月文艺出版社1993年版。

赵园：《城与人》，北京大学出版社2002年版。

周新民：《"人"的出场与嬗变——近三十年中国小说中的人的话语研究》，中国社会科学出版社2008年版。

周新民：《当代小说批评的维度》，中国社会科学出版社2016年版。

朱骅：《美国东方主义的"中国话语"赛珍珠中美跨国书写研究》，复旦大学出版社 2012 年版。

朱寨主编：《中国当代文学思潮史》，人民文学出版社 1987 年版。

庄伟杰：《精神放逐》，中国广播电视出版社 2004 年版。

庄园编：《女作家严歌苓研究》，汕头大学出版社 2006 年版。

［德］E. M. 温德尔：《女性主义神学景观》，刁承俊译，生活·读书·新知三联书店 1995 年版。

［德］黑格尔：《美学》第一卷，商务出版社 1982 年版。

［德］黑格尔：《哲学史讲演录》第 1 卷，商务印书馆 1981 年版。

［德］加布丽埃·施瓦布：《文学、权利与主体》，陶家俊译，中国社会科学出版社 2011 年版。

［德］威廉·冯·洪堡特：《论人类语言结构的差异及其对人类精神发展的影响》，桃小平译，商务印书馆 1999 年版。

［俄］巴赫金：《巴赫金全集》（三），白春仁等译，河北教育出版社 1998 年版。

［俄］别尔嘉耶夫：《论人的奴役和自由》，张百春译，中国城市出版社 2002 年版。

［法］巴什拉：《火的精神分析》，杜小真、顾嘉琛译，生活·读书·新知三联书店 1992 年版。

［法］巴什拉：《空间的诗学》，张逸婧译，上海译文出版社 2013 年版。

［法］罗曼·罗兰：《贝多芬传》，傅雷译，北京日报出版社 2017 年版。

［法］米兰·昆德拉：《小说的艺术》，董强译，上海译文出版社 2004 年版。

［古希腊］亚里士多德：《诗学》，陈中梅译注，商务印书馆 1996 年版。

［荷］米克·巴尔：《叙事学：叙事理论导论》第二版，谭君强译，中国社会科学出版社 2003 年版。

［捷克］亚罗斯拉夫·普实克：《普实克中国现代文学论集》，李燕乔等译，湖南文艺出版社 1987 年版。

［捷克］亚罗斯拉夫·普实克：《抒情与史诗：中国现代文学论集》，李欧梵编，郭建玲译，上海三联书店 2010 年版。

［美］本尼迪克特·安德森：《想象的共同体：民族主义的起源与散布》，吴叡人译，上海人民出版社 2011 年版。

［美］玛丽·威尔默:《可理解的荣格》,杨韶刚译,东方出版社1998年版。
［美］摩尔根:《古代社会》,杨东莼等译,商务印书馆1971年版。
［美］浦安迪:《明代小说四大奇书》,沈亨寿译,生活·读书·新知三联书店2015年版。
［美］浦安迪:《中国叙事学》,北京大学出版社1996年版。
［美］苏珊·桑塔格:《关于他人的痛苦》,黄灿然译,上海译文出版社2006年版。
［美］王德威:《被压抑的现代性:晚清小说新论》,宋伟杰译,北京大学出版社2005年版。
［美］夏志清:《中国现代小说史》,刘绍铭等译,复旦大学出版社2005年版。
［美］约瑟夫·弗兰克等:《现代小说中的空间形式》,周宪主编,秦林芳编译,北京大学出版社1991年版。
［英］埃勒克·博埃默:《殖民与后殖民文学》,盛宁、韩敏中译,辽宁教育出版社1998年版。
［英］雷蒙·威廉斯:《乡村与城市》,韩子满、刘戈、徐珊珊译,商务印书馆2013年版。
［英］马克·柯里:《后现代叙事理论》,宁一中译,北京大学出版社2003年版。
［英］齐格蒙特·鲍曼:《共同体》,欧阳景根译,江苏人民出版社2003年版。
［英］乔纳森·雷班:《现代小说写作技巧》,戈木、杨帆译,陕西人民出版社1989年版。
［英］詹姆斯·D. 哈特编:《牛津美国文学词典》(第五版),牛津大学出版社、外语教学与研究出版社1993年版。

期刊类

毕光明:《中国经验与期待视野:新移民小说的入史依据》,《南方文坛》2014年第6期。
曹霞:《"异域"与"历史"书写:讲述"中国"的方法——论严歌苓的小说及其创作转变》,《文学评论》2016年第5期。

陈独秀：《复常乃德》，《新青年》第 3 卷第 1 号。
陈富瑞、邹建军：《论新移民小说中的文化记忆》，《华文文学》2009 年第 3 期。
陈国恩：《海外华文文学不能进入中国当代文学史》，《中国现代文学研究丛刊》2010 年第 1 期。
陈庆妃：《侨乡传统・欧洲传奇・叙事伦理——以陈河"华商"小说为中心》，《海南师范大学学报》（社会科学版）2018 年第 4 期。
陈庆妃：《失踪与重返：薛忆沩从〈遗弃〉到〈空巢〉的文学行旅》，《世界华文文学论坛》2015 年第 2 期。
陈瑞林：《"迷失"与"突围"——论海外新移民作家的文化"移植"》，《华文文学》2006 年第 5 期。
陈瑞琳：《"海外新移民文学"探源》，《江汉论坛》2013 年第 8 期。
陈思和：《论海派文学的传统》，《杭州师范学院学报》（人文社会科学版）2002 年第 1 期。
陈晓明：《汉语文学的"逃离"与自觉——兼论新世纪文学的"晚郁风格"》，《当代作家评论》2012 年第 2 期。
陈晓明：《重审伤痕文学历史叙述的可能性——阎连科新作〈四书〉、〈发现小说〉研讨会纪要》，《当代作家评论》2011 年第 4 期。
成仿吾：《〈一叶〉的评论》，《创造季刊》1923 年 2 卷 1 期。
丁帆：《回顾"新写实"小说思潮的前前后后》，《文艺争鸣》2018 年第 8 期。
樊浩：《中国伦理的概念系统及其文化原理》，《复旦学报》（社会科学版）1993 年第 3 期。
房福贤：《中国抗日战争小说的历史回顾》，《文史哲》1999 年第 5 期。
傅小平、袁劲梅：《袁劲梅：我唯一的能耐，是用故事说出常识》，《黄河文学》2012 年第 11 期。
郜元宝：《身份转换与概念变迁——1990 年代以来中国文学漫议》，《南方文坛》2018 年第 2 期。
郜元宝：《孙犁"抗日小说"三题》，《杭州师范学院学报》（哲学社会科学版）2005 年第 1 期。
公仲：《人性的光辉、现代启示录——评〈小姨多鹤〉》，《世界华文文学论坛》2009 年第 3 期。

韩少功:《流动的解说》,《小说选刊》2001年第5期。

贺绍俊:《陈河:文学的世界革命》,《南方文坛》2018年第3期。

贺绍俊:《从思想碰撞到语言碰撞——以严歌苓、李彦为例谈当代文学的世界性》,《文艺研究》2011年第2期。

贺绍俊:《现代汉语思维的中国当代文学》,《文学评论》2009年第6期。

洪治纲:《集体记忆的重构与现代性的反思——以〈南京大屠杀〉〈金陵十三钗〉和〈南京安魂曲〉为例》,《中国现代文学研究丛刊》2012年第10期。

洪治纲:《中国当代文学视域中的新移民文学》,《中国社会科学》2012年第11期。

胡传吉:《论20世纪中国文学思想的一种变迁》,《小说评论》2016年第4期。

胡传吉:《论现代神话的讲述——兼谈薛忆沩的〈空巢〉与〈希拉里、密和、我〉》,《扬子江评论》2017年第3期。

胡适:《易卜生主义》,《新青年》1981年第4卷第6号。

胡贤林:《向北方:自由飞翔的姿态——论张翎的北方书写》,《暨南学报》(哲学社会科学版)2011年第5期。

黄万华:《"餐馆文学"的文化视角》,《华文文学》2000年第1期。

黄子平:《革命·历史·小说》,《当代作家评论》2001年第2期。

黄宗之:《从疏离迈向融合的实践》,《世界华文文学论坛》2015年第1期。

贾植芳、王同坤:《父亲雕像的倾斜与颓败——谈20世纪中国文学中的"亵渎父亲"母题》,《中国现代文学研究丛刊》1996年第3期。

江少川:《底层移民家族小说的跨域书写——论张翎的张篇小说新作〈金山〉》,《世界华文文学论坛》2010年第4期。

江少川:《寻索在游离与跨域之间——吕红访谈录》,《世界华文文学论坛》2012年第1期。

江少川:《移民后文学创作为什么会发生——黄宗之、朱雪梅访谈录》,《世界文学评论》2010年第2期。

雷达:《长篇小说笔记之十六——李修文〈滴泪痣〉,董立勃〈白豆〉,杨显惠〈夹边沟纪事〉,黄宗之、朱雪梅〈阳光西海〉》,《小说评论》2003年第2期。

李贵苍:《海外华文文学与中国想象——加拿大中国笔会访谈》,《华文文学》2007年第2期。

李欧梵:《身处中国话语的边缘:边缘文化意义的个人思考》,季进、宋洋译,《当代作家评论》2008年第1期。

李陀、苏炜:《新的可能性:想象力、浪漫主义、游戏性及其他——关于〈迷谷〉和〈米调〉的对话》,《当代作家评论》2005年第3期。

李玉臣:《中国家族小说的特征》,《唐山师专学报》1998年第3期。

李云:《论说书传统对晚清小说语言变革的影响》,《明清小说研究》2015年第2期。

梁燕城:《假设文化的共同体——参加政协会议后的反省》,《文化中国·卷首语》(加拿大)2012年第1期。

凌逾:《海底无边——论加拿大华裔作家李彦的华人叙事》,《湘潭大学学报》(哲学社会科学版)2014年第6期。

刘登翰:《双重经验的跨域书写——美华文学研究的几个关键词》,《文学评论》2007年第3期。

刘复生:《"伤痕文学":被压抑的可能性》,《文艺争鸣》2016年第3期。

刘桂茹:《论严歌苓的"文革"叙事》,《名作欣赏》2015年第2期。

刘红林:《中国属性与跨国精神——新移民文学浅谈》,《南方文坛》2007年第6期。

刘俊:《从"想象"到"现实":美国梦中的教育梦——论黄宗之、朱雪梅的"教育小说"》,《世界华文文学论坛》2017年第3期。

刘俊:《海外华文小说:当代小说的补充、丰富和启发》,《南方文坛》2010年第2期。

路文彬:《后新历史主义与怀旧——20世纪末小说的一种历史消费时尚》,《福建论坛》(文史哲版)2000年第1期。

路文彬:《作为修辞的历史感——"新历史主义"小说之后的历史叙事》,《文学评论》2004年第2期。

罗岗:《现代国家想象、民族国家文学与"20世纪中国文学"的重构》,《文艺争鸣》2014年第5期。

马德生:《20世纪90年代以来家族小说民族国家想象的路径探求——以〈白鹿原〉〈第二十幕〉〈金山〉为例》,《文艺评论》2015年第11期。

马德生:《从异质文化冲突到融合的中国想象探源——以新移民女作家严

歌苓、张翎、虹影为例》,《当代文坛》2018 年第 5 期。

彭燕彬:《依归与超越——海外华人华文文学民族性及其异变之再思索》,《河南社会科学》2002 年第 6 期。

钱建军:《读×次浪潮——华文网络文学》,《华侨大学学报》(哲学社会科学版) 1999 年第 4 期。

饶芃子:《海外华文文学的中国意识》,《暨南学报》(哲学社会科学) 1997 年第 1 期。

饶芃子:《全球语境下的海外华文文学研究》,《暨南学报》(哲学社会科学) 2008 年第 4 期。

饶芃子、蒲若茜:《新移民文学的崭新突破——评华人作家张翎"跨越边界"的小说创作》,《暨南学报》(人文科学与社会科学版) 2004 年第 4 期。

邵旭东:《步入异国的家族殿堂——西方"家族小说"概论》,《外国文学研究》1988 年第 3 期。

申霞艳:《〈阵痛〉中的隐喻与女性精神空间》,《中国文学批评》2015 年第 3 期。

沈杏培:《新世纪长篇小说空间叙事的旧制与新途》,《中国现代文学研究丛刊》2018 年第 10 期。

斯炎伟:《当代文学苦难叙事的若干历史局限》,《浙江社会科学》2005 年第 6 期。

孙郁:《京派与京味儿的变迁》,《北京观察》2004 年第 1 期。

谭桂林:《论中国现代文学的漂泊母题》,《社会科学战线》1998 年第 2 期。

汤达:《〈空巢〉的历史维度》,《读书》2014 年第 12 期。

唐弢:《在民族化的道路上——〈中国现代文学作品选〉序》,《中国社会科学》1983 年第 6 期。

陶东风:《全球化、后殖民批判与文化认同》,《东方丛刊》1999 年第 1 期。

田秉锷:《对人类悲剧的思索与揭示——〈金瓶梅〉人际关系概论》,《名作欣赏》1994 年第 4 期。

汪正龙:《文学与战争——对战争文学和文学中战争描写的美学探讨》,《中山大学学报》(社会科学版) 2010 年第 5 期。

王春林：《人性的透视表现与现代国家民族想象——评张翎长篇小说〈金山〉》，《理论与创作》2010年第2期。

王春林：《社会问题穿透与形而上人生省思——评薛忆沩长篇小说〈空巢〉》，《上海文化》2015年第3期。

王德威：《华语语系文学：边界想像与越界建构》，《中山大学学报》2006年第5期。

王富仁：《战争记忆与战争文学》，《河北学刊》2005年第5期。

王红旗：《"无穷镜"下硅谷华人女性精神生命的巅峰体验（上）——从旅美女作家陈谦的长篇新作〈无穷镜〉谈起》，《名作欣赏》2017年第5期。

王蒙：《躲避崇高》，《读书》1993年第1期。

王宁：《流散文学与文化身份认同》，《社会科学》2006年第11期。

王朔：《我的小说》，《人民文学》1989年第3期。

王欣：《创伤叙事、见证和创伤文化研究》，《四川大学学报》（哲学社会科学版）2013年第5期。

王瑶：《文学史著作应该后来居上》，《上海文论》1989年第1期。

王一川：《当前文学的全球民族性问题》，《求索》2002年第4期。

吴俊：《关于民族主义和世界华文文学的若干思考》，《文艺研究》2015年第2期。

吴义勤：《文学史的"正途"——读〈中国当代文学史稿〉兼谈文学史写作的相关问题》，《南方文坛》2006年第6期。

吴奕锜、陈涵平：《论北美新移民文学的历史发展与总体特征》，《暨南学报》（哲学社会科学版）2011年第3期。

谢婉莹：《文学家的造就》，《燕大学刊》1920年第4期。

熊国华：《从"自我放逐"到"文化回归"——海外华文文学的一种文化嬗变》，《世界华文文学论坛》2004年第4期。

徐德明：《"乡下人进城"的文学叙述》，《文学评论》2005年第1期。

徐杨：《严歌苓小说的婚恋叙事——以〈小姨多鹤〉为中心》，《文艺争鸣》2011年第4期。

薛忆沩：《用"精神胜利法"支撑理智和脊椎》，《凤凰湖南人物专访TA说》2015年第15期。

严歌苓：《呆下来，活下去》，《北京文学》2002年第11期。

杨洪承：《华文文学的边界与中国当代文学研究的问题》，《世界华文文学论坛》2017年第3期。

杨庆祥、魏冰心：《是时候说出我们的"伤"和"爱"了——"新伤痕文学"的对话》，《当代文坛》2018年第1期。

杨义：《二十世纪华人家庭小说的模式变迁》，《中国社会科学》1990年第1期。

尹季：《解构、隐喻与焦虑——论20世纪后期中国家族题材小说的主题样式》，《中国文学研究》2006年第4期。

于京一、郑江涛：《在历史与个体间的诗性飞扬——论张翎长篇小说〈阵痛〉的诗学突破》，《中国现代文学研究丛刊》2018年第1期。

袁劲梅：《创作谈：〈九九归原〉》，《北京文学》（中篇小说月报）2007年第10期。

袁劲梅：《疯狂的榛子》，《人民文学》2015年第11期。

袁劲梅：《疯狂的榛子创作谈》，《南方文坛》2016年第4期。

张鸿声：《"十七年"文学：城市现代性的另一种表达》，《文学评论》2013年第5期。

张翎：《无法抵御灵魂的召唤》，《消费导刊》2012年第3期。

张翎：《一个人的许多声音——杂忆〈邮购新娘〉创作过程》，《江南》第三期。

张荣翼：《关于文学史研究的哲学思考》，《中州学刊》1995年第1期。

张旭东：《从呼唤"现代化"到反思"现代性"——论文化保守主义语境下的"乡土中国"书写》，《西安电子科技大学学报》（社会科学版）2011年第4期。

张学昕、鲁斐斐：《"抗战小说"的叙事伦理》，《中国现代文学研究丛刊》2016年第4期。

张云峰、胡玉伟：《对"漂泊者"文学书写的文化解读》，《文艺争鸣》2007年第7期。

张政、张文东：《论严歌苓〈第九个寡妇〉中的生命意识》，《文艺争鸣》2018年第11期。

张重岗：《"华语语系文学"的文化逻辑》，《中国社会科学评价》2018年第4期。

张卓、杨明：《"游子"的新文化意蕴》，《社会科学战线》2011 年第 7 期。

赵稀方：《历史、性别与海派美学——评张翎的〈邮购新娘〉》，《世界华文文学论坛》2004 年第 1 期。

郑南川：《文化身份认同与北美"新移民文学"》，《关东学刊》2017 年第 4 期。

朱双一：《世界华文文学：全世界以汉字书写的具有跨境流动性的文学》，《华文文学》2019 年第 1 期。

庄园：《乡愁的泛滥与消解——简论华文作家的三种离散心态》，《华文文学》2014 年第 5 期。

报纸类

白杨：《中华文化传统与海外华文文学》，《文艺报》2016 年 8 月 22 日。

陈河：《〈义乌之囚〉，去国还乡的变奏曲》，《文学报》2016 年 11 月 25 日。

程绮瑾：《一个女人的哲学和历史观》，《南方周末》2006 年 5 月 11 日。

何向阳：《〈海底〉：表现移民的心灵蜕变》，《人民日报》（海外版）2013 年 8 月 6 日。

霍艳：《另一种"傲慢与偏见"——对"华语语系文学"的观察与反思》，《文艺报》2017 年 5 月 31 日。

李卿、薛忆沩：《"空巢"掏空了生活的意义》，《乌鲁木齐晚报》2014 年 11 月 26 日。

马森：《薛忆沩：不远万里追寻的白求恩》，《南方都市报》2013 年 11 月 24 日。

申霞艳：《空巢，一种精神事件》，《文艺报》2014 年 12 月 18 日。

申霞艳：《张翎掀起的阅读大地震——关于〈唐山大地震〉和〈一个夏天的故事〉》，《羊城晚报》2013 年 3 月 4 日。

魏建：《创伤叙事重构当代文学史》，《社会科学报》2018 年 3 月 29 日。

吴越、张翎：《〈劳燕〉及张翎的文学旅途》，《北京晚报》2017 年 8 月 10 日。

薛忆沩、冯新平：《中国文学到了真正关注中国人精神生活的时候——关于〈希拉里、密和、我〉的对话》,《北京日报》2016年10月20日。

曾晓文:《孤独的共鸣》,《联合报》2004年12月20日。

张丛皞:《文学的惯性和有限的风景——2016年中篇小说印象》,《文艺报》2017年2月20日。

张江:《重建文学的民族性》,《人民日报》2014年4月29日。

索　引

B

北美新移民华文文学　1—3,6—11,14—17,20—24,27,30,33—35,39,41,42,179,192,194,238—240

边缘　2,15,18,21,26,52,62,65,83,87,168

C

参照系　25

超越　3—5,10,11,15—17,21,28,34,40,52,68,73,74,78,79,89,97,98,100,101,120,130,138,177—179,188,189,191,193,208,228,236,239,240

创造性转化　16,17,21,226,236,238

D

典雅　229—231,234,235,237

多元共生　40,238,240

G

干预叙事　224

革命性　227—231,236

古典小说　22,211,212,220,221,226,236,237

观照视野　11,22,25,35,38,41,42,87,238,240

国民性　11,15—17,21,43—45,49,73,98,99,102,134,195,227,238,240

H

话语话题　22

J

济世情怀　21,31

家国同构　21,104,121,122,134,136,162,163

家族叙事　21,103,104,106,113,121,122,124,128,134,138,146,148,154,159,162—164

K

开放性　9,14,141

跨文化　2,5,22,29,40,59,82,83,87,134,235

L

伦理　15,21,44,47,50,52,57,59,62,78,89,99,103—106,110,116,121,128,136,162—164,

索　引

169—171,175,180,227,228

M

美学中国　30,31

民族话语　11,15—17,20—22,27,30,41,196,211,235,238,239

民族性　9,11—17,20—22,24,27,28,32,41,43,44,67,83,87,97—100,102,134,164,196,203,211,219,220,235,236,238—240

民族志　165,166,192,228

命运共同体　29,30,33,34,41,42,84

母土　8,11,16,20,27,31,32,34,38,40,204,211,220,236

N

凝视　15—17,21,43,44,59,98,99,102,238,240

Q

期待视野　8,22,25,32,34

情感结构　29,180

R

日常性　169,227—231,236

S

"伤痕"话语　21,165

身份　2,8,10,11,13,18,20,22—29,37,41,42,46,52,55,59,62—64,69,70,76,78,79,84,86,87,94,99,107,108,121,123,126,128,131,132,135,139,153,159,160,166,167,171,172,178,189,190,198,209,214,215,221,238,239

身份认同　27—29,31,32,40,122,194

时空交错　21,104,136,137,148,150,153,154,162,164

世界公民　28,81,87,89,101,132,164,167,174,175,179,188,190,191

世界性　11,13,14,16,20,21,29,41,44,129,188,211,238—240

世情　46,136,231,235

思维方式　11—13,27,41,74,134,194,227—229,235,237,240

W

文化身份　20,25—29,41,42,166,174,187,235,239

文化心理　4,21,22,93,197,226,227,237

文化语言　22,193,194,227

文化中国　3,4,30,31,67

文学史　1,3,6—11,14—24,27—29,32,34,35,37—39,41,42,58,80,81,90,107,131,165,166,194,220,238—240

文学史建构模型　19

文学史空间　17,239

X

乡土中国　21,30,44—47,49,50,52,58,59,64,99,102,122

Y

言说方式　16,21,22,193,196,235,236,240

异质性　2,7,15,27

语言传统　211,212

语言诗学　22,211,212,221,

236,237

寓言　21,43—45,91,104,107,121,131,132,134,136,163,164,183,185

Z

载道意识　21

整合　6,17—19,154,221

中国故事　30,40,229,237

中国经验　8,21,25,32—34,41,113,115,127,132,164,229

中国人形象　21,43,44,46,47,59,66,99

主体建构　32,42,240

后　　记

十年……

十年，学校后街山西面馆的烩面，从 7 元涨到了 12 元，食堂的热干面只从 2 元涨到 3 元。十年前我经常去吃烩面，十年后热干面是首选。

十年，学校对面的两条小吃街，从热闹非凡到被夷为平地，取而代之的是拔地而起的高楼和整齐划一的住宅小区。十年前放在我粉色小背包里的钱包在那里被偷过，十年后我黑色书包里经年背着的只有电脑。

十年，用同一只牙膏杯，薄荷绿色，那是大一时对面宿舍的同学去沃尔玛采购，顺道帮我买回来的。如今她已工作 6 年，作为公务员，我还在湖大，依旧作为学生。

十年，2 号体育馆旁的煤渣跑道换上了塑胶地面，变了新颜。十年前几乎跑了半个学期 800 米，才让老师可怜我勉强给个及格，十年后一口气 5000 米绝对没问题。

十年，我初入校园时刚落成的逸夫人文楼，早已开始翻修。十年前经常去院里面晃悠，参加各种活动，十年后图书馆和食堂才是每天打卡的地点。

十年前我踏进湖北大学的校门，十年后我即将以博士的身份与她告别。

这十年，我从不谙世事到坚定踏上学术之路，一路披荆斩棘摸索着前行，要感谢坚持不懈的自己，也要感谢很多帮助和关爱我的人。

感谢我的博士导师吴义勤老师。三年前有幸投入吴老师门下学习，他不遗余力耐心教导我，无论是治学方法、学术视野还是专业素养的塑造都使我受益匪浅。吴老师待学生十分亲切，尽管各项工作都十分繁忙，但依旧时刻关心着学生的成长，我能顺利三年毕业离不开吴老师的爱护和帮助。无论我的论文写得如何，无论我犯了多么低级的错误，吴老师从不责备我，而是不断鼓励我、宽慰我，给我信心促我前行。无论是沟通论文、谈学术还是聊生活琐事，印象最深的是吴老师总是变着花样发送竖起大拇指的表情包，看到这些活跃的、跳动的、鲜活的夸赞，我总是会心一笑，无论遇到何种困局，似乎都从中汲取到了继续"通关打怪"的勇气和力量。因为我知道，我不用害怕，也无需退缩，因为我背后有吴老师啊！他就像是一座大山一样，给我治学以强大的安全感，更像是大海一样，包容我、激励我。博士这三年，是我学习成长最快也最扎实的三年。无论是吴老师的学术造诣，还是他为人处世的态度，都值得我一辈子学习。对导师的感激之情非语言能言说，导师的恩情无以为报，唯有秉持着恩师治学的精神，在今后的学术道路上踏实奋进、砥砺前行。

感谢我的硕士导师周新民老师。自八年前本科二年级我被选为"优秀学业生"，并由周老师指导我的学业论文开始，周老师引领我渐渐走上了学术之路，教导我从一个什么都不懂的学术小白踏进了专业治学的门槛。多年前周老师对我说的那句"你要明白什么对你是最重要的"，成为我治学路上时刻牢记的智语，成为我专心学术的定海神针。

感谢湖北大学文学院的老师们，从本科到博士的求学路，是你们的悉心教导成就了现在的我。

感谢我的师兄崔庆蕾博士和王秀涛博士。崔师兄像是亲切的兄长，随时都耐心倾听我在学习上遇到的问题并给我指引，竭尽所能帮助我、鼓励我。秀涛师兄像是腼腆但成绩优秀的邻家大哥哥，言语不多但实在又靠谱。

感谢我的闺蜜柯莉和徐傲雪。她们用烟火气十足的行为一直支持着我，时不时请我吃好吃的，请我看电影，陪我聊八卦至深夜，一起间歇性地粉男明星，一起吐槽体重和脸上的痘痘、黑眼圈，一起逛街、自拍，一起做很多幼稚的事情……如今她们一个即将步入婚姻的殿堂，一个即将成为母亲，我们都在各自的时区里生活着、奋斗着、幸福着。

感谢我的父母。在同龄人大都已立业成家反哺父母的时候，他们还要一直在经济上支持我，在精神上不断鼓励我。三年前，在我还没有足够勇气坚定读博决心的时候，母亲那句"你要是读博，我就把我的工资卡给你"的话语，虽是玩笑却无比窝心，给了我临门一脚的力量。那力量不是金钱，而是我知道他们是我坚强的后盾。无论家里遇到什么困难，他们都一副无所畏惧的模样，努力在我面前树立起大树的形象，为我遮风挡雨，助我披荆斩棘。他们之于我最大的意义和最饱满的幸福，在于每当我想起他们的时候，每当我知道他们永远都在的时候，我就浑身充满了力量。

感谢我自己。或许在这里说"没有深夜痛哭过的人不足以谈人生"有些矫情，但每个博士肯定都有过面临科研压力、生活压力双重挤压的"黑暗"时刻。而正是那些有些迷茫甚至无助的曾经，成就了坚定的现在。感谢乐观、开朗的自己没有被这一路上的困难击倒，而是像超级玛丽一样，在经历了不断跳大坑，不断躲过饥饿的乌龟，不断跳过火圈等，也不断吃蘑菇、顶砖、顶金币后，成功拉旗杆通关，看到了绽放的烟花。博士阶段的学习，给予我无比丰厚的学术修养和精神力量，我将带着它们继续在今后的生活和治学之中，不断打怪、继续通关！

致青春

2019年4月23日凌晨于湖北大学普宿5栋501

附：本书为湖北省社会科学基金后期资助项目"北美新移民华文小说的民族性再发现"（2020089）成果。